antônio torres
querida cidade

Obras do autor pela Editora Record

Um cão uivando para a lua
Gernasa, 1972 / 2ª edição: Editora
Brasília-Rio, 1977 / 3ª edição: Ática,
1979 / 4ª edição: Record, 2002.
Traduzido para o espanhol (Argentina).

Os homens dos pés redondos
Francisco Alves, 1973 / 3ª edição:
Record, 1999

Essa terra
Ática, 1976 / 29ª edição: Record, 2019.
Traduzido para o francês, inglês,
italiano, alemão, holandês, espanhol
(Cuba), búlgaro, romeno, croata,
hebraico, turco, urdu, vietnamita, e
publicado em Portugal. Gran Prix de
Traduction Cultura Latina (França)
– para o tradutor Jacques Thiériot
– e Prêmio APCA – Divulgação no
Exterior (1985).

Carta ao bispo
Ática, 1979 / 3ª edição: Record, 2005.

Adeus, velho
Ática, 1981 / 5ª edição: Record, 2005.

Balada da infância perdida
Nova Fronteira, 1986 / 2ª edição:
Record, 1999.
Traduzido para o inglês. Prêmio de
Romance do Ano do PEN Clube do
Brasil (1987).

Um táxi para Viena d'Áustria
Companhia das Letras, 1991 /
9ª edição: Record, 2013.
Traduzido para o francês.

O centro das nossas desatenções
RioArte/Relume-Dumará, 1996 /
4ª edição: Record, 2015.

O cachorro e o lobo
Record, 1997 / 6ª edição: Record, 2015.
Traduzido para o francês, búlgaro e
urdu. E publicado em Portugal. Prêmio
Hors-Concours de Romance (obra
publicada) da União Brasileira de
Escritores (Rio de Janeiro, 1998).

Meninos, eu conto
Record, 1999 / 15ª edição: Record,
2016.
Contos traduzidos para o espanhol
(Argentina, México, Uruguai),
francês (Canadá e França), inglês
(Estados Unidos), alemão e búlgaro.
Selo Altamente Recomendável da
Fundação Nacional do Livro Infantil
e Juvenil (1999).

Meu querido canibal
Record, 2000 / 13ª edição: Record, 2021.
Traduzido para o espanhol (Espanha)
e o francês, e publicado em Portugal.
Prêmio Zaffari & Bourbon da 9ª
Jornada Nacional de Literatura de
Passo Fundo, RS (2001). Selo Oficial
dos 450 anos da cidade do Rio de
Janeiro (2015).

O nobre sequestrador
Record, 2003 / 5ª edição: Record,
2015.
Traduzido para o francês e publicado
em Portugal. Selo Oficial dos 450 anos
da cidade do Rio de Janeiro (2015).

Pelo fundo da agulha
Record, 2006 / 4ª edição: Record, 2014.
Traduzido para o búlgaro e publicado
em Portugal. Um dos vencedores do
Prêmio Jabuti (2007).

antônio torres
querida cidade

1ª edição

EDITORA RECORD
RIO DE JANEIRO • SÃO PAULO
2021

CIP-BRASIL. CATALOGAÇÃO NA PUBLICAÇÃO
SINDICATO NACIONAL DOS EDITORES DE LIVROS, RJ

T643q   Torres, Antônio
           Querida cidade / Antônio Torres - 1. ed. - Rio de Janeiro : Record, 2021.

           ISBN 978-65-5587-011-4

           1. Romance brasileiro. I. Título

                                    CDD: 869.3
21-71030   CDU: 82-31(81)

Leandra Félix da Cruz Candido - Bibliotecária - CRB-7/6135

Copyright © Antônio Torres, 2021

Todos os direitos reservados. Proibida a reprodução, armazenamento ou transmissão de partes deste livro, através de quaisquer meios, sem prévia autorização por escrito.

Texto revisado segundo o novo Acordo Ortográfico da Língua Portuguesa.

Direitos exclusivos desta edição reservados pela
EDITORA RECORD LTDA.
Rua Argentina, 171 – Rio de Janeiro, RJ – 20921-380 – Tel.: (21) 2585-2000.

Impresso no Brasil

ISBN 978-65-5587-011-4

Seja um leitor preferencial Record.
Cadastre-se em www.record.com.br
e receba informações sobre nossos
lançamentos e nossas promoções.

Atendimento e venda direta ao leitor:
sac@record.com.br

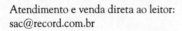

Da primeira vez era a cidade,
Da segunda, o cais, a eternidade

Tom Jobim, "Wave"

1

Reflexos no espelho das águas (da cidade)

Não és tu que em mim te vês,
— sou eu que em ti me vejo!

Alexandre O'Neill, "O Tejo corre no Tejo"

— Ei! Cadê você? Sumiu por quê? O que foi que aconteceu? Por que se foi, sem me dizer adeus?

Até ontem à noite havia aqui uma cidade de sonho, da qual só restou um vivente para contar a história — se é que haverá quem a escute.

Ele acaba de acordar num lugar tão improvável quanto o que imagina ter acontecido antes, estar acontecendo agora, e poderá acontecer depois. Melhor rezar, se diz, para tudo não passar de um desvario tresloucado de quem se apegou demais a leituras fantasiosas — *O mundo é uma atividade da mente, um sonho das almas, sem base nem propósito nem volume* —, profecias perturbadoras sobre o instante estremecido da aurora em que o sonho pertinaz da vida corre perigo de quebranto, quando seria fácil a Deus matar toda a Sua obra; imagens catastróficas tendo por âncora a besta que domina o mundo, um Anticristo multifacetado e com o dom da ubiquidade para ocupar todos os canais de comunicação do planeta no papel de arauto do alerta geral:

— Atenção, o fim dos tempos está chegando! Não adianta fugir, se esconder, ou fazer de conta que não está vendo. Já começou a contagem regressiva para o maior espetáculo da Terra: dez, nove, oito...

Ai, Jesus!

Cataplum.

E era uma vez. Sem um Deus que nos acuda.

A única testemunha ocular desta história (até prova em contrário) tem visões às vezes nítidas, às vezes obscuras dos acontecimentos. E não faz a menor ideia se tão extraordinária hecatombe ocorreu em um espaço localizado, ou regional, nacional, continental, planetário.

Pressentindo-se incomunicável, sonha com uma terra à vista, em algum lugar aonde chegue, em tempo hábil, a mensagem que urge enviar (ainda não sabe como), na esperança de vir a ser resgatado. Depois de haver sobrevivido a uma noite de horror, resta-lhe agora descobrir o que fazer de si mesmo, num mundo que só lhe oferece a alternativa de ser o autor, encenador, ator e plateia do seu próprio drama. *Mais*

Querida cidade 9

ação e menos confabulação, senhor — adverte-se. E se levanta do chão em que adormecera aos trancos, como um morador de rua, vencido pelo pânico e a exaustão, e a lembrar-se de quando era criança e às vezes dormia numa esteira, porque as camas não davam para todos os meninos — irmãos, primos, tios, parentes e aderentes —, em noite de festa na casa de um avô, nenhum deles se incomodando com a dureza do ladrilho, tão animados ficavam por estar juntos a tagarelar madrugada adentro, recusando-se a pegar no sono, tantos eram os assuntos que tinham para conversar. *Sobre o que mesmo?* — ele se pergunta agora, levando as mãos à cabeça, para ajeitar os cabelos, ou o que resta deles, melhor dizendo. Em seguida tenta desmaranhar a camisa, as calças e o paletó, que usara como cobertor. Ajeita também os cadarços dos sapatos. Roupa, cara e corpo de ontem. Sente dores nas costas, nos braços e nas pernas. Sinal de que está vivo. Acha isso bom, ainda que, maldormido e pior acordado, não tenha recobrado de estalo toda a realidade de suas circunstâncias. No entanto, o seu confuso despertar o leva a outra doce recordação:

Eu sonhei que tu estavas tão linda...

Música, maestro. Hoje cantarei uma cantiga de ninar para a ex-cidade trepidante que agora repousa no mais profundo silêncio, em berço esplêndido. Finalmente, ela dorme. Em paz.

Agora, sim, esta cidade numerosa não é mais do que um sonho, conforme havia lido num poema que lhe chegara via internet, e no mesmo dia em que recebia pelo então já anacrônico correio postal um folhetinho anunciando mais lenha para a fogueira apocalíptica: um livro intitulado *O sumiço do mundo*, que tratava do desaparecimento de uma ilha paradisíaca, não por acaso chamada Ilhabela.

Sonhos lindos sonhei...

Nesses sonhos, de quimeras mil, ele era o poeta que juntava na sala do cérebro as fileiras das inumeráveis bem--amadas, numa festa de raro esplendor, da qual acordaria a se perguntar:

— Quem sou eu? Onde estou? Como e por que vim parar aqui?

Tais perguntas dariam lugar a outras, ainda mais prementes:

— Como vou sair daqui? E para onde?

Esta manhã ainda me maravilha a imagem viva e distante da terrível paisagem jamais contemplada por olhos mortais.

Não, não se trata dos sortilégios de um poeta parisiense do século XIX, encharcado de absinto, ópio e haxixe até a alma, e a se autopromover a arquiteto orgulhoso do seu gênio. Neste cenário, aqui e agora, não há fontes e cascatas sobre o ouro fosco ou polido de um palácio infinito, babel de arcadas e escadarias, cortinas de cristal, cataratas suspendendo-se deslumbrantemente de muralhas metálicas, gigantescas náiades como mulheres, ondas mágicas, espelhos encantados com

Querida cidade 11

o que refletem, abismos de diamantes, túneis de pedrarias. Aqui e agora há somente águas a engastarem sua glória à luz do sol, ao raiar de um dia treslumbrante. Água, muita água, a alastrar-se até o infinito, numa embriagadora monotonia. E nada mais. Tudo para os olhos, nada para os ouvidos, como num sonho do francês Charles Baudelaire recontado pelo argentino Jorge Luis Borges.

Por baixo dessa imensidão de água repousa, no mais profundo silêncio, uma rainha da beleza tropical, que, ao sucumbir espetacularmente às trepidações do mais agitado dos seus dias, levou com ela um dos mais fascinantes capítulos da história do continente americano. Era uma vez uma cidade de encher as vistas. De deixar a respiração em suspenso. De sensualidade a se insinuar até nas curvas das montanhas que a delineavam. De pedir perna para andar, pimpona, fagueira, malandra, bandida. Tão cheia de vida e aflições, em seu cotidiano ameaçado pelo caos, a rimar alegria e agonia, graça e desgraça, amor e dor.

Tudo misturado: festa e guerra.

De meter medo.

Principalmente isto:

O medo.

Era o pedágio que ela cobrava para um trânsito entre o deslumbramento e o terror por ruas *honestas*, ruas *ambíguas*, ruas *sinistras*, ruas *depravadas*, *puras*, *infames*, ruas *tão velhas que bastavam para contar a evolução de uma cidade inteira,* ruas *guerreiras, revoltosas, medrosas, spleenéticas, esnobes*, ruas *aristocráticas*, ruas *amorosas* — que davam aos seus transeuntes a sensação de perambular com inteligência —, ruas *covardes* — "sem um pingo de sangue" —, conforme uma das páginas mais encantadoras de uma história que se foi por água abaixo, enquanto aquele ali, tal um padre a fazer o seu último sermão para os peixes — sem deixar de evocar seus prazeres e sustos naquelas ruas —, se via a recordar, como fecho para a sua peroração, algo lido num livro cujo nome do autor havia esquecido:

Tudo está à deriva.
Tudo.
Até o destino.

— O seu destino — as águas o contraporiam, enquanto a sua bexiga ordena-lhe que se mova, à procura de um banheiro, que já sabe existir (e isso não deixa de fazer alguma diferença), e em perfeitas condições de uso, conforme havia conferido ontem à noite, quando descobriu o pequeno escritório da administração da área que escolheu para se abrigar, uma escolha salvadora, e onde (bota sorte nisso) o felizardo deu com os olhos numa geladeira abastecida com uma pequena variedade de alimentos, além de um razoável estoque de garrafas de água e refrigerantes. Serviu-se de um pouco de tudo — um sandubão misto viera mesmo a calhar —, ao sentir fome e sede, mentalmente entoando loas à Divina Providência, pois ali chegara com o coração na mão e as tripas saindo pela boca.

Querida cidade 13

Passara-se isto ao final do dia, antes do apagão geral que se estendeu por toda uma pavorosa noite de vendaval, sem a menor possibilidade de estrelas, sob o ronco e as piscadelas de Tupã, o tonitruante senhor da tempestade, envolta em luzes fugazes e estrondos reverberantes. E medo. Um medo infantil, que vinha dos confins do tempo, quando sua mãe se apressava em cobrir com panos tudo o que era de vidro, como os espelhos, e de metal, como os utensílios de cozinha, para não atraírem as forças fulminantes da natureza, como os raios, enquanto o seu pai conferia se toda a prole estava dentro de casa, à sua guarda, e fechava portas e janelas, e depois se sentava numa cadeira embaixo do quadro do Sagrado Coração de Jesus, que refulgia numa parede sob os efeitos de uma lamparina e dos intermitentes reflexos dos relâmpagos. (Esse quadro se completava com um cachorro escornado aos pés do patrão, um gato ao colo da patroa, uma menina que, como sempre, corria para se esconder debaixo de uma cama, e os rostos cabisbaixos a balbuciar uma reza, num silencioso pedido de clemência ao deus das trovoadas, da vida e da morte.)

Longe ia esse tempo, agora tão próximo quanto os pipocos dos trovões e a voz ao telefone, que o acordara na manhã de ontem num quarto de hotel e ainda ecoava em seus ouvidos.

— Seu pai... — dissera-lhe a voz, que não demorou a reconhecer, embora tenha ficado surpreso com a ligação.

— Seu pai... — ela repetira, parando outra vez de falar, como se hesitasse, ou não fosse preciso continuar. Para bom entendedor...

A dona da voz não o achara ali, longe de casa, para lhe dizer apenas que todos estavam bem e lhe mandavam lembranças, e que ligara só para matar as saudades. Se havia urgência em encontrá-lo, onde quer que ele estivesse, coisa boa é que não seria, pensou, de orelha em pé. Mas ora! Que bom ouvi-la, ainda de boa voz, e sem o mais leve sinal de surdez, o que era impressionante, considerando-se a provecta idade dela. Quantos anos mesmo?

— E aí, velha? O que aconteceu ao meu pai que já não tenha acontecido?

Imaginou o que viria: o trauma recorrente à simples menção de um adjetivo possessivo *seu*, atrelado a um substantivo comum (*pai*). E tome história. Ainda uma vez mais iria precisar de paciência para aquele infeliz assunto que já deveria estar enterrado há muito tempo, mas sempre voltava às conversas da sua mãe, numa interminável lenga-lenga. Que ele se preparasse para o pior: a infeliz memória, o enigma e o ressentimento em torno do fantasma de um pai de família visto por todos que com ele conviveram como um homem direito, temente a Deus, trabalhador, honesto, cumpridor dos seus deveres, e que um dia, assim sem mais nem menos, sem nem dizer *vou ali e volto logo*, desapareceu, só com a roupa do corpo. Sem deixar rastro.

E por todo o sempre, amém, aquele dia teria outro motivo para entrar para a história: a emancipação de um povoado sem nome no mapa do país, que passava à condição de cidade — *leal e hospitaleira, parceira do futuro*, pois "*o porvir é assaz vasto para compor esta grande esperança*" —, com direito a palanque

Querida cidade 15

numa praça ensardinhada por uma multidão que se desentocara de seus casebres, ou fazendolas, ou taperas; vendas e bodegas fervilhando de bêbados; arruaças; foguetório; zabumba; nobres presenças, tão prestigiosas quanto interessadas, do governador do estado, deputado estadual, deputado federal, senador da República, representantes dos poderes Judiciário, eclesiástico e militar — entre eles admiráveis oradores, alguns até enfatiotados, todos de fala fácil, altissonante, que não pupariam loas ao patriótico evento, para gáudio do anfitrião, o Ilustríssimo, Digníssimo, Excelentíssimo Senhor Primeiro Prefeito em sua investidura como *Autoridade Máxima do Egrégio Novel Poder Municipal*, que por sua vez os cortejava com um buquê de encômios, em recíproca louvação, a ser lembrada como *de arromba*.

Era mesmo para embasbacar uma humilde e empoeirada plateia que aquelas ínclitas figuras estavam ali a suar as camisas, depois de horas e horas de uma penosa expedição aos trancos e barrancos, a comer poeira por uma estrada esburacada, num gigantesco esforço que afinal seria recompensado pelos brados retumbantes — *Apoiado! Já ganhou! Já ganhou!* — a cada tirada perpetrada por um tribuno ainda mais iluminado do que o anterior, como o que sacou uma licença poética inspirada pelo intenso azul daquela tarde:

— Olhem para o alto e vejam com os seus próprios olhos! Até o céu está em festa!

Antes que no embalo dos aplausos, arrebatados por tão deslavado improviso, o nobre orador cometesse o vexame de emendar com outros do seu vasto repertório de tribuno hiperbólico — A *incomparável beleza desta cidade preluz sobre as outras* —, todos ao palanque se deram as mãos, ergueram os braços e encheram os ares com o fecho de ouro que a ocasião propiciava:

— Amem com fé e orgulho a terra em que nasceram! Viva o Brasil!

O povo:

— Ô skindô, skindô lelê! Ô, ô, ô! Ê, ê, ê! Viva nós, viva você! Viva eu, viva tu! Viva o buraco do tatu!

Em meio aos reboantes parangolés não dava para se ouvir o resmungo de alguém que não voltaria à sua casa com uma síntese dos acontecimentos na ponta da língua: *Babas de quiabo a escorrer de bocas trapaceiras.*

Com tanta gente por ali, um a menos não iria fazer falta tão cedo.

Mas quando se deu fé, fez-se o alvoroço diante da misteriosa baixa para o censo da nova cidade, ainda velha de crendices, como a do encantamento de um corpo humano, a imaterializar-se na fumaça de um charuto cuja rota teria seguido até o infinito.

No mundo real o que houve mesmo foi o sumiço de um matuto — que agora poderia ser chamado de cidadão —, não se sabe se por ressentimento, rebeldia, cachaça, loucura. Ou tudo junto e misturado... A um pacto com o diabo.

Procuraram-no em todas as bodegas, becos, ruelas, mercado, igreja, cemitério, caminhos de roça, pastos, currais, tanques, casas de parentes dos quais ele era mais chegado, dos compadres, ladeiras, grotas, regueirões, taperas. Soltaram os cachorros nas estradas. E nada. Nem sinal de afogado num

Querida cidade 17

açude ou sombra de enforcado em uma árvore das redonde-zas. Nenhuma notícia de qualquer outro modo de suicídio. Caso encerrado.

Ficou o mistério. Insondável. Quem sabe um segredo que verdadeiramente ninguém nunca quis desvendar.

— Se ele não perdeu no baralho sua pequena proprie-dade, seu gadinho, seu cavalo, seu jumento, seus arreios, seu carro e sua junta de bois, seu arado, suas ovelhas, galinhas e pintinhos. Se não estava endividado. Se não tinha nenhum motivo de vergonha. Se nunca demonstrou o menor desejo de se desterrar, caindo no mundo como muitos antes dele, só pode é ter uma zinha no meio dessa história.

Não faltou quem falasse em fim de mundo. E não deveria ser outro o sentimento de uma mulher transtornada também pelas insistentes perguntas dos circunstantes, assim que o de-saparecimento do seu marido se tornou um fato consumado, quando ela se viu na pele da viúva de um homem vivo que lhe legara uma renca de filhos para cuidar — provavelmente só com a única ajuda daquele que morreu na cruz para nos salvar! (Eram cinco às barras das suas saias, e mais um que delas cedo se desvencilhara. Três meninos e três meninas. Portanto, o desaparecido havia enfiado seis crias em sua barriga. E de repente, sem aviso prévio, deu por encerrada uma produção de bacorinhos que prometia ser bem pródiga. Dessa parte ela podia até vir a dar graças a Deus. E se ele, o emprenhador prolífero, a tivesse engravidado outra vez, e ela ainda não havia sentido indícios disso? Ave, Maria! Ainda mais essa! Tanto castigo só podia ser uma condenação do inferno.)

Atônita diante da tagarelice enlouquecedora de todo um povo a lhe azucrinar os ouvidos com inconvenientes perguntas, mirabolantes conjecturas, descabidas acusações — ela teria andado a resmungar demais pela casa e, por qualquer coisa à toa, atirava poucas e boas na cara do marido; eis um dos motivos que se alegava para o tormentoso acontecimento, incluindo-se neles supersticiosas hipóteses, do feitiço à tentação do demônio —, tudo o que parecia lhe restar na vida era rogar a Nossa Senhora do Perpétuo Socorro e a Nossa Senhora do Amparo:

— Virgem Maria Santíssima, refúgio dos pecadores, consoladora dos aflitos, auxílio dos cristãos! Em nome das sete dores que lhe trespassaram o coração, valei-me! Bondoso Senhor Deus dos Desgraçados, misericórdia!

Pela sua fé e constância, todos os santos que existissem e ainda por existir haveriam de ouvir os seus rogos. E que os céus a perdoassem se, em face do seu enorme desassossego, não desse tempo ao tempo para ver se as suas súplicas e promessas seriam atendidas. Com tanta agonia na cachola, se via na iminência de pedir socorro a todas as forças ocultas sabidas e por saber, como os poderes das três malhas pretas que vigiam São Cipriano, a quem, *do fundo do coração*, imploraria que fizesse o marido recuperar o juízo e regressar ao seu lugar — para o bem dela, dos filhos, dos parentes e aderentes. Seu desespero a levaria até a perder a vergonha de abrir e estender a mão a uma cigana, e a ter coragem de peregrinar pelos terreiros das pajelanças, de bater tambor, beber cachaça e baforar charuto em louvor de orixás que nunca dantes fizeram

Querida cidade 19

parte de suas práticas de católica, apostólica, romana, agora não só de corpo, mas também de espírito acaboclado.

Mas quando um fulano adentrou o seu recinto para contar que um sicrano montado num cavalo, e em desabalado galope, havia pegado o rumo da antiga sede do município, na esperança de encontrar o fujão por lá e convencê-lo a voltar para casa antes que fosse em frente — *Ainda está em tempo de consertar a desgraceira que você deixou pra trás, homem de Deus!* —, ela não se encheu de ilusões. Embora sabendo que o sujeito que se pôs voluntariamente no encalço do desaparecido era o mesmo que um dia havia capturado um irmão dela que na calada de uma noite já bem antiga se despregara do cós das calças do pai para ganhar o mundo, sua resposta — lúcida, decisiva, surpreendente, sobretudo levando-se em conta o tão conturbado momento —, desfez de vez o ar esperançoso daquele que se fazia passar por porta-voz do caçador de fujões.

— Para uma cidade é que ele não foi ou vai — disse ela, como se quisesse desfazer logo qualquer suspeita de que o marido teria ido se juntar ao filho que há algum tempo estava morando na maior das capitais do país, de onde já havia enviado boas-novas para a mãe, numa carta recheada de notas graúdas, que a destinatária não mostrou para ninguém. Sem o menor laivo de humilhação a lhe crispar a testa, o pouco alfabetizado pai do afortunado missivista conformou-se em ouvir a leitura da parte da carta em que ele, o filho, se dizia bem encarreirado, comovendo-se com as linhas finais, nas quais não fora esquecido no capítulo das saudades, incluindo-se também no das *lembranças para todos*.

— Eta menino de sorte! — exclamou uma afoita mocinha daquela casa, a mais velha de todas — eram três —, já doidinha para pular na garupa do primeiro cavaleiro que lhe fizesse um aceno para sumir na poeira. — Foi o que eu lhe disse, no dia em que ele foi embora — acrescentou ela, triunfante. — Mano querido! Querida cidade! Será que ele já arranjou uma namorada lá? Tomara que sim. Bem bonita. E abonada. Que seja brasileira ou estrangeira, e de qualquer cor, mas… Rica! De pobre basta o povo dele. E ele próprio que, porém, é um sortudo. Desde menino.

Sorte do irmão dela, azar do pai. Que tristeza era aquela que o consumia silenciosamente, aos goles, levando-o a se entorpecer até a alma? Sobretudo nos dias de feira no povoado, uma vez por semana, quando de lá voltava tropeçando nas pernas e enrolando a língua. E isso a partir do dia em que o filho, ainda a vestir calças curtas, fora levado para estudar numa cidade mais adiante por um tio, o primeiro membro da família a cair na estrada.

Embora recapturado ao bater asas pela primeira vez, aquele tio audaz não iria sossegar enquanto não achasse um jeito de dar no pé para sempre, por bem ou por mal. Quando o conseguiu, foi às claras, sem dar motivo para ninguém lhe deter a passagem, por ordens de um patriarca ultrajado ao saber que um seu rebento teve o topete de se soltar do cabresto paterno, como uma rês que se libertava da manada. Na segunda vez, desgarrou-se de forma consentida. Mais adiante voltaria àquelas bandas para provar ao pai que a sua persistência em dar o fora dali não havia sido em vão.

Querida cidade 21

A sua estampa de vencedor — do brilho dos sapatos ao da brilhantina nos cabelos — viria até a lhe facilitar as negociações com um cunhado, ao qual, a instâncias de uma mana do peito, pediria permissão para levar o sobrinho para morar com ele. Mas o desfecho vitorioso desse episódio deveu-se a uma longa e heroica batalha travada por uma intrépida criatura que no futuro iria vê-lo associado a uma tremenda desdita, quando aquele novelo do passado fosse desenrolado no presente. Mesmo consciente de que isso era café pequeno perto do prato principal, ela não iria cair de joelhos diante da malévola opinião pública, convencida de que aquilo que se dizia era uma insensatez.

Não dava para misturar os casos, reagiu ela, no calor das repercussões. Naquele tempo o seu irmão não passava de um rapazinho cheio de sonhos, que pintou e bordou até desatar-se das rédeas do pai, sem deixar mulher e filhos ao deus-dará. Logo, não havia sobre ele o peso da responsabilidade de chefe de família. Quanto à outra história, a de que o seu marido se desabalara para a maior de todas as cidades do país, onde um filho estava morando, não fazia sentido algum. Ele, o marido, tinha horror de cidade, fosse ela grande, média ou pequena. Gostava mesmo era do mato.

Teria sido o seu desaparecimento um protesto silencioso contra o fuzuê das novidades que os políticos trouxeram para aquele lugar até então esquecido nos confins do tempo, num gesto revolucionário, ainda que às avessas? Dava para compará-lo ao pai de uma noiva que fugiu na hora de levá-la ao altar, se se pegasse como símbolo disso o arroubo de um dos oradores, ao associar aquela data como sendo a do casamento daquela pobre gente com o *desenvolvimento nacional?*

Perguntas para as quais as águas à frente do homem que as relembrava não traziam respostas. Tanto quanto as passadas não lavaram o sentimento de culpa que ele carregava por não estar lá naquele fatídico dia. Só ficou sabendo de tudo mais de um mês depois. Talvez por isso mesmo ainda lhe era bem viva a recordação de como lhe chegara o relato, tão minucioso quanto exaltado, da nova e desastrada situação familiar: pelo moroso correio, ainda assim a melhor alternativa, em se tratando do alcance a longas distâncias, para os recados pessoais — *Diga a fulano que eu mandei dizer...* —, e para as cartas enviadas por portador, com três letras em destaque no envelope, P. E. O., significando isto "Por Especial Obséquio" de...

A demora em saber das coisas lá da sua terra deveu-se ao tortuoso traslado iniciado nos confins do país, sujeito a baldeações entre os mais variados meios de transporte, do lombo de burro ao caminhão, e deste ao trem de ferro, até pegar a via aérea na capital do estado do qual a correspondência se originava. E que afinal chegaria às suas mãos por debaixo da porta do quarto da pensão em que morava. Sentou-se na sua estreita cama de colchão de molas para abri-la e lê-la, com a sofreguidão de quem há muito tempo não recebia uma novidade de casa. Lá se iam mais de dois anos que se encontrava naquela que era a sua terceira cidade, e que chamava *A fábrica*, assim como apelidara a primeira em que viveu de *A verde*. Já a capital do seu estado, na qual passara um período intermediário entre a do interior e esta de agora, era *A velha*. Viu outra, onde fora passear num Carnaval e dela voltara em total deslumbramento, como *A bela*. Até que já havia rodado por bons pedaços de chão, em seus 22 anos, com um tropeço aqui, outro ali, sem lhe impedir de aprumar o passo e ir adiante. Agora acabava de ser derrubado por uma carta.

O que vinha nela era de arrepiar, dar taquicardia, correr para um médico, ou para botequim da esquina. Sim, sua mãe carregara nas tintas desde o início, sem o mais leve disfarce de um perfunctório preâmbulo — *Espero que esta encontre você no gozo de boa saúde...* — para atenuar o impacto do problema enunciado: *O motivo destas mal traçadas linhas é lhe dar uma notícia muito triste, bem ruim mesmo, que tornou a nossa vida aqui um vale de lágrimas*. Isto pedia uma trilha sonora de um daqueles inolvidáveis melodramas projetados nas telas dos cinemas na década passada, dos quais a autora da carta mantivera uma boa distância.

Mas não era hora para brincadeira, nem em pensamento, corrigiu-se, ao lhe acorrer outro assunto inquietante em que pensar. Abriria ou não o seu coração à namorada, dali a pouco? Sim, já estava de namoro firme. Primeiro foi um olhar, um sorriso, uma troca de palavras, suspiros. Depois, um tímido toque de mãos, leves carícias, abraços, beijinhos sem ter fim, e, devagar, devagarinho, duas bocas ardentes se colavam em desbragada volúpia. Tudo a transcorrer por etapas, em pequenas e graduais ousadias: hoje um tatear de dedos pela covinha arrepiante de um par de seios, até tocar em seus botões entumecidos; amanhã um avanço joelho acima em busca de uma recôndita gruta mágica no jardim das delícias, e daí aos apertões a grudar desejos à flor da pele — *Para, para, para.* Não adiantava insistir. Ir além disso só na noite do casamento.

Até certo ponto, aquele era um namoro à moda do seu tempo no interior, e não o daquela cidade tão avançada em tantos outros aspectos — *Eram máquinas e mais máquinas. Mas nem tudo nela era só máquinas* — que, para quem vinha da era da enxada, faziam-no sentir-se como se tivesse chegado ao mais moderno dos mundos, já a se achar a caminho do *melhor dos mundos*, no qual aportaria de mala, cuia e coração em festa, transbordando de felicidade, no dia em que aquela que elegera a garota da sua vida dissesse diante de um juiz ou juíza, ou de um padre, ou dos dois: *Sim, eu o amarei para sempre, na alegria e na tristeza...* Ou simplesmente fosse viver com ele em qualquer canto, sem a perda de tempo com formalidades e cerimônias.

E era ao encontro dela que estava indo, conforme o ritual de todas as noites em que não tivesse de comparecer às aulas na Escola Superior de Marketing, uma escolha feita sob a pressão de colegas de trabalho mais calejados, que achavam que ele só progrediria profissionalmente se estudasse muito, dos números às letras, sem esquecer a arte de fazer amigos e influenciar pessoas. *Você precisa aprender inglês. Você precisa aprender francês, espanhol, alemão, italiano, japonês... Você precisa, você precisa, você precisa... Aprender tudo e mais alguma coisa se quiser vencer nesta cidade: datilografia, taquigrafia,*

Querida cidade 25

dirigir automóvel, se vestir, usar os talheres corretamente, ler nas entrelinhas, enxergar no escuro, ouvir por trás das paredes, cantar, dançar, tocar um instrumento, desenhar, escrever, pintar e bordar. Era o que ela, a cidade, lhe dizia o tempo todo, deixando-o em permanente luta para conciliar as cargas horárias diurnas e noturnas, que cada vez mais lhe reduziam o tempo que preferiria dedicar por inteiro a uma menina tão bonita que até as calçadas tremiam à sua passagem.

Ela era, sim, uma das mais belas das três irmãs que moravam confortavelmente numa casa modesta para os padrões de uma cidade que tinha a voz cheia de dinheiro, mas luxuosa para os seus próprios. Ali havia rádio, vitrola, geladeira, fogão a gás, telefone, televisão e, luxo dos luxos... Um piano! E uma pianista! Sentia-se bem acolhido naquele ambiente totalmente feminino, tutelado por uma amorosa amazona vinda de lonjuras florestais para encontrar o seu príncipe moldado na poesia concreta — ou na falta de qualquer poesia — de um parque industrial. Dele, o príncipe d'antanho, não se falava, nem bem nem mal. Deixara de existir naquela casa desde quando, ao ser presenteado com a terceira filha, se foi para outra, e sem filhos, quem sabe frustrado por mais uma vez não haver gerado um menino. Nem sequer contava ponto por nunca ter fugido de suas responsabilidades de provedor da família que deixara. Agia conforme a lei. Nenhum mérito pessoal nisso.

Saber que a namorada havia crescido sem um pai por perto não lhe dava coragem de se abrir com ela sobre o destino do seu, um pobre fugitivo fora do alcance da Justiça. Mais

difícil do que guardar esse segredo foi evitar o transpareci-
mento de suas preocupações, entre elas a urgência de mandar
dinheiro para a sua mãe — ou de ir vê-la, para entregá-lo
em mãos, numa operação que acabaria sendo mais rápida do
que a remessa pelo correio, a única possível para um lugar
ainda sem agência bancária —, e as providências que ela
pediu, *por via das dúvidas*, de vasculhar a cidade à procura
de algum vestígio de que o desaparecido havia dado com os
seus costados nela. Começaria fazendo uma peregrinação pela
rodoviária, depois à estação ferroviária, e daí partiria para
uma ronda pelos bairros da periferia nos quais os desterrados
se concentravam, logo não sendo impossível encontrar neles
um conterrâneo a quem perguntar:

— Sabe dizer se o meu pai foi visto por aqui?

Uma procura tão inútil quanto à de uma agulha em
palheiro, ele sabia. Mas não podia deixar de fazer sua a última
esperança da mãe.

A namorada não demorou a perceber que ele estava com
a cabeça longe.

— O que lhe aconteceu? — ela indagou. — Você está
tão calado, tão longe... Se abre comigo, vai...

Ele se desculpou, alegando cansaço, por excesso de trabalho.
Estava precisando de uns dias de férias. Falou também de
saudades da sua família e do lugar em que nascera. Queria
revê-los, o mais breve possível, ainda que por pouco tempo,
pois não podia faltar muito às aulas. (Numa conversa com
os seus botões, lembrou-se que ao voltar ao trabalho no dia

Querida cidade 27

seguinte teria de ir direto bater na porta do seu chefe para lhe contar o drama que estava vivendo. Se conseguisse sensibilizá-lo a conceder-lhe uma licença, correria à compra de uma passagem aérea em suaves prestações. Para isso seu salário até que dava.)

Naquela noite, em vez de voltar logo para o seu quarto e esfriar a cabeça no travesseiro, ele parou num bar. Pediu um chope e, ao primeiro gole, lembrou-se de uma música — *Eu penei, mas aqui cheguei* —, e deixou a mente viajar.

Penando mesmo estava era agora, pensou. *Entre o peso morto do passado e as elevadas intenções do futuro, havia um viaduto que o presente derrubou sobre a cabeça de um pedestre que passava distraído pela rua debaixo.* Enfiou a mão no bolso de trás e puxou a carta. Antes de começar a relê-la, refestelou-se com um segundo e longo trago, a se perguntar: *Será que isto me consola?*

Se a bebida o relaxava, levando-o a sentir ternura diante das imagens que a sua memória guardava da mãe, do pai, irmãos e irmãs, e da namorada deixada ainda há pouco, e cujo sorriso era o mais belo símbolo da cidade à qual chegara trazendo apenas uma maleta de mão com tudo o que possuía de seu, por outro lado liberava sentimentos culposos, pelo distanciamento mantido com a família, em todos os sentidos.

E havia mais uma perturbação a encher-lhe o juízo naquela noite, e esta trazida pela própria namorada, ao levá-lo até a esquina da avenida onde ele pegaria o ônibus de volta. *Tenho uma coisa para lhe contar, mas não aqui dentro* — ela cochichou-lhe, no momento em que ele lhe deu um beijinho de despedida. Foram andando de mãos dadas, devagar e, cuidadosamente, ela lhe contou o segredo que ninguém na sua casa podia ouvir: a aproximação que o pai dela começara a forçar, como se tentasse recuperar uma autoridade perdida em anos de ausência. E para quê? Fazer-lhe a cabeça. Em relação a quê? E a quem?

Pela primeira vez aquele pai ausente se determinava a se meter em assunto íntimo de uma filha, a princípio cauteloso, até sair da fase dos rodeios — vida escolar, interesses particulares, divertimentos, amizades —, para aos poucos ir chegando aonde queria: se era verdade que um plebeu andava a sonhar com a conquista de um reino cuja chave estava guardada no seio daquela sua bela princesa. Que ela não caísse no conto de que o amor é lindo e basta. E lhe jogava verde. E perguntava, perguntava: *Você sabe qual é a origem dele? De que tipo de família ele vem? O que não falta neste mundo é aventureiro, aproveitador. Você é novinha, bonita, inteligente, com todo o tempo pela frente para estudar, escolher uma carreira, e, mais adiante, um pretendente à sua altura.* Conselhos para o bem dela, claro. E mais um lembrete para arrematar de vez o assunto: *Esta cidade está cheia de histórias de desterrados que acabaram largando a mulher e os filhos para voltar às terras de onde vieram.*

Isto foi apenas o que ela conseguiu soltar, ao fazer-lhe um resumo da preleção do pai durante um almoço com mesa reservada em sala privativa de um restaurante chique demais para a sua inexperiência na vida social, como se quisesse trazê-la para uma realidade da qual poderia nunca ter dado a devida importância: *Veja bem de quem você é filha.*

Querida cidade 29

Sim, senhorita, de um homem muito rico a querer provar-lhe que neste mundo afeto também se compra em mesas bacanas, banhos de loja e carona no luxo blindado de um carrão que dirigiu até a esquina da sua rua, para não provocar a ciumeira das outras filhas. Em troca, pediu-lhe um abraço. *Bem apertado.*

Cena típica de um *padre padrone*, pensou o *plebeu* em questão, inspirado por uma popularíssima golada, bem mordido pelas pulgas a se intrometerem entre afagos e juras de amor da noite que seguia envolta em dúvidas. Será que a partir dali ele teria de começar a contagem regressiva para o dia em que iria perdê-la?

Se já ficava de orelha em pé ao imaginar as cantadas que aquela menina bonita ouvia de malandros bem-nascidos a exibirem os seus carangos novinhos em folha como um convite irrecusável a passeios eletrizantes, agora passava a ter mais do que suposições para se preocupar.

Só havia visto o tal magnata, ou coisa parecida — e que não ousaria chamar de futuro sogro —, uma única vez, exatamente na primeira em que entrara na casa das três meninas, no casamento de uma delas com um seu colega de trabalho, e já seu melhor amigo. Aquela era escolada o bastante para não permitir que o pai lhe tirasse farinha. Aluna de uma faculdade de filosofia e militante estudantil, de cabeça feita por Marx e Engels e Gramsci, concedeu-lhe apenas a deferência de convidá-lo para ser testemunha da sua união com aquele que ele só iria conhecer numa informal cerimônia civil, sem véu, grinalda, padre, pompa. A comemoração se resumiu a um almoço preparado por sua mãe, uma exímia cozinheira, depois do que o casal partiria para a sua nova vida num apartamento de quarto e sala.

A mais velha das cinco irmãs era uma concertista a descarregar nas teclas de um piano as mágoas de ainda estar solteira, depois de um namoro infeliz com um maestro que a havia trocado por uma orquestra em Viena d'Áustria e por lá foi ficando. Substituiu-o por um ex-ajudante de pedreiro de voz bonita que, com muito esforço e estudo, se tornara um trompetista respeitado, a ponto de vir a ser um dos donos da noite da cidade, mas nunca falando em casamento. A ele e à pianista se juntou o recém-casado, bom de violão, e este trouxe mais um, que iria trazer outro, e assim um pandeiro, um tamborim e um atabaque vieram a dar um novo ritmo àquela casa aos domingos. Até a pianista trocar o do trompete por outro regente de orquestra nada chegado a rodas de samba, pagodes de quintal, enfim, folganças populares.

Afora a preocupação de uma mãe com a dificuldade de sua filha mais velha de encontrar o homem que a levasse a dizer *é com este que eu vou*, a vida daquela casa não perdia a sua graça com eventuais trocas dos convivas. O que agora relembra o seu lado mais risonho e franco, se vê na encantadora tarde de um domingo em que pegou a namorada pela mão para levá-la ao cinema, ela cheia de emoção por ser a primeira vez que iria assistir a um filme proibido para menores de 18 anos. Ele tenta se lembrar qual foi. E da primeira peça de teatro que viram juntos. Do primeiro livro que lhe deu, com certeza o de um poeta com sonetos de fidelidade, intimidade, separação.

Querida cidade 31

Tim-tim para os bons momentos já vividos naquela cidade.

Que a noite se paramentasse em louvor daquelas acolhedoras meninas, e da mãe delas, que o tratava como a um filho, mimoseando-o com aconchegos como o do pulôver de tricô que ele trazia no corpo.

Pediu um maço de cigarros e uma caixa de fósforos.

Aquela não ia ser a única das noites em que teria de remoer o desaparecimento do pai e o medo de perder a namorada. Motivo era o que não lhe faltava para começar a fumar.

***

Agora as fumaças daquele passado enevoavam amáveis feições guardadas na gruta de uma alma peregrina, condenada a se volatilizar de cidade em cidade, deixando para trás o que já não sabia se foram os melhores ou os piores fragmentos da sua história, ou as duas coisas juntas. O certo é que uma sobrevivente daquele tempo lhe ressurgira, enchendo-lhe o crânio de recordações. Exatamente aquela que na manhã de ontem o encontrara num quarto de hotel na cidade que ele chamava *A bela* desde a primeira vez em que nela estivera, e onde havia vivido, e por muitos anos, e da qual saíra à procura do sossego numa vila distante do interior, e à qual agora voltava para fazer exames médicos, ir a um cinema, um teatro, rever pessoas, bares, histórias. Memórias. As mais fortes lhe vieram no velório daquele que o levara à casa das três meninas, no dia do seu casamento com uma delas, e que veio a sofrer um infarto fulminante quando em visita a uma filha que morava na cidade onde o seu velho amigo se encontrava, e também de passagem.

A voz da sua mãe ao telefone não parecia de uma anciã. Falando e ouvindo bem, ironizava as filhas, tão cheias de doenças, coitadas, e tão arrelientas, queixosas, *reclamonas*. Naquele instante se encontrava na casa de uma delas, que estava a banhar-se demoradamente, daí ela, a mãe, aproveitar para fazer aquela ligação, como se estivesse a cometer uma traquinagem. Precisava mesmo era ouvir outra voz, sem recriminações — *Não faça isso, não faça aquilo... Toda hora é não e não e não. Me tratam como uma caduca.*

Ele é que não queria estar na pele das irmãs, que se revezavam como cuidadoras da mãe, enquanto os filhos homens só apareciam de vez em quando, e assim mesmo nem todos, como o próprio que a ouvia, e que lhe perguntou como estava se sentindo. *Com vontade de passear*, disse ela. *Ultimamente mal me levam à igreja, e assim mesmo porque finco o pé e digo que não posso deixar de ir à missa todo dia, e se me desobedecerem que se preparem para o castigo: depois que eu me for, minha alma virá se vingar, pegando no pé de todo mundo. Aí me atendem. Mas não é que já estão querendo que eu deixe de ir ao banco para tirar o dinheiro da minha aposentadoria? Querem que eu assine uma autorização para uma filha ou um filho fazer isso no meu lugar. Como se eu fosse uma inválida. Devem me achar uma sovina, apegada demais a esse salário mínimo que recebo todo mês. Mas é que eu gosto de fazer um passeiozinho de vez em quando. E você? Quando é que me manda uma passagem de avião para eu ir ficar uns dias na sua casa? Ou então venha me buscar. Por falar em vir aqui, seu pai...*

Querida cidade 33

— Conte tudo. Não me esconda nada. Ficou sabendo de alguma novidade sobre ele?

Imaginou que ela o estivesse associando à imagem de um andarilho que dia desses havia sido mostrado na televisão, e que fora achado na beira de uma estrada. Tratava-se de um velho esfarrapado, com a barba pelos joelhos, quase cego pelas luzes dos carros com os quais havia cruzado em anos e anos de andanças, e que não tinha documentos nem a menor lembrança de quem era. Mas aquele não poderia ser o seu pai, que, se vivo fosse, estaria beirando os 100 anos. Logo, já não devia pertencer a este mundo.

Mais tarde (quer dizer, ontem à noite) ele remoía a resposta enigmática da sua mãe, que não chegara imediatamente ao desfecho que ele queria.

— Não se preocupe — desconversara ela. — Está tudo em ordem, como Deus manda. E Ele mandou o seu pai me procurar... Num sonho.

E assim, fazendo suspense, ela acabara por arrancar dele a promessa de que faria tudo para pegar um avião o mais rápido possível para chegar a tempo... A tempo... A tempo... A tempo... De que mesmo? De vê-la pela última vez? Para ouvir dela alguma notícia sobre o seu pai, se algum dia havia sido encontrado, vivo ou morto, quem sabe no Paraguai, em Miami ou em Portugal, e se o rosto dele permanecera ou não o mesmo que contrito rezava em silêncio, apenas mexendo os lábios, para espantar o medo de uma tempestade tão apavorante quanto a da noite de ontem, quando as imagens familiares rememoradas o levaram a recitar um mantra que havia copiado, letra por letra, numa tarde em que estava de bobeira e assistia na televisão a um programa vespertino motivacional, ou de "extensão do conhecimento", chamado *Caminhos mágicos*.

Em pauta, receitas da felicidade plena, terapias comportamentais, nutricionismo, astrologia, numerologia, espiritualidade — e esta, a levar sempre ao caminho da Índia, em busca das respostas do universo às suas crenças, ou coisa parecida e mais bem dita pelo mestre em sabedoria oriental. Eis o mantra: *Zen-gol-dá-bil*. Pronunciar assim, sílaba por sílaba, dez vezes ao dia — aconselhava o sábio senhor —, a contemplar o infinito para captar as energias positivas do cosmo e trazê-las para dentro de si.

Perguntado sobre o que vem a ser mesmo um mantra — a audiência heterogênea do programa não era obrigada a saber de tudo que rolava ali —, ele explicou, pacientemente, falando bonito, e com a segurança de quem havia decorado um verbete enciclopédico:

— Sílaba, palavra ou verso pronunciados segundo prescrições ritualísticas e musicais, tendo em vista uma finalidade mágica ou o estabelecimento de um estado contemplativo.

Fez uma pausa para molhar as palavras e regar a sua retórica, tornando-a ainda mais fluente. Depois de sorver um bom meio copo de água, pigarreou. E prosseguiu, didático:

— Instrumento do pensamento, fórmula ou conselho sagrado, hino, oração, estado ou disposição da mente, um mantra pode simbolizar ou evocar uma filosofia, um livro sagrado ou um deus.

Querida cidade 35

Em síntese, era isso e mais a harmonia interior que produz respostas para a vida.

— Você se sente bem até em circunstâncias adversas — disse ele, enquanto aquele espectador acidental que o ouvia atentamente se recordava de uma ex-vizinha que, depois de uma viagem à Índia, nunca mais fora a mesma. Voltara cumprimentando a vizinhança assim:

— Namastê!

Quando lhe perguntavam o que isto significava, respondia:

— O divino em mim saúda o divino em você.

Um você que ela considerava o Outro, ou seja, a mais subjetiva das construções humanas — Deus. Um deus múltiplo e complexo. Quanto à sua própria condição, assumia a de sujeito objetivo-subjetivo. Sim, sim: ela passara a se dizer uma menina que gostava de metáforas para, através delas, expressar sua singularidade em fecundo construir-se, e saudar a subjetividade do Outro, permitindo-se ser saudada por esse Outro.

Namastê!

Isso foi no princípio, quando ela ainda se assemelhava a uma riponga paz e amor, do signo de Aquário. (Signo complementar: Leão. Regente: Urano.) Uma segunda viagem à Índia a levaria a sair da superficialidade em seu aprendizado intersubjetivo, para entrar numa fase mística mais profunda. E quanto mais mergulhava nas profundezas da essência divina e pura, em busca do verdadeiro ser, tornava-se uma figura etérea, a viver em obsessiva meditação, e a mudar radicalmente de hábitos, para desespero do marido, que acabara indo parar num hospital, em adiantado estado de inanição, uma vez que em sua casa a alimentação passara a ser reduzida a uma estoica dieta de faquir, unilateralmente imposta pela mulher.

— Você está morrendo é de fome — diagnosticou o médico que o atendera, já em situação crítica, mal compreendendo o significado das palavras que saíam através do fiapo de voz daquele ofegante paciente emergencial:

— A culpa... Não foi dela... Eu que deixei... Que ela me matasse... Aos poucos... Fui um i... di... o...

E fora com esse sentimento, revelado de forma inconclusa, quase tatibitate, que ele, o desnutrido senhor esposo, adormecera sobre uma maca, com uma agulha espetada numa veia, a injetar-lhe um soro reanimador, providencial, cabendo ao médico a desistência da pergunta cuja resposta poderia levá-lo a inteirar-se do envolvimento de outra pessoa nos antecedentes do avançado quadro de desnutrição agora aos seus cuidados, passível até de configurar-se como um caso incomum de tortura doméstica:

— Quem é ela?

Ora, aquela que, por motivo de força maior, não acompanhara o marido ao hospital, ao qual chegara numa ambulância. Naquele momento, ela tratava da viagem que um dia ainda a faria ir além do supremo princípio, em um significativo movimento no existir, e a receber beijos de luz em seu coração. E assim: meditando. Para libertar a mente de toda a desonestidade, de acordo com a filosofia de um seu já antigo mestre. E ele ensinava que o pensamento, no seu esforço para

Querida cidade 37

ser honesto, é comparativo e, portanto, desonesto. Logo: meditação é o movimento dessa desonestidade no silêncio.

Enquanto meditava, ela se imaginava a se desprender do mundo material, para atingir a comunhão divina e a sabedoria, impulsionadoras da sua ascensão à morada das neves, no topo do mundo, onde adejaria pelo éter, em busca da iluminação transcendental, e a volatizar-se muito além das vastidões entre o Arakan e o Hindu Kuch. Será mais ou menos por ali onde o vento faz a curva? Os seus pensamentos espraiavam-se da planície gangética à cadeia trans-himalaiana de Kailas, até todo o seu ser elevar-se a alturas ainda mais inatingíveis, ao som da flauta encantadora de serpentes do oitavo avatar de Vishnu — Hare, hare, Krishna! —, a Suprema Personalidade, triunfante em todas as suas lutas contra os poderes malignos, cujo fascínio que exercia sobre as mulheres simbolizava uma irresistível atração da alma para Deus. Pois este era o roteiro da transcendente viagem daquela brasileira que fizera da Índia um caminho de roça: para bem longe, muito longe mesmo, do barulho do prédio, da rua, do bairro e da cidade em que vivia — foguetório, tiroteio, baile *funk*, berreiro em ensurdecedores decibéis — *Só Jesus tira o demônio do seu corpo* —, carros, carros, carros, bêbados, drogados, gente, gente, gente a sair pelo ladrão. Como se isso fosse pouco, tinha de aguentar também o insuportável bafo de álcool e nicotina de um marido que, ainda por cima, roncava.

Mas ontem à noite, enquanto o mundo estava a pique de ir por água abaixo, era o próprio personagem desta história — e não lady Krishna, hare, hare! — quem ansiava bater asas em altitudes acima da tempestade, para ir além do princípio do seu medo supremo. Então se pôs a lembrar do aconselhamento (o que o medo não faz!) que havia lido pela manhã na coluna de jornal especializada em astrologia:

— Procurar coisas ou pessoas que lhe lembrem de algo do passado. É nele que estão ancoradas as nossas emoções mais intensas. Recordando, você vai acabar chegando ao núcleo secreto das suas emoções.

Em tempos em que a influência dos astros sobre o destino humano não fazia parte das suas crenças, classificaria coisas assim de conversa para enganar trouxa. Agora, quando já não sabe o que fazer de si mesmo, medita sobre a conexão entre as palavras lidas no horóscopo — procurar coisas ou pessoas que lembrem algo do passado — e o telefonema da mãe, as recordações do rosto contrito do pai, que um dia desapareceu, de um tio seu salvador e também fujão, de uma tia bondosa e abandonada, de um primo encantador e suicida, de meninos murchos pelos cantos de uma sala, a tremerem de medo dos relâmpagos e dos trovões, do quadro protetor do Sagrado Coração de Jesus (Senhor Deus, misericórdia...), da casa das três meninas revisitada no velório do amigo que o levara a ela, da ex-vizinha que voltara da Índia mudada da cabeça aos pés — nas vestes, nos cheiros, na dieta, nos sons monótonos que ouvia, de efeito tão relaxante quanto letárgico —, de um marido que passara a ser visto num prédio inteiro como o responsável pela exacerbação mística da mulher — por não estar mais dando no couro, ria-se à boca pequena... A maldade dessa gente não era a arte mais bem cotada no mercado da vizinhança?

Querida cidade 39

Pois maledicência foi o que não faltou ao sobe e desce dos elevadores, quando uma vizinha da frente espalhou a suspeita de que o tal marido se tornara membro efetivo da desonrosa confraria de São Cornélio. A desconfiança fundamentava-se nas evidências de que a suposta traidora sempre voltava da Índia de nova paixão. Primeiro, era Deus no céu e um tal de Krishnamurti na Terra. Agora, seu coração balançava por outro, cujo retrato trazia pendurado num colar, e que, embevecida, dizia se chamar Rajneesh. Aí tinha coisa.

Santa ignorância!

A fofoqueira não acompanhara a passagem do tempo místico-filosófico, quando a era sob a influência espiritual de Jiddu *O Mundo Somos Nós* Krishnamurti (1895-1986), criador de uma sociedade com o seu nome, cujos domínios iam de Madanapalle à Califórnia, viria a passar ao poder de outra, a do polêmico guru colecionador de limusines Bhagwan Shree Rajneesh (1932-1990), que estendeu seus oráculos de Poona ao deserto do Oregon, nos Estados Unidos da América, de onde acabou expulso, passando um tempão mais parecendo um pária a vagar pelo mundo sem encontrar país que lhe desse guarida, mesmo estando de burra cheia, à custa da sua multidão de adeptos. Entre eles, quem, quem?

Quando Rajneesh morreu, lady Krishna enlutou. Mas como espiritualidade e Índia são indissociáveis, se morre um guru nasce outro — e pouco importa se célebre ou anônimo —, de modo que os caminhos místico-filosóficos jamais se fechariam para quem nunca iria deixar de viver com um pé cá, outro lá.

Mas não.

De maneira alguma se poderia atribuir às fofocas o final trágico desse episódio, e sim ao conjunto da obra, à qual o destino acrescentaria o seguinte epílogo:

Na esquina havia um botequim.

Pois fora nele que, ao regressar do hospital, recuperado, bem nutrido, pronto para outra, o infeliz marido viera a fazer uma parada, sendo recebido no pé-sujo da tal esquina, a poucos passos de onde morava, com muitos abraços, apertos de mão, tapinhas nas costas, votos de um bom retorno ao lar. *Desce mais uma aí, nobre portuga, e estupidamente gelada, que tristezas não pagam dívidas, ó pá!*

Ora, qual o vizinho que não sabia do drama que estava vivendo o malfalado esposo da *lelé da Índia*, também dita *lady Krishna?*

— Perdi a conta, chefe, de quantos copos derrubámos. Saí de lá tropeçando nas pernas, e com o sangue a ferver, por causa do que me contaram que aconteceu, enquanto estive hospitalizado. Do resto não me lembro de nada, eu juro! — diria ele mais tarde, nesse mesmo dia, ao ser interrogado na delegacia do bairro, sob a acusação de haver cometido um crime hediondo, triplamente classificado: por motivo torpe, crueldade e recurso que impede a vítima de se defender.

O assassino, que não tentou se evadir, nem se desfazer da arma ou fazer a ocultação do cadáver, dizia que só disto

Querida cidade 41

se lembrava mais: copo vai, conversa vem, acabara sabendo que enquanto estivera ausente um caminhão de mudanças havia estacionado na porta do seu prédio, de onde saíra carregado com tudo, ou quase tudo, que lhe pertencia. Ao ser preso, parecia curado da bebedeira. Mas a declarar-se desmemoriado quanto ao desenrolar dos acontecimentos, o que lhe convinha esquecer, por julgar que isso poderia servir de atenuante, para aliviar a pena a que seria condenado, na suspeição do senhor delegado que o interrogava.

Na verdade, era humanamente impossível não se lembrar do impacto que sofrera ao abrir a porta de casa e deparar-se com o ambiente sombrio de cortinas fechadas, e a cheirar a incenso e velas bruxuleantes, numa sala nua, inteiramente despojada das peças que compunham a história de uma vida a dois. E do quanto isso o deixara aturdido, a ponto de se esquecer de bater a porta, que acabara ficando semiaberta. Desconcertado, ele se arrastara até ao canto onde um vulto de mulher ensimesmada, sentada no assoalho em posição ascética de renunciante — mais parecendo uma abstração do que uma figura de carne e osso, aos olhos do embriagado marido —, buscava libertar o espírito das cadeias do corpo, através do domínio de seu movimento, impulsionado por sons transcendentais, vindos da alma, respiração e ritmo: Oh, oh, oh, oh, oh, oh, oh!

As interferências dos ruídos de passos trôpegos e do lamentável semblante a postar-se à sua frente não a fariam interromper os exercícios de meditação, provindos de um dos mais antigos métodos de disciplina espiritual e corporal do mundo.

— Por que isso? — perguntara ele, agachando-se, com as mãos apoiadas no chão, a conter-se para não chorar, e também para não a esmurrar, e não desabar no assoalho, o que facilmente denunciaria ainda mais o seu indisfarçável estado de embriaguez. Como a mulher se portara com uma gélida indiferença à sua inesperada volta para casa, da qual parecia só haver sobrado as paredes, restara ao ultrajado marido o esforço para levantar-se, aprumando-se o mais dignamente possível para continuar o lastimável inventário dos despojos domésticos: até a cama havia ido embora. No quarto do casal, viu a mala, e pegou-lhe na alça, levantando-a. Pelo peso, concluiu que estava pronta para ser embarcada. Portanto, já não era preciso imaginar para onde estaria indo o dinheiro da venda dos móveis e demais objetos de valor daquela casa, na qual passara a se sentir um estranho. Além da mala — sim, por que tão pesada, se ela só usava roupas esvoaçantes, levíssimas? —, e do fogão e da geladeira, alguma louça e pouco mais que vira antes na cozinha, ficaram apenas o guarda-roupa — que era embutido numa parede, portanto difícil de arrancar — e uma pele de boi, onde poderia esticar o esqueleto, tendo ainda o bônus de uma almofada para servir de apoio à sua cabeça. *Mas olha o que ela não quis transformar em dólar ou cheque de viagem!* — ele se surpreendeu, ao abrir uma gaveta do armário e encontrar a pistola de dois canos, com duas balas, exatamente como a comprara, havia muito tempo, numa loja de quinquilharias de uma cidade do interior, da qual nem se lembrava mais. Pegou-a. Aquela arma nunca fora usada... Por ele! Agora iria ser.

Querida cidade 43

No minuto seguinte ecoariam por um prédio inteiro os sons de dois estalidos secos, como de tábuas a bater no chão, com muita força. Tensão no ar. Se fosse um assalto à mão armada, logo poderia haver invasões a outros domicílios. Passava das três da tarde de um domingo nublado, ameaçando chuva. Boa parte dos moradores encontrava-se em seus apartamentos, principalmente os idosos (a maioria), daí a decadência daquele prédio, queixava-se o síndico.

— Foi briga de marido e mulher, no sétimo andar — disse ele, confiando no testemunho auditivo da vizinha porta a porta, e a correr para a rua em busca de uma radiopatrulha que ficava estacionada antes do fim da quadra, dando cobertura permanente ao edifício em que morava a família de um figurão da República. Quando o síndico voltou trazendo dois policiais, a (já) famosa vizinha apontou para o apartamento em frente ao dela, no qual reinava o mais absoluto silêncio.

Tocaram a campainha, primeiro na entrada social, depois na de serviço. Ninguém veio saber o que queriam. "Foi aí mesmo", a vizinha garantia, com convicção. Ao bater com o punho cerrado na porta principal, um policial percebeu que ela estava encostada, sem tranca. Empurrou-a devagarzinho, enquanto chamava o seu parceiro, com um aceno. A vizinha da frente sentiu-se incluída no chamamento, seguindo-os sorrateiramente, a passos de bailarina, ansiosa por adentrar a cena do crime, que lhe seria interditada, embora com os agradecimentos pela sua colaboração, mas dali para a frente era com eles, que estavam visivelmente nervosos, ela notou, imaginando a possibilidade de um confronto a bala. Mesmo assim não arredou pé, para ver se, mesmo do lado de fora, conseguia bisbilhotar o que tinha de fato acontecido e o que ainda iria acontecer, e, se o pau comesse, pernas pra que te quero escada abaixo.

Portanto, foi com as orelhas em pé que ela esperou o desenrolar dos acontecimentos, e que ninguém confundisse a sua vocação de investigadora, ou de repórter policial, com a de vizinha enxerida, aqui para vocês, ó invejosos. Sim, sim, mas o que estaria se passando lá dentro? Por que tudo parecia tão calmo?

Então se lembrou de uma reflexão anotada num seu caderno de cabeceira, ao qual recorria frequentemente, como a um livro de rezas: "Que eu não seja indiferente a toda dor do mundo, mas que eu não me misture nem me identifique com ela, porque não quero que a morte me encontre um dia, solitária, sem ter feito o que queria. A identificação com a... Com o que mesmo? Aquilo que os dois policiais com certeza estavam dando de cara... "A identificação com a dor e o sofrimento é o que gera dor e sofrimento..." — e já não conseguia lembrar o resto da história, de tão sofrida que estava por não poder testemunhar o que eles estavam vendo, nem as providências que estariam tomando, sim, isso lhe doía bem fundo — porque não tinha o sangue de barata do síndico, que se escafedera para a portaria, e de lá não arredaria enquanto não se sentisse obrigado a entrar em ação, ah, o mosca-morta, ela não, ouvira coisas, sabia de coisas e loisas, queria colaborar, não era justo ficar de fora de uma cena que pelo visto não oferecia perigo algum.

Esta cena:

Sentado no assoalho, ainda com a pistola numa das mãos, e a outra a acariciar os cabelos desgrenhados da mulher, cuja cabeça jazia em seu colo respingado de sangue (agora, sim, ela mergulhava definitivamente na essência... do silêncio), o malfadado marido cantava, baixinho: "É tão calma a noite/ A noite é de nós dois", como se estivesse revendo o momento mais enternecedor da festa do seu casamento, quando ele tomou a sua deslumbrante noiva entre os braços e lhe sussurrou aos ouvidos "Ninguém amou assim/ Nem há de amar depois", sob os aplausos dos embevecidos convivas.

Agora não era a voz melosa de um *crooner* a cantar "Suave é a noite" o que ele ouvia, mas a do policial que lhe ordenava a pôr a arma no chão, distante do seu corpo, e a ficar de pé, parado, sem se mexer, para, em seguida, ouvir a voz de prisão.

— A mala... No quarto... — disse ele, apontando para o corredor. — Não tenho nada a ver com o que for encontrado dentro dela — completou, para se eximir antecipadamente de qualquer cumplicidade, caso sua suspeita fosse comprovada, ou já desconfiasse que o conteúdo da mala pudesse repercutir como uma bomba.

Na delegacia, ao descobrir a data de nascimento daquele que entregara à polícia (por seu faro canino, ela agora se sentia indispensável às apurações em andamento), a bisbilhoteira vizinha da frente sentenciou para o síndico que, ao seu lado, também aguardava a hora de depor:

— Se ele fizesse como eu, que não saio de casa sem ler o meu horóscopo, poderia ter evitado essa tragédia.

O síndico fez cara de desentendido. Ela, porém, não se deu por vencida. Pediu-lhe licença "um instantinho" e saiu à procura do jornal, do qual era assinante, e por isso sabia o que buscava nele, que não demoraria a encontrar naquela sala de espera, e no qual leria em voz alta as linhas justificadoras do que acabava de dizer: "Não há que se disputar lógica e sensibilidade. Mesmo sobrecarregados por uma cultura que enaltece a racionalidade, podemos conciliar as forças contrárias, entendendo que, em vez de se oporem, podem se complementar. É tempo de nos mostrarmos sensíveis àquelas coisas que dizem respeito à espiritualidade."

— Isto é que é filosofia! — exclamou a iluminada senhora.

O síndico teve vontade de dizer: "Por favor, não faça meus ouvidos de penico." Mas continuou calado, para felicidade da palradora a seu lado.

— É o que diz o horóscopo de hoje, o do signo de Libra. Que é o dele... — ela não teve tempo de esclarecer: "... e o meu", pois ouviu o delegado chamando-a para prestar o seu depoimento. Ah, mas essa sua participação nas investigações iria render muito no prédio, onde agora ela *finalmente* teria o seu momento celebridade.

Enquanto aguardava a sua vez para depor, o síndico não resistiu à curiosidade de ler o seu próprio horóscopo no jornal largado sobre a cadeira em que a loquaz vizinha estivera sentada: "A serpente troca de casca ciclicamente da mesma maneira que nós nos transformamos nos momentos de crise.

Querida cidade 47

É tempo de extrair de dentro de si as forças que parecem ter se esgotado."

Estaria ele vivendo um momento de crise e não sabia? Ou aquele é que era o horóscopo do assassino, posto no seu signo, por engano do horoscopista? Mas que ele próprio não se enganasse: não iria ter descanso nesse fim de semana e sabia lá por quantos dias mais. Como se não bastasse a crescente inadimplência dos condôminos — entre tantos outros ossos igualmente duros de roer —, ainda lhe aparecia mais esta assombração.

Por sorte havia passado longe da turma do botequim, senão poderia estar encalacrado, ou no mínimo com a consciência pesada, por haver envenenado o marido da *lady* Krishna, como já andam dizendo dos que beberam com ele, por volta do meio-dia. Já imaginava seus opositores de dedo em riste, a berrar na sua cara, acusando-o de incitação a um assassinato no prédio que (mal) administrava, como se fosse pouco ser chamado de ladrão pelos que queriam destituí-lo.

O pior é que tinha de engolir um monte de sapos em troca apenas da isenção do pagamento do condomínio, quando sabia que havia edifícios classe A onde as aporrinhações do síndico eram compensadas com uma profissionalíssima remuneração. E o que dizer do seu desassossego, e numa tarde de domingo, quando já ia puxar uma pestana enquanto aguardava a bola rolar na TV? E aí o que rolou foi um megaevento, a esbanjar recursos na produção: sirenas, holofotes, câmeras, tumulto. E era para menos, com essa pauta tão sensacional, um crime terrível e uma mala acondicionada de cocaína em seus fundos e forros falsos? E tudo tendo como cenário aquele prédio classe BR, ou seja, de baixa renda. E ninguém iria lhe pagar um centavo de hora extra pelo que tinha a obrigação de ver, ouvir, responder, acalmar, testemunhar, diligenciar.

Aqui, o atribulado síndico esboça um sorriso, por se lembrar do desespero da turma do fumacê abrigada em tempo integral debaixo da marquise do seu prédio, e que, ao avistar a polícia chegando, debandou atabalhoadamente à procura de onde esconder os seus bagulhos. No seu vaivém, ele parou um instante para observar a patética correria, a filosofar: "Eis aí uma geração largada. Onde estão os pais dessa galera? Desistiram dos filhos?"

Ainda bem que nenhum daqueles ali podia ser apontado como seu, se é que isso lhe servia de consolo. Mas foi aí que começou a ter vontade de se mudar. Para longe da linha de tiro da cidade que tanto amava, e à qual regressaria um dia, não necessariamente para se lembrar de coisas e pessoas daquele prédio, mas não teve jeito, lembrou-se, e com uma intensidade impressionante. O que seria aquilo? A tal da nostalgia?

Ontem à noite todas as suas lembranças começaram assim que o medo apertou. Com tanto trovão pipocando como canhões apavorantes, ele se viu entre duas guerras, uma nas nuvens e outra em terra. E nesta, a guerra era a da sobrevivência em meio ao bombardeio vindo do alto, ameaçando arrasar tudo cá embaixo, no choque do cosmo contra o caos. Então, como um náufrago que tenta se agarrar ao galho mais à mão, passou a recitar o tal mantra aprendido dia destes num

Querida cidade 49

programa televisivo vespertino, feito um louco a falar sozinho, a plenos pulmões: Zen-gol-dá-bil, Zen-gol-dá-bil, Zen-gol-dá-bil. O que lhe trouxe recordações de quando era menino e se benzia dizendo "Nas horas de Deus e da Virgem Maria, amém", diante de qualquer situação de perigo. Da sua mãe, de rosário nas mãos, a rezar o terço durante as tempestades. Da ladainha puxada pelo pai ao raiar do dia — *Kyrie eleison, Christe eleison.* Dos três galhos de arruda com que as benzedeiras faziam o sinal da cruz sobre o rosto de um enfermo, para livrá-lo da doença que nele se incrustara, e que se resumiria ao famigerado mau-olhado: "Com dois te botaram, com três eu te tiro..." E, por fim, mas não por último, do fatídico Domingo Krishna no prédio que (mal) administrara. Cada qual com o seu mantra, ele se disse ontem à noite, ao lembrar-se do mais atormentado dos seus dias de síndico, lá se iam mais de dez anos. Tais recordações serviram-lhe para embalar o sono, ao largar-se ao chão como um saco de batatas. E por ter sido capaz de dormir em circunstâncias tão desconfortáveis, ele conseguira evitar a visão do dantesco desaparecimento da cidade de seus sonhos, numa noite de pesadelos, na qual sonhara com um anjo a lhe soprar ao pé do ouvido: "Os relâmpagos são o fogo da vela/ Dos mortos fazendo aniversário." Seria isto uma premonição? Seu pai... Só agora começa a entender o motivo da voz enigmática da mãe ao telefone, quando, ao final, contou-lhe o sonho em que seu pai lhe havia reaparecido. Ele estava vestido de branco e ela também. Iam se casar de novo.

Com certeza ela queria dizer mais do que disse. Que estava a pressentir a hora de tornar-se uma alma do outro mundo. E

50 Antônio Torres

por isso queria que todos os filhos, netos e bisnetos — eram quantos mesmo? — fossem se despedir dela, para saber toda a verdade sobre a sua velhice, a começar pela maldade — e tome queixa da pitada de sal na comida que lhe negavam, deixando-a muito zangada, e daí sua pressão disparava. E tantas mais: da filharada que a abandonara, mas que certamente iria aparecer correndo assim que soubesse que ela estava morta, para disputar a tapa os seus míseros pertences.

— Como já não terei olhos de ver, que se engalfinhem à vontade...

Ou esse telefonema fora apenas imaginação, num contraponto aos efeitos da tenebrosa noite de ontem?

Finda a tempestade, faz-se, então, outra vez, o esplêndido azul, do céu às águas. Reverberação da luz em estonteante fundo infinito. Ele assovia: "Manhã, tão bonita manhã..." Ironias do destino. A cidade que havia inspirado algumas das *mais belas páginas do cancioneiro popular nacional* ("Cantando sou teus olhos...") não estava mais aqui para fazer de uma delas o seu epitáfio. Ainda assim, mesmo com esta triste constatação, ele se alegra. Afinal, precariedades à parte, já sabe com o que pode contar nas emergências do dia que está apenas começando. Volta a assoviar: "Por que são tantas coisas azuis/ E há tão grandes promessas de luz..." E então se encaminha por um corredor entre casas de máquinas até a boca da cena: um parapeito envidraçado no último andar (o 45º) daquele que fora o mais tentacular edifício da cidade agora encoberta pelas águas.

Querida cidade 51

Até onde os seus olhos veem, tudo o que sobrou dela foi este prédio com apenas a cabeça de fora. Submerso até o pescoço, resta-lhe ainda um cocuruto com um platô para pouso e decolagens de helicópteros. É olhar para o céu e esperar que algum sinal de socorro venha pelos ares, subir correndo a escada de acesso ao heliporto, e, lá em cima, controlar a tremedeira das pernas, erguer bem os braços, rezar para ser visto.

E seja o que o Piloto Supremo quiser.

Diante da perspectiva inefável, suspira, em êxtase — e terror. E se pergunta: o que eu era ontem? Um transeunte a flanar por ruas, avenidas e cruzamentos de sinais de trânsito sem os compromissos de outros tempos (nem mais nem menos felizes), quando o vínculo empregatício o obrigava a marcar seus passos pelo ritmo das horas.

Mas agora (quer dizer, ontem), ele tinha todo o tempo para, por exemplo, parar diante das vitrines e ficar bobamente olhando as novidades, ainda que sujeito ao incômodo dos pisões e cotoveladas, sempre atento ao perigo de um empurrão, um chute, um soco, um atropelamento, uma facada, um balaço. Portanto (se diz), ontem, eu era um rosto na multidão, a cruzar com outros pedestres na mesma situação, e cujos passos não deixariam marcas. O que sou agora? Dois olhos na amplidão, a ver água, água, água e nada mais. O que mudou de um dia para o outro: agora era ele o dono e senhor de uma cidade inexistente. Sem vivalma.

Suprema bem-aventurança.

Ninguém a vigiá-lo. Vista sob este ângulo, a situação apresenta-se com um lado compensador, levando-o até a se dar por feliz. Agora só tem a sua própria sombra a persegui-lo.

O que pensa disso: "Agora sou eu e mais eu. Entre mim e eu, salve-se o que puder. O que possa ir até o fim dentro de si mesmo. Sem guia, mestre, guru, ou mesmo um ilusório manual de autoajuda."

Esfrega uma mão na outra, como se tivesse necessidade de comprovar que é ele mesmo quem está aqui, vivinho da silva. Mas, um náufrago? Um sobrevivente? Quem sabe o único. Regozija-se: bendito silêncio. A um só tempo benfazejo e perturbador.

Agora ei-lo a se sentir no centro de um paradoxo.

A ausência total de barulho eleva o volume de um concerto de grilos em seus ouvidos. Se não houve doutor-otorrino que desse jeito nisso antes, agora mesmo é que não iria haver. Mais do que nunca, agora teria que conviver com os seus ruídos internos, que podem levá-lo à loucura, mais do que o papo-horóscopo, o papo-mantra, o papo-cromoterapia, qualquer papo místico-filosófico, ou simplesmente pela falta de um velho, banal e humano papo, por mais vadio que fosse.

Ainda assim, tem mais é que comemorar: finalmente, um mundo sem motores, tiroteios, carros de som, celulares, serras elétricas etc. etc. etc. e, principalmente isto, sem vizinhos.

Ah, tanta gente preocupada com o aquecimento global e a destruição dos recursos naturais, temendo um futuro nada promissor para a vida na Terra! Tantos a perguntar o que será do planeta sem a presença humana! Sentindo-se diante de

Querida cidade 53

uma prévia desse mundo sem ninguém, ele estranha a sua reação diante do que está vendo: puro enlevo com o que a Terra parecia ter se tornado. O reino do silêncio. Não era um paraíso?

Sim. Não. Sim, agora. Não, daqui a pouco — quando sentir a falta de rostos, feições reconhecíveis, ou mesmo estranhas, e de vozes. Indistintas, perturbadoras, amáveis, gentis, estúpidas, bonitas, feias, irritadas, engraçadas, musicais, desafinadas, ásperas, de todos os timbres, ou um só, e de mulher, da sua mulher, oi, como e onde está você? Ah, mulher, tu que criaste o amor, aqui estou eu, tão só, na imensa Terra, digo, imensa água. Adeus.

Pausa para outra meditação.

Isto pede um cigarro.

Sôfrego, leva as mãos aos bolsos.

Apalpa-os.

Sim, agora não haveria mais o risco de ser flagrado por nenhum desmancha-prazeres, com incômodas perguntas, para deixá-lo morto de vergonha de sua imperdoável fraqueza, falta de força de vontade, para não dizer de caráter mesmo, de acordo com o julgamento do impertinente perguntador:

— Fumando escondido, hein?!

Toma aí.

Bem feito!

Quem mandou se gabar de haver parado de fumar?

Mas eis que enfim faz-se o momento — o motivo! — para voltar a fumar, e desbragadamente, para compensar, sem remorsos, os desenxabidos anos de abstinência das longas, lentas, pensativas, filosóficas, voluptuosas baforadas, *seguindo a fumaça como uma rota própria, a gozar a libertação de todas as especulações...*

Não. Não é um maço de cigarros — e isqueiro, ou caixa de fósforos — que encontra num bolso, e sim o seu inseparável celular, com o qual tentará falar com a sua mulher, e agora, já, mesmo sabendo que ainda é muito cedo e ela deve estar dormindo, feliz da vida por ter toda a cama do casal para se esparramar, sem ser incomodada por um marido que costuma despertar com os passarinhos, quando passa a abrir portas, a dar descargas, a mexer em louças e talheres, e até... a cantarolar!

Acordá-la antes da hora seria dar a cara à tapa.

Ainda assim, decide correr o risco de levar um esporro. Nada seria pior do que não saber nada... Nada do que poderia estar acontecendo para além daquelas águas.

Já será um começo promissor se discar os números da sua casa e ouvir o som do telefone a tocar no outro lado da linha.

Melhor que isso só o alívio de uma voz a dizer *Alô!*

Mesmo que mal-humorada. E que lhe perguntasse:

— Como foi a conferência? Arrasou?

Ouvir agora uma voz vinda de algum lugar significaria que o dilúvio fora apenas no lado de cá. Não teria sido tão devastador quanto aquele outro, nos tempos de Noé.

— Oi, querida! Como vai você? Tudo bem? Beleza. Pode me dizer quanto tempo falta para a arca chegar?

Sem conexão.

E nenhum sinal de barco ou helicóptero a surgir na linha do horizonte.

Querida cidade

Nada a fazer, além de esperar. Mas o quê? Quem? Quando? De onde?

— Façam o favor de me trazer de pressa um... Cigarro!

Uuuuuuh! Isso pede uma música.

Para ondular suavidades idílicas, em acordes diáfanos, fluentes, mágicos.

Esta música:

"Quando uma linda chama morre/Fumaça entra nos seus olhos."

"Smoke Gets in Your Eyes."

Escutem!

É Miles Davis quem está tocando.

Miles quem?

O que toca nos corações incendiados.

Todos os trompetes havidos e a haver.

Podia aumentar um pouquinho?

Agora um uísque.

Com bastante gelo.

Muito obrigado.

Inspira. Respira. Suspira.

— Fim de mundo mesmo é parar de fumar e beber, na marra, de uma porrada só — ele se diz.

Era este o tema da conferência que pretendia fazer ontem ao final da tarde, se uma tempestade não tivesse atrapalhado os seus planos. O que a princípio seria uma brincadeira acabara envolvendo-o seriamente em baforadas lítero-recreativas, que o levaram a uma delirante teoria segundo a qual o finado Sigmund Freud escrevera *Luto e melancolia* num dia de do-

56 Antônio Torres

lorosa abstinência do seu inseparável charuto. Dizia-lhe o bom senso, porém, que, para atrair as atenções da plateia que idealizara — a clientela de um bar de saudosa memória em horário de intenso movimento —, seria preciso um começo de conversa bem mais impactante do que essa lorota sobre o charuto freudiano. Algo assim como a confissão de que se não fosse a autoanálise que as leituras, as pesquisas e as reflexões para a realização daquela conferência lhe propiciaram, ele não estaria ali a chorar de alegria, ao rever os amigos da farra querida, os muchachos companheiros de bebida.

E por quê?

Pelo simples motivo de que sem essa terapia ocupacional a privação tabagista o teria levado a uma insanidade assassina, e daí para a cadeia. (Observação: entrar de sola, para captar o interesse do público pelo assunto logo de cara. Lembrar — a si mesmo — o ensinamento do mais célebre dramaturgo que aquela cidade já conhecera: *Que fazemos nós desde que nascemos senão teatro — autêntico, válido, incoercível teatro?*)

— Se não fosse esta conferência, eu teria cometido um crime brutal. E contra a minha mulher, a eterna insatisfeita... Comigo! — (Bater no peito, para dar uma alta voltagem à fala, e silenciar teatralmente por alguns segundos, enquanto bebe um gole de água, lembrando-se que a pausa é um artifício, um traço dramático, assim como a hesitação, a ênfase, a digressão e a divagação.) — Quando eu fumava, ela abominava o cheiro que ficava impregnado no meu corpo e na minha roupa, maldizendo o meu hálito de fundo de cinzeiro. Quando parei de fumar, virei um chato merencório, para quem a vida havia perdido todo o sentido, ou o mundo tivesse se acabado,

Querida cidade 57

segundo a hiperbólica dita-cuja. — (Levar as duas mãos ao pescoço, simulando uma furiosa esganação.) — Só matando! — (Recordar, em contraponto, o Caso Krishna. Breve retrospecto do assassinato que abalara a cidade havia mais de dez anos, e do qual nem todos na plateia deviam se lembrar.)

— O que associa um crime ao outro, este outro que, *Deo gratias*, não cheguei a cometer? O fumo e o álcool. E há combinação mais perfeita, embora em situações opostas? No primeiro caso, o protagonista foi um marido que bebeu e fumou demais, e quando chegou à sua casa quis trocar uma ideia com a mulher, que se encontrava em momento transcendental, em busca do equilíbrio do seu ser diante do universo, numa postura que ele jamais seria capaz de compreender. Por que isso? — perguntou-lhe, como se quisesse despertá-la de uma hipnose. E porque a esposa não fez uma pausa em sua meditação para responder ao marido, ele enlouqueceu. E fulminou-a com dois balaços na boca, despachando-a para o reino eterno de Krishna, hare, hare, não se esquecendo, ainda na cena do crime, de indicar à polícia o quarto onde se encontrava uma mala cujo conteúdo secreto ela teria de entregar em Amsterdã, em troca de uma dinheirama que poderia lhe financiar mais do que novas passagens para a Índia. Pelo peso da mala, daria até para ela se mudar para bem longe do marido, sobre quem acabou pesando a pecha de otário, pois, com todo aquele ouro branco já cuidadosamente embalado para viagem, poderia estar agora no bem-bom de um paraíso fiscal, numa ilha de sonho, onde sua grana reinaria em segredo, e ele teria a mulher que quisesse, na cama que escolhesse.

E se algum sujeitinho inconveniente, já avançado nos copos, o interrompesse, dizendo que não havia entendido bem a relação entre o Caso Krishna e o seu, que lhe respondesse, na bucha:

— Perdi um pouco de tudo nesta vida. Amores, amigos, empregos, dinheiro, poder. — (Referência ao cargo de síndico que exercera há mais de dez anos, num prédio em decadência, mas num bairro de bacanas.) — Nenhuma das minhas perdas, porém, foi tão irreparável quanto a do cigarro. E aí, quando me encontrava num dos momentos mais críticos da abstinência da *Nicotiana tabacum*, eis que a minha mulher começou a me encher o saco, dizendo que eu havia me tornado um chato intragável. Só matando, só matando... Mas calma, pessoal. Com as providenciais ajudas de Anton Tchekhov, autor de *Os malefícios do tabaco*, e de Italo Svevo, de *A consciência de Zeno* — fumante a quem um psicanalista leva a contar a sua história com a assistência de todos os cigarros, que vêm se juntar ao que ele tem na mão —, sublimei a minha fúria assassina. — (Agradecer pelas atenções de todos e pedir que deixassem as demais perguntas para o final.)

Se esse preâmbulo viesse a silenciar a tagarelice etílica, ponto para ele, que ficaria a cavaleiro para proferir a conferência que intitulara "Os malefícios de parar de fumar". E isto num lugar onde, por lei, não se fumava mais. E que de uma noite para um dia desaparecera sob as águas.

E era uma vez um bar, uma cidade, um ex-síndico-conferencista. E outra seria agora a sua conferência: caiu, caiu a grande Babilônia, e os reis da terra que se prostituíram com ela, e os mercadores que se enriqueceram com a abundância

Querida cidade 59

de suas delícias... Etc. Até uma voz lhe pedir para pular essa página e ir direto ao capítulo da nova cidade de ouro puro, com muros adornados de pedras preciosas, e que não necessita de sol nem de lua, porque a glória de Deus a iluminará, e suas portas não se fecharão de dia, porque ali não haverá noite, e não entrará nela coisa alguma que a contamine, e cometa abominações e mentira...

— Eis, afinal, no que dá parar de fumar e de beber — ele se diz. — Papo Papo-Jesus. Papo-Jeová. Papo-Meu-Bom-Alá. Salve Xangô, meu Rei e Senhor! Saravá, meu Orixalá! Um charuto! Pelo amor de Deus!

2

Se sua vida desse um romance

Uma caixa de fósforos boia nas águas, vestígio de um mundo que flutua, à deriva.

Recordação de tertúlias ancestrais, ao pé de um fogão, em longínquas paragens, num país chamado Infância — onde as noites sempre pareciam mais longas do que os dias.

Ali, eram os fósforos que produziam luz, por meio de mãos que acendiam candeeiros, lamparinas, velas, fogueiras, tições, cigarros, charutos, cachimbos. Sombras fantasmagóricas moviam-se nas paredes e no chão, ao andar.

Vozes.

Sorrisos.

Choramingação de crianças sonolentas.

Crepitar da lenha.

Fumegar de panelas.

Cheiros no ar: milho verde, batata-doce, aipim.

Ummmm.

Histórias para espantar o medo da noite, e que a enchiam ainda mais de terror: zumbis, lobisomens, mulas sem cabeça, boitatás, gralhas mal-assombradas, almas penadas.

Um ponteio precedia a cantoria do romance que a moça violeira sabia de cor:

Eu vou contar uma história
De um pavão misterioso
Que levou voo da Grécia
Com um rapaz corajoso
Raptando uma condessa
Filha de um conde orgulhoso

O homem no parapeito envidraçado, no limite do indizível, se pergunta se já não será uma alma do outro mundo, tal um nostálgico zumbi martirizado de um tempo que não voltará jamais. Mas, afinal, de quem se trata? Como é mesmo o nome dele?

— Me chame de Senhor — ele se diz, enquanto vigia o que parece ser a única boia que restou ao mundo: uma caixa de fósforos, cheia de recordações do tempo em que a vida lhe parecia, literalmente, um sonho. — Por extenso: Senhor do Enigma das Águas à Espera de Salvamento.

Quando criança vivia juntando caixas de fósforos vazias para com elas construir uma cidade — uma casa em cima da outra, e grudadas umas nas outras, formando ruas que imaginava muito mais cheias de gente do que as do povoado mais próximo da casa de roça onde morava. Sua cidade de

Querida cidade 63

brinquedo não surgia do nada. Era a reprodução dos relatos de um tio-avô que sumira no mundo e um dia voltara com seus alforjes de cavaleiro torna-viagem cheios de histórias, nas quais o sobrinho-todo-ouvidos iria se inspirar, ao edificar fachadas de prédios que eram derrubadas com um peteleco, para depois reconstruí-las, a sonhar com um futuro em que poderia conhecer e — oba! — morar numa cidade de verdade.

Um dia apareceu uma cigana.

Bateu palmas:

— Ô de casa!

O menino surgiu no avarandado, onde costumava brincar com suas caixas de fósforos.

— Meu gajão, me deixe ler a sua mão — implorou-lhe a cigana, num jeito esquisito de falar.

A mãe do menino largou seus afazeres domésticos e veio até a porta, para saber que conversa era aquela. Ao perceber que o filho estava fascinado com a estranha visita, ela concordou em pagar-lhe os serviços com um litro de feijão, outro de farinha, e mais uns trocados em dinheiro para uma garrafa de cachaça, conforme a exigência daquela que ganhava a vida a ler o destino, ou a roubar as galinhas dos seus incautos gajões, ou as duas coisas. O preço era o mesmo que a Mãe Preta cobrava por um parto, embora nem de longe os seus préstimos pudessem ser comparados com a conversa encantatória de uma cigana. Numa terra em que só se achava um médico a sete léguas de distância, na sede do município, uma parteira tinha que ser tombada como um monumento de utilidade pública, com as pompas de todos os nascidos em suas mãos.

E de mão a cigana entendia, ou fingia entender, com arte. Primeiro, alisando-lhe a palma. Depois, deslizando nela a ponta de um dedo, para percorrer, devagarzinho, indo e voltando, numa carícia estremecedora, o que chamava de linha da vida.

— Risco comprido — disse ela. — Longa estrada. Quando crescer, vam'cê vai-se embora, para um lugar bem longe daqui, cheio de novidades.

O menino arrepiou-se. Sim, ela tinha mesmo o dom da adivinhação, e acertara em cheio em seu desejo. Ir-se embora, assim que passasse a vestir calças compridas. Cidade. Ruas, ruas e mais ruas. Edifícios. Arranha-céus. Gente a dizer chega. Luzes. Água encanada. Automóveis. Ônibus. Trens. Aviões. Navios. Cinema. Teatro. Tudo. Tudo o que se chamava de civilização. Assim contava o cavaleiro torna-viagem, que se gabava de haver conhecido uma cidade com mais de trinta léguas de ruas. Ele, o menino, chegaria lá um dia, ora. Palavra da cigana.

***

Agora, o homem no parapeito envidraçado avista uma pequena mala de couro que se encosta à caixa de fósforos. Cena em retrospecto: uma estrada de terra, na qual viajam, a pé, um homem e um menino, que dali a pouco subiria num caminhão, de partida para uma cidade, dali a quinze léguas,

Querida cidade 65

e onde iria fazer o exame de admissão ao ginásio. O homem marcha cabisbaixo, ensimesmado. Ele é o pai do menino, que leva sua pequena mala de couro numa das mãos, exatamente a mão que havia sido lida pela cigana. Sem dizer uma única palavra, o pai lhe toma a mala. Tinham pela frente uma boa caminhada, até ao povoado, de onde o filho partiria, imaginando que nunca mais iria necessitar do auxílio paterno. O pai não precisou dizer nada para o menino perceber a sua contrariedade. Calado o tempo todo, aquele homem rude, sério, encabulado, parecia com vontade de chorar. E assim cada passo do menino deixava para trás a promessa de que aquele seria o dia mais feliz da sua vida. Agora já não perguntava aos galos, aos pássaros, às árvores, ao vento, ao chão, às estrelas, ao sol quantas horas faltavam para ele subir no caminhão e partir. Apenas contemplava de soslaio o rosto acabrunhado do pai. Via-lhe na pele a dor da sua partida. Áspera caminhada. De matar. Mas tinha que ir. Porque assim estava escrito, na palma da sua mão.

— Mô fio, ande direito — disse-lhe o pai, ao ajudá-lo a subir no caminhão. — Para Deus te ajudar.

O breve sermão da despedida era, na verdade, o que aquele pai sempre aconselhava à sua prole, assim que cada um se dava por gente, já capaz de atinar no grau da importância do que estava ouvindo. E a que todo um velho povo responderia, com fervorosa aprovação:

— Amém.

O motorista espantou o mundaréu de pessoas em volta do caminhão com uma buzinada estridente. O menino ajeitou-se

Antônio Torres

em cima da carga de sacos de feijão, milho e farinha, pondo uma mão sobre a sua maleta, da qual não iria se separar até o fim da viagem, com medo de perdê-la nos solavancos em curvas, buracos, esconsos, pedregulhos e ladeiras acima e abaixo. Naquela malinha pobrezinha estava tudo o que possuía de seu, e nisso se incluía um histórico escolar para cidade alguma botar defeito. Entre os seus parcos pertences, o mais digno de nota era a prova final do curso primário, um maço de folhas de papel pautado, e enrolado como um canudo patrioticamente amarrado com uma fitinha verde e amarela. *Avante, camarada! Ao porvir!* — parecia lhe dizer o povaréu que circundava o caminhão, a ponto de chorar com a sua partida, porque naquele lugar as pessoas se debulhavam em lágrimas toda vez que alguém ia embora. Sodade, mô bem, sodade.

Enquanto o caminhão partia devagarzinho, ele via na expressão dos que iam ficando para trás a vontade de partir também. No entanto, desde que, ao sair de casa, se despedira da mãe e dos irmãos, não se sentia com a mesma alegria que lhe embalara o sono, na noite anterior. E se isso era o que mais sonhara na vida, por que agora não estava feliz? Estranhava-se.

Envolto em sombras, um lado da praça escurecia-se. No outro, raios de sol douravam as singelas casas em platibanda de frente para o poente. O toque da buzina levantava braços para os adeuses, atraía moças às janelas. Não teve tempo de acenar para elas, nem de ver se havia alguma alegre ou triste com sua partida. Delas, cujos rostos se perdiam na distância,

Querida cidade 67

levaria os cheiros dos corpos banhados com sabonete de eucalipto, das cambraias engomadas, e das rosas vermelhas e brancas com que perfumavam as novenas de todo mês de maio. Do lugar, o acompanhariam também os cheiros das relvas orvalhadas ao raiar do dia e os das flores serenadas à boca da noite. O cheiro da terra com as primeiras pancadas de chuva. E o do alecrim. E o das goiabas. O cheiro dos cigarros de palha e dos charutos feitos em casa que homens cansados acendiam em silêncio, a contemplar a vermelhidão do crepús-culo, antevendo os primeiros sinais de fogo prenunciadores do fim do mundo. Tantos cheiros, alguns até bem ruins, como os dos pastos cobertos de urubus, nas longas estiagens.

O caminhão entrou num beco e logo o menino começou a comer a poeira da estrada, deixando para trás o cabo da enxada, o cabo da foice, o cabo da estrovenga, todos os cabos que lhe enchiam as mãos de calos, e a ouvir a voz do pai a martelar em seus ouvidos *Ande, ande, ande! Direito, direito, direito! Para Deus, para Deus, para Deus...*

***

Chegou a seu destino são e salvo. E dali a poucos dias teria mais um motivo para dar graças ao bom Deus. Foi quando viu o resultado do exame de admissão ao ginásio exposto num quadro de avisos em local onde se formava uma ansiosa aglomeração. E lá estava a sua sorte, expressa em números. Além de haver passado em todas as provas, tinha algo mais a comemorar: seu nome figurava em primeiro lugar no cômputo geral das notas. E isto sem o auxílio de um cursinho preparatório. Uma proeza, para o capiau vindo de um caixa-prego lá no meio do mato, lhe disse um menino da cidade, que havia ficado em segunda época, significando isto um novo exame para quem fora reprovado em uma das matérias. O matuto engoliu em seco o elogio com laivos de escárnio, que bateu em seus ouvidos com a força de um tijolo, e tudo por não ter segurado o que lhe passou pela cabeça ao se sentir surpreendido com tão extraordinária notícia, e soltar a voz — Arrrree, éguaaa! Laveei a jegaaa! —, exagerando no seu sotaque arrastado, causador do estranhamento que até poderia resultar numa briga feia.

Mas se conteve. Ora, mesmo que o chamassem de capiau, caititu, capicongo, casca-grossa, caipira, roceiro, jeca-tatu, mocorongo, tabaréu, índio, bugre, selvagem, não iriam impedi-lo de frequentar a mesma sala de aulas dos citadinos, urbanos, civilizados, peles-finas, aos quais poderia até ensinar um pouco de sabedoria matuta: *Quando um não quer, dois não brigam.* Foi o que sua mãe lhe disse, numa vez em que ele entrou em casa de crista arriada, em estado lastimável — todo rasgado, e com um olho inchado, mais parecendo um galo cego —, por causa de uma desavença com um colega de escola, atiçado pelos meninos maiores. Depois de lhe passar uma descompostura, deixando-o ainda mais humilhado e ofendido do que já estava, ela lhe deu outro conselho: *Não dê milho aos pintos.*

— Boa sorte na segunda época — disse ao menino que dele havia debochado.

— Obrigado.

Querida cidade 69

Ao final desse diálogo conciliador, os dois meninos furaram a roda que se formara em torno deles e se retiraram, dando o episódio por encerrado, o que deixou a turma decepcionada, pois já estava na torcida por uma cena de pugilato, pronta para atiçar: *O cabelinho de um no do outro!*

Por ter sido capaz de evitar isso, o capiau se sentiu mais sortudo do que poderia se julgar. Porque assim evitara um ponto negativo num histórico ainda a ser construído ali.

***

Não. Não iria contar com a sorte infinitamente, ele se diz agora, ao ver, do parapeito envidraçado, o pneu de uma bicicleta aproximar-se da maleta e da caixa de fósforos. E com ele, boia nas águas do tempo um episódio dilacerante ocorrido na primeira cidade de sua vida, e que poderia ter por título *Compaixão não liquida faturas*.

Sentira isso na pele, no desfecho desastrado de sua breve carreira de vendedor pracista de secos e molhados, e das mais variadas utilidades da civilização industrial, quando, montado numa bicicleta, com uma pasta cheia de talões e duplicatas na garupa, percorria as mais distantes bibocas da primeira cidade da sua vida, cobrando faturas e pegando pedidos de renovação de estoque, desde que o comprador estivesse com as suas contas em dia, conforme o mandamento patronal que viria a transgredir, ao condoer-se dos bodegueiros mais pobres, em seus tocantes apelos de que se não tivessem mercadorias para vender não poderiam pagar as dívidas atrasadas. Como a lógica contábil era outra, acabou demitido, sob a acusação de possuir uma alma de filantropo, sem o perfil pragmático que o mundo dos negócios requer. Portanto, que ele se encarreirasse na vida eclesiástica, ou se tornasse filósofo. Ou poeta, capaz de ouvir e entender estrelas, e de apaixonar-se pela lua, e de sonhar com as musas, e de viver de brisa. Em outras palavras: tome tenência, rapaz. Oriente-se. Para deixar de ser ingênuo (no popular: bobo, trouxa, boboca, loque, tolo, babaca, besta, jerico) e aprender de vez como é que a coisa funciona.

— A coisa? Que coisa?

— O mundo, seu zé-mané!

Ele devolveu a pasta e a bicicleta, recebeu o pagamento pelo acerto de contas e foi embora, a confabular sobre a carreira sacerdotal, que dava batina, casa, comida, vinho canônico e uma santa sabedoria, mas, com a austeridade do celibato, que graça podia ter essa vida? Quanto à filosofia, ele ignorava o que vinha a ser a sua investigação da dimensão essencial e ontológica do mundo real etc. Fosse qual fosse a sua importância, não devia dar camisa a ninguém. Afinal, para o Zé da esquina, filosofar não significava jogar conversa fora, num papo vadio? Já a vida de poeta, embebida em emanações etílicas, durava pouco, fatalmente corroída pela tuberculose, a cirrose, a sífilis, a loucura. Em compensação, quanta sorte com as mulheres! O que poderia ser mais desejável para um rapazinho solitário, a andar sem destino por uma das mais belas praças de uma cidade na qual chegara havia quatro anos, e com uma pequena mala de couro na qual cabiam todos os sonhos do mundo, e que acabava de lhe dar um pé na bunda? Enquanto seus sapatos esmagavam paralelepípedos, ele se perguntava se alguém ali amaria um desempregado.

Querida cidade 71

Ao passar diante da única livraria da cidade, parou. Com a pequena fortuna que tinha no bolso, poderia até fazer uma extravagância, ainda que viesse a se arrepender depois, quando tivesse torrado o seu último centavo. Como o impulso do momento era mais forte do que as incertezas do futuro, ele entrou na livraria, onde, de cara, um título despertou-lhe a atenção, mais do que os outros: *As dores do mundo*. O seu autor era um alemão, do qual nunca ouvira falar. Nada é por acaso, filosofou. Quem sabe aquele tal de Arthur Schopenhauer viria a ser o oráculo de que precisava para o entendimento de suas circunstâncias?

Ele estava com 17 anos e se achava possuidor de um repertório de dores para filósofo algum menosprezar. Ainda tinha nos ouvidos os piques e repiques dos sinos da sua infância, nos chamamentos para os funerais de anjinhos e de pecadores, entre estes se incluindo as mães que morriam no parto, legando aos filhos e demais parentes e aderentes uma dor de cortar o coração. E trazia nas unhas dos dedões dos pés as marcas das topadas em pedras de ásperos caminhos. No rosto, as da catapora, e das protuberantes espinhas, enquanto todo o corpo guardava a memória das chibatadas da mãe, e a alma, a do fora que levara da primeira garota que chamara para dançar, tantas dores, quantas, quantas! Os calos nas palmas das suas mãos recordavam-lhe a dura herança rural. E agora mais essa dor: a da primeira demissão.

A leitura das páginas do alemão, porém, só viria a aumentar o seu sentimento de inadequação à inexorabilidade da vida prática, levando-o a buscar refúgio, cada vez mais, no mundo da fantasia, sob a primitiva influência da história de amor que a violeira da sua infância tocava e cantava ao pé de um fogão, transportando-o de uma tapera brasileira para a Grécia, e de lá para a Turquia, nas asas de um pavão misterioso, tendo a bordo uma condessa por ele salvada do cativeiro de um pai malvado.

Com o passar do tempo, já não saberia dizer se todas as suas situações vividas eram reais ou as teria lido em algum lugar. Isto poderia fazer dele um sujeito um tanto vago, de pouco ou nenhum interesse social, político e econômico, e a correr o risco de tornar-se apenas um personagem a viajar nas páginas lidas, enquanto bebia e fumava demais.

Aquele, porém, ainda era um dia sem esses vícios. Comprou o livro e encaminhou-se a um banco da praça enfeitada de árvores cuidadosamente podadas em forma de pássaros, num imenso jardim com um coreto ao centro, e que servia de mirante para todas as atrações daquele logradouro retangular tão bem apreciado, além de cenário para as fotos dos lambe-lambes, que também faziam parte da paisagem. Terra da laranja, da indústria de aguardente — e dos licores de jenipapo e jurubeba, de duas linhas ferroviárias e estrada de rodagem para cima e para baixo, e que tinha no comércio a sua razão de ser —, a cidade fazia daquela praça uma bela sala de visitas, que um forasteiro de 17 anos agora iria transformar em sala de leitura. E para ler o quê?

Se a nossa existência não tem por fim imediato a dor, pode dizer-se que não tem razão alguma de ser no mundo.

Querida cidade 73

Sentiu o golpe da mão pesada do alemão, já na sua primeira frase. Mas aguentou firme e continuou:

Porque é absurdo admitir que a dor sem fim, que nasce da miséria inerente à vida e enche o mundo, seja apenas um puro acidente, e não o próprio fim. Cada desgraça particular parece, é certo, uma exceção, mas a desgraça geral é a regra.

Neste ponto, ele levantou os olhos da página. Olhou em frente, para os lados e para trás, como se temesse estar sendo observado. Nenhum olhar a interrogá-lo, mesmo que de longe. Aparentemente, não havia ninguém por perto a querer levá-lo para o hospital, para a delegacia de polícia, ou o hospício, por suspeita de intenções suicidas, ou por acharem que ele estava com algum parafuso frouxo e precisava urgentemente de conserto. Naquela tarde morna de um dia aparentemente igual aos outros, as pessoas que entravam e saíam das lojas de tecidos, de ferragens, materiais de construção, farmácia, sorveteria, armarinho, ourivesaria, alfaiate, consultórios do dentista e do médico, ou as que paravam na banca de revistas, sem o menor sinal de espanto ou sofrimento, não teriam o menor interesse em saber se o rapazola sentado no banco do jardim da praça estava se queimando em suas entranhas, enquanto o mundo parecia mover-se numa cadência tão previsível quanto a da voz do locutor do serviço de alto-falantes que anunciava: *No ar, um piano ao cair da tarde.*

Para dali a pouco, como em todas as tardes, elevar os corações ainda mais ao alto com a música dolente da ave-maria, no programa *A hora do Ângelus*. Se o acaso levasse algum antigo mestre a sentar-se ali ao seu lado, como o ex-padre que ensinava latim, ele, o ousado rapaz da bicicleta voadora (que acabara de devolver ao seu verdadeiro dono, e agora ia ter que voltar a andar com as próprias pernas), poderia ser tranquilizado com algumas palavras de consolo: não, Deus não o havia abandonado, e nem era o fim do mundo, mas apenas um fugaz momento de vida. O caminho do paradoxo: na normalíssima tarde tristonha e serena, o rapaz, em vez de estar em outra praça, à espera da alegre saída das meninas vestidas de azul e branco do colégio das freiras, a se perguntar que mistérios se escondiam sob suas recatadas saias azuis e camisas brancas, preferia a companhia de um sombrio filósofo alemão, que agora o interrogava de forma perturbadora:

Qual o limite de dor e desalento que um coração humano consegue suportar?

Fechou o livro, voltando suas atenções para o problema que dominava o seu espírito havia mais de uma hora: o que iria ser da sua vida dali em diante? Esta é que era a pergunta que mais lhe doía, naquele momento, quando as sombras se alongavam das lojas em frente até as árvores densamente copadas que ocupavam metade da praça. Com a proximidade do crepúsculo, a tarde suavizava-se, e uma brisa acariciante o fez lembrar-se da namorada que, escondida atrás de uma

Querida cidade 75

daquelas árvores, em tempos mais felizes, pousara uma mão sobre o seu peito para sentir-lhe as batidas do coração, enquanto ele a beijava pela primeira vez, e a ouvia chamá-lo, também pela primeira vez, de meu amor. Onde estaria ela agora? A fazer parte do tagarelante desfile azul e branco das meninas do colégio das freiras? E, com certeza, já a pensar em outro, não mais a lembrar-se daquele instante amoroso, tão efêmero quanto a sua carreira de vendedor pracista.

***

Agora, ele não era mais do que uma vaga figura a contemplar um céu que se pintava de escarlate acima do casario da cidade. Não demoraria muito para os letreiros luminosos se acenderem, e toda a praça iluminar-se, levando-o a reviver a noite em que chegara ali. "Que luzes bonitas!", exclamara, ainda em cima do caminhão. "E são verdes!" Então se lembrou do que a mãe lhe dissera na despedida, naquele mesmo dia, já a lhe parecer tão longe: "Ao chegar lá, não se admire demais das novidades, não. Para não dizerem que você é um capiau." Mas como refrear o encantamento da entrada triunfal à cidade que aos seus olhos adquiria uma aura de conto de fadas? Feérico também estava o hotel em cuja porta o caminhão parou, para o menino descer, e ver-se cercado pelo tio e a tia, os prósperos hoteleiros da florescente era dos caixeiros-viajantes, com quem a partir daquele instante passaria a morar, por tempo indeterminado. Tudo o que sabia é que iria estudar e, antes e depois das aulas, teria que tra-

76   *Antônio Torres*

balhar com eles, e para eles, que lhe dariam casa, comida e roupa lavada, e arcariam com os ônus dos estudos, dos livros, material escolar, uniforme, tudo, enfim, que os seus pais não podiam pagar.

O casal era proprietário também de uma sorveteria ao lado do hotel, parada obrigatória naquela rua chiquezinha que ligava a praça das luzes verdes a outra ornada de palmeiras imperiais, centro de atração da cidade também pelo belo prédio de três andares que abrigava a prefeitura, a câmara de vereadores, o fórum, uma pequena, mas bem cuidada biblioteca, e a agência local do Instituto Brasileiro de Geografia e Estatística, tendo em frente uma movimentada estação de trens que à noite trazia os passageiros mais elegantes e os jornais da capital, e, mais ao fundo, o cinema e a igreja matriz.

Foi a tia do menino quem lhe deu essa visão panorâmica, ao levá-lo para casa, cujo caminho passava pela praça das Palmeiras, e no qual ele se deslumbrava, mais e mais, a cada passo.

A casa o aguardava como a um filho único, com um quarto só seu, e com luz a noite toda, se quisesse manter a lâmpada acesa, e com uma cama só sua, e com lençol, coberta e fronha, tudo cheirando a roupa lavada. E de pronto soube-se bem-vindo, nos mínimos cuidados de uma tia extremamente afetuosa, e que parecia tão feliz quanto se tivesse acabado de adotar uma criança, a quem já dava ordens. Primeira: banho! Esfregando bem o couro, para tirar a sujeira da estrada. Segunda: lanchar. Terceira: escovar os dentes. Quarta: dormir. Porque amanhã temos muita coisa a fazer. A quinta

Querida cidade 77

ordem veio depois que sentiu uma mão macia em sua cabeça, provocando-lhe um arrepio:

— Antes de tudo, vamos ter que dar um trato nesta cabeleira, que está deixando você parecido com um bicho do mato.

(Nem morto confessaria que fora a mãe quem lhe tosara a crina.)

Ainda estava acordado, olhando para o teto, quando o tio chegou, para conversar um pouco, querendo notícias de todos, e lhe desejar uma boa noite.

A recepção calorosa não o levou a cair logo no sono, como um anjo. Algo o atormentava. Alguma coisa que poderia ser definida como a dor do corte do cordão umbilical, não aquele de treze anos atrás, feito pela parteira que todos chamavam de Mãe Preta, mas este de agora, o da casa com um quintal onde seu umbigo fora enterrado.

Começara a sentir essa outra dor ao bater a cancela que delimitava a fronteira entre os seus antigos domínios e a estrada que o levaria embora, e ouvir os grunhidos lancinantes do cachorro que viera correndo para segui-lo, aonde quer que ele fosse. Fez um gesto para o pai, que o acompanhava, e já avançava o passo. O pai parou, e esperou que ele voltasse à cancela, para se despedir do cachorro, abraçando-o, mimando-o, consolando-o, o que de nada iria adiantar. Ao continuar na sua caminhada, ouviu-o a correr por trás da cerca, lamuriando-se feito uma criança abandonada. Isso lhe doeu tanto quanto olhar na direção da casa e ver que a sua mãe e os seus irmãos ainda continuavam no terreiro, de braços erguidos, num adeus tão pesaroso quanto o semblante do pai ali ao seu lado.

Era mesmo imenso o feixe de imagens a tirar-lhe o sono: a escuridão das noites na imensa casa em que nascera e na qual vivera até aquele dia, dormindo com as galinhas e acordando com os galos e os passarinhos num farfalhante colchão de palha que dividia com um irmão, ele na cabeceira, o outro nos pés da cama, ambos cheios de medo das assombrações. O tac-tac-tac da máquina de costura da mãe, a varar o tempo à luz bruxuleante de um candeeiro. A poderosa voz paterna a chamar os filhos, um a um, para a ladainha de todo santo alvorecer. A alegria da claridade. O barulho das panelas. O cheiro do café. O martelar nas enxadas. Pé nos caminhos dos pastos. Nas veredas. A vida em movimento. Ê boi.

Outra vez se estranhava. Sonhara tanto com uma cidade e agora, que nela estava, ia chorar. Toda a euforia que sentira ao levantar-se da cama, nessa manhã, a esfregar as mãos exultando "É hoje, é hoje, é hoje", esvanecera-se pela estrada afora. O melhor da viagem é a véspera, pensava agora. E agora entendia plenamente o significado desse dito capiau.

O que teria sentido o seu tio, no dia em que foi embora?

***

A dele, sim, é que era uma história. Digna de ser vendida nas feiras populares, contada e cantada nos pés de fogão, como a do pavão misterioso, no romance da engenhoca voadora

Querida cidade 79

construída em segredo por um artesão grego para um corajoso moço turco raptar, na cidade de Atenas, uma donzela mantida em cativeiro pelo pai, um severo conde podre de rico.

Ao seu tio, bastaram as quatro patas de um cavalo bom de estrada para levá-lo aos braços do seu lendário destino. Passara-se isto numa madrugada que a memória desse sobrinho não alcançava. O que não o impedia de admirar a audácia do tio que teve a coragem de fugir de uma fortaleza até então inexpugnável, a casa em que nascera e vivia cercado de irmãos e agregados, sob a austera vigilância paterna, da qual os filhos só se livrariam ao se casarem, quando adquiriam o direito de viver sob os seus próprios tetos, onde quisessem, e como pudessem.

Até aquele dia, só o mais velho deles, e as duas meninas que vinham logo abaixo, pela escada das idades, haviam conseguido se despregar do cós das calças do pai e da barra da saia da mãe, como jamais se esqueceria uma outra mãe, a do menino desta história, sempre a recordar:

— Eu me casei aos 15 anos com o primeiro que me apareceu, doida para sair logo de casa. E isso não causou espanto a ninguém. Agora, quando o seu tio fugiu sem deixar um recado, dizendo para onde ia, foi um fuzuê danado.

Ele iria provocar outro alvoroço, num domingo solene, ao final de uma missa cantada em coro, ao som de um órgão celestial. Ao sair da igreja, se sentindo a um passo do paraíso, o menino ouviu um barulho incomum mesmo para um dia de festa naquele remoto povoado. Ficou atento, de olhos na direção de onde parecia vir o estranho zumbido, e não demorou a ver um automóvel adentrar a praça, levantando poeira, até parar à porta do seu avô. De dentro do carro empoeirado desceriam um cavalheiro impecavelmente vestido num terno branco e sua não menos elegante esposa, que pisava aquele chão pela primeira vez, a embalsamar os ares, como se acabasse de sair de um banho em águas-de-colônia, e a tornar mais sedutor o regresso do fujão, agora um filho pródigo, de estampa prodigiosa.

Cheguem à frente que a casa é de vocês!

Quem saudou assim o casal, a desmanchar-se em sorrisos e mesuras, como se se sentisse o mais feliz dos patriarcas — mesmo que viesse a ficar aturdido com o repentino entra e sai na senhorial sala de visitas da sua casa da rua —, nem de longe se assemelhava ao ultrajado pai que embranquecera a cabeça pela consumição que lhe causara aquele mesmo que de bom grado agora festejava, a exclamar:

Nem acredito! Nem acredito!

E não dizia isso da boca para fora. Na verdade, até aquele momento não tinha esperanças de ver um dia como aquele.

Eu é que não acredito que ele esteja mais com vontade de me dar uma surra daquelas de esfolar o couro, como nos velhos tempos, pensaria o filho, surpreso com a calorosa recepção daquele que julgava um poço de mágoas, frustração, decepção, raiva, ódio, até contra si mesmo, por não ter sido capaz de descobrir o plano da fuga de seus domínios de um fedelho que mal acabara de vestir calças compridas. E ei-lo ali, um homem feito, com uma presença respeitável, casado com uma moça fina, bonita, vistosa até de longe em seu alegre vestido de seda, e com toda a pinta de quem havia nascido em

Querida cidade 81

berço de ouro. Com tão visíveis sinais de progresso e civilidade, o desertor de outrora agora era um herói. *Eu carreguei você no meu colo*, assim o saudavam nostálgicas senhoras, a lembrar-lhe dos bons tratos recebidos num passado que ele próprio não esquecera de reverenciar, em seu primeiro pronunciamento (*Bença, meu pai. Sua bença, minha mãe*). Como rezava a tradição, ele beijou as costas das mãos de cada um. Depois recuou um passo, cedendo lugar para que a esposa fizesse sua própria apresentação:

— A bênção, minha sogra. Bença, meu sogro.

— Se soubesse que este fujão um dia ia voltar me trazendo uma nora tão formosa...

— Não tinha sofrido tanto — concluiu o próprio fugitivo, provocando na beldade a seu lado um sorriso encantador.

— Não tinha sofrido era nada — completou o pai, também sorrindo. — Deus que abençoe vocês. E vamos entrar.

Ele ergueu o braço, estendendo o convite à plateia repentinamente formada à porta da casa:

— Vamos entrando, gente boa.

Para o menino, tudo aquilo parecia um sonho. Finalmente conhecia o célebre tio cuja história só sabia assim por alto, em pedaços de conversas dos adultos, que sempre empurravam as crianças para fora da sala quando o assunto era sério. Num dia de feira, porém, ouviu um homem dizer qualquer coisa a seu pai sobre uma cidade para a qual ia voltar no mesmo caminhão que de tempos em tempos aparecia ali, trazendo as mercadorias encomendadas pelos donos das vendas, das bodegas, da loja de tecidos e do armarinho.

— Se quiser mandar alguma coisa para o seu cunhado, disponha...

— Diga a ele que estamos bem e que eu lhe mando muitas lembranças. E que todos aqui esperam...

Bastou assuntar na palavra cunhado para o menino deduzir de quem se tratava, e sair apressado, sem querer ouvir mais nada, decidido a não gastar em guloseimas das barracas da feira o trocado que o seu pai já havia lhe dado, conforme o costume. Agora, ele trocaria todos os doces do mundo por uma folha de papel, um lápis e um envelope. E sabia muito bem onde encontrar isso: no mesmo lugar que vendia os cadernos da escola. Foi bater lá, dizendo o que precisava, mas perguntando se a moeda que levava no bolso dava para pagar tudo. O dono da venda sorriu:

— Guarde o seu dinheiro. Porque se for para escrever alguma coisa agora, um lápis eu posso lhe emprestar. A folha de papel e o envelope, boto na conta do seu pai, como material escolar.

— Muito agradecido. Mas isso é assunto meu. Cobre aqui, se der — disse o menino, entregando a moeda ao comerciante, que retrucou:

— Guarde o seu dinheiro, pois não vou lhe cobrar nada pela folha de papel e o envelope. E lhe empresto esta caneta-tinteiro para a escrita ficar mais bonita do que a lápis. Porque gostei de ver o seu procedimento.

— Obrigado — disse o menino, já quase sem fala, de tão surpreso que havia ficado, e também porque a ansiedade aumentava as batidas do seu coração, pelo medo de perder

Querida cidade 83

o portador da carta que iria escrever ali mesmo, lá no fim do balcão, e já se lembrando do modelo que a professora lhe ensinara. Primeiro: o nome do lugar e a data. Segundo: Prezado... Inesquecível... Sempre lembrado... Estimado... Depois:

O motivo destas mal traçadas linhas é dar-te as minhas notícias e ao mesmo tempo receber as tuas. Como tens passado? Bem, não é?

Problema: só conhecia o destinatário de ouvir dizer. Mais que isto: de lenda. Portanto, não podia usar as fórmulas costumeiras de tratamento (inesquecível, por exemplo), nem queria copiar ao pé da letra o trololó ensinado pela professora. (*O motivo destas mal traçadas linhas...*). Premido pelo curto tempo que julgava faltar para o mensageiro partir, abreviou-se:

Tio,

Simples assim. Sem bajulação (estimado, amado, querido, idolatrado, salve, salve...).

Avante, camarada.

Ele foi em frente apresentando-se como um sobrinho de 10 anos, *filho da sua irmã mais velha, que não se cansa de falar em seu nome, cheia de saudades, e por isso é como se eu conhecesse o senhor, mesmo tendo ido embora antes de eu ter nascido e nunca mais posto os pés aqui.* E que era apenas mais um dos sobrinhos na multidão dos já nascidos, *e sei que muitos ainda vão nascer dos seus irmãos e irmãs que se casaram* e *dos que ainda vão se casar,* e dizia isso sem saber se o tio já era casado e tinha filhos ou não. *Tem? Quantos? E quando o senhor aparece?* Os que eram muito pequenos ou ainda não tinham nascido quando ele, o tio, foi embora, pegavam aqui e ali uns fiapos da sua história e ficavam imaginando como ela foi sem saber toda a verdade, a não ser a que todo o povo dali falava de boca cheia, *que o senhor foi um rapaz de muita coragem, que muitos comparam ao moço ousado do romance do pavão misterioso de quem o senhor também deve ter ouvido falar nas cantorias daqui. Então... A gente fica sonhando que um dia o senhor dê o ar da sua graça nestas bandas, nem que seja só para a gente ver de perto como é a sua corajosa pessoa.*

(Não, não ia ter o topete de mencionar as opiniões em contrário, alardeadas por uns despeitados que menosprezavam o seu tio, chamando-o de rês desgarrada, fujão, desertor, como a professora dizia que se dizia antigamente do escravo que se rebelava e achava um jeito de sumir do cativeiro. Portanto: ponto parágrafo para encerrar o assunto, sem exagerar mais em lisonjas como *sua corajosa pessoa* — que consciente ou inconscientemente não conseguiu evitar.)

Sem mais para o momento, me despeço desculpando-me pela ousadia, pelos garranchos e pelos erros desta carta que o seu sobrinho escreve de próprio punho, esperando ser merecedor de uma resposta.

A buzina do caminhão soou como o aviso de que ele tinha que parar por ali, e assinar correndo as suas mal traçadas linhas, e em seguida escrever o nome do destinatário no en-

Querida cidade 85

velope, e, num canto dele, as letras E. M., que significavam em mãos. E correr. Chegou ao caminhão esbaforido, gritando para o motorista *espera, espera.* Ele esperou. O menino nem precisou buscar em cima da carga o homem que ainda há pouco perguntava ao seu pai se queria que ele levasse alguma coisa para o cunhado. Era o mesmo que estava sentado na boleia, atrás do volante, e olhando na sua direção, até que com paciência.

***

Três dias de feira adiante, dali a exatas três semanas, o missivista teve a confirmação de que sua carta havia seguido em boas mãos. Foi quando o caminhão retornou e o motorista nem precisou perguntar se alguém tinha visto um menino de uns 10 anos, filho de fulano, morador de um lugar não muito longe dali, sim, esse mesmo, que é sobrinho de sicrano (certo, o fujão), e neto de beltrano... Nada disso! Porque o dito menino já estava lá, de sentinela, desde que viu o caminhão despontando na ladeira que descambava quase ao pé do lugarejo.

E não sem motivo, ele próprio poderia se dizer, ao ser visto pelo motorista, que lhe sorriu, assim que estacionou à sombra do tamarineiro em frente da mesma venda cujo dono havia sido — para ele, o menino — um santo protetor, ao lhe emprestar uma caneta-tinteiro etc. Agora era o seu anjo da guarda que retornava, trazendo-lhe uma encomenda redonda, embalada em papel colorido, festivo. Ao desembrulhá-la, com toda a sofreguidão do mundo, deu-se conta do mais inacreditável: acabava de ser presenteado também com uma carta, que vinha colada com fita adesiva a um esférico objeto de borracha, que chegava para substituir a sua encardida bola de meia, recheada de palha e retalhos de pano.

E ali, com a copa de uma árvore acima da sua cabeça e abaixo de um céu descampado, ele tinha um motorista de caminhão por testemunha de um instante único, a inaugurar alguma coisa em sua vida. Um novo tempo. E este, sim, a ser chamado de inesquecível, nas voltas que o próprio tempo viesse a dar. Naquele momento, o que mais esperava era que os seus pais não pensassem que ele havia mandado pedir aquela bola ao tio, desrespeitando as severas ordens deles, repisada quase todos os dias: *Nunca peça nada. Espere que lhe ofereçam.* Quando lessem, porém, a carta do lendário irmão e cunhado para aquele filho deles, podiam até se mostrar orgulhosos com o encanto do lendário irmão e cunhado por haver recebido as linhas escritas de *próprio punho* do sobrinho que saudava como *menino inteligente*, para o qual antevia um *futuro radiante.*

O pai gostou e desgostou. Essa tal de inteligência, já elogiada por outros ali, podia significar dois braços a menos para a enxada. Enquanto ele cismava com esse começo de história do filho com o tio, a mãe não cabia em si de contentamento, a lançar ao marido um olhar malicioso de quem parecia querer jogar uma desforra na sua cara: *Não foi o que eu sempre disse?*

Foi.

Querida cidade 87

Para a sorte do menino que agora, na sua primeira noite longe de casa, deitado em seu colchão de molas num quarto só seu, numa cama só sua, numa casa que (ainda) não era a sua, a olhar para o teto, sim, agora que chegara aonde tanto queria, ele recordava o dia em que um sim pronunciado com firmeza pelo seu pai o levaria a estar onde estava, e já a sentir a falta de alguma coisa, ou até mesmo de tudo o que havia deixado para trás, como o ressonar ruidoso dos irmãos, entrecortado por falas incompreensíveis, quando o sono se agitava. Quanta sorte! Benza Deus! — era o que a mais velha das suas irmãs devia estar querendo dizer, enquanto dormia, a sonhar com o que havia lhe dito na hora da despedida. E os outros? Com o que estariam sonhando, àquelas horas?

Imaginou o pai sentado sozinho num banco à porta de casa, a fumar o seu cigarro de palha, ou um charuto, mais pensativo do que nunca, e a contemplar, sob a luz da lua, a distância do seu avarandado até a ladeira por onde o caminhão sumira no mundo levando um de seus filhos, que ao amanhecer, dia após dia, não teria mais seu nome chamado para rezar a ladainha. Nem para ir buscar o leite no curral, um pote de água no tanque, apartar o gado, ir à rua comprar açúcar, ou sal, um carretel de linha, levar na cabeça a máquina de costura da mãe para o conserto, ou isso e mais aquilo, porque ele já não era mais o seu menino para todo serviço, pau para toda obra, mal sabendo que o havia dado a outra escravidão, porém com mais futuro, lhe diria o novo dono daquele seu filho, se tivessem conversado sobre isso, no dia daquele bendito sim.

Dessa vez ele não foi duro na queda, como era de se esperar de um pai tão fincado à terra como a mais enraizada das árvores, de cuja sombra sua prole jamais poderia arredar. E nisso estavam as complexas implicações da proposta que acabara de ouvir, e que levaria a qualquer outro na sua condição a remoê-la em atormentada consumição antes de dar uma resposta. O quê? Deixar um filho que nem bem saiu dos cueiros se despregar do cós das calças do pai? Onde já se viu?

Na verdade, existia outra corrente de opiniões.

Já fazia era tempo que o pai em questão vinha sendo rogado para encontrar um jeito de botar aquele menino em estudos mais adiantados, quando a ocasião chegasse, e ele nunca escorraçara ninguém da sua porta, ou chamara para a briga os que em toda parte lhe faziam o mesmo apelo, mas isto não significava aquiescência, e sim um sinal de respeito ao temerário interesse que o desenvolvimento do filho despertava, embora lá no fundo de si mesmo o considerasse mais uma pedra no seu caminho, na sucessão das encrencas que começaram quando sua mulher, mancomunada com a professora que viera de fora cheia de ideias extravagantes, azucrinara-lhe o juízo até conseguir mandar os filhos para a escola.

Um atrás do outro, na medida em que suas idades iam permitindo. Mesmo com tanta contrariedade a encafifá-lo, que outra atitude tomar se não tirar o chapéu e abaixar a cabeça, em agradecimento à romaria dos compadres e comadres que preconizavam para um filho dele o mais auspicioso dos destinos?

Querida cidade 89

Como desconhecia tais expectativas, o tio do menino se surpreendeu com a resposta do cunhado, assim de pronto, sem titubeação. Foi na despedida da mais feliz das visitas já aparecidas naquela casa que por todo um dia se tornara o centro das atenções daquele remoto lugar, um buraco de solidão e poeira que se esvaía em copiosas lágrimas quando seus visitantes iam embora. Dessa vez não seria diferente. Bastou um chamamento — Vamos? — para os protestos começarem. Oxe! Mal chegaram e já se vão? Por que não passam uns dias com a gente? Isso ficaria para uma próxima vez, eles prometiam, argumentando que os compromissos os aguardavam, a começar pela devolução do carro, que era de praça, e fora alugado. Carro de praça, uma novidade para o vocabulário local.

O menino jamais esqueceria aquele entardecer. Assim que o entra e sai diminuiu, todas as cadeiras da casa foram postas na calçada, para uma prosa mais calma, sob a benfazeja sombra da igreja que se espraiava em todo o lado contrário ao pôr do sol. Postado atrás de uma janela, ele os via sem ser visto, porque menino tinha mesmo era que ficar longe das conversas dos adultos. Em meio à choradeira — Fiquem mais, fiquem! —, o tio fez um sinal para o cunhado. Os dois se levantaram e desapareceram para dentro da casa.

O menino captou o olhar mortífero de uma tia arrelienta, a que vinha logo abaixo da sua mãe, e que com ela disputava toda e qualquer migalha de bem-querer familiar. Por que teria sido aquele o cunhado escolhido para uma conversa em particular e não o marido dela? E de que se trataria? Algum

90   *Antônio Torres*

presente, em notas graúdas? — era o que aqueles olhos de seca
pimenteira deviam estar interrogando, o sobrinho deduziu,
pondo-se atento ao diálogo do tio ilustre com o seu pai, ali na
sala de visitas, aonde sua presença não chegou a ser notada,
de tão encolhidinho ele ficou com a janela às suas costas e
os ouvidos bem alertas.

— Você era o único que sabia. E não contou a ninguém.

— Eu não lhe garanti que guardava o segredo?

— Se meu pai descobrisse...

— Seu plano ia por água abaixo.

— Com toda certeza.

— Mas ora. Eu lhe dei minha palavra, não dei?

O menino logo perceberia: o que estava em jogo ali era
uma compensação de um cunhado para o outro. E que o
beneficiado ia ser ele mesmo, desde que o pai concordasse
em deixar o seu tio levá-lo para morar com ele.

— Você deixa?

Não. Aquela não foi uma conversa insuflada por uma mãe
que vivia rezando e fazendo promessas para ver aquele seu
filho ir mais longe até de onde o mais atirado dos irmãos dela
havia chegado. Era um oferecimento espontâneo, inspirado
unicamente pelo sagrado princípio da gratidão. O menino
dava uma volta num tempo em que não vivera para encontrar
o motivo daquilo tudo. Só podia ser isso: o seu pai descobrira
o plano do fujão, e este lhe implorara para não denunciá-lo a
quem quer que fosse para não ser impedido de escafeder-se nos
ermos da noite, no lombo de um cavalo, levando nos alforjes,
além de rapadura e farinha para não morrer de fome pelo
caminho, uns poucos objetos de uso pessoal; e nos bolsos um

Querida cidade 91

bom dinheiro de umas cabeças de gado que lhe pertenciam, cuja venda sigilosa havia sido intermediada pelo cunhado, encarregado também de confirmá-la na frente do sogro, quando o comprador exigisse o seu testemunho. Aos ouvidos do menino, tão surpreendente quanto a maneira encontrada pelo tio para agradecer ao seu pai por haver honrado a palavra empenhada, foi a resposta dele, sem a menor hesitação, e nenhum sinal de contrariedade:

— Sim, senhor. Eu deixo. Assim que ele terminar a escola daqui, no final do ano.

E completou, estendendo-lhe a mão alegremente, como se o cunhado tivesse tirado um peso da sua cabeça:

— Muito obrigado.

Daquele dia em diante o menino passaria a viver nas nuvens, de onde só cairia no mês de dezembro, e numa cama com colchão de molas, num quarto com luz elétrica noite e dia, mesinha de cabeceira, guarda-roupa, estante para os livros e uma insônia ainda mais irremediável do que a da véspera da viagem. O que era aquilo? Saudade? De lagartixa no teto, pernilongo nos ouvidos, pulgas nas pernas, nos braços, nas orelhas, das noites povoadas pelas almas do outro mundo, pavões misteriosos e tantas histórias de arrepiar que ficaram para trás?

As memórias, porém, não o deixavam pegar no sono na sua primeira noite na cidade. Algumas eram boas, outras, ruins. Como a de uma conversa que jogava por terra os melhores augúrios do povaréu de sua (já) antiga tapera. Ainda doía em seus ouvidos o que sua mãe lhe contara sobre um comentário *desauspicioso* feito por uma respeitável personalidade de um povoado que sempre dizia amém à sensatez de seus pronunciamentos.

De porte altivo como um fidalgo e voz ponderada de pregador ou de juiz de paz, a insigne figura extrapolara numa avaliação que iria transformar em pesadelo os sonhos que uma humilde família vinha acalentando. *Se este exame de admissão ao ginásio é difícil até para filho de rico...*

Não. Ele nem teve a delicadeza de deixar a conclusão da frase em suspenso. Dissera-a inteira, com todas as letras, surpreendendo a sua ouvinte pela rudeza daquela sinceridade profundamente constrangedora: *Imagine para filho de pobre.*

A última palavra zuniu no ouvido da mãe do menino como uma pedrada. Para arrasá-la de vez, bastava que ele completasse: *Além de pobre, o seu filho é da roça.*

Mesmo perplexa, ela reagiu suavemente: *Rico mesmo é Deus.*

E mais não disse, por achar desnecessário.

Deus não paga curso preparatório, como os pais ricos fazem, poderia ter concluído o homem público, cujos juízos eram tidos e havidos como sábios. Não aquele, naquela hora, e em plena calçada da igreja, e debaixo de um céu descampado, e tendo a cruz na torre daquela casa de Deus por testemunha, lhe diria aquela pobre mãe, sem medo de desagradar a tão reverenciado cavalheiro, se o filho não tivesse se aproximado naquele exato momento.

Se Deus quiser, ainda vou lhe dar uma boa notícia, ela se despediu, fazendo das tripas coração para não mandar aquele urubu ir pastar nas profundezas do inferno.

Querida cidade 93

Também não disse, mas pensou: *T'esconjuro, agourento!*
E sentiu vontade de escarrar de raiva de si mesma.

Para que caíra na besteira de contar para aquele amal-
diçoado metido a lorde que estava indo à loja de tecidos, no
outro lado da praça, porque precisava aviar umas roupas para
o seu filho fazer bonito na cidade?

Teria sido mil vezes melhor se tivesse mordido a língua,
antes de dar com ela nos dentes. Vá se acostumando que a
vida é assim mesmo, com gente a favor e gente do contra,
e outros que não são nem uma coisa nem outra e esses são
os que menos interessam, dissera-lhe a mãe, naquele dia,
acrescentando:

— O que importa mesmo é que você escolha uns panos
bem bonitos. Agora sou eu que espero ser aprovada. Como
costureira.

O menino riu. E teve vontade de abraçar aquela mãe que
nunca ria, nem abraçava e beijava os filhos, porque jamais
fora abraçada e beijada, ele imaginava. Gente da roça era
assim mesmo. Encabulada.

Mãe e filho seguiam pela estrada, a caminho de casa, e
tão próximos um do outro quanto no dia em que ela o levou
para a escola. As lições lhe foram bem dadas, ela se diria
agora. Queria que todos os filhos tivessem o mesmo gosto
daquele pelos estudos, mas não tinham. Pareciam ir às aulas
mais pelo passeio, pelo convívio com outros meninos, pelo
recreio, para estar longe de pai e mãe e dos trabalhos de casa
e da roça por umas horas do que por interesse nelas. Mas ora,
isso era melhor do que nada. Alguma coisa eles aprendiam.
Analfabetos é que não iam ficar — como a maioria ali.

— Pensando bem, já foi pior — disse ela, fazendo as contas mentalmente do quanto ia ter de costurar dali em diante para pagar os tecidos que comprara fiado e que o filho carregava embaixo do braço. Aquele viera ao mundo sem que ela tivesse uns paninhos para lhe servir de cueiros. Suas primeiras vestes foram folhas de bananeira.

O menino não se mostrou chocado. Que diferença fazia saber de uma carência familiar a mais ou a menos? Sua memória não alcançava aquele tempo dos cueiros. Portanto, era como se não o tivesse vivido, e muito menos com a intensidade da mãe, que ainda sofria por não ter podido ao menos embrulhar o primeiro filho em panos, em vez de folhas de bananeira. *Com o calor que faz aqui, a minha pele não deve ter reclamado...*

Caminhavam entre duas cercas vivas, de espinhentas macambiras e cheirosos velames. *Agora já sei por que gosto tanto de banana* — ele sorriu. Era o que podia fazer para não ver a sua mãe chafurdar em tristes recordações. Banana-maçã, banana-prata, banana-ouro, banana-d'água, ummmm... *Vou sentir saudades do nosso quintal de bananeiras.*

Não tinham dinheiro, mas viviam com fartura, dada pela terra. Era só plantar e colher, *quando Deus mandava*, no tempo bom, como todo mundo ali dizia. Ele olhou de lado, contemplando o gado nos pastos do avô, que se estendiam por um vale a perder de vista. Sua mãe era filha de um homem que não podia ser chamado de pobre. Faltara-lhe coragem para pedir ao pai uns paninhos para enrolar um neto dele?

Sim, ela jamais se desonraria pedindo o que quer que fosse a quem quer que seja. Mas, se no nascimento do seu primeiro

Querida cidade   95

filho, uma boa alma tivesse lhe oferecido uns cueiros ou umas fraldas, teria achado isso um presente caído do céu.

De tudo neste mundo se pode tirar uma lição, ela acabou por dizer ao filho em vésperas de partir. *Assim que tive condições, comprei uma máquina de costura. E aí não faltou mais cueiro. Nem fralda.*

***

Será que neste mundo as mulheres eram mais sofredoras do que os homens? — o menino se perguntava. Mirava-se também em suas tristonhas tias ainda solteiras (a maioria), que detestavam a vida de roça e só desejavam um destino diferente do das duas irmãs mais velhas, que tiveram pressa demais para sair da casa dos pais e se agarraram aos primeiros mocorongos que lhes apareceram com coragem para pedir-lhes em casamento. Um: carreiro de bois. O outro: vaqueiro. Os dois mal sabiam fazer um *o* com o fundo de uma garrafa. Acostumados a viver com o gado, tratavam suas tias como duas vacas leiteiras. Uma cria atrás da outra, a cada ano. É no que dá o desespero para se casar, não é não? — dizia uma, com um arremate para todas: não serem bestas assim. Elas tinham que esperar, para acertar em suas escolhas. Achavam que pelo menos isso sabiam: o que não queriam. O que era mesmo que não queriam? Homem nenhum dali. Só que elas não eram as únicas a se acharem donas dos seus narizes. Nem apenas elas as que sentiam de longe o cheiro dos que chegavam.

A mãe puxava episódios que a memória do filho não alcançava. Você ainda nem tinha começado a andar e já falava tudo. Era o mote para uma queixa: *E agora ficou mudo. Parece que já está longe. Bem longe.*

Como se queixava. O tempo todo. Por isso o menino passara a se entreter com os seus próprios pensamentos, a partir do instante em que ela esticou a história dos cueiros, culpando o pai dele, que além de negacear a compra de coisas de verdadeira precisão ainda metia a mão na cumbuca em que ela guardava os seus trocados. Não era que ele fosse um homem ruim. Só não conseguiu entender que não é só com comida que se cria filho.

A cada passo, as recordações iam e vinham.

Como você custou a andar!

Isso a havia deixado a ponto de arrancar os cabelos.

Fiz promessas pra tudo quanto foi santo. E elas foram ouvidas.

O filho sabia de cor e salteado o que viria a seguir. A continuação daquela história tantas vezes recontada. Que importava se naquele ano o presidente da República Federativa do Brasil havia se matado com um tiro no peito? Foi no dia 24 de agosto daquele ano de 1954. Isso não fazia tanto tempo, pois estavam no mês de novembro. Ela soubera assim por alto, de ouvir dizer, e por aquele mesmo filho, que escutara a notícia na única venda do povoado que tinha um rádio movido a bateria de caminhão.

Na hora que soube, ela se benzeu.

E disse: *Que Deus se apiede da sua alma.*

No seu credo, só se suicidava quem perdia a fé.

Querida cidade 97

Mas o Padre Eterno haveria de ser misericordioso com o malfadado presidente que não perdoava os comunistas, os mesmos que negavam a Sua existência e por isso eram amaldiçoados nos sermões do vigário daquela freguesia, embora ali só aparecesse de tempos em tempos.

Na verdade, nem todos os amados fiéis rezavam pela cartilha daquele carismático presidente chamado Getúlio Vargas, porque quando ele conclamava no rádio os trabalhadores do Brasil, parecia estar falando mesmo era com os seus eleitores das cidades. Naquele mundo de pequenos proprietários rurais, todos ainda guardavam nas suas paredes a imagem já amarelecida pelo tempo do mais obscuro dos dois candidatos derrotados por Vargas. Ele se chamava Cristiano Machado. Mesmo tendo sido derrotado nas urnas em 1950 — e falecido em Roma, no ano anterior ao suicídio de Getúlio —, o cartazete com a sua foto ao lado de um boi continuava cativando muito mais do que todos os discursos daquele que se tornara vitorioso graças aos votos do eleitorado urbano.

Não dava para imaginar (diria a professora, dias depois, quando ensinava o menino desta história a escrever um discurso), que alguém mais, dali por diante, fosse capaz de fazer outro tão memorável quanto o último do presidente suicida (*Saio da vida para entrar na História...*), ouvido o tempo todo, naquele dia 24 de agosto de 1954, nas dramáticas vozes de todos os locutores de todas as rádios do país.

O povo de quem fui escravo não será mais escravo de ninguém.

Foi a sua carta de suicida que fez Getúlio Dornelles Vargas virar uma unanimidade naquelas ermas taperas. Haja sermão de padre:

É agora que o comunismo vai tomar conta do Brasil.

Chegaram ao topo de uma ladeira.
Ela parou para recobrar o fôlego.
Disse:
Cuidado com eles.
Eles quem, mãe?
Os comunistas, ora. Quem mais podia ser?
Sei lá.
O menino observou-a a contemplar à distância a casa do seu avô materno como se estivesse diante de um monumento.

Todas queriam ir embora, ela disse, e dessa vez o menino não precisou lhe perguntar de quem se tratava. Suas tias mais novas, ele deduziu. Que só estavam esperando quem viesse buscá-las. Mas que fossem rapazes bonitos, ricos e instruídos, como os mais jovens dos candidatos a deputado nas últimas eleições, e que vieram de toda parte, e os filhos dos candidatos a prefeito, vindos da sede do município, cada grupo em um automóvel com uma boca berrante na capota, vote, vote, vote... Eles cheiravam a gasolina, e não a estrume de gado, como os dali.

O último que se foi deixou o alto-falante como legado de uma campanha eleitoral na qual saiu até tiro numa praça antes quieta. Uma bala atingiu de raspão o couro cabeludo de um cavaleiro torna-viagem, acrescentando mais um capítulo ao seu fascinante repertório de aventuras. Desta vez ele não precisou ir longe para voltar contando uma história de deixar os cabelos em pé. Bastava tirar o chapéu para pôr à mostra

Querida cidade 99

o rastro da sua intromissão encachaçada num comício que já estava a ponto de pegar fogo. Era o que dava tomar partido. Agradava-se um lado e desagradava-se o outro — ele comentava sobriamente, já curado da carraspana e aliviado do susto de danos mais profundos à sua caixa craniana.

Aos que lhe perguntavam como tudo havia começado, respondia que só se lembrava de haver subido no palanque para pedir ao candidato que discursava que parasse com aquela conversa fiada de povo da minha terra, e de minha boa gente, e de meus amigos, meus irmãos, companheiros, porque era a primeira vez que aquele intrujão estava pondo os pés ali. Que fosse tapear os otários de outras freguesias.

O seu aparte acabara gerando uma grande confusão, com os disparos na direção dele sendo revidados contra os que lhe atiravam. Em meio aos gritos, empurrões, pisadas, sopapos e correria, ele caiu, sentindo uma forte queimação no lado da cabeça que levara um peteleco de um balaço em voo rasante — para a sua sorte.

No mais, só se lembrava de haver acordado com o bestunto raspado e tendo uma trilha pavimentada de esparadrapo. Mas ainda podendo se dar por feliz. Estava vivo. O que mais podia desejar?

Parar de encher a cara em dia de comício, para não fazer besteira, sentenciou a mãe do menino.

Ele, na verdade, ficara encantado com mais esse relato daquele seu tio-avô que voltava das suas viagens com os alforjes cheios de metáforas ali desconhecidas, como a da trilha pavimentada... Na cabeça.

Mas não foi por isso que quase o abateram a tiros, o menino sabia, tanto quanto das cismas da sua mãe contra quem bebia. Era como falar de corda em casa de enforcado.

Sim, o marido dela de vez em quando enchia o caneco.

Êta! Não se morre mais.

E lá estava ele, a dourar-se à luz do crepúsculo no avarandado da casa que havia construído com as próprias mãos.

Do começo da descida em que se encontravam, dava para avistá-la inteira. Tal qual o menino já havia fotografado em sua memória.

Paredes brancas. Portas e janelas azuis. Um pé de fícus na frente.

À sua volta, pés de cajá, graviola e araticum. Árvores de boas sombras. Gente no avarandado. O ritual de todo dia, ao final da jornada. O cheiro do café torrando.

O pai a prosear com os trabalhadores, enquanto preparava o seu cigarro de palha — ou um charuto —, à espera da noite com todas as suas assombrações.

Sim, senhor. Só faltavam oito dias. E adeus caminho de roça.

A mãe estendeu o braço e apontou o dedo lá para a frente.

Segunda-feira que vinha ele iria dormir longe dali, ela lembrou. Já imaginava a tristeza que ia ficar.

Tenho até medo da reação do seu pai.

O menino fez de conta que não entendeu aonde ela queria chegar. E pediu à mãe que explicasse melhor o motivo do seu medo. *Não lembra o que aconteceu depois que ele e o seu tio acertaram tudo?*

Querida cidade 101

Ela tinha razão.

Aquela foi uma noite para nunca ser esquecida.

Foi assim: tudo acertado, os dois voltaram à frente da casa do avô materno do menino, a dos dias de missa no povoado.

Ao ver o sobrinho à janela, o tio deduziu que ele devia ter ouvido a conversa, cujo assunto lhe dizia respeito.

Até dezembro. E prepare-se, rapazinho, disse-lhe, com um aceno.

Tirante a mãe, que entendeu de cara o recado que o seu irmão passava não só ao seu filho, mas a ela também, todos se mostraram curiosos com o jeito enigmático como o lendário visitante se despedia do sobrinho.

Será que é o que estou pensando? — perguntava-se uma tia do menino que sempre ia para a varanda da sua casa na roça, ao pôr do sol, para cantar *Saudade, palavra triste, quando se perde um grande amor...* E porque era mesmo o que ela estava pensando, alegrou-se, com uma ressalva. Por um lado, ficava feliz, por outro, nem tanto. Aquele sobrinho iria fazer muita falta *na vida da gente.* O avô do menino concordou, também ressalvando, em sentido inverso ao da filha:

É o futuro dele.

Pela primeira vez em toda a sua vida o pai do menino não seria visto apenas como um bicho do mato. Naquela hora, cobriram-lhe de elogios pela corajosa decisão de quem se tornara capaz de compreender a evolução dos tempos (nas palavras de outra cunhada, metida a falar bonito).

Da cena de adeus do seu benfazejo irmão, o que a mãe do menino mais iria se lembrar era do que resultou de preocupante. O marido lhe disse para aproveitar o resto da luz do dia e pegar a estrada. Ele ia ficar um pouco mais na rua, para resolver uns assuntos. E quando ela lhe perguntou por que não deixava isso para depois, ele lhe respondeu que precisava dar a notícia para o dono da venda.

E mais não disse porque ela sabia o resto da história: uma folha de papel e um envelope (doados), uma caneta-tinteiro (emprestada), e daí surgira a carta, escrita ao fundo de um balcão, e que mudaria um destino.

E por onde a mudança começaria mesmo?

Numa noite em que o pai daquele menino iria voltar para casa aos tropeços, dos pés às palavras, mais uivadas do que faladas.

Na hora de responder se deixava o filho ir embora, o seu coração disse sim. Depois, uma voz vinda do fundo de si mesmo ficou martelando não, não, não. Teria ele tomado aquela porranca toda para domar o diabo do não? — a mãe se perguntava. Mesmo lhe causando tormentos (*esse homem é a minha consumição*), ela não deixava de compreender o que lhe azucrinava o juízo. Estaria o mundo mudando numa rapidez que as pernas dele não podiam alcançar? Passou a ter medo desse seu desgosto.

Passados oito dias daquela caminhada, o menino temia que a casa estivesse sendo tomada pela mais medonha das assombrações. Bastava que, depois que o caminhão tivesse sumido na poeira, o seu pai, em vez de pegar o rumo da estrada de volta, ficasse pela venda, a pedir mais uma cachaça, e mais outra, e mais outra, botando todas na conta da saudade.

Querida cidade 103

A palavra triste pintava-se de crepúsculo na fronteira da nostalgia. O sol sumindo na linha do horizonte pedia ao fundo uma canção plangente. *Adeus, adeus/ cinco letras que choram...* Eis afinal o resumo do que ele havia deixado para trás. Um caminhão chegando e partindo. As bocas da noite embalsamadas pelo cheiro do sabonete de eucalipto das moças prostradas às janelas, para ouvir o locutor do serviço de alto-falante anunciar que ouviremos agora, na voz do cantor das multidões, a mais bela página do nosso cancioneiro popular... Cada uma achando que era para si que ele cantava *Tu és/ divina e graciosa...* Sim, Senhor Cantor das Multidões, eras tu, ou alguém como tu, versão moderna do moço turco do romance do pavão misterioso, que elas agora estariam a esperar. Para levá-las embora, cantando pela estrada afora *Tu és/ de Deus a soberana flor...*

Vambora. S'imbora. Bora embora.

Para a cidade.

30 de novembro de 1958.

Mamãe,

Como dizer-lhe que iria voltar para casa, tendo numa das mãos a mesma maleta encardida com que saíra havia quatro anos, e na outra um livro intitulado *As dores do mundo*? Não era difícil imaginar o que a mãe pensaria disso: que para ela nenhuma dor podia ser maior do que a de receber a notícia do infausto regresso do filho para o qual o destino transformara em vãs promessas todas as esperanças de um futuro radiante. *Mas nem por isso se ache um caso perdido. Tenha fé, que tudo há de se resolver.*

Não haveria mais tempo para lhe enviar uma carta, preparando-lhe o espírito para a sua chegada, com uma mão na frente e a outra atrás, como poderiam dizer aqueles que agora transformariam em lástima a inveja que sentiram no dia em que ele foi embora. Quanta fé jogada fora, hein, mamãe?

Sim, o que dizer para ela, o pai, as tias, primos, parentes e aderentes, o povaréu todo das suas remotas taperas que tanto se orgulhava do menino criado com a gente no cabo de uma enxada, e que bateu asas para o mundo dos estudos, de onde só esperavam que retornasse com um anel de doutor num dedo?

Se a viagem de ida fora uma infatigável aspiração de felicidade, o retorno seria dominado pelo sentimento doloroso descrito no livro que tinha em mãos, ali no banco do jardim da praça cujas luzes já lhe deram uma aura de sonho, na noite em que nela entrara pela primeira vez. E qual era esse sentimento? O de que a vida é um espetáculo tragicômico, sob o reino do acaso e do erro, como sentenciava o seu novo oráculo, o filósofo alemão chamado Arthur Schopenhauer, com quem tropeçara nesta tarde, na livraria ali em frente.

Será que a mãe ia dizer que seu erro foi se apegar demais a leituras erradas? Por que você não anda com um livro da igreja na mão, para ter mais fé, em vez desse aí, que, ao que parece, só está servindo para lhe atormentar o juízo?

Que ninguém se atrevesse a lhe falar de dores, pois nisso ela era doutora. Em matéria de sofrer, sou diplomada. *Nos*

Querida cidade

105

partos, mô fio. De ano em ano! E sempre temendo deixar outra dor para os outros: a da morte... *Num parto!*

E o quanto teria lhe doído a notícia do desatino do adorado, idolatrado, salve, salve, lendário irmão dela? De uma hora para outra ele resolvera jogar tudo o que tinha para o alto, para correr atrás de um rabo de saia que rebolara estonteantemente ao subir os degraus da entrada de um trem de luxo com destino à capital, levando-o a um assédio que não terminaria nas três horas da viagem.

Na chegada à estação final, ele convidaria a beldade rebolante a entrar no táxi que os conduziria a um hotel à beira-mar, no qual esqueceriam o que era mesmo que iam fazer naquela cidade.

Duas semanas depois, ele sumiria no mundo, sem sequer mandar notícias para a esposa — em quem dera um golpe digno de um refinado bandido —, e muito menos para o sobrinho, ao qual confiara duas pequenas, mas valiosas incumbências. A sua segunda fuga doeu até em quem mal havia nascido, quando aconteceu a primeira. Aquela sim, é que fora uma falha trágica. Vou lhe contar tudo, mamãe, assim que achar um caminhão ou um jipe que me leve de volta pra casa...

Sim, precisava voltar o mais depressa possível ao pé do fogão em que crescera ouvindo as histórias dos outros. Para contar a sua. Ainda que tivesse um final decepcionante. O que é isso, rapaz? Você nem chegou à metade dela. Ainda tem muito chão pela frente. Seu pai haveria de entrar na conversa, para aliviar o fardo que o relato inglório do filho representava, desdramatizando o seu fracasso, minimizado como transitório, o que o levaria a concluir — a ele, o filho — que o otimista era aquele que nunca havia lido um alemão chamado Schopenhauer, como o seu pai.

Dir-se-ia que o sombrio mocinho, sentado naquele solitário banco de uma praça que aos seus olhos parecia tão tristonha e serena quanto as horas das ave-marias, destoava da euforia reinante naquele ano de 1958, quando as rádios e alto-falantes de todas as cidades e bibocas do país — do Oiapoque ao Chuí! — não paravam de cantar *A taça do mundo é nossa/ Com brasileiro/ Não há quem possa*, até que o disco fosse arrombado.

Como, então, e logo num ano em que toda a nação andava de crista levantada, a pisar nos astros de chuteiras, e a erguer os punhos para gritar Bra-sil!, Bra-sil!, Bra-sil!, um rapazinho já na idade (17 anos!) de despontar numa carreira de craque em qualquer coisa... Sim, sim, sim, como ele iria ter a coragem de voltar para casa com aquele seu semblante tão derrotado?

Não pense que eu não sei, mamãe, o quanto vai lhe doer... quando a senhora souber que a bola que um dia ganhei do meu tio não fez de mim nenhum Pelé. (Que, com certeza, àquela altura, até ela, lá na sua tapera velha, devia saber quem era. Será que agora iria precisar lhe pedir desculpas por não haver nascido com a estrela de um campeão do mundo?)

***

Querida cidade 107

Houve uma vez outra bola, destinada a rolar num treino da turma da primeira série A com a B, num campo que ficava ao fundo do ginásio, sob a férrea disciplina do professor de educação física, um sargento do exército com porte de herói de guerra inspirado em filme de Hollywood, e que, aos gritos e apitos, escalaria os titulares e reservas dos times que iriam disputar os torneios entre as classes.

Es-co-la! Sen-ti-do!

Aos que fossem postos fora de forma, restaria um lugar na arquibancada, na condição de torcedores, lá no meio das meninas, com quem não teriam o mesmo cartaz dos que entrariam no gramado com todo o poder de sedução na ponta dos pés.

Antes de saber em qual dos lados ficaria, se em campo ou na torcida, ele, já com um plano na cabeça, saiu mais cedo de casa, levando num bolso o dinheiro das gorjetas amealhado naquela semana, que ganhara na sorveteria do tio, na qual tinha de trabalhar, em todas as horas que não estivesse em atividade escolar.

E foram aqueles trocados que o fizeram desviar-se do caminho habitual para o ginásio, ao pegar um atalho por uma rua conhecida por nomes que não podiam ser pronunciados na frente de moças de fino trato, senhoras de respeito, crianças, famílias.

Estes nomes feios: brega, mangue, bordel, meretrício, prostíbulo, randevu, lupanar, puteiro.

A zona dos pecados noturnos, cometidos em quartos opacos exalando perfumes de gardênia no lusco-fusco de um abajur lilás.

E em frenesis de bate-coxas *como si fuera esta noche la última vez*, ele imaginava.

O desvio do caminho para o ginásio significava mais do que uma travessura. Dava-lhe um status de transgressor, a se aventurar por uma calçada proibida aos meninos da sua idade. Queria ver com os seus próprios olhos o que lhe era contado por outros, os mais taludos, que se gabavam de falar com a voz da experiência, olhando-o de cima para baixo. Era chegada a hora de virar o jogo, empatando-o, para não ter mais de ouvir galalau algum lhe contar vantagem. Só que à luz do dia, em plena tarde, a rua saliente repousava no mais inacreditável recato.

Era ali, em sua zona mais eletrizante, que a cidade trocava os dias pelas noites. E de dia mantinha um silêncio de claustro, num tempo morto, sem nenhum vestígio do fascínio e sedução que imaginara, e a lhe convencer, passo a passo, de que havia perdido a viagem — até ter sua marcha interrompida por uma mão feminina que surgiu misteriosamente por uma porta entreaberta e o puxou por um corredor adentro, aos apertões.

Ai!

Foi a primeira coisa que ela disse, perguntando em seguida, toda assanhada:

Vamos fazer um neném?

Sem mais conversa, o arrastou para um quarto, deixando no ar a pergunta que ele lhe fez, com voz trêmula, quase gaguejante:

Quanto vai ser?

Querida cidade 109

Falou assim para evitar uma maneira mais direta — Qual é o seu preço? Quanto você cobra? — de saber antecipadamente se com os trocados que levava no bolso ia passar um vexame.

Esse cuidado com as palavras fazia com que ele se sentisse um cavalheiro que sabia portar-se diante de uma dama, jamais a melindrando com indagações que a levassem a se sentir tratada como uma mera vendedora de prazeres.

A inexperiência cercava-o de pudores que o impediam de perguntar objetivamente quanto lhe custaria o ingresso no paraíso, cuja porta aquela filha de Eva acabava de lhe abrir, cheia de ternura pela tatibante encabulação daquele adãozinho em sua primeira vez.

A ela caberia a glória de uma iniciação histórica, para a qual valia até meia-entrada, como no cinema.

Antes de esclarecer a questão que o afligia, ela quis saber-lhe a idade. Catorze... Ou quase isso, ele respondeu, ainda um tanto trêmulo.

Não tenha pressa, disse ela. Os anos passam rápido. Uma imagem merencória ressurgiu em sua mente. A de uma das suas tias no avarandado, na casa do avô, a mirar o crepúsculo cantando por todas as outras, numa tristeza de dar dó:

Assim se passaram dez anos/ Sem eu ver teu rosto...

O assunto que o agoniava, porém, estava longe de ter alguma coisa a ver com a passagem do tempo.

Voltou a insistir na pergunta cuja resposta poderia significar sua entronização ou repulsa no reino de Eva:

Quanto? Quanto? Quanto?

Foi então que ela disse, cheia de dengo:

110   Antônio Torres

Relaxe. Depois, deixe naquela mesinha ali o que puder ou achar que eu mereço, porque duro, duro mesmo, já vi que você não está.

Então ela começou a lhe desabotoar a camisa, devagarzinho, de cima para baixo, eriçando-o com os toques das pontas de seus dedos.

Ao lhe desafivelar o cinto e abrir-lhe a braguilha, espalmou a mão, palmeando uma intumescência que irrompia como um mastro sob a roupa que, com sofreguidão, ela o ajudava a despir.

O que está duro é isto aqui. Nossa! Que pintão!

E não era que ela sabia mesmo como encher a bola de um acanhado rapazola?

Seria por experiência ou já teria nascido sabendo?

Se tivesse dito pintinho, ele poderia ter ficado de bola murcha. Esvaziada. Desinflada.

Deus salve as mulheres.

Aquela mulher.

Que, ao avaliá-lo de modo aumentativo, esboçou um frêmito, como se seus dedos tivessem tocado numa brasa, deixando o corpo dele em chamas.

Agora, passado o temor da insuficiência de capital para bancar a sua entrada numa alcova do Éden — um triste quarto em penumbra, recendendo a incenso, ocupado quase que inteiramente por uma cama de casal forrada com uma colcha de retalhos, tendo à cabeceira travesseiros de fronhas coloridas, tudo cheirando (ainda) a roupa lavada, e uma bacia de rosto sobre a mesinha onde (*depois, depois*), ele deveria

Querida cidade 111

deixar as suadas notas de suas gorjetas, e a pequena bacia a lhe recordar uma pia batismal, assim como o começo da missa (*Introibo ad altare Dei...*), o que o levava a recriminar-se pela blasfêmia —, pois agora outro medo o assaltava: o de esvair-se precocemente naquele vaso em que estava sendo lavado à altura do baixo-ventre pelas mãos mais fofas que Deus havia posto no mundo.

Que aguentasse firme. O melhor estava por vir, ele se ordenou, esquivando-se das apalpações cujos efeitos poderiam deixá-lo, literalmente, na mão.

E isto, sim, é que seria um pecado irremissível.

Um desastre.

Olhos de gata. Rosto bonito — emoldurado por cabelos castanhos claros (molhados). Pernas bem torneadas. Pele alva, lisinha: ainda sem sinais dos estragos do tempo.

Segundo os cálculos dele — embora não se achasse bom nisso —, ela não devia ter mais de 20 anos. Podia ser que aparentasse menos idade àquela hora, quando exalava o frescor de quem acabava de sair do banho, sem precisar de maquiagem para disfarçar olheiras, estrias e rugas, nem de sutiã para acobertar os seios, ou de calcinhas para encobrir as intimidades insinuantes entre as brechas perturbadoras de um négligé prateado que deixou cair sobre a cama, na qual se deitou.

Vem!

Ela apontou para o destino do seu chamado.

Ele foi.

E logo se sentiu a se lambuzar num pote de mel, nos recônditos de uma gruta encantada.

112   *Antônio Torres*

Me coma! Toooooda — dizia ela, entre ferozes unhadas nas costas, lascivas lambidas nas orelhas, frenéticas mordidas no pescoço, até saciar a gulodice dele. — Eu te como, tu me comes, nós nos comemos —, junto com a dela, que, ao passar da volúpia à lassidão, ronronou:

Fica comigo.

A tarde toda?

E a noite, e sempre.

Ui!

Uma diaba com voz de anjo, ele pensou, lembrando-se das bazófias dos galalaus que se gabavam de já saber tudo da vida.

Agora ele iria à forra, na próxima reunião no CCI, o Canto dos Casos Imorais, onde os mais ousados alunos da quarta série costumavam se encontrar na hora do recreio para fumar escondido e contar vantagens de deixar os mais novos chupando os dedos.

Com certeza eles iriam rir na cara dele, quando se vangloriasse de já ser um de seus iguais, afinal acabara de ver a terra tremer, e os anjos chorarem, e de ouvir os sinos repicarem, e as trombetas tocarem.

Oba!

Era agora que ia poder gastar umas frases aprendidas no cinema, para se vingar das gabolices dos sabichões. O quê? Tudo isso assim na sua primeira vez? E ela não queria deixar você ir embora? Se enxerga, calouro!

***

Querida cidade 113

Mas sim. Agora que sentia um pouco de frio (era uma tarde de inverno) queria mesmo ficar, por um tempo sem fim, aninhado naquele corpo tão quentinho. Só que não podia faltar ao bate-bola chefiado por um sargento amedrontador. O comandante do tiro de guerra. Professor de educação física. Treinador de futebol. Autoridade. Mas voltaria outra hora. Ora se...

Ela se virou na cama, para detê-lo, enroscando-se nele ainda mais, com um suspiro de desalento, antes de lhe perguntar, acariciando-lhe os cabelos, se ele era sempre assim tão quieto, ou se estava decepcionado (*Não me achou gostosa?*), ao que ele se derreteu em malemolência, ummmm... Sim, estava ensimesmado, a pensar no tempo que decorreu aquilo que considerava a sua descoberta do mundo.

Dura tão pouco que no instante seguinte descobre-se que o melhor já passou.

Ainda assim aquele era um dia para entrar na história como o primeiro do resto da sua vida. A grandiloquência das palavras em sua mente — descoberta do mundo, um dia para entrar na história — o levou a se lembrar (de novo) do sargento do Exército com seus brados retumbantes, o que o fez desvencilhar-se devagarzinho dos braços em que estava aninhado, para se levantar, vestir-se e se pôr em marcha, não esquecendo antes de mostrar a ela as notas que ia deixar na mesinha de cabeceira, puxando a parte interna do bolso para fora, numa demonstração de que estava se despojando de todo o dinheiro que havia trazido.

Preguiçosamente estirada na cama, ela riu, ao que foi correspondida com um aceno. *Inté*, ele se despediu.

Pera aí, disse ela. *Venha cá, menino de poucas palavras.*

Obediente à voz da mulher que permanecia completamente desfolhada, como se lhe dissesse *aproveite que isto tudo ainda é seu*, ele se voltou até à beira da cama, quando foi puxado ao encontro de um par de seios nus, empinados, durinhos, e arrepiantes no contato corpo a corpo.

Você nem me perguntou por que caí nessa vida, disse ela. E começou a lhe contar a história longa e triste do namorado que fez mal a uma moça e fugiu. Posta para fora de casa por um pai cruel, ela foi apedrejada pelas ruas, até encontrar uma porta aberta, só que não era de uma igreja... Um dia um rapazinho já metido em calças compridas entrou pela mesma porta, pensando: "Vou tirar você deste lugar." Ela gargalhou, desdenhando da sinopse do drama que ele poderia estar imaginando. Mas logo em seguida mudou radicalmente de tom, e, com inesperada seriedade, perguntou-lhe se não queria ser o seu homem. No susto, sem saber o que responder, ele devolveu-lhe a pergunta com outra — Como? —, para ter tempo de entender bem o que acabava de ouvir. Esse *como* puxava mais duas interrogações — Onde? Quando? — que supunha interligadas a uma trama da qual não se imaginava o protagonista, fosse no papel de namorado, amante, amásio, marido ou gigolô.

Como? Morando comigo, ora!

Não ali, que era apenas seu lugar de trabalho, onde às vezes dormia, quando o movimento varava a madrugada, mas na casa em que ela morava, numa rua não muito longe. Que cara era aquela? Não gostou de ser pedido em casamento?

Querida cidade

115

Ela riu, mas desta vez com uma expressão de ternura, o que minimizava os seus sinais de deboche. Abriu os braços e as pernas, provocando-o. Não quer ter tudo isso aqui de novo, e de graça?

Apatetado com o oferecimento tão inesperado, ele gaguejou um *cla-ro!*

Mas...

Iria dar um pulo até o ginásio e... Podia voltar à noite?

Que voltasse, e correndo, ela disse, prevenindo-o: se estivesse ocupada com alguém, naquele ou em qualquer outro quarto, que ele não batesse na porta. Nem fosse embora, enciumado. Que a aguardasse. Na saleta de espera, à entrada da casa, ou no bar, onde uma vitrola tocava sem parar *Luna que si quiebra/ sobre las tinieblas/ de mi soledad...*

Que ele se sentasse quietinho num canto para apreciar o movimento, ao som de "Noche de ronda", ou de qualquer outro bolero que todos gostavam de ouvir, cantar e dançar.

Mas que ele tomasse cuidado para não se meter em briga de valentão, ou pegar as sobras de um vexame de honradas esposas ao dar um flagra em seus digníssimos maridos, ou de um escândalo de rameira que levou beiço de malandro, arranca-rabo de mulher com mulher, desavenças — até de nobres vereadores — resolvidas no braço, na faca ou à bala, acerto de contas de mandante de crime com pistoleiro de aluguel, e o cacete a quatro.

Tudo a meia-luz.

E a contrapelo da enternecedora encabulação dos meninos no ritual da primeira vez.

Ah, a sua vida dava um romance — e de novo ela deixou escapar um suspiro pesado e caloroso, como prelúdio de uma história longa, ainda que não necessariamente triste. Que ele, já a puxar a porta para sair, não ia ter tempo de ouvir. Avante, camarada. Marche, marche.

A passos lestos, como mandava o hino do soldado, um, dois, feijão com arroz! Depressa, vai mais, vai mais, rapazinho, bola pra frente.

Não. Não seria dessa vez que ele iria ter a dita-cuja em seus pés.

Ele ia chegar atrasado mesmo. Os times já estariam formados. O jeito seria contentar-se com um lugar na torcida, o que não lamentaria, ó que dia tão feliz.

Para ele, agora, a cidade tinha outro símbolo. O primeiro foi o das luzes verdes nos letreiros das suas lojas, que tanto encantamento lhe causaram, à sua chegada.

O segundo:

A moça.

Aquela que a própria cidade chamaria (cruelmente, ele diria agora) de puta. *Mujer, si puedes tu con Dios hablar, pregúntale...*

O que ela teria a Lhe perguntar?

Se no Juízo Final seria merecedora do mesmo perdão concedido por Nosso Senhor Jesus Cristo a Maria Madalena?

Será que a vida dela dava mesmo um romance?

Quando voltasse para casa, e corresse para debaixo de um chuveiro, ao se ensaboar se recordaria da esplêndida visão do úmido vale de Vênus, no inebriante momento em que ela abriu as pernas e disse:

Querida cidade 117

Vem!

Sim, voltaria lá, mas com menos pressa do que na primeira vez.

Assim poderia até ficar sabendo se o pedido de casamento era de brincadeira ou não, e por que ela achava que a sua vida dava um romance, e se sonhava com um final tão feliz quanto o daquela velha história — era uma vez um pavão misterioso — da princesa grega raptada de seu cativeiro por um príncipe encantado. Turco. Muita coisa para tirar a limpo. Sem esquecer a principal, ummmm...

Não na noite daquele dia. Em qualquer outra. Faltou dizer-lhe isso.

Depois do futebol, sob o comando do professor de educação física — um militar cheio de autoridade, por natureza ou dever do ofício —, teria de correr para o batente que lhe garantia casa, comida, roupa lavada. E passada.

E estudo.

Com direito a mensalidade, uniforme, livros, cadernos etc. do ginásio.

Além de outros et ceteras.

A matinê do cinema aos domingos — e uma soirée de vez em quando, se o filme não fosse impróprio —, o terno de linho azul para o primeiro baile no clube social, e a sua primeira viagem à capital, prometida pelo tio para quando as férias chegassem, se ele, o sobrinho, em vez de passá-las na sua tapera velha, ficasse na cidade, para ajudá-lo na sorveteria, em tempo integral.

Quando as aulas eram à tarde, o tio o despachava para as agências bancárias que só funcionavam na parte da manhã.

Filas. Tensão. Medo de, mesmo correndo de um banco para outro, dar com a cara na porta, por chegar atrasado e não conseguir fazer o depósito ou pagar a promissória que vencia naquele dia.

Uma vez por semana, a tia o levava à feira, ao mercado das farinhas e ao das carnes. Vai pra lá, corre pra cá, ele passou a ser o encarregado de comprar flores, aos sábados, sempre temendo errar nas escolhas e ter de encarar reprimendas constrangedoras. (Quando contrariada, sua tia virava uma onça.)

Havia também as noites em que ele era o encarregado de lavar, esfregar o chão e fechar a sorveteria.

Definitivamente, não viera à cidade a passeio.

Mas, botando na balança todas as tarefas que o tio e a tia lhe impunham, pesariam menos do que o cabo de uma enxada.

Salta um sorvete de goiaba!

De sabores exóticos faziam-se as atrações da sorveteria do tio.

Ah, e os cheiros!

De murici, mangaba, murta, cajá...

Tudo a levá-lo de volta aos aromas silvestres de sua infância.

Uma branquela, como se nunca tivesse sido exposta a um único raio de sol, sentava-se atrás da caixa registradora. Ela recebia os pagamentos, conferia as notas e passava o troco, mas sempre atenta à hora de uma novela chamada *O direito de nascer*, que acompanhava às lágrimas, num rádio ao seu lado.

Querida cidade 119

Outra moça, uma preta de pele luzidia, descascava frutas, as ancas balouçantes, enlouquecedoras. Ele era mais novo do que as duas e se desdobrava no serviço atrás do balcão e também às mesas, como garçom, o que requeria uma habilidade adquirida na marra, depois de levar um soco de um bêbado que contestara o valor da conta. Isso doeu.

A bronca do tio também. Que o sobrinho tomasse mais cuidado com a clientela, procurasse ser diplomático. A velha história: o freguês tem sempre razão. Sermão particular, porém. Reservado. Menos mal. Em público, o tio apressou-se em acalmar os ânimos, para evitar que o pau comesse numa briga generalizada, pois não faltaram protestos inflamados. Que covardia! Não tem vergonha de bater num menino?

Na verdade, o negócio do tio não se limitava a sorvetes de dar água na boca. Ia da cerveja estupidamente gelada às maçãs argentinas, presuntos de Parma e queijos suíços, cigarros norte-americanos e uísque escocês, tudo contrabandeado no cais do porto da capital — que ficava logo ali, a coisa de uns meros cem quilômetros —, pelo que a sua clientela mais exigente muito lhe agradecia.

O movimento intensificava-se quando um ônibus intermunicipal ou interestadual parava por ali, e depois das sessões do cinema, assim como na chegada do trem de luxo, trazendo sedentos caixeiros-viajantes. Numa bela noite, chegaram uns geólogos que iriam sondar o terreno nas redondezas da cidade em busca de petróleo, e que fariam daquela sorveteria a parada que refrescava os seus fins de tarde.

Depois vieram os engenheiros, os topógrafos e um batalhão de peões, todos com os pés enfiados em botas de sete léguas, e as cabeças em capacetes com o emblema da companhia petrolífera nacional recém-criada, tão simbólico quanto o da Ordem e Progresso ao centro da bandeira do Brasil — *Salve, lindo pendão da esperança!* —, e batendo lata espetacularmente em suas caminhonetes, cujo barulho, e mais o cheiro da gasolina, atraíam as moças às janelas, afoitamente. Mamãe, eu vou ali e volto logo. E pernas à sorveteria. Aonde mais os petroleiros fariam uma pausa refrescante? Afinal, se caíssem de bêbados, o hotel ficava logo ao lado. Bastava uma noite de sono para curarem a carraspana, antes de pegaram os ásperos caminhos do mato. A terra da laranja agora se abria às prospecções para um novo tempo: ouro negro, sonhos dourados. Estrategicamente instalado na mais concorrida área de lazer da cidade, o seu tio apressava-se em aquecer o preço da hospedagem e dourar o do uísque. Tim-tim!

***

Naquela bendita tarde, quem visse o rapazinho que andava por uma calçada como se brincasse de amarelinha podia pensar que ele estava embriagado. Ou doido. Porque parecia falar sozinho, a cada passo saltitado, num jogo maluquete de palavras ainda que apenas murmuradas, para não chamar a atenção de ninguém, por temer ser reconhecido. Aquele não é o sobrinho de...? Perigo de que alguém desse com a língua nos dentes sobre o lugar malvisto onde fora flagrado, em pleno horário comercial: rua Conselheiro Couto.

Leve, lépido, movendo-se com pés de passarinho, associava sentidos brincantes a cada pisada: Couto, Coito, Coutada,

Querida cidade 121

Coitada. Quem não sabia das perdições que se acoitavam ali? Já o Conselheiro... Não. Não fazia a menor ideia de quem se tratava, do que vivera a aconselhar, e a quem, se a um governo, empresa, bordel, ou rebanho, como aquele outro, o peregrino dos cabelos, barbas e voz de profeta. Este mundo não passará do ano de... Santo Antônio Conselheiro! Até as pedras daquela calçada lhe teriam seguido os rastos — até à Guerra do Fim do Mundo.

Na primeira esquina, ao final da primeira quadra da rua chamada Conselheiro Couto, bastava dobrar à esquerda para atravessar a fronteira entre o território proibido e o consentido, a uns cem passos de uma praça deslumbrante, aos olhos de quem nascera e vivera até pouco tempo num buraco de solidão e poeira. Ali, diante do mais aristocrático conjunto de casas residenciais da cidade, não se podia proclamar, romanticamente: *A praça... A praça é do povo, como o céu é do condor!* Aquela era para outra laia, como a do senhor prefeito, que morava numa mansão em frente de um coreto, oh, que coincidência mais feliz. Peço a palavra... Lero-lero e charanga. Meus correligionários... O dono do único jornal da cidade, em cuja coluna intitulada *Doa a quem doer* exercitava a sua pena mortífera — capaz de lancetar corações e mentes —, e maior tribuno que já passara pela câmara de vereadores, agora discursava no lado de fora de um palácio de utilidade pública, no qual, embora em situação provisória, estava cercado de conveniências: era o cavalheiro que naquele exato momento animava uma roda de enfermeiras no pátio da Santa Casa de Misericórdia, onde se encontrava em custódia, enquanto se recuperava de um ferimento à bala, que revidara com um tiro certeiro, fulminando o seu desafeto, que, ferido de morte, tombou no plenário, espetacularmente.

Foi um deus nos acuda.

No fogo cruzado, outro nobre vereador recebeu um balaço, que ficou alojado no seu maxilar — para sempre, diziam na sorveteria. A cena de saloon, descrita como imitação das dos filmes de faroeste, teve o seu final trágico estampado nas manchetes da capital.

E tudo por causa de quê?

Dinheiro, poder ou mulher?

Agora, mesmo à distância de poucos passos, não dava para saber se ele, o nobre assassino, estava se vangloriando da sua destreza no manejo de uma arma, se alegava legítima defesa ou se agira como vingador da corrupção municipal, o que vinha denunciando nas páginas do seu semanário, ou se contava uma piada.

O certo era que a roda parecia bem animada.

Como se a sorridente personalidade ao centro dela não tivesse acabado de matar um homem, perante uma nobilíssima plateia. Mas tudo parecia normal naquela tarde.

Logo, não seria uma anônima perda de virgindade o que causaria um novo escândalo naquela cidade.

Mais adiante, rua acima:

Convento dos capuchinhos.

Translúcidas venezianas.

Um órgão divino.

Querida cidade 123

Coro angelical.

Missa cantada.

Em latim!

Agnus Dei qui tolit pecata mundi...

Era aqui que sua mãe iria se sentir mais perto do paraíso.

Eu só pergunto por que você não quis estudar para padre ou — ao menos — frade!

Ah, se ela soubesse o que o seu amado filho andava fazendo... Valei-me, virgem mãe de Deus, concebida sem pecado! O castigo materno: confessionário. E comunhão, em jejum, a cada domingo, e de igreja em igreja, até a remissão total das penas do inferno, a que ele já estaria condenado, com toda certeza.

Eram cinco as igrejas que podiam ser nomeadas altivamente, porque da dos crentes só se falava à boca pequena, assim como do centro espírita e da loja dos maçons, uma sociedade cercada de mistérios, porém consentida, como as demais crenças, cada qual mantendo distância uma das outras, e todas empurrando para longe os cultos trazidos pelos escravos d'antanho: de tão escondidos chegavam a parecer clandestinos. Os ouvidos apostólicos romanos faziam-se moucos aos atabaques, ziriguidum, pajelança e o falapau nos orgiásticos batuques afro-caboclos, bem mais sacolejantes do que os rituais deles, tão insensoriais, coitados — lamentava-se no Canto dos Casos Imorais, lá no ginásio, mesmo a ressalvar-se: Perdoai-nos, Senhor. Cordeiros de Deus, penitenciai-vos de igreja em igreja, em obediência às ordens de Roma.

A mais sublime delas: a do Convento de São Francisco, no bairro dos ricos, por onde o pequeno peregrino agora es-

124   Antônio Torres

tava passando, a refazer a impressão que o seu tio deixara em tempos não tão antigos do passado, quando dera o vitorioso ar da sua graça à casa paterna, embalsamando-a com o inefável perfume do seu sucesso.

Agora, ele, o sobrinho, sabia: o tio não era tão afortunado quanto a antiga musa cantava.

Vivia em casa modesta, e alugada, numa praça de remediados, para os lados da igreja de Santo Antônio. Uma categoria abaixo da dos fiéis mais próximos às barbas de São Francisco, embora acima dos humildes templos de Santa Isabel, de São Benedito e de Santa Teresinha do Menino Jesus, que serviam de consolo e esperança de salvação para ferroviários, pretos, mulatos, pardos, morenos, sararás e brancos que formavam a indistinta massa do povaréu de adjacências desbotadas, esburacadas, mal iluminadas.

O que não faltava na cidade era onde se ajoelhar e rezar.

Nem emprego para padre.

Eu, pecador, me confesso a Deus, Todo-Poderoso...

O tio e a tia também viviam em pecado, pois só iam à igreja de vez em quando, em datas festivas?

Eles aproveitavam as manhãs dos domingos para preguiçar, ou para um ajuste amoroso de contas, até zerar os desentendimentos da semana (*Por causa do teu ciúme doentio, a gente perde o nosso amor* — às vezes ele pegava o tio cantando, baixinho). Mas para se acertarem na cama sem medo de um indiscreto olho adolescente no buraco da fechadura, sempre lembravam de véspera ao sobrinho que não se esquecesse de ir à missa.

Querida cidade 125

Agora, ao passar diante da sua igreja preferida — pelos seus excelsos vitrais, e pássaros em esplendorosa decoração de intrincados entalhes com florões, frisos, arcos, volutas, cânticos celestiais, frequência impecável, meninas endomingadas, fragrâncias inebriantes... —, o penitentezinho se perguntava: como o santo eremita, que pregava o desprendimento total, a pureza absoluta, se veria apadroando tão mundana freguesia, ele que, por se identificar inteiramente com a humanidade de Cristo, dedicou-se aos mais pobres dos pobres, a ponto de dizer que havia se casado com a senhora Pobreza?

Sim, sim, agora ele, o transeunte questionador de tanto luxo e pompa às missas na igreja do fundador de uma ordem chamada de "mendicante", parecia repassar um quesito da próxima prova de Religião, já não se interrogando mais sobre a serventia de tal disciplina no curso ginasial.

Sua questão agora era outra: saberiam os alinhados, entonados, engomados, emperiquitados e amáveis fiéis que São Francisco, cujo pai havia sido um rico mercador de tecidos, entrou para a história como a maior figura do Cristianismo desde Jesus, e justamente por haver rompido com tudo o que poderia cheirar a riqueza, ostentação e vaidade, ao se identificar com os problemas de seus semelhantes, a maravilha da criação, e a bondade da natureza?

— Ele foi a luz que brilhou sobre o mundo, no (bem) dizer de Dante Alighieri — extasiava-se a professora de Religião, quase às lágrimas, vai ver, pensava agora aquele transeunte seu aluno, por não poder comprar um vestido novo, e deslumbrante, para a missa do próximo domingo... Na igreja de São Francisco! *Miserere nobis.*

Nessa sua peregrinação, o confabuladorzinho andante não iria cruzar com um único rosto conhecido, para uma troca de ideias sobre os conflitos que naquele instante o dominavam: o ascetismo franciscano versus o mundanismo de seus amáveis fiéis.

Mas quem se importaria com isso?

Em sete meses na cidade, ele ainda era "o de fora". Ou pior: o ninguém. Sem ninguém a lhe interromper os passos e os pensamentos, para dois dedos de prosa. E para que pensar tanto, esse menino?

Quem pensa muito não casa, não sabe? E você acabou de ser pedido em casamento. Melhor rir disso. Mas, e se aquilo fosse para valer?

Parou para contemplar a igreja, imaginando uma cena encantadora: a noiva vestida como manda o figurino, de véu e grinalda, toda embevecida, com os olhos a brilhar mais do que as luzes do altar de São Francisco, para onde ela se encaminharia arrastando uma majestática cauda branca, com um buquê numa das mãos, e a distribuir acenos e sorrisos triunfantes às suas colegas de batalha, a todos os seus ex-clientes, e aos meninos que já tiveram e os que ainda iriam ter a sua primeira vez — que a aplaudiriam apoteoticamente.

Figura dominante neste cenário de sonho, a imagem de São Francisco ao centro do altar se corporificaria, pondo-se em movimento para dar início à mais extraordinária cerimônia já acontecida naquela igreja, e cuja celebração ele — em pessoa! — consagraria às irmãs da ordem das Damas Pobres, outrora ditas Clarissas, por terem Santa Clara como pa-

Querida cidade 127

droeira, e ali representadas pelas consoladoras dos solitários mendicantes de afetos.

Senhor, fazei-me o instrumento da Vossa Caridade para estas coutadas!

Tal epifania poderia entrar para a história como a sagração das ovelhas desgarradas, para não dizer: das vadias, vagabundas etc. que entrariam em estado de graça, sentindo-se no reino dos céus, enquanto fariam coro à oração de São Francisco: *Que eu leve amor onde houver ódio, alegria onde houver tristeza*, até o clássico final *é dando que se recebe*, na esperança de serem perdoadas por suas dadivosas atividades passadas, presentes e futuras.

Amém.

No coroamento dessa fantástica celebração, os pássaros dourados se desornamentariam, descolando-se de frisos em colunatas, paredes e tetos para uma revoada espetacular, na cadência do mais belo cântico jamais entoado naquela igreja.

Essa aparição de São Francisco, falando português com o sotaque dos frades capuchinhos a que todos já estavam acostumados — perfeitamente inteligível —, passaria a ser o assunto do século na América do Sul, ou mesmo em todo o continente americano, capaz de incluir aquela pacata cidade entre os mais movimentados santuários do mundo, como o de Fátima, em Portugal, e o de Lourdes, na França, e aí o tio do arauto desse milagre, assim como todos os comerciantes locais, iria entoar-lhe infinitas aleluias.

Esta história, sim, era a que daria um romance, pensava o divagadorzinho solitário, pondo-se a andar, como se acordasse para a sua pedestre realidade, e agora a se perguntar se algum frade, ou padre, costumava se aventurar pela rua Conselheiro Couto.

Sem batina, para disfarçar?

Ou sem disfarces, a pretexto de praticar uma obra de caridade, pela salvação das almas coutadas?

O sargento ia, contava-se no Canto dos Casos Imorais.

E de uniforme de gala, para impressionar as moças, impor respeito, meter medo à clientela delas, e sair sem pagar nada.

Autoridade.

Es-co-la, sentido!

Di-rei-ta, volver!

Marche-marche.

***

Por cima do muro que protegia a horta do convento dos olhos da rua, dava para ver os seminaristas extenuando-se numa plantação que certamente seria revertida em sustento próprio.

Eis ali o sacrossanto cotidiano deles: trabalhar como condenados, orar como penitentes, comer como monges, e cair nos braços de Morfeu, o deus do sono.

Tudo em segredo.

Com que sonharia um seminarista?

Ah, a vida lá fora: teu nome é mulher.

Seria aquele claustro uma santa penitenciária?

E os seminaristas, uns prisioneiros de si mesmos?

Imaginou-os entre longos corredores de pedras, quartos estreitos e gradeados, lâmpadas tristes, silêncio regulamentado, toque de sinos que lhes dava uma tristeza lúgubre,

Querida cidade 129

conforme a descrição de um seminário feita num romance que eles só poderiam ler se largassem as suas batinas tristes para sempre. Aqueles coitados nunca poderiam perder a cabeça com o rebolado da rumbeira do Parque de Diversões, nem com as pernocas da trapezista do circo que acabava de chegar à cidade.

Deviam viver se mortificando até quando cruzavam uns com os outros, tendo de abaixar os olhos, em obediência à rígida disciplina que os advertia para os perigos da intimidade entre eles, assim como do desejo de frades insones.

Et ne nos indúcas in tentatiónem!

Lembrou-se das lições do professor de latim, um ex-frade:

Rosa, rosae, rosarum...

Ele morava na quadra *família* da rua Conselheiro Couto, depois da primeira esquina, à beira de cair em tentação, ao avançar pela calçada que o levaria às moças *de vida airada*, para ir à forra do repetitivo ritual da vida casta, severa, a que fora subjugado desde os 9 anos, entre regulamentos, orações, trabalho braçal nos campos, meditação:

6h30: levantar-se.

7h: missa, café, um pouco de recreio.

8h30: aulas.

13h: almoço, leitura de um romance juvenil ou de aventura — e recreio.

14h30: estudo e deveres.

16h: lanche e recreio.

17h30: sala de estudo.

19h30: jantar, continuação das leituras e recreio.

21h: igreja — sermão de boa noite.

130   *Antônio Torres*

E tudo de batina, pois era o *homus novus* que estava sendo construído até na roupa de todos os dias. E este *homus novus* tinha de dormir de mãos juntas, como se estivessem atadas, para não as descer abaixo do peito, cuidado que não o faria evitar os sonhos eróticos e as poluções noturnas.

Agora ele, o ex-frade, professor de latim, e mais novo súdito de Baco no reino das coutadas, poderá se desforrar daqueles estoicos dias, a cantar triunfalmente *Liberdade, liberdade, abre as asas sobre nós*, enquanto escancara as pesadas portas do seu antigo cativeiro, com um grito de guerra capaz de arrebentar as grades da mais inexpugnável das fortalezas, franqueando-a à turba ensandecida:

ÀS MULHERES!

Era ele, o pecadorzinho transeunte a gozar as delícias do seu primeiro dia de gazeta na cidade — flanando ao léu, para retardar ao máximo a chegada ao seu destino —, sim, era ele mesmo, o aluno de latim do ex-frade, quem estava a pique de incitar os seminaristas a pular o muro e correrem para as coutadas, que certamente os receberiam erguendo os braços aos céus:

Gloria in excelsis Deo!

E quando ele, o hipotético salvador daquelas almas penadas, já vislumbrava o estouro da boiada franciscana, imaginando-se o audaz promotor da rebelião mais sensacional já ocorrida num convento de frades, eis que um desmancha-prazeres se interpôs em seu caminho, como uma pedra a lhe deter o passo numa topada.

Querida cidade 131

Ao ver-se, inesperadamente, frente a frente a um vigilante capuchinho, que lançou um olhar desaprovador à sua torcida de pescoço para enfiar o nariz onde não lhe era devido, achou por bem mudar de pensamento e perguntar as horas.

Por favor...

Dezessete em ponto.

Obrigado.

Dali a sessenta minutos os sinos de todas as igrejas estariam badalando a hora do Ângelus, na melancólica divisa entre o dia e a noite: entre cachorro e lobo. Triste como um animal depois do coito. Ele, não. Flanava de rabo abanando.

Tristes mesmo foram os sinos da sua infância: um caixãozão preto e um caixãozinho azul atrás do outro. Lá iam as pecadoras e os anjinhos — mães e filhos, num mesmo cortejo fúnebre —, de casa para a igreja e da igreja para o cemitério.

Rostos contritos às janelas.

Mãos a fazer o sinal da cruz.

Naquelas horas, até o vento parava para dar passagem ao desfile de meninos e meninas de azul e branco (*No céu, no céu, com minha mãe estarei*), a entoar a balada para a infância perdida: *No céu, no céu, com minha mãe ficarei.*

Fazia sete meses que ele estava na cidade. E durante todo esse tempo ainda não havia visto um único cortejo azul. As crianças daqui tinham pronto-socorro.

Pensou nisso ao avistar o hospital, passos à frente.

Marche-marche.

Para trás, o solene cheiro franciscano de incenso.

Adiante, o doentio ar impregnado de éter.

132   Antônio Torres

E se, logo na sua primeira vez, tivesse pegado uma doença do mundo, para ser premiado de cara com a dor da gota serena?

Ai.

Sentiu um estremecimento no corpo só de pensar na picada da agulha, para injetar-lhe uma dose cavalar de penicilina.

Até disso os galalaus se jactavam: de seus ocasionais padecimentos com a infausta dona Gonó.

Pular esse capítulo e dobrar à direita.

Mais uns trinta passos, outra esquina.

Seguir à esquerda, beirando uma cerca de arame farpado.

Ali a cidade tinha um cheirinho bom de laranja.

Resistir à tentação de saltar a cerca para pegar um punhado delas, sob o risco de ser suspenso por três dias.

E mais outro: o vergonhoso castigo de escrever quinhentas vezes *Não devo roubar nada em propriedade alheia.*

Não devia — isto sim — era ter saído do bem-bom de ainda há pouco.

Mujer, si puedes tu con Dios hablar!

No final da cerca, verá a entrada do campo de futebol ao lado do ginásio.

Como o bate-bola estava marcado para as quatro da tarde, iria chegar com uma hora e alguns minutos de atraso, quer dizer, quase no fim do treino.

Pior do que não poder mais entrar no time será a descompostura militar que terá de ouvir.

Ajoelhe-se e reze, batendo a mão no peito:

— Minha culpa, minha culpa, minha máxima culpa...

Querida cidade 133

Por que só se recordava da mãe como uma papa-hóstia, eternamente ajoelhada à direita de Deus Padre?

Precisava virar esse disco.

Para lhe oferecer, pelas ondas médias e curtas de sua (nova) imaginação, o bolero que dizia que *la distancia es el olvido*...

A verdade era que, quanto mais longe dela, menos esquecido de suas inculcadas culpas.

Ah, e se ela souber que poderá vir a ter uma Maria Madalena como nora?

Ave-Maria!

Oh, dúvida cruel: a adorável pecadora teria dito *Fica comigo* a todos os galinhos em suas primeiras vezes?

E a quantos galalaus?

Até ao ex-frade, professor de latim, a língua celestial?

E ainda aos honrados maridos, nobres vereadores, ao presidente da Câmara, juiz de direito, promotor público, advogados, promissores petroleiros (recém-chegados, oba!), Deus e o mundo? Ao comandante do tiro de guerra?

No rodízio dos seus efêmeros amantes, teria ela transmitido a todos as cordiais saudações de dona Gonó?

Segure o apito aí, chefão, que estou chegando.

Acelerou o passo, com toda a pressa que não tivera antes, como se de repente a fruição daquela tarde gazeteira se transformasse em pânico — o de chegar sem mais tempo de um lero ao pé do ouvido do sargento:

Jogo empatado, chefe!

Porque agora os dois, o comandado e o comandante, **eram sócios** de uma mesmíssima gruta encantada chamada bo... bo... bo... Para quem já tinha alguma intimidade com a dita-cuja, não bastava a primeira sílaba?

Mas cuidado, rapaz. Quem diz o que quer, ouve o que não quer. Portanto, dobre a sua língua. Para não ser agraciado com um retumbante cartão vermelho.

Fora de forma!

E depressa, se não quiser ser expulso do ginásio.

Ou ir em cana.

Ou tudo junto.

Melhor isso do que o que de fato aconteceu: seu atraso nem chegou a ser notado.

Enfiou o rabo entre as pernas e saiu de campo antes do apito final.

Pior ainda foi a noite em que voltou à rua Conselheiro Couto.

Luz vermelha à porta do quarto procurado.

Sem tempo de esperar pelo sinal verde, caiu nos braços de outra, que não lhe disse *fica comigo*, nem suspirou que a sua vida dava um romance, nem encompridou conversa, carícias e chamego.

Jogo rápido.

Pá-pum.

Vamos logo que a casa está cheia!

E ela não podia perder tempo essa noite.

E era uma vez a ilusão de que ali ele seria amado — como na primeira vez.

***

Querida cidade 135

E se não tivesse gazeteado tanto naquele dia, perdendo a chance de entrar no time da primeira série A, poderia agora voltar para casa com a glória de um campeão do mundo? *Mea culpa, mea maxima culpa*, mamãe!

Bem que ela, a sua mãe, enfiando a mão num velho baú de decepções e mágoas, poderia se encher de razão, para deixá-lo ainda mais arrasado do que já estava, ao lhe jogar na cara a cruel realidade: a de que aquela bola que tempos atrás ele havia ganhado do tio não tivera a menor serventia.

Ou não.

Se o coração da mãe viesse a se condoer com o sentimento de derrota estampado nos olhos do filho, e ela passasse a consolá-lo, perguntando-lhe se algum colega dele, ou um único craque da cidade, e até mesmo de todo o imenso estado em que viviam, fora convocado para defender as cores nacionais nos gramados da tal de Suécia, país do qual ninguém ali, antes, ouvira falar, e agora andava de boca em boca, Estocolmo pra cá, Gotemburgo pra lá...

Sim, sim, algum conterrâneo seu vestiu a camisa verde e amarelo nessa Copa do Mundo?

Pois então.

Bola pra frente.

Mesmo assim, ou quem sabe por isso mesmo, era agora que o professor de educação física iria recomendar para os seus alunos nota 10 a Escola de Sargentos de Três Corações — nas longínquas bandas das Minas Gerais —, enchendo a sua boca com o mais patriótico orgulho:

Foi lá que nasceu um gênio da bola, campeão do mundo...

Aos 17 anos!

Pé-lé! Pé-lé! Pé-lé!

Salve, salve, deus-menino-negro, herói da pátria agora mais amada e mais idolatrada do que nunca, que o passado vem remir dos mais torpes labéus, conforme o palavrório rococó de um hino de glória que falava do rubro lampejo da aurora e de esperanças num "novo porvir", grito soberbo de fé rimando com púrpuras régias de pé: *Eia, pois, brasileiros, avante! Seja o nosso país triunfante!*

Toda a nação prostrava-se aos seus pés, mesmo sendo ele, o herói-menino, um deus-retinto, como os caras-pálidas, que pareciam saídos dos filmes de cowboy, diziam também do sargento, cuja cor da pele — *Nós nem cremos que escravos outrora/ Tenha havido em tão nobre País* — era associada a apelidos ultrajantes, capa de fumo, tição, corvo, urubu, macaco, carvão, mas isso sempre pelas costas, porque de frente todo mundo respeitava a sua patente de autoridade fardada, quem era doido de chamar para a briga o comandante do tiro de guerra do Glorioso Exército Brasileiro?

Passara a encasquetar com o professor de educação física à primeira continência.

Relembra a cena.

Na apertada sala de inspeção, cuja ordem do dia, a ser obedecida pela vida afora, estava escancarada na parede à frente de todos (*Mens sana in corpore sano*), estrondou uma voz de comando capaz de fazer a terra tremer:

Todo mundo nu!

Enquanto o médico passava a turma em revista, conferindo o peso e a altura de cada um, auscultando pulmões (*Diga 33*), os meninos espalmavam as mãos para encobrir suas vergonhas, constrangidos com o olhar obsceno do sargento na direção delas, como se quisesse comparar uma a uma, mesmo que pelo rabo do olho.

Ele, o menino desta história, pensou em taras.

Perversões.

Coisas cabeludas, como as que já ouvira dizer sobre os tempos de Sodoma e Gomorra.

O pior, porém, ainda estava por vir.

Foi ao ar livre, numa área reservada à prática de exercícios físicos, no pátio dos horrores, onde faria o seu batismo de fogo, ao escalar uma armação metálica até se dependurar numa barra de ferro — *Mais ligeiro! Seja homem!* — e nela mover-se trocando de braço para alcançar o outro lado, segurando a alma na garganta, para não a vomitar apoteoticamente, tal era o medo de uma queda espetacular, que o levasse a quebrar uma perna, um braço, a clavícula, o pescoço.

Um terror.

A golpes da sorte, escapara ileso, naquele e em outros exercícios igualmente apavorantes, que agora lembrava com saudades — de quando tinha aulas de qualquer coisa, até de canto orfeônico — *Como pode o peixe vivo viver fora da água fria* —, nos (já) velhos e bons anos em que pertencia a uma turma, quando tinha um tio e uma tia, numa casa que até podia ser chamada de sua, e a cidade lhe sorria, a mesma cidade que agora nem estava aí para os seus azares, quando só lhe restava evocar o bordão com que o pai o doutrinara desde que se dera por gente (*pior foi o que sofreu Jesus*), enquanto a mãe arrematava:

— A vida, mô fio, é um vale de lágrimas.

E o mundo, o que era?

Um lugar de penitência.

Assim dizia o tal de Schopenhauer no livro que ele devia ter escrito em parceria com a sua mãe, a julgar por estes temas recorrentes como as contas do rosário de todo santo dia da sacrossanta mulher ajoelhada: tormentos da existência, desilusões, vãs promessas de felicidade, dores sem trégua e sem descanso, metamorfoses do sofrimento, o ascetismo como libertação definitiva e paz durável, a necessidade da resignação, da renúncia e de uma fé positiva — ufa!

Mas não.

Quando falava da insuficiência prática da moral religiosa (Cruz-credo!), e do conflito da religião com a filosofia, o alemão destoava da *mater dolorosa* da Tapera Velha, a Santa Senhora da Fé, Esperança e Caridade.

Tais heresias só podiam ter saído da cabeça de um comunista (e um comunista descarado!), a merecer condenação nas profundas do inferno. (*Fuja deste sacripanta, pelo amor de Deus!*). No catecismo dela, sacripanta, crente, comunista, herege, fariseu eram farinha do mesmo saco de infiéis à igreja de Nosso Senhor Jesus Cristo, o filho de Deus, aquele que morreu na cruz para nos salvar.

E quem salvará o filho dela, cujo calvário começou no exato dia em que o seu tio e protetor saiu de casa dizendo vou ali e nunca mais voltou?

***

Querida cidade 139

Ele se recorda.

No final da tarde anterior o casal havia voltado para casa de mãos dadas, sorridentes, felizes da vida, graças às artes de enganar de um marido sedutor, que reconquistara a mulher com promessas, pedidos de perdão, juras de amor eterno, para ludibriá-la sorrateiramente ao raiar do dia seguinte, deixando-a ainda a fruir a satisfação de seus desejos na memorável noite de coroamento de uma reconciliação tão surpreendente quanto inacreditável. Era uma vez o tormento — resmungos, xingamentos, empurrões, tapas, brigas horrendas — da mulher cujo marido vivia a lhe dar razões para enlouquecer de ciúmes — mal disfarçadas marcas de batom no colarinho, por exemplo —, o que significava fazer da vida deles um verdadeiro inferno.

Agora, enquanto o céu rumorejava a aurora de um dia luminoso, e ela vagava nas profundezas do seu sono, o marido, já despertado para as torpezas do mundo real — imaculadamente banhado, barbeado, perfumado, engravatado —, caminhava serelepe para a estação ferroviária, de onde dali a poucos minutos partiria um trem de luxo para a capital, não mais uma pré-histórica maria-fumaça empurrada a carvão de lenha, e sim um moderno expresso movido a eletricidade, com certeza mais veloz do que a geringonça voadora chamada de pavão misterioso do romance popular, e essa associação entre a realidade e a ficção dos dois meios de transporte significava que alguém ali iria ficar de orelha em pé, com uma pontinha de suspeita, a remoer a justificativa daquela viagem tão apressada.

Negócios, dissera o tio ao sobrinho, misteriosamente, que podiam levá-lo a uma nova vida, longe dali.

Batendo-lhe levemente no ombro, sorriu e completou: *Não se preocupe. Tudo vai dar certo.*

Os dois se encontraram do lado de fora da casa, um saindo, todo entonado, e o outro entrando, com o pacote de pão quente que sempre ia buscar na padaria.

Bom, tenho que ir. Se cuide, despediu-se o tio, para nunca mais ser visto.

Se foi sem tomar o café da manhã, o que faria no carro-restaurante do trem. No seu rastro ficaram apenas duas palavras: *Bye-bye.*

Desse jeito mesmo — no idioma do cinema.

Tudo assim, na pressa. *Não se preocupe… Se cuide.*

Preocupante.

Havia uma mulher na primeira parada do trem, ou já ali mesmo na estação, a esperá-lo, a pouca distância da cama onde aquela que ainda se julgava dona do homem que partia sem lhe dizer adeus se esparramava, certamente a se sentir em estado de graça, no melhor dos mundos.

Benfazejo sono, que deslinda a meada enredada das preocupações, a morte da vida de cada dia, banho reparador do trabalho doloroso, bálsamo das asas feridas, segundo prato na mesa da grande Natureza, principal alimento do festim da vida — o vigilante sobrinho faria destas eloquentes palavras uma cantiga de ninar para a tia adormecida, ainda que correndo o risco de ser interpelado:

Querida cidade 141

De que livro mesmo você copiou isto?

Sim, sim, um dos lugares de que mais gostava na cidade era a sala de leitura da prefeitura municipal, com poucas, mas belas edições encadernadas, até de um certo William Shakespeare, quem diria, para serem consultadas e lidas ali mesmo, não podendo, portanto, serem levadas para casa.

Indiferente ao que o sobrinho lia e copiava, ou deixava de ler e copiar, e aos demais bastidores familiares, lá se ia o tio, na maior pinta, vestido com o seu terno mais elegante, ainda esbelto nos seus 35 anos, e portando apenas, sob o braço direito, uma pasta recheada com a grana que na véspera raspara de suas contas bancárias.

E havia mais a garantir a firmeza de seus passos: o cheque polpudo — e visado — que levava num dos bolsos internos do paletó, correspondente ao valor da venda de tudo que possuía a um único comprador, em negociação sacramentada graças à assinatura da mulher nos documentos lavrados em cartório, com firma reconhecida.

Como os trâmites se passaram o sobrinho não ficou sabendo.

Mesmo assim, ao ver o tio e a tia tratados de ficar de bem, ele se sentiu aliviado do medo que as desavenças do casal, ultimamente tão frequentes quanto intensas, culminassem num desfecho trágico. E deduziu: não devia ter sido o segredo a alma daquele negócio, mas sim as tais razões que a própria razão desconhecia.

Numa virada espetacular de sentimentos, o cafajeste antes odiado e xingado de tudo quanto era nome feio tornou-se o cavalheiro que voltara a conduzir nobilissimamente a sua dama à soirée do cinema, que, atendendo ao clamor geral, reapresentava *Suplício de uma saudade*, a mais linda história de amor já exibida nas telas de todo o mundo (*drama, romance, emoção*), como novamente fora trombeteado, o dia inteiro, num carro de som, no serviço de alto-falantes, e pelas ondas médias da emissora de rádio da cidade.

Imperdível!

Para os que já o tinham visto, a canção-tema do filme pagava o ingresso. A i-nes-que-cí-vel "Love Is a Many Splendored Thing", cuja melodia mela-cueca — convite irrecusável a uma dança de rosto colado — derretia os corações, das solteironas desenganadas às esposas reconciliadas.

Naquela noite, assim que o casal foi ao cinema, deixando-o entregue a um solitário dever de casa, o sobrinho imaginou uma cena de alcova, na qual a tia protagonizava o seu momento Hollywood — *Me, Jennifer Jones, you, William Holden* —, sofregamente a desfolhar os lençóis, ansiosa por ouvir uma resposta digna de metais em brasa:

Oh, my darling! I love you.

Que trouxa.

Sim. Foi a primeira a admitir, a tempo de cortar os pulsos, com um ódio mortal de si mesma:

— Como fui burra. Uma perfeita idiota.

Não. Não seria logo ao acordar que ela iria cuspir paralelepípedos contra o próprio rosto, diante de um espelho que viria a refletir os estragos que a ingratidão do marido lhe deixara, *que filho da puta!*

Querida cidade 143

Naquele dia, o primeiro do seu novo calendário de incertezas e desilusões, ela ainda teria umas boas horas a envolver-se com o manto diáfano da fantasia (na percepção do sobrinho, influenciado pela leitura recente de um romance de Eça de Queiroz, tomado emprestado na pequena biblioteca do Grêmio Lítero-Recreativo do ginásio).

Ainda com o coração no sétimo céu, ela teria o bônus de mais um dia de glória, que nem suspeitava ser o último a usufruir como tal, naquela cidade. E o engalanou com rosas vermelhas (as do bem-querer) e brancas (as de amar até morrer), que seu fiel escudeiro correu a providenciar, sob dois temores: o de se atrasar para as aulas da tarde a caminho, e do seu próprio destino.

O que o tio pretenderia fazer da vida, dali por diante?

E ele, o sobrinho, estaria mesmo incluído em qualquer que fosse o seu plano, como insinuara, naquele encontro apressado, logo ao amanhecer?

O dia passou.

A noite chegou.

O trem voltou.

Sem o passageiro vestido no seu melhor terno.

— Ele lhe disse alguma coisa?

— Disse, sim.

— E o que foi que ele lhe disse?

— Falou em negócios. Mas assim por alto, pois estava muito apressado.

Ela entendia a pressa do marido: achar logo uma nova atividade, num ramo diferente dos que já havia experimentado.

Logo, ele tinha ido à capital para tratar da representação de uma indústria de produtos eletrodomésticos, porque agora toda a cidade iria querer ter em casa as novidades que via nos filmes americanos.

— Qual a mulher daqui que não sonha com uma cozinha de cinema?

Ela suspirou, a olhar para o relógio na parede da sala de jantar.

— O seu tio tem tino comercial. Ele é muito esperto.

"Bota esperteza nisso", o sobrinho pensou, olhando para o móvel da vitrola que o tio havia comprado na capital, de onde voltara com uma pilha de discos em 78 RPM, todos com apenas uma música em cada lado.

Foi então que a casa se inundou de canções, valsas, sambas, marchas, baiões, foxtrotes, mambos, rumbas, chá-chá--chás, boleros e guarânias, em enternecedoras ou sacolejantes melodias entoadas pelo "rei da voz", o "cantor das multidões", a "voz orgulho do Brasil", o "cantor que dispensa adjetivos", o "sapoti do rádio brasileiro", a "favorita da Marinha", a "rainha da voz", a "favorita da Aeronáutica", os "românticos de Cuba", o "trio de ouro" etc. etc. etc., e por fim, mas não por último, o "rei do baião" — *Vem morena pros meus braços, vem morena, vem dançar…* Eis a música que viria a ser a mais ouvida naquela casa, e pelo seu dono: *Quero ver tu requebrando…* Ali tinha coisa.

Porque a mulher dele era branca como a Lua.

Aquela que agora, ao avançar da primeira de suas noites mais nebulosas, poderia virar o disco:

Eclipse de luna en el cielo/ Ausencia de luz en el mar,/ Sufriendo de amargo desvelo...

Isso, claro, em momento propício, o seu momento melodrama.

O que não era o caso. Não neste parágrafo, significando tal ressalva que a *honda desesperación* ainda estava por vir, quando um galo cantasse, lá pela terceira madrugada: *Mirando la noche me puse a llorar.*

Aí, sim. O perfeito momento mexicano:

Una película que usted jamás olvidará.

Capaz de tocar as cordas do mais eclipsado dos corações.

O momento agora era apenas o de um ponto de interrogação a se desenhar numa testa que começava a enrugar-se, embora discretamente, mas visível àquela hora, à mesa do jantar.

Aqueles dois em cena ainda aguardavam o personagem principal, para ocupar o lugar de sempre, à cabeceira.

O trem chegava às oito da noite. E já passava das dez.

Tia e sobrinho se cansaram de esperá-lo à porta da casa, ora sentados frente a frente, nas poltronas logo à entrada, ora de pé, a esticar a vista no rumo da estação, gente vindo, chegando, passando. E nada.

Nada de quem interessava mesmo ser visto a bater perna com toda a pressa do mundo de reencontrar a mulher que se preparara, de corpo e alma, para recepcioná-lo como a um príncipe encantado.

O sobrinho chegou a temer que a tia perdesse a compostura e corresse como uma louca para perguntar se alguém tinha visto o seu marido no trem, ou na plataforma de desem-

146   *Antônio Torres*

barque, ou na saída da estação, e se chegara, para que lado desembestara, por favor, me diga que fim esse homem teve.

Felizmente, a expectativa contrariada não a levou a descabelar-se.

A julgar pelas aparências, o atraso do marido, ou quem sabe o seu sumiço, nem de leve iria lhe arranhar a dignidade.

Durante todas as horas de espera, manteve intacta a elegância de quem passara o dia entre o salão de beleza e o toucador, a pintar unhas e boca, e a se enfeitar da cabeça aos pés, subjugados aos saltos Luís XV, num momento toalete digno de uma Madame de Pompadour, lendária figura feminina da corte francesa no século XVIII, tão dotada de inteligência, encanto e beleza quanto de empoamento, cuja história ela havia lido na *Seleções do Reader's Digest*, que recebia pelo correio, todo mês, assim como sempre mandava comprar na banca uma revista de figurinos, e, variando de uma para a outra, a *Grande Hotel*, a *Capricho*, a *Querida*, a *Revista do Rádio*, *O Cruzeiro* — que o marido e o sobrinho também liam, toda semana.

Ah, sim: por nada nesse mundo ela perdia uma novela radiofônica. E tinha sempre à cabeceira um romance água--com-açúcar de uma coleção chamada *cor-de-rosa*, o que contrastava com o seu porte enérgico, de deixar os homens vermelhos.

O amarelo é que era a sua cor agora.

Sinal de alerta.

— Você ouviu alguma coisa no rádio? — perguntou ela de repente, já a pensar em notícia ruim (desastre, assalto à mão armada, briga por motivo fútil ou mesmo sério), qualquer

Querida cidade 147

enrascada que podia ter levado o marido ao pronto-socorro da capital, ao necrotério, sabe-se lá mais aonde.

Ou:

— Quem sabe os negócios o prenderam por mais um dia?

Como não tinham telefone, e o marido não encontrara alguém que pudesse trazer um recado, nem tempo para passar um telegrama, ficara sem poder avisar.

— Amanhã ele vem. Se...

Se estiver vivo, foi o que o sobrinho achou que ela queria dizer, embora desconfiasse de outra coisa, desde a hora em que o tio se despediu dele daquela forma enigmática:

Se cuide...

Ora, ora, o que significava isso? Que dali para a frente o sobrinho que cuidasse de si mesmo? Perguntas ao relógio na parede, enquanto, emaranhada em suas próprias preocupações, a tia bocejava.

Tique-taque, tique-taque.

Meia-noite.

Momento lânguida-lua-nua.

Hora de uivos em surdina.

No quarto.

Ela se esparramou na cama, sem se desfazer de toda a sua obra-prima de toucador.

Sem descalçar o Luís XV.

Eclipse de amor en tus lábios/ Que ya no me quieren besar...

Noite seguinte:

— Estou bem?

Momento-ambíguo:

O laço no colar de pérolas tanto podia disfarçar o decote revelador de um vale que se insinuava entre dois montes sedutores quanto torná-lo o centro das atenções.

— Está nos trinques — respondeu-lhe o sobrinho, com um sorriso encabulado, mal disfarçando o frisson que o vestido decotado da tia lhe causara.

— Vamos à estação?

Foram.

E perderam a viagem.

Ainda assim refizeram a mesma caminhada na terceira noite.

Agora chegava.

Agora só restava a ela retirar o manto diáfano da fantasia e encarar a nudez crua da verdade, pensou o sobrinho, naquele desolado retorno da estação para casa, sem palavras, que, eles sabiam, não iriam adiantar em nada.

Com toda a sua fortuna reduzida a um maço de notas na gaveta do criado-mudo, ela iria acordar no dia seguinte se sentindo como se tivesse de assumir o comando de um trem cujo destino desconhecia.

***

Sob o efeito dos arrepios provocados por um leve toque de mão em seu braço, que o fez tremelicar, esboçando uma interjeição de desagrado — Ãããã! —, o sobrinho viu:

Querida cidade 149

Ela estava sem sutiã.

No quarto em penumbra, o vulto ao pé da sua cama mais parecia uma assombração.

Até a noite passada — que, insone, atravessara abraçada às suas desilusões —, ela era ainda uma mulher inteirona nos seus quase 30 anos.

Agora, mal acordada, tornara-se um lamentável espectro: desgrenhado, macilento, amarfanhado, choroso.

Justa ao corpo, a roupa de dormir realçava-lhe as curvas.

Ao inclinar-se para se ajoelhar, como se estivesse num confessionário, não conseguiu evitar que os seus seios ficassem à mostra, quase que em situação despudorada.

Perdoai-me, Senhor.

A incômoda posição, porém, era para deixá-la face a face com o sobrinho, ainda estirado na sua estreita cama de solteiro, e também mal despertado.

— Você sabia, não sabia?

Sim, claro, sabia perfeitamente o que era que ela suspeitava que ele soubesse. Mas, se falasse a verdade — *Tinha cá minhas suspeitas, mas saber mesmo, não sabia* —, daria margem para todo um interrogatório sobre os *motivos* de suas desconfianças.

Para precaver-se da acusação de haver negado informações que a teriam poupado das expectativas — tão falsas quanto vexaminosas, cujos desdobramentos poderiam ter consequências imprevisíveis —, nem morto ou debaixo de pancada ele revelaria do que mesmo desconfiava.

Sinuca de bico.

Negando suas suspeitas, trairia a mulher abandonada, que, ao prostrar-se à beira da sua cama como uma penitente, levava-o a entender verdadeiramente o sentido da palavra ultraje, assim como o que vinha a ser mesmo a perda da dignidade, do orgulho, da altivez.

Confessando-as, estaria traindo o causador disso tudo, também merecedor da sua gratidão.

Diante de tal impasse, devolveu-lhe a pergunta:

— Sabia o quê?

— Que ele ia sumir no mundo.

— Mas como eu podia saber?

— Uma palavra que ele deixou escapar... Uma promessa...

— Promessa? Que promessa?

— Que depois vai chamar você, lá para onde quer que tenha ido.

— Foi como eu lhe contei. Ele cruzou comigo na saída, todo apressado...

— Idiota! — berrou ela, dando socos em si mesma, brutalmente. — Tome, tome, tome. Para você deixar de ser trouxa. E tome mais e mais e mais, que é o que você merece, sua burra.

Apavorado, o sobrinho ergueu-se na cama, moveu o corpo e pôs os pés no chão, com as pernas abertas ao redor da tia, agarrando-lhe os braços, que passaram a esmurrá-lo, enquanto ela se debatia para se soltar, até perder a força, quando a sua fúria foi se transformando em soluços, e os soluços, em pranto.

Seus olhos eram dois rios.

Querida cidade 151

A desaguarem sobre o adolescente que tentava salvá-la na correnteza, pensando:

E se ela não aguentar o tranco? O que faço?

O que poderia acontecer, nas suas previsões nada promissoras:

Ela se deixar naufragar lentamente, até o último suspiro; ou entrar de repente em eclipse total e *plaft*; ou optar pelo mais dramático dos epílogos. O momento adeus-mundo-cruel, a entrar para a história como momento tresloucado-gesto:

A *vingança*.

"Eu gostei tanto,/ Tanto quando me contaram/ Que lhe encontraram/ Chorando e bebendo..."

(Por não se perdoar.)

Se der em qualquer uma dessas encrencas, o que fazer?

Que providências tomar?

Por onde começá-las?

Na cidade não era como na roça, em que a morte — fosse morrida ou matada, "com as próprias mãos" — só dava dois trabalhos.

Primeiro: procurar quem soubesse fazer o caixão.

Segundo: levá-lo para uma cova com sete palmos de fundura.

Ali, morrer era legar uma carga pesada para os vivos, no caso, um único vivente, o atarantado sobrinho que não sabia nem como cuidar de si, quanto mais de um enterro.

Por temer as consequências funestas da consumição da tia, pediu-lhe calma, e com firmeza, não vendo outro jeito senão o de fazer o papel de homem da casa.

Nisso, ouviu os passos da faz-tudo chegando.

Ela não falhava.

Vinha de manhã cedo e saía ao fim da tarde, deixando o jantar pronto e todos os cômodos arrumados.

Ultimamente, captando o clima das contrariedades impregnadas no ar, devia também andar apreensiva, de tanto que resmungava pelos cantos:

Sei não... Tá tudo muito esquisito por aqui.

Coisa boa não podia vir.

Agora, nem imaginava o quanto o ambiente havia piorado da noite para o dia, passando a exigir a presença urgente de uma benzedeira que regesse, cheia de fé, e com três galhos de arruda a lhe servirem de batuta, um descarrego regenerador:

Com dois te botaram,
Com três eu te tiro,
Com perna de grilo,
Que vem do retiro...

Sim, nunca antes a chegada daquela dona moça fora tão oportuna, salvadora até, pois teria que providenciar urgentemente um chá de casca de laranja para acalmar os nervos da patroa.

Depressa, pelo amor de Deus!

Se fosse capaz de ouvir pensamentos, a tia poderia ter esbravejado:

— Se assunte, rapaz! Está pensando que fiquei louca, é? E pare de me apertar. Me solte.

Ao pressentir os passos da faz-tudo — varre, lava, passa, cozinha, pinta e borda —, ela se desgarrou do sobrinho,

Querida cidade 153

levantou-se, levando as mãos à cabeça, para ajeitar os cabelos, preparando-se para sair do quarto dele sem dizer nada, como se tivesse voltado ao controle da situação, depois de haver passado por um tratamento de choque, ao ser dominada por um rapazinho ainda imberbe.

Agora, ao cruzar com a empregada, a caminho do banheiro, parecia outra, numa rápida transformação que a levava de volta aos modos da patroa de antes, ao mesmo tempo de voz mansa e mandona — Venha cá, limpe ali, apanhe isso aqui, veja aquilo lá, traga… —, conforme iria demonstrar na primeira ordem do dia:

— Enquanto eu me apronto, faça um café reforçado.

O que significava isto: com leite, pão e manteiga, mel, beijus de tapioca, cuscuz de milho, dois ovos estrelados, aipim, batata-doce e banana-da-terra cozidos.

Tudo do bom e do melhor, enquanto ainda restava fartura.

Depois de lavar a tristeza, a raiva — principalmente de si mesma — e a alma num longo banho de água fria, ela iria banquetear-se, para recuperar a energia despendida em suas consumições e encarar os fatos à luz da razão: lesada pelo marido ladino, surripiador da sua parte no patrimônio do casal, teria de tomar providências drásticas, penosas, mas inevitáveis, a começar pela demissão da boa moça a lhe servir de bandeja um manjar de princesa.

Quanto ao sobrinho, rá-ré-ri-ró-rua também, só que com um aviso prévio generoso, de uns noventa dias (sim, já estavam em setembro), pois seria uma crueldade mandá-lo embora antes do final do ano letivo.

O que a deixava de mãos atadas, prisioneira desse tempo de espera, como se estivesse a se sacrificar por um filho, e um filho não nascido de suas entranhas.

Sacrifício, aliás, que requeria patrocínio.

Portanto, sua prioridade agora era encontrar uma alma benévola que fosse capaz de lhe garantir casa, comida, roupa lavada e as mensalidades do ginásio do sobrinho (ainda mais isso!), tudo por conta de uma boa ação e nada mais.

Agora é que chegava o momento vergonha, que forçosamente a empurraria para outro, o momento cara de pau: ter de pedir ajuda, e logo a quem?

A um pançudão tão endinheirado quanto emproado, um arredio proprietário rural que vivia como um bicho do mato a umas dez léguas de distância, alheio a tudo o que estivesse fora do seu mundo pastoril guardado a mais de sete cercas — eis aí um esboço da personalidade do senhor seu pai, mais sensível ao mugido de uma vaca do que aos soluços de uma mulher, pensava ela, carregando nas tintas com que imaginariamente pintava o tosco retrato daquele que a gerara.

Mas ora, o que lhe restava?

Benzer-se, criando coragem para implorar piedade àquele pai terreno tão ausente quanto o Padre Eterno vinha sendo nessas suas inglórias circunstâncias de filha de Eva (já) sem eira nem beira.

Não me condenes, diria ao mortal comum que vinha a ser o seu pai efêmero, se sentindo na pele de um Jó, o pobre Jó condenado pelo Todo-Poderoso às mais cruéis provações, a perguntar:

Quantas culpas e pecados tenho eu? Por que não morri desde a madre, e em saindo do ventre, não expirei?

Não, ela não maldizia o seu nascimento. Nem queria morrer. E muito menos antes do fim do ano letivo, para não deixar o sobrinho ao deus-dará. Sobrinho por afinidade, mas a quem se afeiçoara irremediavelmente. Quem sabe mais até do que se o tal rapazinho fosse sangue do seu sangue.

Até debaixo d'água, tentando esfriar a cabeça às chuveiradas — envolvendo-se em espuma e a se esfregar deliciosamente em lânguidas carícias —, encafifava-se quanto ao destino desse ente querido que fora largado no espólio de seus tormentos.

Não estaria fazendo dele o filho que você não teve, hein?

Que o senhor seu pai não viesse com estocadas ferinas, condenando-a por haver fechado as portas do ventre, para dali não sair quem lhe mamasse os seios: um bezerro de duas patas, ao qual, de boca cheia e coração mole, ele chamaria de *meu neto*.

Era bom mesmo que não se atrevesse a lhe jogar na cara nada que viesse a mexer em suas feridas:

Queria o que, se não emprenhou e pariu?

Não foi para isso que Deus fez a fêmea?

Se o seu pai partisse para a ignorância, culpando-a de haver sido abandonada por causa da sua infertilidade, ele iria ter troco.

E pesado.

Que tonta.

Para que foi revelar ao pai o diagnóstico de um respeitadíssimo médico de senhoras da capital?

Para ver quão tristemente o sentimento chamado decepção se refletiria nos olhos dele?

Mas, se não lhe contasse, nunca iria pôr fim às suas incômodas miradas para uma barriga que se negava a lhe mostrar sinais de crescimento, toda vez que se encontravam.

Bastou lhe dar a desonrosa notícia de que era estéril como a terra de um deserto para ele nunca mais voltar a vê-la, a não ser em esbarrões ao acaso, quando vinha à cidade para tratar de algum assunto bancário e, suando por todas as banhas, dignava-se a dar uma passada no endereço comercial do genro, não necessariamente para saber se a filha estava por lá, mas apenas para matar a sede.

Agora ela se via obrigada a ir atrás do seu pai fugidio, como uma bezerra desmamada, tendo de comer poeira pela estrada, correndo o risco de levar uns coices, no fim da viagem:

Você por aqui? Que milagre é esse? Veio ver se já morri?

Entre tapas e beijos, a filha se veria pressionada a abrir logo o jogo.

Ora, ora, aquela visita não podia ser de graça.

Lá vinha uma facada, e das que iam bem fundo.

Não esperneie, não, velho, para não ter de ouvir o capítulo mais desalmado da sua própria história.

Que envolvia um encontro fortuito, no ermo da noite, de um macho em forma de gente com uma fêmea da sua espécie, na qual montava atrás de uma moita, debaixo de milhões de estrelas, impetuoso como um cavalo sobre uma égua no cio. Dali a nove meses nasceria uma menina sem o pai por perto, para lhe ouvir os primeiros vagidos, pegá-la e aconchegá-la em seus braços, levando levemente um dedo

Querida cidade 157

aos seus lábios — bilu-bilu-bilu — e entoando uma cantiga de ninar para lhe acalmar o choro — se é que a mãe dela não havia exagerado na descrição do conúbio selvagem em que fora gerada, e de suas consequências:

— Bastou eu contar que estava embuchada para ele, ó perna, pra que te quero. Fugiu de mim como o diabo da cruz.

Só viria a reaparecer quando a menina já brincava de boneca, sentada no chão de uma minúscula sala com apenas duas carcomidas cadeiras de madeira, uma para a mãe, outra para a filha, pensou o intruso naquele paupérrimo ninho, imaginando que antes dele jamais aparecera alguém ali para saber se aquelas duas criaturas faziam parte de algum mundo possível.

Na sua versão, a história era outra.

Ele não fora nenhum crápula fujão, acovardado com a notícia de que a emprenhara. Por ordens do pai, havia sido obrigado a se mandar pelo mundo, dirigindo um caminhão carregado com fardos de folhas de fumo, couro de boi, sacos de milho, arroz, feijão e farinha, varando estradas desertas, caindo em buracos, escorregando nos atoleiros, tropicando nos pedregulhos, derrapando nos esconsos, perigando à beira dos despenhadeiros.

Isso até o motor do caminhão não aguentar mais, deixando-o perdido nos confins do tempo por dias e noites, até encontrar e arrastar um mecânico para consertá-lo, depois de uma longa marcha a pé, sob um calor brutal, e sofrendo o diabo: ferroada de mosquitos, medo dos bichos selvagens — reais e imaginários, como os lobisomens —, e da solidão, da loucura, da sede, da fome, da morte.

E assim a entrega das mercadorias que tinha de fazer de praça em praça por tortuosos caminhos acabara se tornando uma danação.

Se depois de esvaziar o caminhão aparecesse algum frete, que fosse em frente — ordenara-lhe o pai, que não o perdoaria se voltasse para casa com uma mão na frente e outra atrás.

E todo cuidado era pouco — dissera-lhe mais, enquanto lhe passava um trabuco e munição, prevenindo-o de que não faltava perigo nas estradas.

— Depois de penar como um condenado ao inferno, quando voltei ainda tive de amargar o seu desaparecimento — foi assim, todo queixoso, que ele se dirigiu à mãe da menina, que, pelo tamanhinho, e já sabendo falar, pular, brincar, malinar, dava uma boa medida do tempo decorrido desde a noite em que aquela criaturinha fora gerada num pasto à merencória luz da lua, e debaixo das mais reluzentes estrelas de uma sedutora noite tropical. — Meu pai me meteu dentro do caminhão e me empurrou para a estrada naquela madrugada mesmo, mal me dando tempo de pedir a bênção à minha mãe.

Postada à janela, a inesperada aparição — um caboclo troncudo, com porte de madeira de dar em doido, pau para toda obra, ou seja, um bicho do mato solto no mundo — parecia haver se preparado cuidadosamente para aquela visita, tal era a lordeza do traje, a tosa da carapinha, a lisura da cara, os aparos nos fios do bigode.

E nem era um dia de domingo para tanto apuro, enobrecido por uma fala mansa, meticulosa, ditada por uma prudência quase solene, a contrastar com o aspecto físico abrutalhado do falador, mais para um selvagem canibal do

Querida cidade 159

que para um cristão amestrado, e ainda assim a lembrar a contrição de quem estava na missa, a se penitenciar dos pecados, cujo peso quereria tirar dos seus ombros para jogá-lo no colo da incrédula mulher de braços cruzados a balançar a cabeça de um lado para o outro, salivando peçonha como uma cobra que, ao se sentir acuada, enrodilha-se toda antes de dar o bote.

Como estava sentada, ela levantou os olhos, mirando-o de baixo para cima, para fulminá-lo com uma pergunta, embora num tom aparentemente inofensivo:

— Como descobriu onde moro?

Ora, percorrendo léguas e eras, ele pensou, lembrando-se das veredas e atalhos palmilhados até chegar a uma pista para reencontrá-la.

Se fosse contar as suas peripécias, passo a passo, iria ver o sol se pôr e nascer de novo, e ainda correndo o risco de se passar por loroteiro.

Achou melhor resumir tudo a uma só palavra:

— Perguntando.

Ela que imaginasse o resto.

Para induzi-la ainda mais a isso, acrescentou:

— Não foi fácil.

Como sua ouvinte não esboçou a menor reação, prosseguiu:

— Mas cá estou, não estou?

Sim, com anos de atraso. Mas lá havia chegado, e a estender as mãos, como se pedisse clemência.

Porque estava se abrindo de todo coração, com uma sinceridade não premeditada, achava que o justo seria ela reconhecer isto, nem que fosse com um simples menear de cabeça de cima para baixo, em sinal afirmativo — ao contrário do que fizera antes, ao balançá-la de um lado para outro, negativamente. Mas não. Continuava falando para uma rocha impenetrável. Perguntou-se: Água mole em pedra dura, tanto bate até que fura? E voltou a advogar em causa própria:

— Sei que cheguei atrasado. Mas só Deus sabe o quanto foi difícil.

Como se pensasse em voz alta, ela finalmente rugiu entre dentes:

— Não me fale de dificuldades.

Suspirou fundo.

E calou-se.

Era uma manhã morna e o silêncio pesava mais do que os remorsos a enovelá-los.

Se ele, pelas suas sinceras justificativas, viesse a merecer a recompensa de um convite para chegar à frente e se abancar, o que faria? Pegaria a criança e a sentaria sobre uma das pernas, perguntando-lhe o nome, enquanto lhe alisava os cabelos ondulados, desmanchando-se em carícias? Indagaria se já fora batizada e registrada, e com o nome do pai? (Esta seria a deixa para que a mãe dissesse, com todas as letras, se a menina era filha dele mesmo, e como estava fazendo para criá-la, se havia encontrado alguém — marido, amásio ou um simples caso —, ou se estava se alugando, se vendendo ou se dando para qualquer um, ou se mais decentemente continuava ganhando a vida a lavar, bater e passar roupa, ali mesmo, nos fundos daquela casinha — sim, sim, ela era

Querida cidade 161

lavadeira, jamais se esqueceria disso. Não havia sido na beira de um rio que começou a esfregá-la?)

Ela se recorda.

Morava de favor num casebre construído dentro dos domínios do pai do moço bem-falante agora à sua janela, e que ficavam a menos de uma légua da vila onde ele, o pai, tinha uma casa para se arranchar em dias de missa e das festas paroquiais, conforme o costume dos matutos mais aquinhoados, sobejamente reverenciados nessas ocasiões pelo vigário da vez e suas beatas — sempre à espera de gordas contribuições como pagamento antecipado pela salvação de suas almas na vida eterna. Nessas ocasiões, a praça se enchia de trabalhadores de roça à procura de serviço, de compradores de gado, de vendedores da produção agrícola, que vinham de longe e para longe iam, e dos políticos municipais e até estaduais, desabalados da sede do município, a léguas de distância, e também de mais longe, para os conchavos com seus correligionários, naqueles remotos currais eleitorais. O que tornava a casa da rua, ajuntada a outras num arremedo urbano, quase citadino, não só uma necessidade, mas também, em seu festivo entra e sai, sai e entra, uma escancarada manifestação de poder.

Nesses ajuntamentos, era mais fácil a cada senhor vigiar a relação de seus rebentos com a criadagem, sempre aconselhada a olhar onde pisava, a conhecer o seu lugar.

A mocinha lavadeira e passadeira se lembrou disso quando se deixou esfregar pelo filho do patrão? Mas ora, lá naquele pasto onde os dois deitaram e rolaram não havia olho bastante para vigiar todas as moitas, e o desejo corria solto, sem juízo.

Quando ela deu fé, a derrota estava feita.

Foi o que achou que o moço tinha achado, tratando logo de picar a mula, ao saber do bendito fruto em seu ventre, que, logo, logo ia estar na boca de todos — que desgraça, que desonra, que vergonha para a família —, afinal, o segredo da concepção nem a Santa Mãe de Deus Nosso Senhor Jesus Cristo conseguiu guardar para sempre.

O castigo viria a cavalo, sim, senhora, deixando a pobre coitada numa consumição medonha, a se martirizar:

"Ele me deixou com um fardo a carregar. Não só em nove meses, mas pela vida afora, Nossa Senhora do Bom Parto que me perdoe e me dê uma boa hora."

Chegou a querer abreviar logo o tempo desse sofrimento, procurando um curandeiro para lhe receitar uma erva ou raiz capaz de interromper a sua gravidez. Enquanto não surgia uma luz que lhe clareasse as ideias — dar ou não dar fim ao feto ainda em embrião, ou a si mesma —, torturava-se, até em sonhos, com coices cavalares na cara, no peito, no ventre.

No mais apavorante dos seus sonhos, viu-se acocorada à beira do rio de sempre, e, como sempre, a esfregar roupa, cantando uma velha cantiga que ouvia da mãe, rara lembrança do seu tempo de menina. De repente pressentiu a chegada de um cavaleiro, que apeou e bateu botas na sua direção. Todo emproado, cheio de raiva do mundo, espumava tanto quanto o cavalo, que ele puxou pela rédea, para beber água. Conhecendo os rompantes daquela sinistra aparição dia a dia, e imaginando o motivo de sua presença ali, ela pensou:

"Deram com a língua nos dentes."

O que significava:

Querida cidade 163

"Estou roubada."

Tão certa estava disso que temeu ser chicoteada, como uma mula, uma égua, uma cadela.

— Pegue isto aqui e...

Obediente, fez-se de boa entendedora e pegou o embrulho que lhe foi estendido, perguntando de que se tratava.

— Abra e veja — respondeu ele, no mesmo tom ríspido de antes.

Ela lhe obedeceu, sentindo um leve tremor nas mãos e nas pernas, mas sem perder o tino para ver que isto era o que valia aquilo que estava dentro da sua barriga: um maço de dinheiro ensebado, que imaginou ser alguma coisa a mais do que um acerto de contas pelo seu trabalho de lavadeira e passadeira da família, cujo manda-tudo estava ali diante dela, cuspindo marimbondo, ao acusá-la de traição, e logo com o filho.

— O meu filho!

Afinal fora ele, o patrãozão, o primeiro a montar nela, e, portanto, quando o seu bucho começasse a estufar, iam dizer que aquilo só podia ser coisa dele.

Desesperada, ela gritava por socorro, negando tudo.

O que ele dizia que aconteceu nunca havia acontecido — defendia-se. Ele só podia estar louco.

Mas o seu cruel algoz não lhe dava ouvidos.

— Arrume a sua trouxa e suma das minhas terras. E para bem longe.

Foi como se estivesse ouvindo a voz do ódio pela primeira vez. Um assombro.

Pernas para que te quero.

Desonrada e abandonada pelo filho do homem, e enxotada sem ter justiça alguma para a qual apelar, só lhe restava implorar a proteção de Nossa Senhora das Dores e pegar a estrada para algum lugar bem distante de olhos que não queriam vê-la nem pelas costas.

Menos mal que esse lugar viesse a ter o nome de Perdição, ou Purgatório, tanto fazia, porque no Inferno ela já se encontrava.

E mesmo assim podia se achar com sorte, por haver recebido um adjutório para a viagem, e na hora certa, pois sua barriga ainda não mostrava os sinais do que tinha dentro.

Isso lhe dava a vantagem de poder se oferecer para trabalhar em uma casa de alguma cidade em algum canto de mundo — era o que pensava, em meio ao seu sonho, ao qual o cavaleiro retornava, num tropel assustador.

Ao olhar para trás, viu o cavalo se agigantando de forma monstruosa.

Ela tentou voltar a correr, mas suas pernas não lhe obedeceram.

Atônita, esperou pelo pior, que de fato aconteceu: num instante o cavalo já estava ao lado dela, e, com furor animalesco, o seu montador jogou uma corda, para enlaçá-la.

Uma vez presa ao laço, foi puxada e posta de frente para o seu laçador, com as pernas engatadas no cabeçote da sela.

Ele a agarrou pelos cabelos, como se estivesse pegando uma vaca pelos chifres.

Indiferente aos seus gritos de desespero, ele sussurrava-lhe, com fingida meiguice:

Querida cidade 165

— Pensava que eu ia deixar você ir embora sem uma despedida? Vai não. Pensava que eu ia lhe dar dinheiro a troco de nada? Pensava...

Naquela hora, tudo o que ela desejava era ter um pai, um irmão, um marido — um vingador. Mas não tinha ninguém. "Sou só no mundo. Eu e a minha barriga."

Aquele sonho ruim só podia ser um aviso do seu anjo da guarda. Encheu-se de coragem e procurou a patroa, já de decisão tomada. Para sua própria surpresa, não se encabulou em nenhum momento da conversa, não tendo de abaixar a vista, como diante do patrão — no sonho.

Sem encompridar assunto, desembuchou logo o que tinha a dizer: ia embora, para tentar a sorte em outro lugar, com mais animação, e, quem sabe, mais futuro. Só que precisava vender as suas galinhas, seus porquinhos, suas tralhinhas. Isso ia ajudar na viagem.

A patroa não esboçou a menor objeção ao pleito da sua empregada. Primeiro, assentiu com um movimento de cabeça. Depois disse:

— Espere um instante.

E se retirou, sem sequer perguntar quanto ela queria por suas coisas. Ao voltar, trazia um embrulho. "Meu Deus! Igualzinho ao do..." — a moça cortou o pensamento, esforçando-se para não fazer cara de espanto e ter de inventar uma explicação qualquer para a sua reação.

— Você faz bem em procurar outra vida, enquanto ainda é nova — disse-lhe a patroa, com voz compreensiva, ao lhe entregar o dinheiro, em boa quantidade de notas, naturalmente guardadas debaixo do colchão, como se estivesse prevenida, quem sabe de caso pensado com o marido.

Porque ela já devia saber de tudo.

Na certa aquela bondade toda, que chegava a parecer coisa de sonho (bom), tinha motivo: o alívio pelo final sem drama de um episódio que podia dar em escândalo, ela pensou.

Vai ver foi a mãe quem mandou o filho sumir. Podia ser também que ninguém soubesse de nada. Ainda. Pelo sim. pelo não, teria que se mandar antes que sua barriga a entregasse às feras, que, quem sabe, consentiriam a misericórdia de uma guarida durante os nove meses do fardo a carregar — cobra não morde mulher grávida —, para depois lhe aplicarem um golpe mortal, tomando-lhe a criança e dando-lhe um pontapé nas costas. Que fosse comer poeira na estrada da amargura.

Havia tormento também na história da patroa.

Na frente, era tratada com nobreza, salve, salve, sinhá.

Por trás:

Coitada. Tão fina, tão bonita, tão bem de vida…

Mas olha só a cor da pele dela.

Ou:

Preta, sim, mas rica e bonita.

Também dito assim:

Rica, bonita, mas… Negra!

Sempre essa conversa cheia de mas, mas, mas, soltada com uma batidinha na testa, para aliviar a culpa embutida nas palavras seguintes:

— Deus que me perdoe por dizer isso.

Querida cidade 167

E mais e mais, no bem ou no mal dizer sobre a distinta, respeitável, insigne, impoluta, ilustríssima, excelentíssima, bondosa senhora... De cor.

Quando se casou, era a fortuna dela que falava mais alto nos pastos do marido — um vizinho de cercas —, que teve o mérito de fazê-la render, com a multiplicação das cabeças de gado que ela levou como dote, cujos mugidos abafavam as maledicências dos inconformados com a tal coisa que não combina.

O que combinava:

O órgão que ela tocava nas missas cantadas, e sua voz angelical a puxar um coro divino, elevando os corações à excelsa glória de Deus.

Na igreja, ela cuidava também das obras de caridade como quem pagava uma penitência.

Em casa, venceu uma queda de braço com o seu senhor e contratou um mestre-escola para o ensino das primeiras letras a todos os seus serviçais.

Por ter aprendido um pouco mais do que assinar o nome, a moça lavadeira e passadeira confiava que não se perderia numa cidade, por saber ao menos ler nome de rua e das lojas, e os números das casas.

À *luta!*

Levando com ela a recordação de um belo quadro: um rosto negro emoldurado por cabelos brancos, como se fosse a imagem de uma santa que tivesse passado toda a vida queimando a pele sob um sol inclemente.

"Também emprenhei de um preto, sinhá. Seu filho. Mas, mesmo branca, sou só uma lavadeira, sem pai nem mãe."

Uma coisa a encafifava acima de tudo: o sumiço do pai da criança em sua barriga.

Covarde.

Não garantia as calças que vestia.

***

Agora ele estava ali, na janela de uma casinha pequenininha de uma ruazinha pobrezinha nos arrabaldes feinhos de uma cidade bonitinha — onde um cavalo baio pastava chicoteando mosquitos com o rabo, um cão uivava, e o canto de um galo fora de hora soava como um lamento lancinante —, sim, agora ele estava a se perguntar se a menininha que brincava de boneca ou fingia que estava brincando, mas de ouvidos na arenga do moço que nunca vira mais moreno, era mesmo quem ele estava achando que podia ser, ainda que sua pele fosse branca, bem alva, imaculada como a da Virgem Maria e das santas nos altares, nas pinturas nas paredes e nos vitrais de todas as igrejas do mundo.

Sim, ele as imaginava sempre iguais nas representações de suas imagens, com exceção das devotadas a São Benedito, o santo preto, e a Nossa Senhora do Rosário, a padroeira dos escravos, aos quais podiam se elevar as vozes d'África nos templos apostólicos romanos, desde que em brancas loas.

A santinha havia puxado à mãe, ele pensou. Na pele e nos cabelos. Benza Deus. Estendeu um braço, com uma mão aberta, mostrando todos os dedos, e a outra a apontar

Querida cidade 169

para a menina, que naquele exato momento virou a cabeça, flagrando a mímica do estranho à janela.

Ela sorriu encantadoramente e entrou no jogo de sinais, movimentando a mão cinco vezes, como se tivesse adivinhado o que ele queria saber, ao mesmo tempo que dava uma prova de que já sabia contar, pelo menos até aquele número, que deveria corresponder à sua idade. Ou simplesmente por achar aquilo uma brincadeira de gente grande que qualquer criança podia imitar, e da qual ela jamais se esqueceria. Mais do que isto: aquela cena engraçada iria ser lembrada como uma das duas recordações de infância que sua memória havia guardado para sempre. A outra era uma voz que ficara em seus ouvidos a reverberar o eco do tempo: "Está na hora dessa menina... menina... menina ir... ir... ir... para... para... para... a escola... escola... escola... escola..."

O resto era um feixe de imagens nebulosas entre luz e sombra.

Mas haveria sempre de se recordar de que quando se deu por gente estava sendo levada para um colégio interno de freiras, com um laço de fita nos cabelos, que eram bonitos, dizia-lhe aquele que a carregava para longe da mãe, o mesmo para quem ela havia lançado um sorriso, na primeira vez que o viu, só não se lembrava se foi naquele dia mesmo que ele lhe disse que era o seu pai. Seja lá quando tenha acontecido isso, o fato é que ele não estava brincando.

Tomou a filha da mãe.

— Disse que eu não tinha a menor condição de criar você.

Era uma longa história.

— Naquele tempo todo sem me ver, os pais dele morreram, ele se tornou dono de tudo, e se casou de papel passado.

Fez mais:

Como a mulher com quem havia se casado estava demorando a lhe dar um herdeiro, o que o enchia de incertezas e preocupações, partiu em busca da outra que ele sabia haver engravidado.

Primeiro, queria registrar como seu filho ou filha quem quer que tivesse nascido dessa gravidez, caso a mãe não tivesse feito a doideira de permitir que outro, com o qual podia ter passado a viver, assumisse a paternidade.

Depois, carregaria a criança com ele, levasse o tempo de conversa que levasse, e as idas e vindas que fossem.

Enfim, custasse o que custasse.

E assim foi.

E ele venceu.

Pelo cansaço e os agrados, em presentes e moeda sonante.

Mas o que fez a mãe render-se foi quando ele falou em colégio interno.

Território neutro.

Longe dela, mas também dele.

Agora a criança era uma bela mulher de 29 anos.

Quase uma balzaquiana.

Mas, mesmo com os estragos emocionais dos últimos dias, cujo acúmulo por pouco não abriu um buraco sob os seus pés para ela desabar pela terra adentro, ainda estava com tudo no lugar, como a própria podia se dizer, em seu momento íntimo embaixo do chuveiro, a tirar da cabeça o peso das histórias

Querida cidade 171

vividas (ou imaginadas) pela sua penada mãe, a quem teria de fazer uma visita, na sua casinha pobrezinha, a mesma de antigamente, nos cafundós da cidade, assim que tomasse outras decisões.

Todas elas a girar em torno de uma pergunta:

"O que fazer daqui pra frente?"

Envolta em espuma, aliviava a sua consumição massageando os cabelos, pescoço, ombros, braços, seios, ventre, coxas, a revirar os olhos em sussurrante frenesi, ai, isso é tão bom, sim, sim, sim, aí, nesse jardim de delícias sem dono, que desperdício.

Até quando?

Até ir para a capital.

Quem sabe lá poderia zerar o seu passado, e com ele a vergonhosa situação de mulher abandonada.

E que botasse vergonha nisso, naquela vida acanhada de cidade do interior. Mas ora, até podia se dar por feliz. Por ninguém ainda a haver procurado, o que a poupava da falação em torno do assunto — e qual outro estaria no centro das conversas de esquina, portas de loja, de igrejas, lares e bares, mesas e balcões de botequins, enfim, na boca do povo? Coitada pra lá, coitada pra cá... Coitada é a... Não, senhora. Coitada não é a mãe de ninguém que à boca pequena ou grande lamenta — ou goza — o que lhe aconteceu. "Sou eu mesma, que desta vez me ferrei de verde e amarelo."

Enxugou-se, balançando a cabeça, para sacudir os cabelos, a cantarolar "As águas lavam, lavam tudo...", o que lhe deu vontade de rir, por lembrar-se de uma quadrinha ingênua, mas que tinha lá a sua sabedoria ("Quem canta seus males espanta,/ diz um provérbio profundo./ Há tanta gente que canta/ e há tantos males no mundo").

Reanimada pelo banho, sentia-se outra: cheirosa, lépida, bem-disposta, pronta para ir à luta, já convencida de que a melhor coisa a fazer seria dar a volta por cima, que remédio?

Animadores mesmo eram os aromas que saíam da cozinha e impregnavam o ar, entravam-lhe pelas narinas, aguçavam-lhe o palato, ummmm.

Hora de comer, comer. Só não contava com a novidade à mesa. Lá estava, a esperá-la, surpreendentemente a desmanchar-se em sorrisos, aquele que ela considerava o senhor mais emproado que já conhecera.

Não era que Maomé tinha vindo à montanha?

Que milagre era aquele?

Bem, agora ela iria saber se era ou não era uma coitada.

Pensando em outro dito popular — "Notícia ruim corre depressa" —, estendeu-lhe a mão e, com voz dócil, como se fosse a criança mais obediente do mundo, disse-lhe:

— A bença, meu pai.

Epílogo do romance da tia:

O pai a abençoou com um punhado de notas, para as contas do mês, adjutório que se repetiria até que a filha encontrasse um rumo qualquer.

Porque teve de cuidar de sua vida de estudante nessa manhã, o sobrinho perdeu aquele momento contabilidade: a tia, de caderno à mesa e caneta à mão, a fazer anotações de cada despesa, cheia de medo de errar nas contas.

Querida cidade 173

— Ai, meu Deus, será que estou me esquecendo de alguma coisa?

Quando voltou para casa, ele, o sobrinho, encontrou-a radiante.

— Pelo menos não seremos jogados na rua por falta de pagamento do aluguel. Nem vamos morrer de fome.

Outra coisa boa: a faz-tudo iria ser mantida.

Prova de que o pai-patrão fora compreensivo com todas as necessidades da filha, que, ele sabia — ou assim esperava —, seriam por tempo determinado.

Contagiado pelo novo ânimo da tia, o sobrinho chegou a pensar em convidá-la para ir ao cinema, e, depois, a um clube social, onde ele a tomaria nos braços, conduzindo-a levemente pela pista de dança, quando o *crooner* da orquestra começasse a cantar a canção mais esperada naquela noite: *Os sonhos mais lindos sonhei...*

Metais inebriantes. Um trompete em surdina. O passado e o presente passo a passo, pianissimamente. O futuro em rodopios vacilantes. *O teu corpo é luz, sedução/Poema divino...*

Mas chegava de devaneios, era o que outra voz parecia lhe dizer, ao lembrar-lhe um dever de casa que precisava ser feito com urgência: escrever uma carta ao governador do estado. A tia estalou os dedos, exultante pela ideia que acabava de lhe ocorrer. Com o seu histórico escolar irrepreensível, ele podia perfeitamente se candidatar a uma bolsa que lhe garantisse a continuação dos estudos num internato da capital. Era só expor o motivo do pedido de forma convincente, que tudo ia dar certo, ela lhe disse, cheia de confiança no que passava a acreditar ser a única possibilidade de não deixar o sobrinho desamparado. *E no teu olhar,/ tonto de emoção,/ Com sofreguidão mil venturas previ...*

Ela o ajudou a escrever a carta, levada ao correio no quinto dia depois que o tio havia ido embora. Pois não foi que o Exmo. Sr. Governador do Estado se dignou a responder — e de próprio punho — à carta de um humilde aluno da terceira série de um remoto ginásio do interior, dizendo-lhe que a bolsa de estudos solicitada seria concedida, e para o internato num colégio de padres, e que ele, o digníssimo mandatário, já instruíra o Ilmo. Sr. Secretário de Educação a respeito etc. etc. etc.?!

A tia pulou, exultante. — Eu não disse? Eu não disse?

Que bom vê-la assim, como se estivesse comemorando um golaço. Finalmente ela voltava a parecer uma mulher feliz.

Teu sorriso prende, inebria, entontece/ És fascinação, amor.

Foi só na releitura da carta que os dois se deram conta de um pequeno, mas preocupante problema: o Estado não bancaria o enxoval. O que, como ex-aluna de colégio interno, a tia sabia muito bem se tratar de despesa com uniforme e demais peças de vestuário, e roupa de cama, objetos de uso pessoal... O que significava: dinheiro.

E dinheiro não havia naquela casa. E lhe faltava coragem para pedir mais isso ao pai. Foi aí que ela suspirou, desalentada, gaguejante, se contendo para não chorar.

— Que... Que... Que...

Que porra, completaria o sobrinho para si mesmo. Mais ainda do que ela, era ele quem se achava num beco sem saída.

***

Querida cidade 175

Agora, passados uns quatrocentos dias, lá estava ele de volta ao mesmo beco, do qual pensava que havia saído, ao montar pela primeira vez numa bicicleta emprestada que o levava a queimar a moleira debaixo de um sol de fritar ovo em paralelepípedo, ou às derrapagens e tombos em vielas lamacentas em tempo de trovoada, caindo e se levantando, para pedalar, pedalar, pedalar, com uma pasta de vendedor na garupa, cabeça ao vento, o coração na mão.

Todo o suor derramado o levara apenas a saber que havia naquela cidade uma gente cuja vida era tão fodida quanto a sua.

Como a dos pobres bodegueiros escravos de uma freguesia que só lhes comprava fiado, levando-os a cair numa esparrela elementar: credores dos fracos e devedores dos fortes.

No fiel da balança, a piedosa complacência do pior vendedor-pracista que aquela cidade já havia conhecido. Agora estamos empatados, camaradas. Zero a zero no marcador.

O pior era que sua peleja na cidade não chegara ao fim. Ainda ia ter de passar pelo desconsolo do acerto de contas com a mais sofredora das criaturas que Deus já havia posto no mundo. Aquela que lhe alugava o minúsculo quarto no qual mal cabiam uma estante para os seus livros feita com duas tábuas sustentadas por tijolos, e o estrado em que desabava a sua carcaça toda noite para sonhar com dias mais felizes, enquanto doava sangue às pulgas e aos pernilongos.

Sabia que de nada adiantava ficar parado ali no banco da praça, retardando ao máximo o momento de dizer à triste senhora — a quem fora legado por sua tia, como um presente de filha para mãe — que acabava de perder o emprego, justamente o laço que o prendia a ela. Já que você arranjou um jeito de continuar na cidade, eu lhe arranjo onde ficar — dissera a tia ao sobrinho, ao saber que ele estaria empregado dali a uns dias, assim que o ano letivo terminasse e a turma gritasse: "Férias, férias! Eta coisa boa."

Para ele, porém, iria ser a hora de arrumar a sua trouxa e mudar de vida. E ainda se achar com sorte de haver tido um colega que havia se preocupado com o seu destino:

— Não, você não merece este castigo de ter de voltar para o mato de onde veio. Vou dar um jeito nisso.

E deu.

Bastou falar com o irmão mais velho, que gerenciava o armazém de secos e molhados do pai, proprietário também de uma indústria de bebidas. Dessa conversa entre os dois irmãos, o estudante e o gerente, surgiu o seu suado emprego de vendedor-pracista, e logo graças a quem? Àquele que um dia, diante do quadro com o resultado do exame de admissão ao ginásio, o chamara de capiau, tabaréu etc., em tom fortemente ofensivo para quem era isso mesmo, de fato, e podia se sentir tão ultrajado quanto um índio ao ser chamado de bugre.

As voltas que o mundo dava. Mas nunca chegou a contar à tia como logo de chegada se sentira ofendido por um menino rico da cidade, o mesmo que acabaria ajudando-o a permanecer nela, embora tendo de trabalhar no horário do expediente do comércio, o que o impedia de continuar estudando, a não ser se fosse à noite, e à noite só havia ali um curso de contabilidade, equivalente ao segundo grau, para o qual só poderia passar se tivesse concluído o primeiro. Ainda assim aceitara o emprego na ilusão de que se desse um

Querida cidade 177

tempo naquela cidade estaria facilitando um contato com o tio. Quem sabe ele ainda iria mandar buscá-lo?

No final das contas o tal emprego fora só uma maneira de adiar a sua volta para casa. Assim como agora adiava o momento de dizer à mãe da sua ex-protetora que ela não iria mais contar com os trocados que recebia dele todo mês.

Por pouco que fosse isso, em alguma coisa devia contribuir para dar à filha um mínimo de tranquilidade, enquanto cuidava da própria vida, na capital, aliviada por haver deixado os seus dois macacos em segurança, num só galho.

— Aquela coitada precisa mesmo de quem lhe faça um pouco de companhia, assim como de um adjutório para as despesas dela. E você vai ter um canto para dormir, e ainda quem lave e passe a sua roupa, e quem faça a sua comida, sem ter que gastar todo o seu salário. E assim eu me vou, menos preocupada com você e a minha mãe.

Por que a tia nunca lhe mandara notícias? A capital não lhe estaria sendo um mar de rosas? Ainda por cima a coitada da mãe não dava o menor sinal de saber que fim a filha havia levado.

Vestida de preto da cabeça aos pés, ela, que passava as suas noites entre baforadas de charuto ordinário e goles de cachaça, iria receber o pagamento do último aluguel do quarto com a cara de sempre, de tanto faz como tanto fez.

Ao reencontrá-la na mesma posição em que a vira, na noite anterior — de pé, com o seu pesado corpanzil escorado num portal ao fundo da casa, o olhar perdido no tempo, mais

178 *Antônio Torres*

parecendo uma assombração do que uma alma deste mundo
—, ele se perguntou de que valia uma vida assim.

Agora, vinha-lhe à mente a única obra de caridade capaz
de redimir aquela provecta senhora: um golpe de misericórdia que lhe rachasse a cabeça bem no meio, como se abrisse
uma melancia, para que sua alma se libertasse do purgatório
em que sempre viveu e adejasse pelo infinito até encontrar
o reino do céu, aleluia, aleluia, aleluia.

Não poderia se despedir da cidade de forma mais grandio-
sa, embora, para ser honesto, tivesse de admitir para si mesmo
que tal gesto (de compaixão, no seu perturbado juízo) seria
tão somente um plágio descarado de uma cena fortíssima que
lera num romance russo que pegara emprestado na estante do
grêmio do ginásio, quando lá estudava, e nunca devolvera. Na
sua própria ficção, o que devia fazer naquela noite a caminho
era esperar o momento em que a velha senhora lhe desse as
costas para uma longa e pensativa baforada, e zás, machadada
na moleira dela (sim, ela tinha um machado atrás da porta,
guardado como arma de defesa contra ladrão, conforme havia
comentado uma vez, num breve e raro instante em que se
dispusera a sair de seu mutismo para lhe dizer alguma coisa).

Cumprida a sua tarefa de rapaz caridoso, ele tomaria um
banho, jogaria a roupa suja de sangue e o machado num saco
de aniagem a ser atirado num matagal, poria o que restava
de seu na mesma maleta do dia em que veio embora, e, tudo
pronto, se mandaria até o posto de gasolina que ficava na
boca da estrada para os cafundós onde o seu umbigo estava
enterrado.

Querida cidade 179

Era ali que ele teria de esperar o transporte para a viagem de volta ao cabo da enxada, tendo numa das mãos uma maleta cheia de culpas. O castigo dos castigos.

Sem dizer uma única palavra ou sequer menear a cabeça em sinal de cumprimento, um homem surgido do nada se sentou ao seu lado. Suspirou fundo, já puxando um cigarro do maço que trazia no bolso da camisa, pondo-o na boca, e, voltando a ter as duas mãos livres, o acendeu com um fósforo, enquanto contemplava a chama que crescia rapidamente para logo diminuir, à medida que o palito ia se queimando até só restar um toquinho que o homem atirou longe. O rapazola das dores do mundo saiu um pouco de dentro de si para acompanhar a trajetória da fumaça que a sua estranha companhia assoprava. Foi então que ele se deu conta do que estava perdendo. À sua frente, a linha do horizonte cortava o sol bem no meio, produzindo na metade ainda acima dela uma refração de luz que pintava o poente com um halo ainda mais deslumbrante do que os que ele já havia visto nos filmes em tecnicolor.

A vermelhidão do crepúsculo o levou a imaginar o seu pai àquela hora sentado no banco do avarandado de sempre, lá na sua Tapera Velha, ora a coçar um pé, ora a pitar um cigarro de palha, sem tirar os olhos do pôr do sol, para ver nele, ao mesmo tempo, sinais de chuva e do fogo anunciado por Deus a Noé, depois do dilúvio.

— Não, mô fio, sua volta pra casa não é o fim do mundo. É motivo para eu soltar uma dúzia de foguetes. Porque volto a ter no eito os dois braços que tanta falta me fizeram.

180 Antônio Torres

O pai haveria de incensar o ar com o cheiro forte do seu cigarro de fumo de rolo, numa longa baforada, como se precisasse de tempo para encontrar as palavras que descessem mais redondas nos ouvidos do acabrunhado filho.

— Mas rapaz, que cara de derrota é essa? Vá tratando logo de levantar essa crista, pois filho meu não é de se amofinar. Fracasso aqui só se conhece um: o do tempo ruim, com dias e dias sem uma única gota d'água a cair do céu, não está lembrado? E sucesso é quando Deus manda chuva e esse mundaréu todo fica verde, que beleza. — Era mais ou menos assim que imaginava ser recebido por aquele pai sentencioso, mas a pronunciar cada frase com a doçura de quem nina uma criança, dissimulando com um sorriso a dor que já ficara presa à sua própria garganta. O que poderia fazer, nessa situação tão acima da sua capacidade de resolvê-la? Aliviá-la com a voz da experiência da vida naqueles ermos, e em seus termos: se não tinha remédio, remediado estava.

— A sua enxada continua no mesmo lugar que você deixou — concluiria o pai, se sentindo vitorioso, de alguma maneira.

Vitória! A rainha dos seus tormentos, e senhora de intrincados engenhos, cujo reino se tornara inatingível para ele, o solitário rapaz no banco do jardim da praça a olhar para a linha do horizonte e ver nela o seu próprio — e precoce — ocaso.

Uma vez lera num almanaque (ou teria sido na seção "Enriqueça o seu vocabulário", da revista *Seleções do Reader's Digest*?) que vitória significava uma síntese dos desejos tan-

Querida cidade 181

tas vezes repetidos: chegar lá, conquistar, ganhar, triunfar, vencer, vencer, vencer, nas mais diversas circunstâncias em que os mais comuns dos mortais ultrapassam os seus limites, tornando-se personalidades fora de série. Como o genial molecote da sua idade — ele pensa agora — chamado Pelé. O glorioso menino-rei.

A glória: mais elevada do que a vitória, na hierarquia social. O píncaro dos montes. Acima disso não havia mais nada a ser escalado. Foi aí que ele pensou que só quem chega lá pode ver sua alma adejar pelo infinito a entoar o hino mais memorável da escola da sua infância (Glória aos homens, heróis dessa pátria, essa terra querida...), sob a regência de ninguém menos que o próprio Deus, em pessoa.

Glória aos campeões do mundo. E não era o mundo redondo como uma bola? Mas ora, ele tinha uma, guardada debaixo do estrado em que todas as noites arriava a carcaça moída por tantas voltas de bicicleta. E não era aquela que um dia ganhara do tio, com louvores pelo seu desempenho na escrita "de próprio punho" da sua primeira carta. Pelo menos isso. Se iria retornar pra casa carregando numa das mãos a mesma maleta do dia em que havia partido, em compensação na outra levaria um balão de couro — coisa de profissional — de fazer a turma arregalar os olhos, aquele bando de irmãos, tios, primos, vizinhos, parentes e aderentes que deixara lá para trás, e que ainda não deviam ter passado da bola de meia, ou, no máximo, de uma de borracha. Quem sabe assim, de chegada, seria digno de admiração?

— Graças a Deus você voltou. E sabido como o cão.

Ai, Deus!

Deus dá o frio conforme o cobertor. Deus tira os anéis, mas deixa os dedos. Deus escreve certo por linhas tortas. Deus ouve, vê e sabe tudo. Graças a Deus. Com fé em Deus. Se Deus quiser. Queira Deus. O bom Deus. Ó Deus. Meu Deus! Deus do céu! O Criador. O Supremo Redentor. O Salvador. O Todo-Poderoso. O Padre Eterno. Divino Mestre. O Mestre dos mestres. O Altíssimo. Seja feita a Vossa vontade. Pelo amor de Deus. Que Deus o tenha em um bom lugar. Deus é bondade. Deus é paz. Deus é amor. Valha-nos Deus. Deus que lhe ajude, que lhe proteja, que lhe dê muito. Deus que lhe perdoe. Fique com Deus, vá com Deus, Deus te leve, viiuuu...

Ao deus-dará.

Se Deus um dia olhasse a Terra e visse o seu estado, o que faria? Por certo compreenderia o seu viver desesperado, como dizia a letra de uma antiga música, que agora lhe servirá de canção de adeus àquela que acabava de lhe dar o fora.

A cidade.

Agora, este caso de amor não correspondido era simbolizado pela ousada garota a desfilar diante dos seus olhos na garupa de uma lambreta, sujeita a ficar malfalada, mas o que isso importava? Estava sob a guarda de James Dean, ora se não era ver ele, naquele blusão vermelho de juventude transviada, ou de rebelde sem causa, que deixou toda a rapaziada a querer um assim, a mesma turma que com a ajuda da brilhantina Glostora ficava horas e horas em frente a um

Querida cidade 183

espelho caprichando num pimpão igual ao do Elvis Presley, aquele do filme *O prisioneiro do rock*, quem não se lembrava?

Na noite desse filme aí ninguém iria sair do cinema andando como se tivesse apeado do cavalo do cowboy, coisa do passado, pois a cidade acabava de ganhar um costume mais moderno: o de marcar os passos com um estalar de dedos, ao balanço da melodia enternecedora de uma balada cuja lembrança agora, para o rapaz sentado no banco do jardim da praça, era de doer: *Don't leave me now... Não me deixe/ não me deixe/ não me deixe.*

E agora, com o topete de um astro do cinema e indumentária de outro, lá se ia, a machucar os corações, aquele impávido colosso em sua bicicleta alada, ninguém menos do que o filho do seu ex-patrão, herdeiro de uma próspera indústria de bebidas alcoólicas e de uma bem abastecida empresa do comércio de secos e molhados, que poderia estar a se dizer, triunfante como se já tivesse nascido campeão do mundo, sem a necessidade de disputar o seu lugar no time:

— Que culpa tenho eu de poder ficar em segunda época, ou só passar de ano raspando, ou nem passar, sem que nada disso altere a minha mesada?

Ou isto:

— Quando me dei por gente já encontrei o mundo dividido em duas categorias de pessoas: as bem-nascidas, fortes e atraentes, que podem ter o que quiserem, e... As outras.

Para o rapazola a pé de tudo, sujeito à categoria das outras pessoas, invisível aos olhos da cidade, e a ver o seu último dia nela escapar-lhe entre os dedos sem ter quem lhe desse uma mão, havia ainda esta pedra em seu sapato: a beldade que enlaçava pela cintura um James Dean com o pimpão de Elvis Presley era simplesmente a garota dos seus sonhos, a dos olhos verdes translúcidos e serenos, digna de uma letra de bolero, e de quem guardava a maciez e o perfume da covinha dos seios, na qual já tateara com as pontas dos dedos, no escurinho do cinema, onde aprendera a beijar e a dizer *I love you*.

Desse tempo feliz de carícias e juras de amor, a árvore às suas costas naquela praça também fora testemunha, em noite de lânguida lua nua. A ver e ouvir estrelas.

Agora, distraída, ela passava à sua frente de nariz arrebitado, com os pés a um palmo do chão, em pose de *Nem te ligo*.

E agarrada a outro.

Não a um qualquer.

Ao perplexo espectador da cena romântica andante só restava segurar os cotovelos e enxergar a distância que o separava do felizardo domador dessa fabulosa engenhoca motorizada — um espanto para os pedestres e humilhação para os ultrapassados ciclistas —, com sua basta, untada, lisa, negra e brilhosa cabeleira de galã de fita americana: herói da Warner Bros, assim como, em outras atuações imaginárias, da Metro Goldwyn Mayer, ou da 20th Century Fox, ou da Paramount. E que, ainda por cima, cheirava a gasolina, arre!

Isso é que era poder de sedução.

Sem contar que tal personagem, além de ter sido o primeiro a possuir uma lambreta, também tinha a seu crédito a coragem de haver lançado numa pista de dança a moda que até então não havia saído da tela do cinema para fazer os traseiros rebolarem nos bailes da cidade.

Querida cidade 185

Foi tudo ensaiado em segredo dias antes com a garota que lhe serviu de cobaia. Daí o ineditismo do seu atrevimento em noite de gala no clube social.

Conforme o combinado com o maestro, ao final de uma sequência de boleros — corpo grudado, olhos fechados, rosto colado, dois pra lá, dois pra cá —, ele, o arauto de um novo tempo, ergueria os braços, estalaria os dedos e daria o seu grito de guerra:

One, two, three, four...

Era a deixa para a orquestra atacar o eletrizante "Rock Around the Clock", num arremedo de Bill Haley & His Comets, desembarcados ali na trilha sonora de *Sementes da violência*.

A zoeira da zorra, no dizer local, só levou um único par a entrar na onda: o que se preparara durante toda uma semana para aquele momento balança-e-rola. Onde antes havia uma pista de dança, agora se via uma espécie de picadeiro, com todo o salão à roda, aplaudindo, vaiando, ou simplesmente a bater palmas para acompanhar o ritmo. Não faltaram gritinhos frenéticos das mocinhas mais avançadas — aquelas que costumavam guardar o lugar dos namorados, enquanto eles esperavam a luz do cinema se apagar —, e apupos e urros dos que não se perdoavam por não serem os próprios a estar no centro das atenções.

A cisão da torcida se tornou mais explícita quando o cavalheiro puxou a dama (se é que ainda dava para se usar tais termos de antigamente) de trás para a frente por entre as suas pernas arqueadas, abaixando-se em seguida para que ela fizesse em sentido contrário um movimento acrobático sobre ele, que rodopiou para pegá-la pelas mãos ainda no ar, numa precisão rítmica de deixar a plateia perder a respiração.

Um espetáculo.

Sensacional.

Tal sucesso, porém, poderia não ficar impune, porque inveja mata, quem não sabia? Espalhar que aquilo era *coisa de veado* seria só o começo da desforra que poderia terminar em tragédia. Como nos filmes americanos, quer dizer, os que não tinham um *happy end*.

O astro da noite que se prevenisse.

Por via das dúvidas, ele iria, às escondidas, molhar a mão de um soldado que lhe forneceria um arsenal de arma de fogo, arma branca, porrete e soco inglês.

O pau ia comer.

Cidade em alerta.

Bang-bang e pancadaria à vista.

Entrada franca.

Im-per-dí-vel!!!

Foram muitos os pontos acrescentados ao conto dos embalos no clube social, nos mais variados relatos dos que se disseram testemunhas oculares da história.

Imaginações.

Daqueles que queriam ser como os dos filmes americanos: bons de briga e rápidos no gatilho.

Era o que pensava agora o que só soubera do episódio assim por alto. Quando aconteceu o que lhe contaram que havia acontecido — ao pressentir que o bicho podia pegar, o

Querida cidade 187

rei do rock em versão cabocla tratou de se mandar, levando a sua parceira na garupa, como quem salva uma princesa em perigo —, ele já não tinha cacife para frequentar aquele ambiente reservado *ao melhor da nossa sociedade.*

E ainda bem, poderia se dizer agora.

Afinal, não precisava ser um Sherlock para deduzir qual fora a estrela mais brilhante daquela noite de incendiários cometas juvenis: agora estava na cara que só podia ter sido mesmo a *d'aquellos ojos verdes*... De todas *las dulzuras*, e que deixaram em sua alma uma eterna sede de amar.

Sim, aquela ali a dar voltas em torno da praça na garupa de uma intrépida lambreta, atracada a outro, ainda que pelas costas, mas com certeza fascinada com o calor do corpo desse outro cheio de motivos para tal fascínio.

E não devia faltar, até mesmo entre as meninas mais recatadas, quem não quisesse estar no lugar dela.

— Sosseguem o facho, queridas. Não estão vendo que só cabe uma bundinha nessa garupa? A minha, suas marias-mijonas! Agora façam o favor de tirar o olho grande de cima de mim. Você também, seu capiau, que está aí todo jururu, amarrando o bode preto do ciúme dentro de si mesmo, pensa que não dá para sentir de longe o bodum dos seus pensamentos? Pi-pi. Sai da frente! Vrummmm...

O capiau, caipira, caititu, tabaréu etc. etc. era ele, sim, desde o começo da sua história na cidade, na qual, Deus ou o Diabo fossem louvados, tivera o seu momento mais glorioso na tarde em que se desviara do caminho habitual para o ginásio, e embocara por uma rua chamada Conselheiro Couto.

Naquele refúgio dos seus púberes desejos, aprendera o que significava o pecado da luxúria: ao mesmo tempo que se vai ao céu, se é condenado ao inferno. Agora lhe comovia lembrar-se da mão de fada a puxá-lo para dentro do paraíso da libertinagem, e da voz felina dela ao lhe pedir em casamento, mesmo que a ilusão de ter sido amado naquele lugar tido e havido como antro da depravação houvesse resultado num sofrimento infernal. E, no entanto, tal recordação não deixava de ser um alívio da memória para a dor que o seu coração estava sentindo no presente, e que não demoraria a voltar a intensificar-se. Bastava virar o pescoço para o lado direito de onde se encontrava, e ver o que célere retornava ao seu campo de visão.

A lambreta.

Que passou sem escorregar em nenhuma casca de banana, derrapar num paralelepípedo, cair num buraco. E também sem ter sido derrubada a passes de mágica — um grito de *shazam*, o poder de uns olhos malignos, forças ocultas. Serelepíssima, a lambreta saiu do foco de quem se achava com um motivo para, no mínimo, furar-lhe os pneus.

Depois da quinta volta em torno do jardim da praça, embocou na rua que ia dar no cinema e foi-se embora, no rastro das volúpias noturnas, deixando a praça entregue ao seu crepúsculo quente, sem mais nenhuma outra circulação amorosa. Sem mais desejos.

Hora do Ângelus.

Querida cidade 189

No ar, a canção que define a passagem do dia para a noite como lenta agonia. Um locutor de voz solene carregará no peso da palavra pungente, o que amplificará o eco de cada uma das seis badaladas do sino da igreja-matriz, onde no alto do campanário uma cruz simboliza o passado de um amor que já morreu, deixando um coração amargurado... — tudo a ver com o caso de alguém ali, a recordar os sonhos da aurora da vida. Hora de a cidade parar para fazer o sinal da cruz.

Caixeiros se apressarão em trancar as cristaleiras cheias de preciosidades — vasos, taças, jarros —, outros, em repor rolos de tecidos nas prateleiras, e assim cada qual cuidará de guardar tudo o que for para ser guardado em seus devidos lugares, também nas farmácias — eram três, nos diferentes lados da praça —, na livraria, na relojoaria, no armarinho, no grande armazém de secos e molhados, nas casas de ferragens. Todos suados, malcheirosos e loucos para acender logo os letreiros das fachadas, abaixar as portas de aço e pegar o caminho de suas casas, onde um bom banho os aguardava, antes de qualquer outro desejo. Para, no dia seguinte, limpos, asseados, bem-dispostos, voltarem correndo a abrir as lojas, às 8 horas. E amanhã era 2 de dezembro, o mês dos enfeites, presentes, vitrines iluminadas, votos de boas festas, trabalho redobrado. Ave-Maria!

Hora das luzes verdes.

Como são bonitas! — ele volta a se lembrar do que exclamara para si mesmo, ao chegar à cidade, ouvindo ao longe uma reprimenda da mãe:

— Não se admire demais do que está vendo, não, para não dizerem que você é um tabaréu.

190 Antônio Torres

Agora aquelas luzes já não vibravam em sua retina com a mesma intensidade de quando as viu pela primeira vez, lá se iam quatro anos.

Sim, os luminosos nas fachadas das lojas continuavam verdes, mas era uma vez o sonho dourado que aquelas luzes já haviam simbolizado.

Hora de se mexer, ver outras luzes, mesmo mais opacas, menos vibrantes. E tomar providências, se é que havia alguma coisa a fazer. Tanto tempo ali parado, a sensação era a de que estava com a bunda quadrada. Precisava andar. Bater perna, ainda que ao deus-dará. Talvez, quem sabe, não fosse má ideia passar na casa do seu ex-patrão, para se despedir dele, que, afinal, era um bom homem, reverenciado nas solenidades públicas como um "caráter sem jaça", e "magnânimo filantropo" — palmas! —, venerável da Loja Maçônica Caridade e Sigilo, provedor da Santa Casa de Misericórdia, benemérito da Liga Desportiva e da Associação Cultural e Recreativa, presidente do Rotary Clube, seguidor da doutrina de Allan Kardec, fundador do Centro Espírita — e nem por isso malvisto pelas beatas, Filhas de Maria, congregados marianos e todos os fiéis à Santa Madre Igreja, já que suas contribuições para ela o redimiam de qualquer crença espúria à doutrina católica, apostólica, romana.

À boca pequena, porém — da turma do contra, formada por meia dúzia de gatos pingados, e *comunistas*, ainda por cima, cruz-credo! —, tal benevolência reduzia-se a uma hipócrita lavagem de alma do Louvado Seja Senhor Benfeitor, cuja magnanimidade não passava de um artifício para angariar

Querida cidade 191

sua remissão pela origem infame do dinheiro repassado como esmola, conforme praguejaria o austero pastor dos crentes, se não viesse tendo as suas mãos molhadas com o dízimo da cachaça, que tanto condenava (a cachaça).

A quem dela fazia uso excessivo, passava-lhe uma descompostura, intimando essa amaldiçoada criatura a ir correndo à Casa do Senhor, para tirar o capeta do corpo. Para ele, Jesus não amava bêbados, incréus (como os sacripantas dos comunistas), nem os candomblezeiros, umbandistas, macumbeiros, feiticeiros etc., aos quais vituperava:

— Vocês estão possuídos pelo diabo e vão direto para o inferno. Arrependam-se! Só assim eu os regenerarei, em nome de Jesus, que expulsará todos os seus demônios.

Outro, porém, era o sermão do austero pastor para o ecumênico fabricante e distribuidor das nada canônicas bebidas embriagantes, a cada vez que dele recebia uma polpuda contribuição, aleluia, aleluia.

— Jesus te ama. E nada te faltará.

Mas não era aos pobres que Jesus amava? — perguntava-se o Das Dores do Mundo, sem que isso diminuísse a vontade de fazer uma visita de despedida ao seu ex-patrão, agora a lhe parecer a única pessoa que mereceria tal consideração da sua parte, por se tratar de um senhor amável, que o tratara com toda fineza, chegando a fazer o que pareceria impossível aos olhos da cidade: levá-lo, e por mais de uma vez, a almoçar em sua casa — logo a ele, um reles subalterno, mero auxiliar do departamento de vendas como pracista, sem sequer ter carteira de trabalho assinada.

O seu (então) empregador morava num casarão senhorial no centro de um terreno escondido por frondosas árvores frutíferas — mangueiras, abacateiros, jaqueiras —, que sombreavam outras não tão exuberantes. Logo à chegada, era-se saudado pelos latidos de um cão de guarda assustador. Mas o belo e feroz perdigueiro logo sossegava, ao ser apaziguado pelas festinhas do seu dono, a quem retribuía aos pulos e ganidos de reconhecimento. Domada a fera, adentrava-se um quintal inebriante, recendendo a goiabas maduras, picadas por insetos e passarinhos, laranjeiras em flor, e às mais variadas emanações advindas de um edênico jardim.

A casa: paredes brancas, portas e janelas azuis, varanda com uma rede pendurada de um esteio a outro, um banco de madeira a lembrar bons tempos de convívio, duas cadeiras de balanço, uma mesa com um jogo de gamão, outra de damas, além de uma de bilhar com bolas de gude à espera de meninos para a brincadeira.

Retinindo à luz do sol, a mansão parecia ter sido arrancada intacta de uma fazenda dos tempos coloniais para ser plantada dentro de uma urbe de traçado moderno, sem nada a remontar à vida rural. Ou que, em priscas eras, havia sido a sede de uma propriedade agrícola fatiada em lotes, os lotes ocupados por moradias, e as moradias agrupadas em bairro, quando a palavra de ordem da cidade passara a ser... EXPANSÃO!

Por dentro, a casa conservava os vestígios de uma aristocracia à moda antiga: retratos ovais de cada membro da família e de seus antepassados nas paredes, móveis de madeira de lei, cristaleira — com preciosidades que pareciam trazidas ao

Querida cidade 193

país pela corte de d. João VI, em 1808 —, louças com florões azuis, bojudas terrinas, vetustas travessas, heráldicos jarrões, relógio de cuco, nobres quinquilharias d'antanho.

E o ainda perceptível aroma de uma abastança ancestral.

Contígua à sala principal encontrava-se a mais surpreendente de todas as atrações daquela mansão.

Uma biblioteca.

E cuidadosamente arrumada, com livros que se destacavam pelo esmero das encadernações.

O visitante, deslumbrado desde o primeiro olhar, ainda que de relance, às lombadas, também iria se surpreender com a variedade das obras enfileiradas nas estantes: de Cervantes a Allan Kardec, de Luís de Camões ao Lunário Perpétuo, das biografias de homens ilustres aos romances cor-de-rosa, dos almanaques a uma coleção chamada Maravilhas do Conto, do *Morro dos ventos uivantes* à Bíblia Sagrada etc. etc.

Mas tudo isso só para um único leitor?

E esse único leitor já terá lido ao menos um terço dessa livraiada toda? — perguntava-se aquele que jamais imaginara haver na cidade uma casa com uma biblioteca igual àquela.

Para quem não possuía mais do que meia dúzia de ensebados volumes, e por isso vivia correndo atrás de livro emprestado, o impacto causado pela visão daquele paraíso livresco o deixava num misto de fascinação e esmagamento.

— É aqui que eu passo o meu tempo livre das obrigações — disse-lhe o patrão, que falava sempre de um jeito manso, sem a menor manifestação de poder na voz. — Quando estou aqui me sinto muito bem acompanhado — acrescentou ele, apontando para uma cadeira de espaldar estofada de veludo, na qual costumava arriar os costados, em suas horas mais ociosas.

Aquilo é que era conforto, o rapaz pensou: o bem-bom de um aristocrático repouso no templo das imaginações. Por ser espírita, ele deve se sentir bem acompanhado também pelas almas do outro mundo.

E se aquela casa fosse mal-assombrada?

Lembrar-se da palavra espírita levava-o a ter de fazer um esforço para evitar uma tremedeira nas pernas. O medo que tinha dos mortos, do qual pensava já haver se livrado, ressurgia ali — em pleno dia, e numa cidade ensolarada —, como se ele estivesse voltando às noites da sua Tapera Velha, as longas e tenebrosas noites povoadas de zumbis, gralhas mal-assombradas, fogos-fátuos, os vários disfarces dos penados espíritos a tirar o sono dos vivos.

Ele se recordava: a escuridão, dentro e fora de casa, apavorava. Crianças se juntavam aos adultos ao pé de um fogão, levando o medo a se concentrar em torno do fogo, para nele se esfumaçar.

Definitivamente a cidade ainda não o curara do terror provocado pelo bárbaro festim dos mortos na sua infância algo selvagem.

Agora temia que toda aquela amabilidade do patrão fosse só um começo de conversa para conduzi-lo a uma sessão de espiritismo, que se daria ali mesmo, e naquele exato momento. Ao pensar nisso, sentiu um arrepio na pele, e começou a ouvir sussurros, como num filme macabro. Primeiro, foi uma voz a soprar-lhe ao pé do ouvido a seguinte peroração:

Querida cidade 195

— O homem é um composto de tríplice natureza: humana, astral e espiritual. Isto é, matéria, fluido e essência.

Outra, no mesmo tom espectral, completava:

— Ou seja, corpo carnal, corpo fluídico e alma ou Espírito, sendo que do último, que é eterno, se irradiam Vida, Inteligência, Sentimento.

A primeira voz retomou a palavra, dando sequência aos efeitos fantasmagóricos:

— Vivendo na Terra, esse ser inteligente, que deverá volver pela Eternidade, denomina-se Homem, sendo, portanto, o homem um Espírito encarnado num corpo de carne...

E assim, com revezamento de sussurros, a exortação prosseguia, deixando-o em estado de semiconsciência, como se estivesse entre o sono e a vigília. Teria ele sofrido um desmaio? O que quer que lhe tenha acontecido não o impedia de ouvir as palavras que lhe eram murmuradas, como Além-túmulo ("ele não é a abstração que na Terra se supõe, mas a Vida Real, com organizações sociais e educativas modelares"), Mundo Invisível ("é nele, mais do que em mundos planetários, que as criaturas humanas colhem inspiração para os progressos que lentamente aplicam no globo terrestre").

Saberia ele, aquele ali a iniciar-se nos mistérios da espiritualidade, o que impedia os homens de reconhecerem esse vasto e glorioso alicerce da sua própria evolução, da sua emancipação espiritual?

A ignorância dos elevados princípios que presidem aos destinos da Humanidade, a má vontade em querer participar de conhecimentos que os conduziriam às fontes elucidadoras da Vida, assim como os preconceitos inseparáveis das mentalidades escravizadas ao servilismo da inferioridade.

Incluíam-se entre as tais mentalidades escravizadas ao servilismo da inferioridade: a do homem de ciência. Considerado semideus nas sociedades terrenas, das quais exigem todas as honrarias e fictícias glórias, ele não admitirá em hipótese alguma que o grande orgulho que arrasta, a par da ilustração, posteriormente possa condená-lo a uma reencarnação obscura e humilde...

Nesse ponto, a voz começava a elevar-se, passando a espinafrar as terrenas classes privilegiadas por não admitirem que os despautérios cometidos em desencontros das leis divinas os induziam a renascimentos desgraçados, nos quais estariam condenadas à miséria, servidão, humilhações, lutas contínuas e adversas, para expiarem a indiferença ou maldade de que deram provas no passado, deixando de favorecer os oprimidos, o bem-estar da sociedade e da nação em que viveram, preferindo à solidariedade fraterna, devida pelos homens uns aos outros, o egoísmo acomodatício e pusilânime.

O espírito pregador não perdoava o homem de pele alva, cioso da pureza da raça, que não concordará em render homenagem a uma Lei Universal e Divina capaz de impor-lhe, um dia, a necessidade de renovar a existência carnal em envoltório cuja pele será negra, ou amarela, bronzeada, mestiça...

Era o que estava escrito num livro que pegara ao acaso, cujos trechos lidos o deixaram com as orelhas em pé. Medo mesmo deve-se ter é dos vivos — dir-lhe-ia o assombroso anfitrião, ao regressar à biblioteca, da qual se retirara por

Querida cidade 197

alguns minutos para ir ao banheiro, deixando o seu convidado entregue a uma imaginária sinfonia sepulcral: ranger de portas, gavetas abrindo e fechando, farfalhar de mortalhas, pesarosas exéquias, sacolejar de esqueletos, sombras sonâmbulas, paredes a balançar com a vibração de um medonho coro de lamentos, uivos lancinantes dos zumbis martirizados do tempo — os espíritos estrangulados dos suicidas, das mulheres que morreram no parto, dos que se foram de repente ou se deixaram consumir lentamente pelas doenças do mundo, a angústia, a tortura, a fome, a sede, a loucura... Senhor Deus, misericórdia!

Enquanto o vulto do patrão movia-se do banheiro afora, com um bater de porta que reverberou do teto ao chão, num ruído tenebroso, uma vivíssima voz salvava-o de todo aquele momento macabro. Era a empregada da casa, a anunciar que a comida já estava servida.

Ummmm.

Pelo cheiro que vinha da sala, o que acabava de chegar à mesa não parecia uma coisa do outro mundo, mas de outro mundo. Devia ser aquilo que, na retórica dos oradores locais, chamava-se de banquete suntuoso, ágape opíparo, manjar dos deuses.

Viver bem é para quem pode.

E sabe.

Quem não sabia?

Só que agora ele estava vendo de perto como isso era.

E ansiava por ver mais: o quarto do filho caçula do dono da casa, seu ex-colega de ginásio, que imaginava um luxo só. Um lugar de sonho. Coisa de cinema.

Bom apetite, disse-lhe o chefe à mesa para o seu tímido convidado, que, diante da bonança ao seu dispor, não sabia por onde começar, e nem que talher usar. Despreparado para aquele momento gourmet, esperou o dono da casa se servir, e o acompanhou, nos mínimos movimentos. Agora o seu medo era de cometer alguma gafe. E pior: que os seus modos claudicantes denunciassem o tabaréu, capiau, caititu, caipira etc. — como fora chamado um dia, pelo filho daquele cavalheiro, logo ao chegar à cidade.

Ainda bem que o tal filho — a quem devia o emprego na empresa do pai dele — não estava ali, a observá-lo com um olhar de deboche, ou de censura, para que o acanhado comensal ficasse a ponto de morrer de encabulamento, vergonha, humilhação. Mas no fundo, no fundo, o convite para aquele almoço supimpa tivera algo a ver com a ausência dele: era dia de prova no ginásio, e o filho tivera que almoçar cedo. Um acaso levaria o velho a encontrar outra companhia.

Aquela fidalga relação começara naquele mesmo dia, quando o patrão ia passando pelo jardim da praça e flagrou o seu empregadinho sentado num banco a ler um livro. Aproximou-se, mas sem a intenção de repreendê-lo. Afinal, já passava um pouco do meio-dia. Hora de folga do serviço. Ao vê-lo de pé, à sua frente, o rapaz se levantou, como se estivesse diante de um superior militar, a quem estaria obrigado a bater continência.

Percebendo o susto que havia lhe provocado, o patrão apressou-se em acalmá-lo. Não era sua intenção perturbá-lo, disse-lhe, com boas maneiras. Apenas se encantara com a

Querida cidade 199

cena incomum naquela cidade: um jovem capaz de se concentrar na leitura num banco de jardim, em pleno movimento do meio-dia. Portanto, chegara até ele para felicitá-lo. E lhe pedia desculpas se a sua presença repentina o incomodara. Sentou-se, fazendo um gesto de mão para que o outro o acompanhasse.

— Vamos conversar.

A conversa levou o patrão a convidá-lo para o almoço, em sua própria casa, que o convidado iria achar de tamanho exagerado para um viúvo e o seu filho caçula — o da lambreta, que não estava lá, naquela hora —, pois os outros já se governavam. Eram três, esses outros. Um deles gerenciava o grande armazém de secos e molhados do pai e vivia por conta própria, assim como os demais, que dirigiam os caminhões da empresa, e passavam a maior parte do tempo na estrada, na suada incumbência de rasgar chão para fazer a entrega de mercadorias por tudo quanto era canto, estado acima e abaixo, buscando consolo nos bordéis em que lhes serviam, entre uma dona Gonó e outra, a cachaça fabricada pelo próprio pai deles, aquele senhor que não tinha quem lhe fizesse companhia para o almoço.

Tão poderoso, e tão só — pensou o rapaz que o acompanhava naquela primeira vez, ao vê-lo sentar-se patriarcalmente à cabeceira de uma mesa cercada de cadeiras desocupadas, que presidiria para um único comensal. Será este o fim de todo velho, rico ou remediado, pobre ou miserável?

O caso daquele ali parecia confirmar tal destinação: podre de rico, uma cidade inteira a seus pés, mas... Um filho já rapazote, três adultos, e nenhum neto. Nenhuma criança a se sentar em seu colo, a brincar no seu bilhar de bolas de gude. Nenhuma Maria em quem pudesse fazer um cafuné, uma trança nos cabelos, um laço de fitas. (Se quisesse, ele podia ter um automóvel — um jipe que fosse —, com motorista particular para lhe fazer companhia. Mas prefere andar a pé. *Sozinho*, pensou o jovem comensal em sua estreia àquela mesa. *Coitado*, se disse, para, em seguida, recriminar-se por haver pensado tal bobagem. Ah, se todo coitado pudesse estar no lugar dele! Basta ver a cozinheira que tem. Além do mais, quem é o pobre-diabo aqui?)

Não. Não foi na biblioteca que o senhor leitor de biografias de homens ilustres falou de George Washington, um herói de verdade do país dos heróis de cinema, tão distante dali na geografia, na história, no tempo.

A memória do pai da pátria americana viria a ser reverenciada mais tarde, e dentro de uma fábrica de cachaça daquela remota cidade do interior do Brasil.

Passou-se isto no dia em que o patrão chamou o seu vendedor-pracista para ver de perto como eram feitos os produtos (proibidos aos menores) que ele, um menor, tinha de botar nas prateleiras dos bodegueiros — para estes enfiarem nas goelas dos seus fregueses, até saírem a enrolar a língua e a tropeçar nas próprias pernas e pedras do caminho de volta às suas casas, andando pelas tabelas, caindo nas sarjetas, depois de deixarem no balcão os trocados do leite das crianças, ou mandarem pendurar a conta no prego mais alto que houvesse dentro da bodega.

Querida cidade 201

Mas não era no que acontecia ou deixava de acontecer com os consumidores da sua aguardente de cana, dos seus licores de jenipapo e dos seus vinhos de jurubeba que o benemérito-mor da sociedade local estava pensando no momento em que trouxe o nome de George Washington para a conversa, embora, era justo lembrar isso, sem a pretensão de elevá-la a um patamar histórico.

Foi mais uma dessas curiosidades ao estilo da revista *Seleções do Reader's Digest*, que, se nada tinha a acrescentar ao status do principal ponto de venda da sua cachaça — destilada em alambique de barro —, propagandeado no serviço de alto-falante e na radioemissora da cidade, servia para entreter o (àquela altura) amigo-ouvinte, como uma charada, uma anedota, uma filosofada num botequim (*Tudo que sei é que nada sei... Há mais coisas entre o céu e a terra do que supõe a nossa vã filosofia...*), enfim, uma prosa à toa:

— Sabe o que existe em comum entre mim e aquele que foi o primeiro presidente dos Estados Unidos?

Naquele momento os dois se encontravam diante da tão anunciada caldeira na qual se processava a destilação do caldo de cana-de-açúcar e das frutas que iriam se transformar em néctares embriagadores. Ele, o distinto senhor aguardenteiro, fez a pergunta ao seu jovem subordinado com uma risadinha atenuante, como quem dizia *mal comparando*, o que contrastava com o tom formal do promotor público que era professor no ginásio, em dia de aula de História da América.

Se no Fórum da cidade suas acusações aos réus — por mais pobres-diabos que fossem — podiam ser tão severas quanto as condenações de um pastor aos bêbados, em classe mais parecia um advogado de defesa das figuras lendárias do continente, como aquele que, pelo seu papel na revolução, independência e formação dos Estados Unidos, tornara-se o primeiro na guerra, o primeiro na paz, e o primeiro no coração dos seus concidadãos.

O Pai da Pátria.

O herói que, em outro cenário descompromissado com a relevância de seus feitos, era lembrado apenas por algo que não devia constar no livro do professor, pois a isso ele nunca se referira: que, ao retirar-se da vida pública no ano de 1797, George Washington declarara que tudo que queria dali para a frente era voltar a cuidar do seu alambique.

— Ele fabricava uísque de milho, e eu fabrico aguardente de cana. E tudo passa por uma destilaria.

Eis aí a tal coisa em comum entre o primeiro presidente dos Estados Unidos da América e aquele outro ali, com uma presidência infinitamente mais obscura em seu currículo — a de um Rotary Clube nos confins do interior do Brasil.

Um alambique.

Tim-tim.

O Das Dores suspirou.

E sorriu.

Mal comparando, mal comparando...

Vá lá que a ressalva atenuasse a gabolice pela tal coisa em comum. Mesmo assim, entre um alambique e outro havia mais de um século a separá-los. Louvada seja a modéstia daquele que devia ser o homem mais rico da cidade. Mas, rico por rico, a comparação chegava a ser patética. Tanto quanto se

Querida cidade 203

ele achasse que podia inscrever na lenda heroica o emblema da roda dentada (dourada!) ostentado orgulhosamente em suas lapelas pelos membros do Rotary Club, símbolo da ordem moral no comércio, na indústria, nas profissões liberais, e da amizade entre os povos. Porque, mesmo sendo uma marca do país do cinema — como a Coca-Cola, a calça rancheira, a moda do pimpão untado de brilhantina igual ao de Elvis Presley —, aquele clube de serviços ali estava circunscrito a um incógnito reduto de comerciantes, e só a eles e à história do comércio local dizia respeito. O resto era uma alambicada cultura de almanaque.

Faltou investigar se aquela tal de coisa em comum não iria dar noutra mais assustadora. E esta, sim, fadada a tirar o sono da cidade, ou a encher as suas noites de fantásticos sonhos. Ou de pesadelos. Só agora se dava conta das perguntas que deixou de fazer, aproveitando o momento de intimidade com o patrão. Seria o espírito de George Washington um seu conviva noturno, ali, ao pé daquele alambique, ou na sua biblioteca, ou nas sessões mediúnicas no centro que ele mesmo havia fundado? E a propósito de que, ou com que missão o pai da pátria americana baixaria naquelas longínquas bandas? Alguma revelação de interesse público ou privado, e que tivesse algo a ver com o destino da cidade, do país, do continente, do mundo?

Imaginou a divulgação dessas visitas causando tanto assombro — ainda mais se tivessem alguma relação com o petróleo que estava sendo prospectado naquelas paragens — quanto outras que vinham povoando o imaginário nacional: as dos extraterrestres, os temerários invasores espaciais, em

204   *Antônio Torres*

potentes objetos não identificados — era uma vez o romance do pavão misterioso —, os fosforescentes discos voadores visíveis a olho nu nos antes risonhos e agora apavorantes céus do interior, quando aquele interior passava a ver nas estrelas cadentes os sinais de que os marcianos estavam chegando.

Ora, ora, qualquer revelação sobre a descida à terra — àquela terra — de um vulto tão ilustre se tornaria assombrosamente o *talk of the town*, conforme o dizer já consagrado pelo colunista social do jornal da cidade. Para a glória do professor de inglês do ginásio que naturalmente seria o convocado (e quem mais mereceria tamanha incumbência?) a ser o intérprete do espírito do heroico primeiro presidente dos Estados Unidos da América, tivesse ou não tivesse medo das almas do outro mundo, penadas ou despenadas. Só ele, unicamente ele, seria capaz de traduzir para a plebe ignara, a fidalguia monoglota etc. e tal, o que teria levado o célebre George Washington a vagar em penitência, desde a sua desencarnação no ano de 1799 numa propriedade chamada de Mount Vernon, no estado da Virgínia, até baixar naquelas lonjuras para uma pinga e dois dedos de prosa com o pobre (por comparação, ele que não se ofendesse com esse rebaixamento) presidente do Rotary Clube, um abstêmio que naturalmente faria as honras da casa, servindo-lhe uma ou quantas doses quisesse da sua exótica iguaria (*noblesse oblige*), ainda que simbolicamente. Assim: entornando o líquido no chão. Para o santo.

Se isto aconteceu alguma vez, só pode ter sido a portas fechadas, em momento *top secret* — um segredo de Estado

Querida cidade 205

jamais revelado. Por incompetência dele mesmo, o Das Dores, que não tivera a esperteza, muito menos a coragem, de bisbilhotar até onde ia a gloriosa coisa em comum entre o alambiqueiro da cachaça, genuinamente nacional, e o além-túmulo do fabricante do uísque dos cowboys, o lendário cara-pálida caçador de índios, escravizador de pretos, vencedor de brancos — pelos brancos e para outros brancos —, reverenciado em nota de dólar, nome da capital do país que fundou, de um estado, de avenidas, monumentos e o escambau. Rola grossa. E pele alva.

Mas, cioso da pureza da raça, será que ele concordaria em renovar a existência carnal em envoltório cuja pele seja negra, ou amarela, bronzeada, cafuza, mestiça, como a de muitos ali? Em sendo mais fácil destruir um átomo do que um preconceito (para lembrar outra filosofia que fazia sucesso nos botequins da cidade), poder-se-ia imaginar que o anfitrião da célebre alma do outro mundo houvesse tido de empregar todos os seus poderes de persuasão para levá-la a reconhecer que o Espírito, e não o seu passageiro e circunstancial envoltório físico-material, é que necessitaria clarear-se e resplandecer, através de virtudes abnegadas e aquisições mentais e intelectuais, coisas que poderia obter no seio de uma ou de outra raça etc. etc. etc., pois negros, brancos, amarelos, mestiços, todos descendem do mesmo Princípio de Luz, do mesmo Foco Imortal e Eterno, que é o Pai Supremo de toda a Criação — amém. Saravá, mizifi.

O que não lhe iria faltar esta noite era assunto para uma conversa com o ex-patrão (caso viesse a ter mesmo a coragem de procurá-lo e a sorte de encontrá-lo): se a doutrina dele condenava os de pele alva que recusavam a reencarnação em outras raças, o que ele, o espírita-mor da cidade, teria a dizer sobre a intolerância da sociedade local em relação aos cultos dos pretos, que não tinham o mesmo consentimento do espiritismo dos brancos? Ele também não estaria fazendo vistas grossas perante os resquícios do tempo da escravidão, quando as práticas religiosas dos escravos eram cerceadas? E isso setenta anos depois da abolição da escravatura. (Bastava fazer a conta, na ponta do lápis: 1958-1888.)

Mas quem era mesmo que estava se sentindo um escravo ali?

Não mais o cativo dos esbregues de um pragmático gerente de secos e molhados, nem das lamentações dos bodegueiros endividados, nem do trevoso silêncio da velha senhora que lhe alugava um quarto — e para quem teria que dizer adeus, ainda esta noite, quem sabe a machadadas —, e sim das horas que iam passando sem libertá-lo de seus profundos recalques.

Ah, os recalques!

Agora se lembrava da palavra amarga, pior de engolir do que um purgante, ainda mais vindo de quem viera: o bem-sucedido caixeiro-viajante da empresa em que trabalhara até algumas horas atrás — um sujeitinho empertigado, que vivia a se vangloriar das suas gordas comissões, e mais ainda das dádivas das mulheres que, de cidade em cidade, caíam feito umas patas na sua irresistível lábia. O vendedor-pracista, que se sentia a muitos degraus abaixo daquele cavaleiro

Querida cidade 207

torna-viagem, tão bem-falante, bem-sorridente, bem-vestido, bem-perfumado, bem-vindo a cada retorno, um dia fizera a besteira de comentar, em tom queixoso, sobre a desigualdade do tratamento dispensado aos dois na boca do caixa.

O outro reagiu, dizendo o que pensava dele, com todas as letras:

Um recalcado!

O rapaz se sentiu chamado de invejoso.

Ou ciumento.

E mais e mais:

Complexado.

Ressentido.

Reprimido.

Trocando em miúdos:

Doeu.

Será que todos que o conheceram naquela cidade pensavam a mesma coisa dele?

Terá sido por isso que havia perdido a namorada? E o emprego? E junto com ele a consideração do ex-patrão?

Para tirar a dúvida, só lhe fazendo uma visita, com a desculpa da despedida, para os agradecimentos pela acolhida que dele fora merecedor. Mas para isto teria que vencer o medo dos perigos de uma caminhada noturna por uma rua erma, na qual só havia andado à luz do dia. Em sendo à noite que todos os gatos são pardos, como não imaginar um festim macabro na casa mergulhada em trevas do grande líder espírita da cidade? E se lá chegasse, destemidamente, como seria recebido pelo cão de guarda? Com latidos amistosos ou a dentadas? Se passasse pelo cachorrão valentão sem ser molestado, haveria ainda o risco de levar um balaço, detonado por outro guarda — de duas pernas —, surgido do escuro para deter-lhe a entrada onde não fora convidado.

Outra hipótese: ser barrado na porta, por ordens do amável senhor, caso ele, que já fora seu generoso anfitrião, se encontrasse no aconchego de uma cadeira de espaldar, entregue aos abanos de uma mucama, ou em reunião — que jamais poderia ser interrompida — com espíritos vagantes em busca de remissão para suas penas ou tão somente mortos de saudades da vida.

E daí para mais: uma recepção fantástica a um herói lendário — e expert em alambiques, ainda por cima, e que se sentaria num silencioso trono de alabastro como um deus imortal a merecer o tratamento de vós, vossa excelência, ou, no mínimo, de vam'cê.

O protocolo dessa extraordinária assembleia incluiria um acordo comercial para a distribuição de uísque americano, fadado a se tornar um negócio do outro mundo, na onda do sucesso local dos filmes de cowboy.

Enfim, qualquer que fosse o seu passatempo, ele, o agora empedernido ex-patrão, não iria interrompê-lo para ouvir as lamúrias de um recalcado — Desculpe-me, senhor, mas prefiro que me chame de revoltado —, sabe-se lá com que intenções. O velho não seria bobo de vacilar. Não faltava em sua casa o que despertar a cobiça de um visitante indesejado — ou seja, pertencente ao mundo dos vivos, este mundo repleto de complexos desejos, ambições, necessidades, traições, armadilhas, invejas, ciúmes e... e... recalques! —,

Querida cidade 209

enfim, contra certos visitantes o mais prudente a fazer será soltar o cachorro.

Au-au, au-au.

Se manda, rapaz.

Melhor não ficar refém dos tais recalques, esquecendo-se de que a sua noite tinha um destino: sair à procura de um transporte para ir embora, já que seria inútil continuar plantado naquela praça à espera de um jipe ou caminhão vindo das suas taperas. Até àquela hora, um único veículo havia borrifado aqueles ares com o cheiro da gasolina: a serelepe lambreta, que passara com a garota dos seus sonhos na garupa.

Epa!

Olha o recalque. Melhor pular essa parte.

Dali a pouco chegaria o último trem da capital, que ficava ao sul, uma direção contrária à dele, no rumo do norte do estado. A civilização chegava, partia e avançava sobre trilhos. E eles não se dignavam a fazer um desvio de rota para que ela desse o ar da sua graça em paragens ignotas como aquelas em que nascera e para as quais precisava regressar. Sim, iria ver o trem chegar. Pela última vez.

Noite após noite a mesma curiosidade a encher os olhos na estação, em busca de caras novas entre as elegâncias amarfanhadas dos que haviam partido pela manhã, engomados, cheirosos, radiantes. Assim que todos desaparecessem e a sessão do cinema terminasse não se veria mais um único sinal de vida nas ruas. A partir das 22 horas elas passavam a ser governadas por cães selvagens e lobos uivantes, sem que

210 *Antônio Torres*

ninguém tivesse a coragem de ver quais deles faziam sombra sobre os outros, conforme vituperava a (quase sempre) rósea coluna *Hi-So*, assinada pelo arauto das novidades, um tal de Frank Scott, pseudônimo do ditador de modismos como *in, out, must, glamour*, que andavam na ponta da língua da cidade. Enquanto isso, em surdina, ele era atingido pelas costas com um carimbo nada glamoroso: mosquito de bunda de grã-fino. Deboche mortal da turma barrada em alguma efeméride social do calendário por ele inventado (os bailes das debutantes e das dez mais elegantes, a festa da laranja, a micareta — um carnaval fora de época —, o réveillon...). *Sorry*, despeitados, ele revidava, correndo o risco de ser abatido a soco, cacetada, pontapé, pedrada, facada, tiro. Fogo no rabo *desse veado*. Pau nele.

Por-ra-da!

Um acidente também poderia acontecer. Bastava a mão traiçoeira do destino se meter na história para produzir o *talk of the town* de maior impacto dos últimos tempos, capaz de zerar todas as broncas contra o trepidante festeiro jurado de morte. O Das Dores chega a fechar os olhos ao imaginar a cena brutal: em alta velocidade, uma engenhoca motorizada de duas rodas derrapa num paralelepípedo, desgovernando-se e subindo numa calçada na qual ele, o Mister Hi-So, estaria passando distraidamente, quem sabe a assoviar "Moonlight Serenade", a melodia imortal do filme *Música e lágrimas*, sempre tocada no encerramento de todo baile, no serviço de

Querida cidade 211

alto-falante e na rádio emissora, fosse noite de luar ou não. A batida violenta não lhe daria tempo de dizer My God! Nem deixaria margem para suspeições.

Como toda a cidade sabia, o condutor da máquina assassina não nutria desafeição alguma pela vítima. Rapaz de bem com a vida, tratava de gozá-la ao sabor do vento a acariciar o seu topete de Elvis Presley, e do aconchego nos braços da beldade à garupa. Logo, aquela tragédia não passaria de arte do azar: assim como o corpo do outro seria esmagado contra uma parede, o dele próprio voaria para longe e, ao bater com a cabeça no chão, bye-bye, como noticiaria Frank Scott, se não tivesse tido a péssima ideia de andar pela calçada errada em hora errada.

Milagres também acontecem, até em circunstâncias fatais, pensa o Das Dores, antevendo a menina dos olhos verdes — translúcidos e serenos — escapar sem um único arranhão. Num passe de mágica, ela se desgruda do namorado e movimenta o corpo para trás, apoiando os pés no chão sem perder o equilíbrio, na fração de tempo antes que a lambreta se espatife bem à sua frente. Desesperada, corre na direção em que o mais caprichado topete da cidade (*Don't leave me now*) voou, para cair adiante, sem servir sequer de anteparo ao baque da cabeça que o portava altivamente. Mas só lhe restará sujar as mãos na cabeleira untada de brilhantina e encharcada de sangue. A cena infeliz do Elvis Presley que atraía os olhares da cidade ao desfilar todo pimpão, e ainda por cima vestido com o blusão vermelho de James Dean, a faz urrar, como se estivesse tomada por toda a dor que o seu amado já não sentia. Ela grita por socorro, que demorará a chegar, para levá-la ao hospital, onde será internada em estado de choque. Tudo conforme o poder da mente do Das Dores, que lhe desejou um sofrimento, não a morte. Nem por isso ele poderia alimentar a ilusão de que a teria em seus braços esta noite, se fosse visitá-la.

Nada acontece por acaso, ele filosofa, já pensando num motivo para o papel contracenado nessa trama pelo coadjuvante de luxo Mister Hi-So. Será que precisava dizer que não se tratava de coisa pessoal? O tal de Frank Scott fora esmagado numa parede pela força do desejo dos recalcados, que *captei no ar, por pertencer à categoria deles.* E lhes prestou a sua solidariedade, foi apenas isso.

Mas ora, se ressentimento e despeito podem matar, o que dizer da inveja e do ciúme?

O susto (apavorante, sem dúvida) pelo qual a menina de olhos verdes acabava de passar era um aviso: ela que não continuasse a brincar com fogo. O fogo que ardia no peito enciumado dele, o Das Dores. Agora, porém, ela era a dona do seu próprio destino e assim seria deixada em paz. Sedada como estava, lá no hospital, poderá dormir, dormir, dormir até um tempo futuro, quando enfim abrirá os olhos, a perguntar:

Onde estou? Quem são vocês? Que dia é hoje?

Em seguida, perceberá que dormiu além da conta segurando na mão direita um papel dobrado cuidadosamente, e que nele alguém transcrevera um poema com o seguinte título:

Quando fores velha.

E aí é que ela irá se assustar, mais ainda do que quando, numa antiga noite, havia pulado da garupa dois ou três

Querida cidade 213

segundos antes da fatídica lambreta ir para o beleléu. *Aqui tem banheiro?*, perguntará. Sim, antes de atender a qualquer necessidade, quererá se olhar num espelho, para ver quais estragos a vida teria feito em seu belo rosto.

Outra é a sequência do episódio dos dois acidentados, cujos corpos estão sendo velados separadamente: cada um em sua própria residência. Ele, o Das Dores, não se furtará a comparecer a uma delas, na qual poderá reviver as circunstâncias (felizes) que o levaram a frequentá-la antes. Agora, sim, tem um forte pretexto para dar uma passada na casa do ex-patrão. Para abraçá-lo, confortando-o com palavras bem escolhidas, capazes de calar fundo no coração do inconsolável pai que acaba de perder um ente querido. Brutalmente. E logo o filho caçula. *Meu Deus, que horror! Minhas condolências.* Ou: *Vim lhe trazer o meu condoído abraço.*

Não se esquecer de meter na frase: trágico passamento... Perda irreparável. Ou reduzir tudo ao mínimo: *Meus pêsames.* E pronto. Missão cumprida. Ou não, pois em cerimônia digna de comparecimento não se faz boa presença sem um palavreado eloquente. ("No infausto acontecimento de uma desditosa noite em que pranteamos uma vida ceifada intempestivamente, vivencio também a dor da minha própria despedida desta cidade, o que significa dizer adeus às divinas promessas da esperança acalentadas desde tenra idade...") Olhar penetrantemente nos olhos marejados do infelicitado pai, para sentir o efeito desse pomposo, porém sentido discurso, ao qual não poderá faltar uma alusão ao significado dos rituais fúnebres — para que a alma que acaba de entrar na eternidade não se perca no mundo dos mortos. E captar pelo rabo do olho as reações em volta do corpo pranteado.)

É aí que a porca torce o rabo. Ou por outra: ao provar — para não fazer desfeita — o popular néctar genuinamente destilado em alambique de barro, ou os vinhos e licores fabricados pelo dono da casa, os pranteadores piscam maliciosamente uns para os outros e espicham os queixos e os narizes na direção dele, o orador supracitado, que adivinha tudo:

"A lambreta indo e vindo pela praça. Eu roendo os meus cotovelos. E aquele sujeito sentado ao meu lado no banco do jardim, fingindo me fazer companhia, enquanto eu via o tempo passar. Ele riscou um fósforo e acendeu um cigarro, que passou a tragar desbragadamente, soltando pensativas baforadas. E eu chafurdando no lodaçal dos meus recalques. Nem notei a hora em que ele foi embora, se é que já foi.

"No princípio, tive medo dele, achando que podia ser um ladrão. Um meliante da capital, ali de passagem, para pegar do alheio. Pegou. E logo de mim, que nada tenho. Cada aspirada que ele dava no cigarro sugava um dos meus pensamentos. Roubou tudo de que precisava para fazer ilações entre o acidente com a lambreta e quem acionou a carga negativa que a derrubou. EU. O que tinha o livro das dores do mundo nas mãos, e um carimbo na testa: recalcado.

"Com certeza ele leu também a minha intenção de tirar a pobre velha que me aluga um quarto das brumas do purgatório em que ela vive. A machadadas. E aquela visita ao ex-patrão, o que é que era? Um plano de vingança muito bem tramado. É o que leio nos olhares dos que me apontam com o queixo

Querida cidade 215

e o nariz. Todos estão por dentro das torpes engrenagens da minha máquina pensante, deduzo.

"Tanto que concluo que só pode ter sido um espírito de porco com o poder sobrenatural de entrar na minha mente quem lhes deu o serviço completo. Agora, para onde quer que eu olhe, vejo um pelotão de alto coturno com suas miras assestadas contra mim.

"— Minhas continências, senhor comandante do tiro de guerra. Tem notícias de madame Gonó?

"Com exceção dos dois filhos caminhoneiros, perdidos na buraqueira pelos confins do estado — o outro, o gerente de plantão que me deu um pé na bunda sem temer consequência alguma, desvia os olhos de mim, fingindo que não me conhece; e se viermos a estar cara a cara, vou ter que ler nos olhos dele uma constrangedora pergunta: — O que foi que você veio fazer aqui?

"Como ia dizendo, tirante os filhos estradeiros e as classes envergonhadas, como as *coutadas*, as constrangidas, como os bodegueiros endividados, ou socialmente ignorados, como os candomblezeiros, praticamente toda a sociedade se fez representar: do prefeito ao bispo, do juiz ao diretor do ginásio, seus professores e alunos, estes em uniforme de gala, para um elegante adeus ao mais invejado de seus colegas — que Deus o tenha, e a terra lhe seja leve, sua alma sua palma etc. —, do promotor ao presidente da Câmara, da madre superiora do colégio das freiras ao pastor fiel ao dízimo da cachaça, do presidente do Lions Clube ao irmão superior dos capuchinhos, da orquestra que uma vez, e isso não faz muito tempo, tocou

216 Antônio Torres

o 'Rock Around the Clock' para alguém dançar — toda a cidade sabe quem — ao, ao, ao...

"'All very important people', me corrigirá o ligadíssimo Frank Scott, lá no além-túmulo, podendo também fazer uma concessão em suas anotações — e com um toque íntimo de nostalgia — a uma língua já em vias de ficar fora de moda nas colunas sociais, para definir o público do velório como *Le grand monde*. Atento a todos os pormenores como sempre esteve, registrará num *potin* irretocável a prodigalidade dos comes & bebes (*opíparos!*) e, noutro, igualmente primoroso, as fisionomias contritas como máscaras *prêt-à-porter* em cerimônias dedicadas a defuntos frescos. Para o (já) saudoso Mister Hi-So, porém, o principal *gossip* da noite será a presença de um representante do consulado dos Estados Unidos na capital — um médium que costuma cobrar um punhado de dólares de quem assiste às suas conversas com George Washington —, enviado em nome da amizade entre os povos, deste e do outro mundo, e da glória imortal da *coisa em comum* a ser celebrada ali a pedido do *pai da pátria americana*, em mensagem psicografada. E que, depois de lida em voz alta, irá para os anais do centro espírita local, agora em franca sintonia universal.

"Tudo isso em meio ao cheiro seboso de velas bruxuleantes e de flores tristes, borrifadas de lágrimas. Sinceras umas, crocodilianas outras, mas, quem sou eu, e ainda mais num momento desses, para julgar o que é verdadeiro e o que é falso?

"O que me compete agora é suportar o incômodo, o desconforto e o constrangimento desses pérfidos olhares na

Querida cidade 217

minha direção. Todos parecem me dizer que o meu papel nesta história não é de mocinho. Heróis são os outros."

Hora de dar no pé.

Para um banheiro.

O que, ali, não chegava a ser um problema.

Bastavam uns poucos passos até ao bar do coreto, bem no centro do jardim da praça, tapar o nariz e... Ai que alívio.

Levantou-se, a olhar para o céu. Bela noite. Cheia de estrelas. No ar, como em todas as noites assim, e pela "voz orgulho do Brasil": A *quietude é quase um sonho...*

Medo de encarar o sujeito misterioso que (presumia) ainda continuava sentado ao seu lado. Na pior das hipóteses, imaginava-o um emissário de Satanás, com previsíveis intenções demoníacas: vigiar todo o seu sofrimento, com a intenção de trocá-lo pela suprema felicidade, num pacto de sangue. E era uma vez toda a dor do mundo. Dali em diante a vida dele passaria a ser um jardim de delícias, até o dia em que o diabo em pessoa voltasse para buscar a sua alma, o real motivo de tão providencial negociação, com prazo de vencimento indefinido, mas que jamais seria esquecido.

Na melhor das hipóteses: ao olhar para a Terra e compreender o seu viver desesperado, Deus teria (finalmente) lhe enviado um espírito protetor, aquele que o mundo chamava de anjo da guarda. Esse pensamento positivo deu-lhe um breve momento de otimismo, quando, mais confiante no poder supremo do Bem sobre o Mal, se encheu de coragem para uma olhada de soslaio no banco do qual acabava de se levantar.

218 *Antônio Torres*

Nem uma coisa nem outra.

No lugar que devia estar ocupado por aquele que ele imaginara um satânico ladrão dos seus pensamentos, a noite, finalmente, lhe sorria. A noite, a cidade, o mundo. A vida. Tão encantadoramente, que o levou a se perguntar o que teria feito para merecer tamanha bênção: o sorriso mais angelical que já havia visto em todo aquele ano de 1958 desabrochava num rosto que parecia mais jovem e mais alegre do que era na realidade — e que não devia sorrir há muito tempo —, um belo rosto antes desprezível, do qual se recomendava distância, por pertencer a quem se movia pela cidade como uma sombra a confidenciar com calçadas e paralelepípedos, becos e sarjetas, bancos de jardins e estrelas, o dia e a noite. Mais a noite até. Como se preferisse a amena atmosfera em lusco-fusco aos castigos da luz do sol, para assim preservar no seu rosto a ilusão de uma formosura eterna. Portanto, quem se lhe avultava em pessoa, e em sua sombria indumentária, como se saída de um romance ou de um filme de terror, era uma humaníssima lenda viva da cidade.

Sim, era ela, a mulher de preto com uma larga gola branca do hábito de freira — e que freira nunca havia sido. Vivia ao léu, envolta em mistério. Seu ar meio santo, meio louco, meio andarilho e meio mendigo dava asas às imaginações da cidade, que lhe conferia um histórico de luxo e riqueza desde o berço (de ouro), o que lhe permitira uma boa educação, mas que uma grande desilusão amorosa acabara por levá-la a rasgar todas as páginas douradas do seu passado. E tudo havia começado no dia em que ela fora abandonada no altar. Daí porque de vez em quando costumava aparecer vestida

Querida cidade

de noiva, com véu e grinalda, buquê numa das mãos, rosto e olhos bem maquiados, e a trautear uma melodia capaz de provocar arrepios até na espinha dorsal de um poste:

Eu sonhei que estavas tão linda
Numa festa de raro esplendor
Teu vestido de baile lembro ainda,
Era branco, todo branco, meu amor...

Havia também quem jurasse — Por essa luz que nos alumia! — que já a ouvira a murmurar uma história antiga de que quando os homens veem suas futuras esposas vestidas de noiva antes do casamento entram em desespero e rompem os acordos matrimoniais. As coitadas acabam levando a culpa, pois todos acham que alguma elas fizeram para os noivos desistirem, embora o real motivo fosse o vestido branco que lhes causava pânico, por simbolizar a prisão a uma mulher para o resto da vida. E isto os levava a debandarem, abandonando-as à própria sorte. Meninas, quem avisa amiga é. Não ponham tudo a perder, se vestindo de branco para o noivo antes da hora do casamento. Dá azar. Mas, mesmo tendo esse cuidado, tratem de montar uma guarda parruda na porta da igreja, para impedir que ele fuja, assim que bater com os olhos no vestido radiante à espera dele no altar. Previnam-se, porque homem é um bicho covarde — diziam que ela dizia, com tudo no lugar — sujeito, verbo, predicado, vírgula, ponto —, ao tempo, ao vento, às pedras do caminho. A si mesma.

Em outra versão, ela teria enlouquecido ao perder a fortuna — só não se dizia qual e como a perdera. Enfim, história sobre o que a levara ao autoabandono era o que não faltava: que ela havia presenciado o pai matar a mãe e suicidar-se. Ou que passara a vestir-se de freira devido a uma paixão juvenil por um padre inescrupuloso, que a seduzira e a abandonara. E, para piorar ainda mais uma situação já de todo dramática, acabara sendo expulsa de casa pelos pais, daí sua opção pela extrema pobreza, como punição — deles. Mas a verdade é que ninguém sabia de nada. História, nome, origem, tudo desconhecido. O mais provável era que ela tivesse vindo de outro lugar (da capital, talvez) para despertar sentimentos contraditórios naquela fantasiosa cidade: medo e respeito, repulsa e comiseração.

Com um terço numa das mãos e um enorme crucifixo de madeira pendurado no pescoço, ela se tornara a alma penada das ruas, a fazer das marquises o seu teto. Andava descalça, falava sozinha, fumava, pedia esmola e não se metia com a vida de ninguém. Mas, mesmo tida e havida como de paz, aqui e ali estava sujeita ao repúdio da molecada, que costumava lhe jogar pedras pelas costas. Um deus nos acuda.

O que ele, o Das Dores, não esperava, ao olhar de relance para a lendária figura em seu hábito mais corriqueiro — o de irmã ou noiva encardida de Jesus Cristo —, ali a velar suas penas em monástico silêncio, era ver aquele sorriso, tão luminoso que parecia recompor num rosto castigado pelas errâncias da vida os traços perdidos de uma beleza que só deveria nascer a cada cem anos. Ele se sentiu a elevar-se da sarjeta até o céu, que lhe abriria magicamente a porta de um lugar onde pássaros azuis voariam cantando que mundo

Querida cidade 221

maravilhoso e as dores se derreteriam como dropes de hortelã no céu da boca, no escurinho do cinema.

Retribuiu o sorriso com um reverente movimento de cabeça, em agradecimento a tão espontâneo e magnânimo gesto. Ela lhe estendeu a mão, a indicar-lhe qual a retribuição que esperava, sem precisar explicitá-la com esta exclamação:

— Uma esmolinha, pelo amor de Deus!

Ele pensou em lhe dar tudo o que tinha no bolso, num desatino que poderia culminar em graves consequências. Como, por exemplo, ser assassinado pela velha que lhe alugava um quarto — e que já devia estar nervosa com a demora dele de chegar para fazer o pagamento do mês —, em vez de ser ele, o seu inquilino, a lhe dar uma machadada na moleira, como já chegara a imaginar. Sem mais tempo para delongas, fez uma mímica para a freira, pedindo-lhe que o esperasse, enquanto apontava o nariz na direção do bar do coreto. E, finalmente, correu à procura de um banheiro, tendo uma voz a persegui-lo:

— Me dá, me dá, me dá. Coisa boa de papar. Gostosa pra danar.

Ele, o Das Dores, não iria se recusar a atendê-la, até porque ficara aturdido com o tom infantilizado daquela voz às suas costas, o que imaginou ser uma mistura de impaciência pueril ditada pela fome com a recordação da inclemência dos pais dela, que um dia lhe negaram casa e comida, conforme uma das lendas em torno do seu passado.

Voltou do bar portando um pacote dos biscoitos que tinham o desenho de um índio na embalagem, a se lembrar do tempo de estudante, quando o professor de História ensinava que os aimorés, todos nuelos, com as vergonhas de fora, eram tão altos e tão largos de corpo que quase pareciam gigantes, e que, por serem mui alvos, não tinham parecença com os outros silvícolas que aqui viviam quando os portugueses chegaram, lhes causando espanto pelas indumentárias esquisitas, os corpos marcados pelas feridas de escorbuto, e... Um fedor da peste. Ainda assim a indiada acabou sendo comida por eles, os nossos vorazes tataravozinhos cristãos, que devem tê-los achados saborosos, a ponto de virarem marca de biscoito, diverte-se o Das Dores. Mas que sua mãe e todo o povo apostólico romano nem sonhasse com o que agora lhe passava pela cabeça, ao se perguntar profanamente se uma mordida num biscoito Aymoré não seria tão antropofágica quanto mastigar a hóstia sagrada, destinada ao sacrifício eucarístico para a remissão de nossos pecados, por simbolizar o corpo de Jesus — a vítima de nós mesmos, seres humanos etc. O que a irmã ou noiva do Crucificado lhe diria sobre isto?

Com chá ou café,
Biscoitos Aymoré

O mesmo que dizer:
— Enquanto minha barriga estiver roncando de fome, como é que vou ter cabeça para pensamentos vadios? Me dá logo esse biscoito, porra!

Mas a freira não teve paciência de esperá-lo. Quando ele voltou, ela já havia se mandado, sem deixar rastro. Cor-

Querida cidade 223

rera a esmolar em outra freguesia. Melhor assim. Porque essa mistura de hóstia sagrada com biscoito Aymoré, rituais religiosos e antropofágicos poderia lhe trazer à tona recordações da história de um amor proibido, que teria começado no confessionário:

— Esta noite sonhei com o senhor, padre.

Como bom confessor, ele imaginaria o desejo que o sonho dela teria realizado, e encerraria o assunto, ordenando-lhe que fosse pedir perdão a Deus pelo seu pecado. E de joelhos, no duro cimento de um dos degraus de acesso ao altar. E que lá se pusesse a rezar, até ele chegar portando um cibório, o vaso em forma de cálice das partículas reservadas no sacrário, de onde retiraria a mais sagrada de todas, elevando-a bem em frente do seu rosto e, com a hóstia presa às pontas do polegar e do indicador, fizesse o sinal da cruz, para em seguida consagrá-la ao sacrifício, como um consolo na boca de uma criança na dentição.

O padre, porém, fez-se de desentendido. Para poder avaliar o grau do seu pecado e absolvê-lo, precisava que ela contasse tudo. Uma determinação que forçaria a sua encabulada confidente a lembrar as passagens do sonho que o teriam envolvido nos mágicos poderes da sedução, levando-o a ver Deus, por obra e graça dos sortilégios emanados da cabecinha sonhadora de uma jovem beata com a sensualidade à flor da pele.

— O final fez você também se sentir no paraíso, minha filha?

Não, o padre não poderia começar assim, já se achando o primeiro homem na vida de quem lhe procurava para confes-

224 Antônio Torres

sar saliências imaginárias. Se ele recorresse de cara a metáforas bíblicas poderia acabar sendo demasiadamente direto em um interrogatório que exigia sondagens mais sutis. No seu habitual tom dessexualizado, chegaria aonde pretendia ao puxar pacientemente o fio da meada:

— E aí... — (Continue, continue...)

A suave voz sacramental aos poucos haveria de fazê-la perder a vergonha de descrever em minúcias as ousadias sonhadas... Com ele. O padre!

— O senhor estava num campo muito florido, como se fosse o jardim do Éden, fascinado com tudo que acontecia ali: um beija-flor picando uma rosa vermelha, o voo de uma borboleta amarela que vinha na minha direção. No princípio, dei graças a Deus por ver que Adão (o senhor mesmo, padre) não estava nu. Foi só pensar isso para de repente um vento doido levantar a sua batina e eu, em vez de fechar os olhos, fiquei com eles bem abertos. Então vi que o senhor não usava roupa de baixo. Aí veio uma tentação dos diabos, aquele vento só podia ser o demônio no meio do redemunho. Para não ser levada pelos ares, fiquei de joelhos e me agarrei em suas santas pernas, padre, e então nos embolamos, e passamos a conjugar o verbo pecar em todos os tempos e modos, eu peco, tu pecas, ele peca. Nós dois pecamos feio, padre, ou bonito, sei lá, e isso até o vento parar, e eu acordar, toda suada. Imagine o meu alívio ao olhar para minhas partes pecaminosas e não ver uma única mancha de sangue. Nem lá, nem nas coxas, no lençol, na cama. Ai, que sorte tudo não ter passado de um sonho, eu pensei, soltando um longo

Querida cidade 225

bocejo de consolo, por ter, digo, não ter cometido esse pecado de verdade. Mesmo assim achei por bem vir lhe contar tudo, padre, implorando o seu perdão. Pelo amor de Deus.

A confissão de seus insolentes desejos levaria a jovenzinha pecadora a receber, junto com a hóstia, um sorriso de absolvição — para voltar a pecar, não mais em pensamento, e sim por ação. Perturbado com a calcinha molhada que ela, ao se levantar do confessionário, puxaria por debaixo da saia para lhe oferecer como prova do estado em que a recordação do sonho lhe deixara, aquele padre acabaria por descobrir onde as cobras dormiam.

Eis o resumo da versão do romance da freira misteriosa imaginado por ele, o Das Dores: no princípio, um sonho. Depois, o dramalhão impróprio para menores de 18 anos, como que copiado de *una película que usted jamás olvidará*, apresentada com orgulho pela Pelmex: *Con quién andan nuestras hijas?*

Talvez a freira soubesse.

Ele, porém, perdera a vez, quem sabe a única, de saber o nome dela, que — dizia-se —, quando perguntada, respondia apenas isto:

— Irmã.

E tratava de se desvencilhar depressa do perguntador, fazendo dele mais um curioso insatisfeito. No seu faz de conta de monja secular liberada de todos os votos, e tendo a curiosidade pública por clausura, de quem ela seria irmã mesmo? Da noite, do tempo e do vento, das estrelas, das ruas, praças, jardins, becos, marquises, sarjetas, terrenos baldios, enfim, da cidade, do mundo, de Deus? Ou apenas dele, o forasteiro das dores, a quem ela poderia confiar plenamente o segredo da sua identidade?

— Sim menino pode me chamar do mesmo nome daquela que nasceu na roça e tinha a ilusão de viver na cidade a tal de Dolores Sierra que acabou na beira de um cais fazendo companhia a quem lhe desse mais desde quando com frio e com sede sorriu para um homem e ganhou o seu primeiro trocado se me pagar uma Coca-Cola eu lhe conto a minha história que você só conhece de ouvir dizer e ainda lhe mostro os ângulos das ruas marcados nas palmas das mãos desta sua Irmã Dolores de Jesus mas não espere que eu lhe diga se a cigana que um dia leu a sua mão o enganou ou não e nem que eu saiba quem nasceu hoje quem morreu quem está dando quem faliu quem roubou quem matou quem ganhou a sorte grande quem caiu no conto do vigário que figurão ou figurona vai chegar no trem de luxo e se nele virá uma boa alma para o salvar se você me oferecer uma cuba-libre podemos depois andar por aí de braços dados eu dizendo quero que me chame de querida você respondendo quero que me chame de amor e assim a estrela-d'alva o Cruzeiro do Sul a Via Láctea todos os mundos incandescentes indo e vindo esta noite se abrirão num sorriso bonito de ver com os melhores votos de Boas Festas lembre-se de que dezembro começou hoje e faça uma ótima excelente maravilhosa viagem de regresso à casa dos seus pais isto não é o fim da picada até porque ninguém se perde no caminho de volta quando você chegar lá o mesmo alto-falante que oferecia às meninas um buquê de melodias

Querida cidade 227

tocará para você aquela que diz para que chorar o que passou lamentar perdidas ilusões se o ideal que sempre nos acalentou renascerá em outros corações agora pensando bem que graça teria a vida sem as ilusões vive-se mais com elas do que sem elas assim como se morre melhor abraçado à ilusão de ter sido muito amado além daquela outra a da salvação na eternidade amém então você se pergunta para que viver se até à morte tudo é uma ilusão nada além de uma ilusão calma rapaz não esqueça que você só tem 17 anos ora ainda terá todo o tempo deste mundo para... Para... Para... Para que mesmo? Para ser feliz, porra! Com ou sem... Desilusões.

Borandá!

Ao encontro... Do Destino.

Por que não? — lhe sopraria aos ouvidos a irmã ou noiva encardida de Jesus Cristo, caso fosse reencontrada, nos seus passos seguintes. Já que ela parecia ter uma alma de cigana, devia saber como rezam os fados. E o dele poderia estar vindo no trem das oito — ela acrescentaria de modo um tanto nebuloso, deixando-o a imaginá-lo cuidadosamente guardado no bolso interno do paletó de um caixeiro-viajante. Eia! Finalmente o seu protetor fujão iria dar um sinal de vida, ao lhe enviar umas bem traçadas linhas dentro de um envelope com três letras em destaque: P. E. O. Por especial obséquio de... E assim tudo o que ele, o Das Dores, havia desistido de esperar já se encontrava a caminho: nome e número da rua, do bairro, da cidade e do estado onde o remetente estava morando, dinheiro para a passagem, ou passagens, se fosse para muito longe, e para as despesas durante a viagem, de trem — Café com pão, bolacha não, piiiiii! — ou de avião. Zummmmmmmmmmmmmmmmm.

Também podia ser outra a surpresa na plataforma da estação: o desembarque sem aviso prévio da tia, que, ao abraçá-lo, lhe diria cheia de fé (nele) e orgulho (de si mesma):

— Vim te buscar.

Ó que mundo maravilhoso.

Sim, sim, não estava escrito nas estrelas que o impossível iria lhe acontecer tão de repente. Mas iria acontecer. Ao levantar a cabeça em busca de uma esperança que já lhe parecia vã, os seus olhos aflitos haveriam de divisar a imagem da própria felicidade, em pessoa: o rosto risonho de um inesperado ente querido — um primo distante, talvez em terceiro grau, mas famosão, célebre mesmo — a emergir das sombras do seu passado, e que, ao vê-lo comprimido no meio da multidão, ergueria um braço, chamando-o num tom acima do ruído ambiente, como se estivesse com medo de perdê-lo de vista:

— Ei! Ei! Espere aí! Não desapareça — lhe dizia a alvissareira voz do locutor de antigamente que costumava anunciar as novidades sonoras chegadas das terras civilizadas para embalar os sonhos nas noites tristes de um lugar esquecido nos confins do tempo, ao qual agora ele, o Das Dores, estava condenado a regressar, nem que fosse à paleta, torando léguas e léguas na sola dos sapatos, ou de pé no chão mesmo, se não aparecesse um vivente motorizado que o levasse.

Querida cidade 229

— Que coincidência! — A voz de quem o distinguira entre tantos rostos desconhecidos fora se tornando mais audível à medida que o dono dela se aproximava. — Acredite se quiser. Eu vinha pensando em você!

— Rapaz, que milagre é esse! — exultou o Das Dores, ansioso para saber logo o motivo de tal pensamento. Guardava boas e más lembranças — a última delas apavorante, até — do entusiasmado passageiro, cujas feições ele reconheceu ao primeiro olhar, assim que o viu saltar do trem. E chamando-o! Era o acontecimento mais inacreditável, desde o cair da tarde, quando levara um pé na bunda no emprego e passara a bestar no banco de uma praça, como um vagabundo, um vida-torta. O mais fantástico: este momento incrível não era um produto da sua imaginação. Jamais sonhara que poderia esperar a chegada de tal personagem de ar tão próspero, com pinta de magnata, e lordeza de deputado federal — terno azul-claro, camisa de tricoline branca, gravata discretamente listrada, lenço de seda vermelho no bolso superior do paletó, sapatos pretos espelhando de tão bem lustrados —, enfim, entonado da cabeça aos pés como mandava o figurino, o cavalheiro que chegava acenando efusivamente para o pobre-diabo que fazia horas se sentia invisível como um zumbi martirizado do tempo era o retrato perfeito de quem havia se dado bem, e sem fazer força, pois não demonstrava qualquer sinal de amarrotamento ou cansaço. Eis ali um seu ídolo juvenil, agora um protótipo da elegância citadina, figura digna de ser estampada de alto a baixo nas colunas dos Frank Scott da vida (mundana), ou de adentrar, impávido, os salões da *high society*, onde raparigas em flor o receberiam como a um príncipe encantado, descido dos céus dentro de um pavão misterioso. Só que o histórico sentimental do dito-cujo poderia escandalizar as mais recatadas delas, pelos mesmos motivos que deixaria as mais atrevidas de passarinha assanhada, pifaroto aceso, xereca a formigar, me segura senão eu vou dar um troço.

Aquele, sim, é que dava um romance. Educado em internato de padre jesuíta, do qual fugira em momento de fúria hormonal, desperdiçando — para desgosto da família — uma bolsa de estudos conseguida pelo pai à custa de muita puxação no saco de um cacique da política estadual, ao ver-se em liberdade passou a se comportar como um potro selvagem solto na buraqueira, sem peias nem rédeas, deitando, rolando e espojando-se não em pastos e capoeiras, mas em camas alheias, portões aos fundos das casas, atrás de moitas, em esconderijos à sombra dos quintais, sem distinção de namoradas, noivas ou senhoras casadas, às quais honrava com os encontros fortuitos mais ardentes de suas vidas, mas que, cedo ou tarde, acabavam por deixá-las desonradas aos olhos dos que eram capazes de ver através das paredes, tais quais solertes linces em forma de gente. Entre esses ardilosos detetives incluíam-se — presumivelmente — as beatas mais pudicas, que, por medo de uma futura condenação ao fogo do inferno, abaixavam os olhos ou viravam o rosto quando davam de cara com o mais cobiçado sedutor do povoado — te esconjuro, cabra da peste! —, embora tão estoica decisão as levasse a odiá-lo, como se fosse ele que as rejeitasse.

Os rapazes, que tentavam imitá-lo no modo galante de se dirigir às moças, mas sem o mesmo sucesso, diziam que

Querida cidade 231

estava no sangue. Ou seja: que o sangue daquele malandro atraía o vampirismo feminino, como as goiabas aos morcegos, a sopa às moscas. E desta atração nem a mulher do delegado da polícia havia escapado. E aí ele acabou indo longe demais: meter-se com uma chave de cadeia foi sua falha trágica. E era uma vez a doce vida de um Don Juan das candongas de sacristia, coro e torre de igreja, quintais, paióis, refúgios inimagináveis, que teve de dar no pé numa madrugada de terror em sua casa, com ordens do pai para sumir até onde não pudesse ser encontrado, e que não voltasse tão cedo. Ou, pelo menos, enquanto o delegado ali mandasse. E assim o lugar passou a ficar, por tempo indeterminado, sem o seu locutor, sonoplasta, cantor, orador, autor e intérprete da crônica da ave-maria no serviço de alto-falante, tocador do órgão no coro da igreja em domingo de missa cantada, violonista, sim, ele era o violão e a voz do lugar, e o organizador de uma pequena orquestra, promotor de bailes, de um programa de calouros, dos recitais de poesia nos dias da bandeira e da pátria, o arauto da chegada de Papai Noel àquelas lonjuras, quando pôs no ar uma música sobre esse pai imaginário do qual ninguém ali nunca tinha ouvido falar. Foi aí que o Natal deixou de ser uma festa singela para o menino Jesus, com toscas lapinhas enfeitadas de gravatá e jericó reproduzindo a gruta sagrada, e passou a ter presépios iluminados, cada um mais vistoso do que o outro, atraindo o povaréu às janelas, embasbacado com os efeitos da eletricidade que acendia tudo, a igreja, as quermesses, os olhos e os ouvidos das incrédulas almas diante daquele progresso jamais sonhado: "Anoiteceu/ O sino gemeu/ A gente ficou/ Feliz a rezar..."

Em resumo: o coração de festa daqueles ermos passara a ser apenas um fugitivo marcado para morrer. E condenado a matar o pai, que não demoraria a sofrer um violento enfarto, deixando uma viúva, duas órfãs e um varão que acabara de chegar a um longínquo esconderijo, num tal de Paraguai, onde começava a levar uma vida de artista, tocando e cantando boleros e guarânias, conforme escrevera à mãe, sem maiores esclarecimentos, por medida de segurança, ele esclarecia. Daí não lhe enviar um endereço para correspondência, mas apenas o número de uma caixa postal, por meio da qual esperava receber as notícias dela e de todos, mal sabendo que a primeira iria começar assim: "Meu filho, cumpro o doloroso dever de lhe informar que..." Meu Deus! O desgosto que lhe causei fez o velho bater as botas! Era o que agora o Das Dores imaginava que ele havia pensado ao ler a carta da mãe e cair em prantos, quem sabe a afogar o seu sentimento de culpa num pileque homérico, e a dedilhar num violão a música preferida do pai (*Dónde estás ahora, cuñataí?/ Que tu suave canto no llega a mí...*). Ironia do destino: receber a notícia de que nunca mais iria ouvir a voz dele justamente no país do lago azul de Ypacaraí, se é que ele se escondia mesmo nesse longínquo Paraguai, de onde uma carta levava muito tempo para chegar.

Agora ele estava ali, desembarcando de um trem de luxo, a passo firme, bem-posto e bem-apessoado, como os machos sempre o classificavam, quem sabe com medo de fazerem as vezes de fêmeas, se dissessem com todas as letras que ele era um homem bonito. (Bem-parecido também não comprometia

Querida cidade 233

a masculinidade de ninguém.) Mas sim, ali estava ele, agora o moço viajado e com certeza mais sabido, e sem nenhum sinal no rosto de haver sido apanhado por um capanga do delegado ou de qualquer namorado, noivo, marido — traídos. Santo forte, corpo fechado, graças aos despachos que sua mãe fazia nas encruzilhadas, depois de bater tambor nos terreiros de candomblé, às escondidas do povo católico, apostólico, romano? Ou isso, ou a bem-aventurança da sorte, sabe Deus.

Sim, o Das Dores estava morrendo de curiosidade para saber por onde ele havia andado esse tempo todo, e o que o trazia de volta, e se tinha notícias do delegado, se já havia voltado às suas bandas antes, e quais eram os seus planos agora, e se estava de visita ou retornando de vez, e se... Quer dizer, assunto era o que não ia faltar durante mil e um passos. Chegou a pensar em puxar de cara um cavaco assim:

— Até hoje nunca contei aquilo a ninguém.

Mas achou melhor deixar essa conversa para mais tarde, se ele tocasse no assunto, caso ainda se lembrasse do segredo que um dia lhe pedira para guardar. O mais importante agora era saber se ali estava mesmo um enviado do Destino, para lhe oferecer uma carona, ainda esta noite, ou amanhã cedo. Ou ao menos lhe dizer quem podia fazer isso, pois o imaginava em trânsito, de volta aos pagos de onde um dia fora obrigado a fugir como um ladrão — de mulher de um sargento armado do coturno ao quepe.

Segurando a mala com a mão direita, estendeu a esquerda para a única pessoa na cidade que por artes do acaso o aguardava:

— Que coincidência! — ele exclamou, com o entusiasmo do político que encontra um correligionário utilíssimo. Menino, você cresceu, hein? Também, faz mais de quatro anos que a gente não se vê, não é? Vamos andando. Venha comigo até o hotel, pois tenho uma coisa para lhe contar. E acho que você vai gostar de saber o que é.

Quem não acreditava no que estava vendo e ouvindo era o sofrido rapazola que dali a pouco poderia até se considerar o ex-Das Dores — recorda-se o homem por trás do parapeito envidraçado do 45º andar de um edifício submerso até o pescoço, ainda a imaginar uma caixa de fósforos, uma maleta de couro e um pneu de bicicleta boiando nas águas do tempo.

Agora ele revivia o desfecho daquela noite a lembrar-se da história do afogado que, enquanto agoniza, vê passar, nos segundos de vida que lhe restam, as imagens de tudo o que marcou a sua história. A primeira a lhe surgir naquele instante é a de um menino andando numa praça cheia de gente para lá e para cá, por ser dia de festa da igreja, até parar debaixo de uma árvore, quando vê um rapaz andando na sua direção, a passos trôpegos, que julga ser uma palhaçada para fazê-lo dar uma risada. Só que não se trata de uma brincadeira. O sujeito que se aproxima dele está mesmo é caindo de bêbado, como logo perceberá pela voz pastosa e o seu modo engrolado de falar:

— Você sabe que nós dois somos parentes, não sabe? E se somos parentes, somos amigos, não somos? E se somos amigos, posso confiar em você, não posso? Então você não vai dizer a ninguém que me viu nesse estado, não é verdade? E como tenho certeza de que você é mesmo meu amigo, nem preciso lhe pedir para guardar um segredo, certo?

Querida cidade 235

Com uma das mãos apoiada no tronco da árvore e a outra apertando o braço do menino, ele se curva e abaixa o tom da voz, num sinal de que temia os ouvidos da praça. A proximidade torna o seu bafo insuportável. O menino se recorda de outros odores, numa tarde — e isso não fazia muito tempo — em que ele se encontrava debruçado a uma janela do prédio escolar, com a cara mais triste do mundo por não ter dinheiro algum no bolso para pagar o ingresso ao baile que ia começar dali a pouco, num salão cheio de meninas bem cheirosinhas. De repente quem chega, carregando um violão para tocar na banda que ia fazer a meninada balançar o esqueleto? O seu lamentável confidente de agora, e que num dia mais feliz fez o papel do herói capaz de alegrar um menino triste, ao empurrá-lo porta adentro sem pagar a entrada, e, num gesto ainda mais surpreendente, o levou até uma das meninas mais bonitinhas do salão, a quem puxou levemente pela mão, dizendo: *Bela dama, aqui está o cavalheiro que vai ser o seu par.*

Sim, ele era um bom sujeito, feito para a alegria. Para o convívio. Um mestre na arte da conquista. E que agora parecia dizer que nem tudo era festa em sua vida. É tapar o nariz e aguentar firme, porque ele merece toda a minha consideração — o menino pensa, na fração de tempo em que o outro solta um suspiro ofegante, como se buscasse alento para a revelação do tal segredo anunciado.

— Estou encrencado, meu camarada — ele desabafa, assustando o seu pequeno ouvinte, ao definir a encrenca assim: — Uma intriga dos infernos.

Levou o dedo à boca.

— Shhhhhhhh.

Cochicha:

— Tem gente aqui querendo me matar. Não estou brincando.

O menino se assunta, sentindo-se ao lado de uma bomba prestes a explodir. O melhor a fazer seria achar uma maneira de cair fora antes de se tornar um alvo fácil das alças de mira já assestadas na direção daquela árvore, ele pensa. Mas como se desvencilhar de tamanho risco, ainda mais tendo o seu encrencado confidente a segurar-lhe o braço com força, enquanto passa a lhe implorar que o leve até a sua casa?

— É logo ali em frente. Basta atravessar a praça. Você está cansado de saber onde fica. E não vai me negar este favor, vai?

Era mais fácil chamar boi no arado do que arrastar aquele fardo, o menino se maldiz, ao começar a andar, servindo ao mesmo tempo de escora e escudo a um perigo ambulante, o transeunte de pisada torta que com sua voz pastosa volta a falar do pulo em cerca de arame farpado, repisando, no modo repetitivo dos bêbados, do fuxico que fizeram entre ele e a mulher de um homem com muito poder de fogo. Para a sorte do seu fiel, mas amedrontado escudeiro, ele emenda o espinhoso assunto em outro mais ameno, passando a mimá-lo com votos de sucesso no exame de admissão ao ginásio.

— Já está perto, não está? Saiba que estou rezando para você se sair bem, amigão.

Ao ser tratado assim, com um aumentativo de gente grande, o menino fica enternecido.

— Muito obrigado.

Ao que o outro responde:

Querida cidade 237

— Nas piores horas é que se descobre quem é amigo e quem não é. Portanto, sou eu que lhe agradeço pela coragem de estar aqui comigo. Nunca vou me esquecer disso.

Com um passo hoje, outro amanhã, eles acabam chegando ao ponto final da caminhada: uma casa cheia de vozes. Já menos trôpego, o bêbado se desgarra do seu acompanhante e se recosta na parede, ao lado da porta de entrada, outra vez levando o dedo indicador sobre os lábios, num pedido de silêncio. Imaginando as poucas e boas que o seu amigão iria ter de aguentar, o menino sussurra-lhe:

— Se cuide.

E trata de escapar daquela porta bem depressa, para não ser testemunha de uma cena familiar embaraçosa.

Vai-se.

A andar como um soldado — a passos lestos.

E a imaginar que a embriaguez levaria o seu amigão a desabar numa cama, para alhear-se da gravidade do dia, da qual só se daria conta ao acordar numa casa em alvoroço.

Não mais o veria. E dele pouco ou nada, quase nada, iria saber até aquela noite na estação, quando, numa fusão de imagens, a alquimia do tempo tornava admirável uma figura que um dia tivera um esboço constrangedor, mas que ainda assim merecera um olhar de comiseração — de um menino.

***

Agora, enquanto os dois seguiam para o hotel, animados pela surpresa daquele reencontro jamais imaginado por nenhum deles, o (ainda) Das Dores via-se a refazer, em sentido contrário, o primeiro caminho que palmilhara ao chegar à cidade, e isso já fazia quatro anos. Foi na noite em que a tia o levara à sua nova morada, e ele, a cada passo, se deslumbrava com tanta novidade: a altura das palmeiras imperiais, as luzes da estação do trem, do cinema e do prédio que juntava a Prefeitura, a Câmara de Vereadores, o Fórum e a agência local do Instituto Brasileiro de Geografia e Estatística, atrás do qual estava a praça onde ficava a casa em que vivera o seu melhor tempo ali, e de onde jamais quisera chegar perto desde o dia em que fora obrigado a deixá-la para sempre. Agora se perguntava que destino a sua tia teria dado às roupas do ex-marido, na hora de ir embora. Será que ela havia feito picadinho de tudo o que era calça, paletó, camisa, meia, cueca, lenço, gravata, sapato? Ele voltava a se recriminar por não haver feito um desvio do roteiro de bodegas que lhe deram no seu primeiro dia de vendedor-pracista, para acompanhar as providências da tia, na hora da sua partida. Seria por isso que ela não quis mais saber dele, nunca lhe enviando uma única linha, com uma notícia qualquer, boa ou ruim? Ou a velha que lhe alugava um quarto vinha escondendo as cartas que a filha lhe enviava? E que motivo a espectral criatura teria para fazer uma maldade dessas? Ora, ora, nem um, nem dois, mas três. As mesmíssimas dores do mundo que tanto acabrunhavam aquele leitorzinho de um tenebroso alemão chamado Arthur Schopenhauer, daí ele se imaginar ceifando as tais dores a machadadas na cabeça da pobre velha, como se assim pudesse dar um fim aos seus próprios anéis irreversíveis — a tristeza, a desgraça, a solidão

Querida cidade 239

—, recorda-se o homem a se mirar no espelho das águas por trás de um parapeito envidraçado, e dando uma pitada de refinamento às memórias de suas antigas leituras. Ó poetas dos mares salgados com as lágrimas dos navegantes, das alquimias de pretéritos, das quimeras e procelas, cá estou eu, à espreita de uma nau... Com um rumo! — ele pensa, enquanto ouve ao longe a voz que na longa noite do tempo o chamava para mais perto da vida real:

— Soube do seu tio.

Uma boa notícia, finalmente. Ou por outra: um começo de conversa que dava mesmo ao viajante admirável uma aura de enviado do Destino. Era uma sorte estar ali, naquela bendita hora, a caminhar ao seu lado, imaginando que a agonia da espera de um recado do tio que havia botado o pé no mundo sem olhar para trás estava chegando ao fim.

— Como vai ele? E onde está?

— Isso eu não sei lhe dizer. Tudo o que eu soube foi que ele sumiu daqui, deixando você na pior, a ponto de ter de parar de estudar. A novidade que vou lhe contar é outra. Já jantou?

Boa fala. Agora sim, a conversa ganhava um novo sabor. Há quanto tempo não sabia o que era jantar? Finalmente comer direito, feito um ser humano normal, e não apenas enganar as tripas com uma bolachona mata-fome, como vinha fazendo nas últimas trezentas e tantas noites. A bonança, porém, tinha um preço: entrar no hotel que um dia havia sido propriedade do tio fujão, tendo antes de passar na porta logo ao lado da sorveteria que lhe fora tão familiar, quando certamente seria incapaz de resistir à tentação de uma olhada

240   *Antônio Torres*

rápida para ver se avistava algum rosto de antigamente, e a se perguntar se os assuntos às mesas continuavam os mesmos: futebol, política e mulher, a glória de ser campeão do mundo, o deus-menino (e brasileiro!) chamado Pelé, o anjo de pernas tortas chamado Mané, as bravuras (e bravatas) das prospecções do petróleo ainda não jorrado, as duas polegadas a mais (ainda se falava disso, ainda, ainda!) que impediram a Miss Brasil de ser coroada Miss Universo, os prós e contras da construção da nova capital federal na solidão do planalto central do país, a vida alheia, o baile do próximo sábado. E se ali ainda se via o tempo se derreter, não só com lambidas num sorvete de goiaba, mas a goles da cuba-libre que fazia a rapaziada sonhar acordado com uma rumbeira de cinema numa festa movida também a bolero, mambo e chá-chá-chá, pouco ou nada se importando com a revolução de uns barbudos que àquelas horas estava acontecendo na ilha caribenha que dera nome a uma mistura embriagante de rum com Coca-Cola — *Y así pasan los dias/ Y yo desesperando… Hasta cuándo? Hasta cuándo?*

***

Sim, até quando o seu amigão ressurgido dos confins do tempo ia demorar a lhe dizer a que viera, e de onde, e aonde iria? Estaria ele ainda — ou novamente — à procura de um buraco em que pudesse se esconder? Para já bastava a promessa de uma carona no dia seguinte e pronto: aquela noite estaria salva. O outro, porém, não parecia se dar conta da atmosfera

Querida cidade 241

atormentada em que o seu anfitrião involuntário se danava. Deteve o passo, para inspirar o ar profundamente, e dizer que a cidade parecia borrifada por um cheirinho bom de laranja, e que isto devia acalmar os que chegavam. *Aqui ninguém deve ter insônia*, sentenciou.

Em seguida, como se quisesse mudar de assunto, olhou para o céu enluarado com o enlevo de quem se recordava do poder de sedução do locutor de antigamente, quando era capaz de fazer as amigas ouvintes pisarem nos astros distraídas, salpicando de estrelas as noites de um passado que, se o havia iludido, pouco importava. Podia até ser que naquele instante tivesse baixado nele a saudade dos bafios parnasianos de antigas tertúlias — *Amai para entendê-las/ Pois só quem ama pode ter ouvidos/ Capaz de ouvir e de entender estrelas*. Primores de um tempo em que a vida (a dele, com certeza) ainda andava em ritmo de valsa, toada, canção, fox: *Eu não quero e não peço/ Para o meu coração/ Nada além/ de uma linda ilusão*. Ele é que adentrava distraído uma cidade que já se movia em ritmo de rock and roll. A balada agora era outra: *Don't leave me now...* A exigir requebros elétricos e um pimpão brilhante.

Mas não foi preciso andar muito para o menestrel desterrado que enfim retornava a passo firme e ar triunfante parecer inseguro nas pernas. Agora, ao descer os olhos de um céu luminoso para a penumbra sobre os paralelepípedos debaixo dos seus sapatos, dava a impressão de haver se assustado com a própria sombra, passando a olhar de um lado para o outro, e para trás e para a frente, a lembrar uma caça arisca que de longe sente o cheiro do caçador. Mal chegara a um lugar em que não deixara nenhum passado que o condenasse, já se via prestes a um acerto de contas? Teria ele, ao olhar para a lua, se lembrado da musa inspiradora do seu destino errante? Era o que se perguntava o agora cismado cicerone daquele que de repente poderia estar no alvo de uma bala vingativa, como num domingo, há mais de quatro anos, quando eles dois presumiam estar no foco da alça de mira de um marido que se achava traído — um delegado de polícia, ainda por cima —, quem sabe agora atocaiado por ali. Bang-bang.

Naquele exatíssimo momento um jipe estacionou na porta do hotel, clareando a rua. O motorista piscou os faróis três vezes na direção do cavaleiro chegante, algo combinado para o reconhecimento de um ao outro numa cidade estranha para ambos. A partir dali a repentina inquietação de antes (para o primo desinformado da combinação desse código) iria desanuviar.

— Chegou o que eu procurava — disse ele, batendo no ombro do outro, e de novo com um sorriso triunfante. — Quer ir ver os parentes, na nossa terra? Vou pra lá amanhã, bem cedo.

Então se fez a divina luz: o tal objeto ou animal com asas que o rapazola Das Dores imaginava com o poder sobrenatural de tirá-lo da enrascada em que se encontrava, por arte da sorte, ali se desencantara em forma de transporte rodoviário. Agora ele podia dizer que Deus, os anjos da guarda, os santos protetores, o destino e os acasos existem. E se tudo isso existe, o impossível pode acontecer.

Querida cidade 243

O melhor ainda estava por vir. Naquela mesma noite o já não tão Das Dores iria ter mais do que um motivo para voltar a se sentir um rapaz de sorte. Foi quando o impossível de fato aconteceu, como se toda a bonança que houvesse no mundo acabasse de cair em seu colo, atirada da roda da fortuna. Lá pelas tantas, já a refestelar-se naquilo que para ele era um lauto banquete — há quanto tempo não sentia o cheiro de um bife acebolado, hein? —, eis que o seu patrocinador de ingressos para os bailes infantojuvenis de antigamente, e que já dava como desaparecido para todo o sempre, amém, ao reaparecer, não das águas do lago azul de Ypacaraí, a cantar lindas melodias em guarani, mas na plataforma de uma estação de trem muito longe do Paraguai, trazia na bagagem uma nova história, merecedora de comemoração, e para já, ali à mesa do restaurante do hotel: ele, o amigão proscrito, acabava de dar a volta por cima, pois fora nomeado o administrador da construção de uma nova estrada, que iria pôr no mapa do país o lugar onde os dois haviam nascido, graças às rebarbas do progresso que chegava com as prospecções de petróleo na região. O seu novo status o levava a ter de passar a morar naquela cidade, que era um meio de caminho entre a sede do Departamento Estadual de Estradas de Rodagem e a área em que as obras iriam ser iniciadas.

— E você?

— Eu, o quê?

— Como se aguentou por aqui neste ano sem...?

Não precisou escutar o resto da frase para entender o que ele queria dizer. O que acabava de ouvir era uma definição perfeita para aquela temporada no purgatório: o seu *Ano-Sem*.

244   *Antônio Torres*

Um zero à esquerda, no mais popular dos símbolos aritméticos, que por sua vez redundava na mais rude expressão do fracasso humano. Zero ao quadrado, zero ao cubo, abaixo de zero. Classificação que o deixava numa situação esconsa, desconfortável, até mesmo impatriótica perante toda uma nação que ainda estava sob os holofotes do *Ano-Com*: com a glória (salve, salve!) da idolatrada inscrição do nome do país numa placa de ouro colada na taça Jules Rimet, esculpida sob as asas de Nice, a deusa grega da Vitória, cuja efígie a exibia de braços erguidos, concitando todo o povo brasileiro a levantar a crista, galhardamente, pois agora tinha o seu nome escrito no panteão da história: *Avante, camaradas, ao tremular do nosso pendão... Que em todos nós a pátria confia* etc. Desde a tarde de 29 de junho daquele ano de 1958, uma cidade de 50 mil habitantes de repente se transformara em 50 milhões de campeões do mundo, a marchar entre *louros e bênçãos*. E ele ali, de bola murcha, a lembrar que não teve com quem comemorar o fim da peleja, selada com o segundo gol de Pelé, aos 44 minutos do segundo tempo: Brasil 5, Suécia 2. Cinco meses depois, não era a voz do rádio, retransmitida pelo serviço de alto-falante, o que ele ouvia num solitário banco de praça, mas um pensamento do primo triunfador que falava pelas ondas médias e curtas da sua própria consciência: *Como pode alguém estar sem nada no país que está com tudo, hein, hein, hein?*

Bota Das Dores nisso.

Desconsoladamente, antes de lhe fazer um resumo da sua vida naquele ano, chegou à conclusão de que tudo que lhe restava dele era a lembrança do dito popular segundo o

Querida cidade
245

qual miséria pouca é bobagem. — Quer saber mesmo? Este 1958 é para ser riscado do meu caderno — ele assim resumiu para o primo de ar vitorioso o seu ano entre as pedaladas do vendedor-pracista e o quarto de uma velha mal-assombrada.

— Mas já estamos perto da esquina de 1959. Portanto, chegando à hora de pensar em virar a página.

— Agora só estou pensando é na volta ao cabo de uma enxada. E levado por você, amigão, que chegou na hora certa.

— Nada disso. Vou levar você para passar o Natal com os seus pais e os seus irmãos. E umas férias bestando pelo mato, o que não faz mal a ninguém. Quando estiver perto do início das aulas, você pode vir morar com a gente, se quiser. Para voltar a estudar, claro.

Então havia um plano, no qual o Das Dores estava dentro, assim, tão de repente? Sim. O primo iria assentar praça ali trazendo a mãe e as duas irmãs, que estudavam numa cidade menor e mais acanhada do que aquela. *E em casa em que cabem quatro, cabe mais um.*

A surpresa foi tamanha que por pouco o Das Dores não se engasgou com um naco que acabara de levar à boca. Tudo lhe parecia bom demais para ser verdade. Quem diria que aquele ano, quer dizer, aquele osso duro de roer, acabaria em filé-mignon? Fora alimentado na infância pela crença do pai de que a alegria vem da barriga. De tripa forra e alma lavada, recordou-se do verso patriótico que louvava as promessas divinas da esperança. Agora era dar adeus às suas dores e, na manhã seguinte, assim que o sol raiasse, e do posto de gasolina à saída da cidade, que ficava perto de onde ele morava, partir para um feliz ano novo.

246 Antônio Torres

Já na calçada do hotel, pegando o rumo da praça em que passara a tarde e a boca da noite a filosofar com o alemão Arthur Schopenhauer — como se ali tivesse desembarcado de um óvni —, ouviu uma voz feminina a dizer qualquer coisa e demorou um pouco para atinar que era ele que estava sendo chamado. Metido em seus pensamentos, a degustar o fecho de ouro do seu dia, apressava o passo louco por uma chuveirada sobre sua encardida carcaça, antes de qualquer outra providência, como o pagamento do aluguel do quarto e a arrumação da trouxa com os seus parcos pertences, para picar a mula assim que acordasse, se é que iria conseguir pegar no sono em noite tão surpreendente, a pedir uma esticada ao trepidante território das coutadas.

Primeiro, foi um psiu, depois, um olá, que pareciam lançados a esmo para um passante qualquer no outro lado da rua. Não lhes deu a menor importância.

— Ei, ei, ei! — insistiu a voz às suas costas, que assim, monossilábica, não se fez identificável em toda a sua antiga melodia, nem a quem era direcionada, e com uma veemência rara para uma mulher, àquela hora, e naquela cidade de noites tão silenciosas que dava para se ouvir um cão uivando no outro lado do universo.

Ele parou, virou-se para trás e se viu incandescido por um belo par de olhos — os daquela que os meninos do ginásio ansiavam em ter em seus braços, numa pista de dança, no escurinho do cinema, à sombra das árvores no jardim da praça em noite de seresteiro luar, no lusco-fusco de um abajur lilás entre quatro paredes. Era ela a linda imagem de mulher que os seduzia até em sonhos, ressurgindo-lhes, como prêmio de

Querida cidade 247

consolação, em ambiente propício às homenagens secretas que lhe prestavam com um frenesi de mãos, tremelicar de pernas, peito arfante, o corpo todo em êxtase, a alma em festa.

Palmas para a musa inspiradora de desejos, suspiros, deleites, paixões inconfessáveis. *Salerosa* professora de canto orfeônico, *tú me acostumbraste a todas esas cosas,/ y tú me enseñaste,/ que son maravillosas*, desde o dia em que reinaste no salão nobre do ginásio em sarau declamante e cantante, para encantar os corações juvenis que voltariam para as suas casas pensando em ti, pensando *en la noche que me quieras*, embebida em perfume de gardênias, ai, meu bem, amor, amor, amor, por ti serei capaz de todas as loucuras.

E ali estava ela, loura como sempre foi, quem sabe até mais oxigenada do que antes, em seu momento estrela de Hollywood, a lembrar uma Miss Marilyn saída do filme *Nunca fui santa* para lhe dizer *I love you*. Agora, sim, acontecia o *happy ending* jamais imaginado. E com ele o adeus à sua condição de mais invisível transeunte daquele dia, daquele ano, daquela cidade, quem diria.

Do zero ao infinito, ele pensou, achando que se tudo não fosse mais um dos sonhos que costumava ter acordado, só poderia atribuir o que acabava de ver a uma conjuminância dos astros, para fazê-lo entrar em órbita tal o satélite artificial chamado Sputnik, que no ano passado fizera a Terra dar asas à imaginação, passando a vislumbrar um caminho pelo espaço sideral com escala na lânguida lua nua, para a mais inacreditável, a mais esplendorosa, a mais memorável serenata de todos os tempos, e de lá seguir para dançar uma rumba em Marte, um chá-chá-chá em Mercúrio, um bolero

248 Antônio Torres

em Vênus, um samba em Netuno, um rock em Júpiter, e, triunfalmente, uma valsa em Urano, onde se desfaz esta sua transmutação em pássaro *supraplanetário*, por interceptação de uma voz terráquea que o chama às falas:

— Que pressa é essa, rapaz? Está vendo assombração?

Era agora que a noite se engalanava, toda vestida de luz, *hermosa de plenilúlio*, digna de uma letra de guarânia em homenagem a uma beldade envolta na leveza de um vestido de crepe, a realçar o suave frescor de um decote insinuante — *tomara que caia* —, tudo a deixar a sensualidade à flor de uma pele que recendia a uma inebriante fragrância de Colônia. Se ela começasse a entoar um buquê de melodias, o tal do seu ex-aluno acabaria por cair-lhe aos pés, fulminado pelo poder de sedução da sua voz. O efeito daqueles ares de quem acabava de sair do banho foi-lhe deslustroso: incrustado dos vestígios de um dia extenuante, parte dele esfalfado às pedaladas, e metido numa roupa há muito pedindo para virar pano de chão, pela segunda vez naquela noite ele temia ser olhado de cima a baixo, e de ser abraçado e cheirado.

A primeira havia sido ainda há pouco, na estação do trem, quando o primo distante, do alto de sua fina estampa, o tirara do anonimato, nada comentando, porém, sobre os seus trajes surrados, vai ver por piedade. Agora, imaginava a cheirosa que acabava de interceptar o seu caminho a tapar o nariz, antes de convidá-lo a banhar-se naquele hotel onde ela morava, correndo o risco de se tornar malfalada, para o que em muito contribuía o seu perfil de moça solteira vinda ninguém sabe de onde para ali se haver como dona do seu

Querida cidade 249

próprio nariz, embora bem-afamada professora — e de mais de uma disciplina —, que as despeitadas chamavam de Miss Dó-ré-mi.

Maldade antiga.

Já nada sabia do que mais diziam dela, se tinha namorado, ou noivo, ou um caso, ou vários, enfim, se era uma dadeira sem o futuro nupcial do véu e da grinalda ou uma invicta filha de Eva, hipótese que certamente estaria sujeita a controvérsias.

De certo, porém, era que ele não a via desde o final das aulas, no ano passado, quando a sua vida de estudante foi interrompida, e ele passou a se sentir como o soldado desengajado que perdera não só o contato, mas, o que era pior, a confiança da tropa. Daí a sua surpresa pelo chamado que vinha do fundo do seu melhor tempo naquela cidade. Até porque fora do ambiente escolar a mestra cantante não costumava dar trela para os alunos, mal lhes dirigindo um aceno protocolar, quando um deles cruzava em seu destino.

O que significava aquilo, então? O começo de um conto de fadas? Não iria ter de esperar muito para saber se se tratava de um engano. Ela poderia tê-lo confundido com outro, um mais popular, que podia ser escolhido a dedo entre os ases dos bailes de sábado à noite, nos quais reluziam, sempre nos trinques, dos pés lustrados à cabeça brilhantinada, com direito a retrato na coluna social. A andrajosa realidade de seus trajes — camisa do uniforme do ginásio, com dois suados anos de uso, calças excessivamente curtas e demasiadamente apertadas, sapatos em petição de miséria — haveria de pôr tudo a limpo. Fosse lá o que fosse que a levava a chamá-lo, iria pagar para ver. Até porque não eram muitos os passos a refazer, como percebeu assim que se pôs a andar na direção dela, para vir a ser contemplado com uma saudação que lhe soou desconcertante:

— Olá! Você por aqui? Está de volta?

Só rindo. Para não chorar.

Será que ainda precisava fazer um último ajuste de contas sociais para zerar o seu *Ano-Sem*? Mas ora, finalmente havia sido visto, e por quem jamais esperava. Agora já não se sentia uma vaga figura a ser evitada, como um vadio de praça ou de esquina. Um pedinte. Forte motivo para segurar a resposta que lhe chegava à ponta da língua, queimando-a como um raio: "Não estou de volta porque não parti. Só não me viu aqui, durante todo esse ano, quem não quis. A senhora, por exemplo…"

Achou por bem não se mostrar magoado, ainda que viesse a dar ao tratamento de senhora o tom formal do aluno diante da professora, sem o laivo de um deboche pleno de ressentimento. Não, desse veneno ele não mais beberia nesta noite, agora iluminada por um par de olhos verdes, profundos, radiantes como os astros que bailavam no infinito em louvor à vida e seus maravilhosos acasos, viessem eles de trem, de disco voador ou a pé, em insinuante requebro por uma calçada deserta de uma cidade àquela hora aboletada no cinema, a sua maior diversão, se não fosse a única.

Não era esta a noite de mais uma reprise de *Música e lágrimas*, na tradução que por si só fazia do filme *The Glenn Miller*

Story um campeão de bilheteria? Era uma vez um trombonista e maestro genial que passou a reger uma banda militar criada para elevar o moral das tropas dos Aliados na Segunda Guerra Mundial, fadando-se à lenda heroica ao desaparecer numa travessia aérea sobre o canal da Mancha, na rota Londres – Paris. Será que a bela professora de canto orfeônico se encantara tanto com o conjunto da obra — trilha sonora, enredo, atuações — a ponto de querer voltar ao cinema, quem sabe pela terceira ou décima vez, e ali estava à espera de alguém que lhe fizesse companhia, mas um cavalheiro que cuidasse dela como de uma irmã, sem avanços e atrevimentos, para não lhe manchar a reputação? E por que logo ele? Porque não era o leão da noite, temor e desejo das moças. Logo, não representava perigo. Será que ela o via assim, um inofensivo a lhe inspirar confiança? Vai ver era isso. E ele querendo ser aquele pedaço de calçada em que ela pisava.

Queria mais: tomá-la nos braços, ainda que por um segundo. Bastou a beldade — palavra tornada moda pela "mais influente coluna social do interior" — estender-lhe a mão displicentemente para ele ver o seu castelo de cartas desaparecer, como o voo lendário de Glenn Miller. Não, não seria ali que sua noite atingiria os píncaros da glória. Quem mandou ser ainda um imberbe, com marcas de espinhas não de todo cicatrizadas? Era, outra vez, a voz do Das Dores que ele ouvia, sobrepondo-se à dela, que vinha de cima para baixo — de professora para aluno —, recordando as boas notas que lhe dera, e coisas assim:

— Achava que você tinha ido embora. E para longe. Lá para onde quer que seu tio tenha se mandado.

E o que veio a seguir ainda não foi o pior, mas lhe soou esquisito. Um segredo. Que ela havia guardado a sete chaves, bem no fundo do seu coração. Oba! Falar em coração é dizer amor.

Mas que nada.

Não passava (apenas) de uma recordação. Constrangedora. Um pedido do tio para ela olhar com carinho o desempenho dele no exame de admissão, lá se iam quatro anos, o mesmo tempo dela na cidade, e naquele hotel, que na época pertencia ao tal do seu tio, daí a aproximação que os dois tiveram. Você era um menino estudioso, esforçado, ele me disse, mas que vinha de uma escola da roça, logo, estava em desvantagem em relação aos concorrentes da cidade. Que cara é essa, rapaz? Calma aí. Ouça o resto da história. Você não precisou de uma mãozinha amiga para ser empurrado para dentro do ginásio, porque se saiu muito bem e pronto.

Sim, pronto: agora ele iria se remoer na dúvida se a nota dez que recebera na prova de português examinada pela também professora de canto orfeônico teria sido por merecimento ou favoritismo. De certo mesmo só que aquela era uma conversa para se passar uma borracha. E nada de palavras de amor, uma só que fosse, nem, ainda que distraidamente, o mais leve toque num braço, um quase inocente alisar de mão em sua mão, qualquer incentivo em forma de meiguice que o deixasse todo arrepiado.

Do fundo da sua timidez crônica diante de uma moça, principalmente se bonita, ele buscou palavras que ajudassem a lhe causar uma boa impressão. Mas ali, frente a frente com uma boca que lembrava o beijo que ainda não havia

Querida cidade

saboreado, parecia ter perdido a fala, tão perturbado se encontrava. Faltou-lhe coragem para sussurrar aos ouvidos da bela professora o que verdadeiramente sentira ao vê-la, tão inesperadamente: *Sutil llegaste a mi como una tentación/ llenando de ansiedad mi corazón*. Ele, porém, o seu mofino coração, em vez de lhe dar uma força, o transformando, num passe de mágica, num conquistador tão audaz quanto o do pavão misterioso, o aconselhou a mudar de ideia: *Essa aí não é para o seu bico*. Cruel suspeita que não demoraria a ser confirmada pela própria, ao querer saber quem era o elegante cavalheiro — *tão lorde* — que acabava de chegar, *e que parece ser seu amigo*.

Eis afinal de quem, entre os dois primos, a Santa Luxúria era a padroeira. Nocauteado como um pirralho que tivesse desafiado um peso-galo, ainda assim ele esteve a ponto de responder à pergunta traiçoeira com um misto de lealdade e gratidão, virtudes que um dia poderiam lhe franquear a porta do céu: *Para mim, ele só não é a reencarnação de Nosso Senhor Jesus Cristo porque não precisou morrer na cruz para vir me salvar*. Mas, prudentemente, limitou-se a lhe informar sobre o parentesco dos dois.

E bastou falar no diabo para o próprio, em pessoa, dar o ar da sua graça na porta do hotel, como se estivesse a anunciar a presença do mais novo leão da noite na cidade. Bastou um sinal para que ele se acercasse, ainda que, sinceramente, naquele momento não quisesse vê-lo nem pelas costas.

— Primo, esta é a minha ex-professora de português e canto orfeônico — disse o ex-aluno da Miss Dó-ré-mi com um sorriso encabulado.

O dito primo retrucou:

— Por que ex? Não lhe contou a novidade?

E para ela:

— Ou você não está mais ensinando no ginásio?

Foi aí que a pressa que o Das Dores havia deixado de lado voltou toda para lhe salvar daquela situação embaraçosa, a trazer para a mesma calçada o Senhor Ciúme de mãos dadas com a Senhora Inveja. Tudo o que lhe restava fazer era bater em retirada, para ir logo arrumar a sua trouxa, deixando para trás o lero que os dois iam levar, assim como os restos de suas velhas dores... de cotovelo. No lugar delas viriam outras, com certeza. Pelo visto, gravitar na órbita daquele primo, no ano seguinte, poderia lhe trazer a incômoda notoriedade de pombo-correio sentimental a serviço de Cupido. Num ponto, porém, tinha de se dar por satisfeito: a professora cheirosa não havia olhado para ele de cima a baixo, com os olhos do bedel à porta do ginásio, cuja função era a de barrar os alunos com uniformes desalinhados, na bem-educada definição dos malvestidos. E se o seu desalinhamento, num sentido mais geral, o havia levado a cair da bicicleta de vendedor-pracista, a cidade, porém, iria lhe dar uma segunda chance de trafegar por suas ruas a passo firme, pois a ela iria voltar.

De roupa nova.

Em algum buraco deste imenso país teria de haver uma mãe que ainda devia ter crédito numa loja de tecidos. Não era para o colo dela que ele estava voltando?

***

Querida cidade 255

Diante da paisagem jamais contemplada por olhos mortais desde os tempos de Noé — ondas do Destino bramindo na maré da História em águas que engastam e expandem a sua glória até os confins do universo, e, mais assombroso ainda: a volumar monstruosamente as estrias que o tempo sulcara em seu rosto —, ao senhor cercado de vidro naquela desconfortável fronteira onde passou a viver entre o que já foi e o que será restaria sonhar com um passe de mágica que o levasse a se mover com a mesma desenvoltura do rapazinho que acabara encontrando um final feliz para o primeiro tempo na sua primeira cidade.

Assim o recorda: no estado de graça de quem tira os pés da beira do abismo para situar-se a um passo do Éden. E lá ia ele — o rapazola —, a dobrar uma esquina como se acabasse de passar pelas sete chagas do apocalipse, para chegar a uma praça iluminada sem o peso das dores do mundo que o consumiram naquele que prometia ser o mais desolado dos seus dias.

Então, em velocidade de lambreta, ele esmaga um paralelepípedo depois do outro, a exercitar mentalmente a pronúncia, sílaba por sílaba, dessa palavra tão escalafobética, *pa-ra-le-le-pí-pe-do*, capaz de zunir como a mais contundente das pedradas. Imaginou-a jogada a esmo — a palavra — para espantar as almas penadas que ainda deviam povoar as noites de sua casa paterna. E ouviu ao longe o ranger das ossadas dos atormentados (e atormentadores) zumbis, desabalados em fuga para as sinistras trevas de onde provieram, tal seria o poder assombroso do estrambótico palavreado com o qual seriam enfrentados por um ousado rapaz regressado de uma cidade onde só se viam fantasmas na tela do cinema.

E assim ia o serelepe ex-Das Dores debaixo do céu mais risonho que seus olhos já haviam visto: os pés nos paralelepípedos, a mente a vadiar. Quem sabe a irmã que o chamava de menino de sorte não estava certa? Iria dizer isso a ela, tão logo a reencontrasse, mesmo que ainda devesse deixar essa sorte por menos. Por enquanto, porém, não poderia evitar o encantamento com o interlúdio planetário das estrelas, prenúncio de um fenômeno tão esplendoroso que nem o seu professor fascinado por tudo que dizia respeito ao espaço sideral seria capaz de explicar o que o causara. Ao retornar às suas aulas, contar-lhe-ia o que vira a olho nu, para dele ouvir apenas nebulosas conjecturas, como a de que a realidade pavimenta o caminho de quem sonha, assim como os sonhos podem ser apenas imagens inspiradas pelos sentimentos, deixando-o a se sentir na parnasiana companhia de um poeta que se dizia capaz de ouvir estrelas, e a cruzar com outro, bem mais antigo, que lhe perguntava: *O que é a vida?* E ele mesmo, o vate d'antanho, responderia: *Uma ilusão, uma sombra, uma ficção; o maior bem é tristonho, porque toda a vida é sonho, e o sonho, sonhos são.*

Preocupado em não perder a hora de estar no posto de gasolina de uma das saídas da cidade na manhã seguinte, antes do nascer do sol ele já estaria a se aviar para a viagem, começando por abrir a pequena janela do acanhado quarto, que não mais iria chamar de seu, em busca das promessas de luz que o novo dia estivesse a anunciar. Ainda de cara não lavada, de tripa não forrada, de bexiga não aliviada, de roupa

Querida cidade 257

condigna não vestida, iria se sentir convidado por Deus para uma festa no céu, tornado cenário de um espetáculo que nem todos os estúdios de Hollywood juntos seriam capazes de produzir. Pouco importaria se ele não soubesse do que se tratava. Quem sabe tenha sido o enfileiramento de cinco planetas, Júpiter em Virgem, Marte em Escorpião, Saturno em Sagitário, Vênus a passar de Sagitário, Mercúrio em Capricórnio, e a Lua junto a Saturno? Os raios, as faixas luminosas e os véus brilhantes o fariam pensar que aquele era o dia da aurora de um novo tempo. Nem mesmo o mais sonhador dos mortais teria imaginado o cenário que levaria um par de olhos juvenis a se ver a devassar a alma do cosmo, para adentrar os confins do universo, muito além do ar grosseiro do mundo. Veria nessa encenação cósmica um sinal divino de que aquela seria a hora perfeita para voltar para casa.

Oi, pessoal, tudo bem?

Não, não seria um pa-ra-le-le-pí-pe-do o que levaria para a sua maninha mais lembrada, e com certeza àquela altura a sonhar com uma melhor sorte para si mesma. Seu presente para ela teria que ser uma palavra prometedora de um belo destino, e que lhe viera à mente com a aurora daquele dia: rosicler. E quando ela lhe perguntasse o que era isso, ele responderia:

— É a cor de seus sonhos.

— E como é essa cor?

— Rosa e açucena.

— E como é a açucena?

Ela haveria de rir, se lhe dissesse que assim de ver, com os seus próprios olhos, nunca tinha visto tal flor. Mas se encantara com o seu nome desde a primeira vez que ouvira falar dele. Foi num poema que descrevia uma pracinha numa noite quieta, no qual uns meninos perguntavam ao poeta: *Que tens em tuas mãos de primavera?* E ele, o poeta, respondia: *Uma rosa de sangue e uma açucena.*

— Então, seu cachorro, depois desses anos todos sem mandar notícias, deixando a gente aqui sofrendo o diabo sem saber o que estava lhe acontecendo, você aparece feito uma assombração, falando de uma flor ensanguentada junto com outra que nunca viu? Queria saber mesmo é se é verdade que lá onde você estava as meninas raspam as pernas e os sovacos, pintam os lábios e as unhas, usam saias acima dos joelhos e blusas decotadas, aparam as sobrancelhas, fazem o que querem com os cabelos, podendo até deixar o pescoço de fora. Imagine uma coisa dessas aqui. Ia ser um deus nos acuda.

Que pouca-vergonha!

Ao tomar a frente dos demais que se aboletavam em torno do crepitar de brasas sob panelas fumegantes, a sua mana mais afoita haveria de imprensá-lo contra a parede de uma cozinha na qual a luz bruxuleante de um candeeiro projetava fantasmagóricas sombras que lhe cobravam readaptação imediata ao ambiente do qual se originara, e em que toda noite se travavam muitas pelejas contra o medo. E só havia uma escaramuça para afugentá-lo. A conversa. Muita prosa. Ainda que cheia das mais arrepiantes histórias.

— Eta vida boa a da cidade, não é? Luz elétrica, água encanada, gente bonita, cheirosa, sempre de banho tomado,

Querida cidade 259

moda, passeios, cinema, baile, carnaval, noites iluminadas, namoro. Amor. Sim, menino, me conte tudo, sem esconder nada: o que foi mesmo que você viu, viveu e aprendeu que nós aqui nem sonhamos viver e aprender, hein?

— A primeira coisa que tenho a lhe contar é que fui morar numa cidade e não no paraíso. E que lá os paralelepípedos que calçam as ruas machucam os pés tanto quanto os tocos dos caminhos de roça e os espinhos das mais belas roseiras.

— Pa-ra-le-o-quê?

Seus pés, de fato, doíam, de tantas paralelepipédicas pisadas. Agora, prestes a cumprir uma jornada machucadora, já não lhe importava quão contundido se encontrava. Amanhã as lojas já estarão a exibir nas suas vitrinas os mesmos enfeites do Natal do ano passado e os mesmos cartazetes com os melhores votos de boas festas e próspero ano novo para a sua distinta freguesia. Ao que ele ajuntaria:

— E bons sonhos.

Eis aí o que desejava ao seu ex-patrão fabricante de cachaça e licores de altos e baixos teores alcoólicos, benemérito de católicos, espíritas, maçônicos, umbandistas, crentes e, quem sabe, também, ainda que por baixo dos panos, dos comunistas, *cruz-credo*! Assim como ao seu menino rico e aos pobres bodegueiros que a ele, o magnata embriagador da cidade, empenhavam até as suas almas. Muitos bons sonhos para as meninas de azul e branco — até mesmo aquela que lhe dera um fora —, que, na volta às aulas, iriam ouvir, por todas as bocas do serviço de alto-falantes, alguém lhes oferecer, com

260 *Antônio Torres*

muito amor e carinho, "uma bela página do nosso cancioneiro popular". Para os rapazes que jamais abdicariam do ritual diante de um espelho, no mais aplicado de seus exercícios diários, com uma mão num pente e a outra num potinho da afamada brilhantina Glostora: o do untuoso esforço para imitar, à perfeição, o topete de Elvis *Don't leave me now* Presley, e já a sonhar com o próximo baile das debutantes. Sem se esquecer de incluir nesse pacote de bons augúrios natalinos o intrépido colunista social que promovia o tal baile; a desconsolada dama de preto — cujo traje monástico àquela altura já não simbolizava mais o de noiva, mas de viúva de Cristo; o tio fujão e a tia abandonada onde quer que estivessem; a musa abolerada (*Aquellos ojos verdes...*), inspiradora dos prazeres solitários juvenis; o audaz cavaleiro torna-viagem — o seu fabuloso primo recém-chegado. Por fim, mas não por último: para quem mais precisasse ter um sonho bom.

Nesse até logo para a cidade, ele, o ex-Das Dores, não poderia esquecer os seus votos de luzes verdes e sonhos dourados para outra dama de triste figura, esta sim, uma *mater dolorosa* digna de ser canonizada Santa Maria de Todos os Martírios, em justíssima consagração à mais desgarrada das filhas de Eva expulsas do Livro do Gênesis, e que melhor destino teria se, de forma abrupta e brutal, mas misericordiosa, viesse a ser abatida a machadadas, para, sem mais delongas ou protelações, libertar sua alma do inferno em que vivia aqui na Terra, e assim — finalmente! — fazê-la bater asas pelo infinito, até o reino de Deus, onde seria recebida por um coro de anjos a entoar loas — *glória, glória, aleluia* — com-

Querida cidade 261

pensadoras de todos os seus padecimentos experimentados em seu destino para lá de cruel.

Mas sim. Agora ele passava a pensar nela de modo compassivo, como se buscasse uma remissão para a própria crueldade de se imaginar capaz de livrá-la de sua lúgubre existência a golpes de machado, e ainda por cima a se autoglorificar pelo bem que lhe faria ao cometer esse crime hediondo. Mas não lhe haviam ensinado, desde que passou a se entender por gente, que só a vida fora do mundo (Deus, o Paraíso, o Juízo Final) é que era verdadeira?

Agora que se aproximava do derradeiro ajuste financeiro de um quarto no qual não havia espaço bastante para guardar, em meio a parcos pertences, todos os seus pecados, dores, sonhos, pesadelos, o já quase ex-inquilino da antes tenebrosa criatura começava a ensaiar uma despedida que expressasse um mínimo de gratidão pela guarida recebida no mais tortuoso dos seus anos até ali, e a preço irrisório, o que acabava por ser menos mal do que não haver tido teto algum. Em outras palavras: não fosse isso, ele teria ficado ao deus-dará. Na sarjeta.

Portanto, que a sua malfadada senhoria venha a sonhar com uma bela viagem de ida ou de volta para algum lugar a que tenha desejado ir ou voltar, seja aquém ou muito além do arco-íris, no esplêndido azul do espaço sideral, onde nem o céu seja o limite. E aonde esta noite ele a levaria, não montada na garupa do cabo da vassoura que ela guardava atrás da porta da cozinha — transformado, ao estalar de dedos, num cavalo voador —, mas a pilotar o mágico pavão misterioso cuja história tanto lhe ajudara a espantar o medo de noites já tão remotas.

O momento, porém, convocava-o a se imbuir do citadino espírito do Natal de forma mais prática, passando a ficar de olho bem esperto para ver se avistava alguma padaria ainda aberta.

Sim, senhora, ele já estava a caminho, para encerrar esta noite com ternuras jamais imaginadas, num bem ensaiado preâmbulo para um difícil acerto de contas. Levar-lhe-ia pão quente, manteiga, e queijo, ou presunto, ou mortadela — "Até *mortandela*!", imaginou-a a arregalar-se, em êxtase, ao abrir o embrulho com a inesperada iguaria —, e um bolo de chocolate, e geleia.

E flores.

Se ela estranhasse essa bonança, vindo a encompridar conversa — o que não era do seu feitio —, perguntando-lhe a que se devia esse procedimento de Rei Mago com o alforje cheio de ouro, incenso e mirra, ele iria dourar o motivo da sua festa de despedida, não lhe contando do pé na bunda que levara e de tudo o mais que lhe acontecera nesse dia:

Sodade, mô bem, sodade.

Só isso.

Saudade de pai, mãe, irmãos, primos, avós, parentes, aderentes.

De uma casa com varanda dando para o poente. Da sala em que um menino, sentado no chão, costumava construir uma cidade com caixas de fósforos vazias. Do quarto em que toda noite ele, o menino, sonhava em ir embora. Da rede em que o dito menino se balançava, vendo o mundo revirar. Do fumegar das panelas. Das tertúlias ao pé do fogão. Do cheiro da terra com as primeiras pancadas de chuva. Das brisas matinais, a moverem folhagens levemente orvalhadas. Dos

Querida cidade 263

crepúsculos que pintavam o céu de escarlate. Do rosto com longas barbas brancas desenhado nas nuvens, que só podia ser o de Deus, em pessoa. Do luar do sertão.

Que deixasse de lero e fosse direto ao que verdadeiramente interessava: o pagamento, intacto, pela ocupação do seu mísero quartinho até aquela noite, numa prova inequívoca de que não havia desinteirado, ou detonado, numa celebração às *coutadas* da vida, o último e minguado salário do pior vendedor-pracista que aquela cidade já conhecera. Vai ver tal extravagância só não acontecera por obra e graça de um anjo da guarda, que teria lhe soprado ao ouvido: "Boa romaria você fará, se for esperar o trem chegar."

Aguente firme aí, veia, que já estou chegando, para lhe dizer um adeus mais amoroso do que triste, com o enternecimento do filho que a senhora nunca teve nem nunca terá. Nada de fingir-se indiferente ou de morta, pegando num sono ferrado antes da minha chegada, nem de ter (à vera) a má ideia de bater a alcatra na terra ingrata, o que dá no mesmo de bater a caçoleta, bater as botas, comer capim pela raiz, dar o couro às varas, esticar as canelas... Para empatar a minha viagem, ao me legar o seu pesado cadáver, do qual não saberei como me desvencilhar, e só de pensar na mão de obra que uma herança dessas me causará fico com o cabelo em pé, já antevendo as horas de terror pela frente. A quem pedir o atestado de óbito? Quem fará o caixão? Quem chamar para me ajudar a levá-lo até a cova? Quem pagará o enterro? Quem levará flores? Quem encomendará uma missa de sétimo dia?

Quem comparecerá? Quem, quem, quem a pranteará, senhora mãe de ninguém, pois nem sabe que fim a sua filha única levou? Ou sabe e não me contou? Vai me contar agora? E numa conversa à mesa, bem palatável — "Toma chocolate, paga lo que debes" —, *sob a inspiração do cheiro do café e do pão quente, ummmm, como dois entes que deixassem de se estranhar um ao outro, passando, de repente, a viver a ilusão de se amarem muito?*
Que assim seja.
Amém.

Como era mesmo o nome dela?

As águas que o ilhavam, como a um náufrago num bote salva-vidas perdido no oceano, não espelhavam o rosto daquela que sua memória pintava como um vulto soturno, desgostoso, circunspecto, sinistro; uma alma condenada ao degredo em um tugúrio sepulcral, numa ruela erma e sombria. E o pior é que sequer se lembrava como era que ela se chamava. Nem do nome da rua, do bairro, e do número da casa, de seus cômodos, se eram apenas pouco maiores do que caixas de fósforos ou não. Teria batido palmas como aviso de que iria adentrar aquele lúgubre recinto, que à noite cheirava a bebida alcoólica e charuto barato? E dessa vez o ambiente lhe fora acolhedor ou assustador?

De todos os esquecimentos os mais graves eram o do nome dela e o das suas feições. Por mais que mirasse no espelho das águas, das quais se sentia um refém, não lhe via o rosto.

Querida cidade 265

Maldisse-se pela ingratidão. Mas de quem? Da sua memória, da vida, do tempo?

No entanto, lembrava-se das suas tralhas: fogão (de lenha, ainda), geladeira, mesa, cadeiras — eram duas ou quatro? —, toalha, pratos e talheres, em grande parte herdados da filha, às vésperas de mudar-se para a capital. Mas a mesa estava arrumada, como em dia de visita, o que nunca soube o que isso era? E o que havia sobre ela? Uma jarra com água e um ou dois copos ao lado? Uma garrafa de cachaça? Uma cesta de bananas ou de laranjas? Em algum momento na semana tal personagem reclusa movia-se até a padaria e a venda ali por perto, ia à feira e ao mercado da farinha, e ao das carnes. Será que ia à missa, aos domingos, e, na calada de qualquer noite, ao candomblé, às escondidas? De quem? Sim, quem iria se importar com ela?

Ele se importava. Pelo menos naquele dia, assim como se importa agora, quando a cena da sua despedida, que chegara a imaginá-la macabra, boiava nas águas do tempo, totalmente despedaçada. Tenta reconstituí-la, numa colagem nebulosa de seus fragmentos. O rosto da protagonista deste episódio está envolto numa nuvem de fumaça.

— Boa noite — diz ela, no tom soturno de sempre, em resposta ao cumprimento do recém-chegado, que lhe entrega um pequeno embrulho, cujo cheiro de pão saído do forno, por mais agradável que seja, não consegue descarregar a atmosfera ambiente.

Atravessando a fumaceira sufocante em busca de uma brisa desanuviada à janela da sala, que dá para um pequeno quintal clareado pela luz da lua, o narrador desta história avista uma exposição dos panos surrados pelo volumoso corpo da provecta senhora — toalha de banho, lençol, coberta, calçola e califom, que na cidade atendiam pelos nomes de calcinha e sutiã —, misturados às suas próprias peças íntimas. Se, por um lado, tal visão lhe aumenta a urgência de correr ao varal para pegar uma cueca lavada, e ir meter-se debaixo do chuveiro, a ensaboar e esfregar a carcaça até sentir-se com a leveza de um passarinho, por outro, se vê tomado pelo constrangimento de estar cometendo uma invasão de privacidade. Mesmo de costas para a janela, estaria a ensimesmada dona da casa atenta ao seu olhar, necessidades, movimentos?

Alheia aos seus pruridos, ela apalpa o embrulho que ele lhe trouxe, retira o charuto da boca e, num sopro vulcânico, lança uma baforada cuja trajetória voluteia, tornando o ar ainda mais sufocante. Ele pigarreia. Ela coloca o seu indefectível charuto sobre um pires e solta um cavernoso gemido, ao mesmo tempo que começa a se levantar, lentamente, com as mãos sobre a mesa.

Oba! A gralha mal-assombrada vai falar.

Agora, sim, ele iria saber se a tia emprestada que lhe tratara como a um filho escrevia para a mãe, se mandava dinheiro dentro do envelope, se tinha notícias do marido fujão, se viria para o Natal, se perguntava pelo sobrinho, se mandara algum presentinho para ele que a sinistra senhora surrupiara e pelo qual finalmente iria lhe pedir perdão ou fazer o ressarcimento.

Ia.

Querida cidade 267

Mexa-se, rapaz, em vez de ficar aí apalermado com o ronco que parece vir de uma erupção nas entranhas da Terra, sem saber o que fazer para tirar a apavorada criatura à sua frente do sufoco em que se encontra. Basta fazê-la beber um gole de água. E depois outro. E mais outro... Bem devagar, se quiser mesmo levá-la a recobrar o fôlego, e não a sufocar ainda mais. Como é audível, visível, perceptível, ela se engasgou com a primeira palavra da conversa que ameaçava ter com você. Embebida em álcool e envolta em fumaça de charuto, a tal palavra entalou-se em sua garganta, levando-a a ficar de boca aberta, emitindo uns grunhidos assustadores, que o deixam pálido de espanto. E de pernas bambas. Agora, sim, o mocinho aí está fazendo a coisa certa, ao completar o atendimento com a diligência de um enfermeiro. Pouco a pouco essas suas pancadinhas nas costas da aflita sufocada vão lhe devolvendo a respiração.

Ufa!

Pronto, ei-la a salvo. Vai ver a confabular com os seus botões:

"Rapaz, a velhice é uma boa porra."

Agora, os seus (dele) já não tão esbugalhados olhos devassam a sala e embocam porta adentro e janela afora em busca do machado que devia estar em algum lugar da casa e cujo único uso era o de cortar lenha, de vez em quando, podendo também vir a servir para afugentar um ladrão, talvez ela pensasse nessa utilidade. E que ele andara pensando utilizar como ferramenta para retalhar um corpo sulcado de desgosto. A lembrança dessa torpe fantasia se deve à proximidade do fim de um capítulo no qual está longe de desempenhar o papel de menino mau. Antes pelo contrário: passou de potencial algoz (ou carrasco misericordioso) a providencial presença para aquela que veio a ser a sua última companhia na última noite do seu primeiro tempo na cidade. Restava-lhe sair de cena como um cumpridor dos seus deveres, pagando logo o aluguel do quarto, com o aviso de que irá embora, sem mais falações — a perda do emprego, o encontro com o primo errante, o retorno às aulas no início do ano letivo, eta! —, nada de encompridar assunto, seu moço, basta um agradecimento pela acolhida e um pedido de desculpas pelos incômodos e pronto, fim de papo. Sem beijos e abraços, pois nenhum dos dois estava acostumado a esses agrados. No máximo, um aperto de mãos. Melhor: um aceno. Complementado por um hollywoodiano *goodbye*. Isso feito, é ir tomar um bom banho, para lavar as ziquiziras desse e de todos os seus dias — naquela que entrara para a sua história como a primeira cidade, da qual guardaria como símbolos as luzes verdes das fachadas do comércio, a garota que lhe dera um fora, e a *coutada* que tão deliciosamente lhe ensinara a pecar. Tudo, enfim, a ser levado pelo ralo, na corrente de uma ducha fria que o fará sentir-se mais leve do que a atmosfera daquela casa, quando, enfim, se deixará, de bom grado, ser derrubado pelo cansaço, que se imporá benfazejamente ao conjunto das circunstâncias de um dia pela noite adentro.

Amanhã acordará cedo, ansioso para ganhar logo a estrada, tendo à mão a mesma maleta do dia em que veio embora, e nas retinas a última imagem daquela que no final das contas não era tão aterrorizante como ele sempre imaginara.

Quando já se encontrava com os pés na rua, assustou-se com um medonho ranger de porta se abrindo, exatamente a que acabara de fechar, e com todo o cuidado, para não despertar a alma penada que imaginava ainda a dormir abraçada ao negrume da sua solidão. Deteve o passo e olhou para trás. E lá estava, impassível, não de mão acenando, mas de braços cruzados, a desgrenhada figura que ele nunca tinha visto a se mostrar para fora de casa. Imaginou coisas, nada boas: erro na contagem das notas correspondentes ao último aluguel do quarto, estrago ou falta de algum utensílio doméstico, caracterizado como furto. E tome quiproquó, a empatar a sua partida. Também podia ser que ela não quisesse perder a última oportunidade de lhe dizer algumas poucas, porém doces palavras, como a das cinco letras que choram — *Adeus, adeus, adeus* —, sem esquecer os auspiciosos chavões que a hospitalidade obriga: *Boa viagem. Seja feliz. Lembrança para a sua mãe. Recomendações a todos os seus. Volte sempre. Deus te leve, viuuuuuuuu!* Nem isto nem aquilo. Ela apenas esboçou um sorriso trocista, numa escrachada expressão de quem poderia achar a vida um melodrama tão fuleiro que chegava a ser risível. Ou, quem sabe, os seus dentes cor de charuto estariam a morder impropérios impublicáveis, desabafos insuportáveis, sentimentos inconfessáveis?

Algo assim:

— Vá, cachorro. Corra pro colo da cadela que te pariu.

Ou:

— E agora? Quem vai me ver morrer?

— Vou sentir a tua falta.

— Só Deus sabe o quanto me importo contigo.

— Eu te amo, idiota.

— Meu jovem, como é bom ter chão pela frente.

Meu jovem.
Menino.
Moleque.
Garoto.
Guri.
Curumim.
Miúdo.
Pequeno.
Pixote.
Mocinho.
Pivete.
Rapaz.

Tempus fugit.
Fez água.

Agora ele daria tudo o que tinha na sua maleta a boiar nas águas à sua frente em troca de um retorno àquele seu dia de vida-torta em que, na pele de um personagem autointitulado Das Dores, zanzara sobre paralelepípedos até ficar de pé redondo. Para saber se ele e aquele rapazote sem eira nem beira ainda eram a mesma pessoa. E também, principalmente isto, para pedir-lhe que no futuro não olhasse para trás com rancor e nem pensasse que sua vida daria um romance. Afinal, ele não fora nenhum órfão enjeitado, sem a afeição de ninguém, e sem um parente, um amigo ou amiga que lhe desse a mão

Querida cidade 271

em meio aos homens perversos que o rodeavam, como o coitado do Oliver Twist, que nunca teve uma casa para voltar. Sim, senhor: as suas dores do crescimento de modo algum poderiam ser comparadas às de um delinquente de romance inglês do século XIX, que jamais chegou a vislumbrar uma manhã com a pintura da aurora austral, quando o céu parecia lhe dizer — a ele, o mocinho desta história — que sua estrela não era tão má quanto o ar grosseiro do mundo.

Ilusão de ótica ou não, fora contemplada em estado de graça.

Ainda que uma graça finita.

Como um sonho.

E a vida.

Que segue.

3

E pé na estrada

Vida, querida:

Na manhã da primeira terça-feira de dezembro de 1958, você era toda sorriso, a se desmanchar em ternura para o adolescente que, depois de um ano de morte, acabava de ser puxado do fundo do abismo pelas suas firmes mãos. Trauteando-lhe ao ouvido que a chamasse de querida (*Quero/ Quero esquecer o dissabor*), você o convidou para dançar, sussurrando-lhe que aquele seria um dia para ser sempre lembrado. Uma compensação das mais justas, deve ter-lhe parecido, para o jovenzinho que acabava de sair de uma estação do inferno, descontando-se aí o arroubo juvenil de quem assim pensara.

O mesmo que agora se agarra às suas memórias para preencher o tempo que lhe resta, a falar sozinho diante do *mais azul de todos os delírios*, sob o qual uma imensidão de água cobre completamente o território da mais amada das cidades em que morou, desaparecida sem lhe dizer adeus.

Enquanto o tempo avança sem nenhum sinal de socorro no ar ou nas águas, nem de que estas vão abaixar ao nível do mar antes do dilúvio, ele se mexe um pouco de vez em quando, andando de um lado para o outro num corredor ladeado por máquinas, a se sentir dentro de uma bolha, ou no ventre de uma baleia, ou num aquário esvaziado e jogado ao Atlântico. Vai pra lá, vem pra cá, para, olha, olha, olha, a pedir asas ao vento para ir além da linha do horizonte e seguir até pousar em terra firme, quem sabe na África, ou, se for pelo lado contrário do seu campo de visão, poderia até dar com os seus costados numa praia do Pacífico. De certo mesmo é que ele roda, roda, roda em torno de suas conjecturas para vislumbrar uma única possibilidade de variação de ambiente: a de subir a escada de acesso ao heliporto no único cocuruto de um edifício acima das águas, com a ansiedade do náufrago que tenta avistar um galho para se agarrar. No seu caso, esse galho seria um helicóptero que porventura tivesse escapado ileso do furacão que mandou tudo aqui para as cucuias. Mas essa sorte só se revelará completa se dentro do helicóptero estiver um piloto a cochilar, ah, que beleza! Vambora?

Isto, naturalmente, se o aparelho voador estiver em condições de decolar. E bem abastecido de combustível para ir longe. E quão longe garantirá a sua autonomia de voo? Saberá o piloto que rota tomar, e se chegará a algum destino aonde possa aterrissar? O vento lhe responderá: *Tudo o que havia aqui de volátil ou não eu varri. Mandei pelos ares até as poças que inundavam esta pista de pouso e decolagem onde agora*

Querida cidade 275

você pode pisar sem encharcar os sapatos e as calças, enquanto aguarda a chegada do amanhã eterno a contemplar uma paisagem monótona, que antes era de perder a respiração. Em compensação, *você ainda respira, o que já não acontece com milhões de almas remotas açoitadas nas caóticas lutas e fugas de insanos exércitos da natureza que se chocaram às cegas.*

Nada a fazer, ele pensa, a não ser recitar aos peixes uns versos de Cecília Meireles que lhe vêm à mente: "Pus o meu sonho num navio/ e o navio em cima do mar/ depois abri o mar com as mãos/ para o meu sonho naufragar."

Uma força vital o impele a continuar movendo-se pelo limitado espaço de que dispõe, no qual se inclui o escritório da administração, onde já descobriu que a descarga da privada funciona, e isto não deixa de ser uma boa notícia. Assim como saber que há um chuveiro no banheiro. E que dele escorre água. Com a temperatura em elevação a níveis tórridos, sem uma chuveirada de quando em quando não haveria como evitar ser fritado em curtíssimo tempo. A existência de tais luxos no andar da casa das máquinas de refrigeração, do sistema de eletricidade e telefonia do edifício agora com água até o pescoço, e da geladeira abastecida para mais do que um lanche, sinaliza que ao menos os funcionários dessa área eram minimamente tratados como gente. Por isso, este que se fez um hóspede acidental e secreto do espaço que eles ocupavam fará um sinal da cruz pelas suas almas, como agradecimento pela hospitalidade póstuma. Que descansem em paz. E repetirá esse gesto sempre, antes de deitar-se no sofá que lhes pertenceu, para dormir um pouco — ou muito, tanto faz.

Dormindo ou acordado, o seu tempo agora é uma abstração, afinal perdera o ritmo e o rumo das horas. Elas vão e as dores vêm. Nos pés, nas pernas, nas costas, esteja ele parado, andando ou deitado. *Se ainda as sinto, é porque estou vivo*, se diz. Mas que falta lhe faz agora a fisioterapia, shiatsuterapia, um tratamento qualquer para aliviá-las.

E como suportar a vida sem televisão, internet, rede social, celular, jornal etc.? Como não ter à mão um manual de sobrevivência nas águas? Como não ter uma trilha sonora para os dias, ou as horas que lhe deram para (ainda) viver? Isto é que era castigo: deixar este mundo sem poder ouvir pela última vez uma valsa chamada "Abismo de rosas", e boleros que falavam de noites em que elas, as rosas, se engalanavam; de mulheres que podiam com Deus falar, de Marias Bonitas, Marias da alma, tudo a lhe trazer de volta um tempo que quem não o viveu não poderia dizer que sabia o que era sonhar.

— Mas que tempo foi esse, senhor?

— O dos boleros.

O pior, porém, era possuir em casa uma estante cheia de preciosidades literárias e agora estar sem um único livro à vista. E o lugar onde ele se encontrava ficava à distância de duas ou três quadras de uma das maiores bibliotecas do mundo, cujo acervo passava de 10 milhões de exemplares. Quantos milhões a mais a cidade chegou a guardar, na soma dos volumes de todas as outras? As municipais, as das universidades, colégios, escolas, instituições culturais, estoques das editoras, livrarias, sebos, distribuidoras de livros, mais os das bibliotecas particulares? E tudo agora debaixo d'água. *Sim, Vida querida, bem que eu poderia aguardar o meu último*

Querida cidade 277

suspiro a reler História da eternidade, de Jorge Luis Borges, na qual ele, se não estou enganado, esboça uma teoria pessoal de uma eternidade já sem Deus, que ainda assim podia ser considerada um modelo e um arquétipo do tempo, e também um jogo ou uma fatigada esperança.

Sem o que ver (além do infinito azul que avista pelos vidros que o enjaulam), o que ouvir e o que ler, resta-lhe mergulhar profundamente na gruta da sua memória para continuar contando às águas as andanças que fez até chegar à cidade que elas afogaram. E lá se aquietar ao abrigo da fúria do mundo (ou do que restou dele) boiando em fragmentos do passado, enquanto espera que alguma coisa escape do naufrágio das ilusões, pela força do seu instinto de sobrevivência, que o leva às seguintes perguntas: quanto tempo o corpo humano será capaz de resistir à fome e à sede? Quantos dos seus 80 quilos já havia perdido? Com quantos seria resgatado, se o acaso ou a sorte lhe permitissem isso? E quantos dias, ou horas, lhe sobrariam até cair no sono sem sonhos, a partir do momento em que não lhe restasse nada para comer e beber?

Essas preocupações o fazem recordar-se de uma entrevista de um médico que afirmava, com todas as letras: pode-se aguentar cerca de um mês sem comer nada, a depender de diversos fatores, em especial da reserva de gordura de cada um.

Ele também se recorda da história de um ilusionista que bateu o recorde mundial de jejum — 51 dias, 22 horas e 30 minutos sem alimento algum na cabine de vidro em que se alocou, a 9 metros do chão, pesando 103 quilos, e dela saindo com 78,5.

Outro caso surpreendente foi o de um japonês de 35 anos que desapareceu ao escalar o monte Rokko, com amigos.

Ele aguentou 24 dias sem comida e água, tendo sido encontrado em estado assustador. Não tinha pulso, seus órgãos haviam parado e sua temperatura corporal chegara a 22 graus centígrados. Mas sobreviveu para contar tudo no livro *Perdido no Himalaia*. Por essa retrospectiva, ele, o perdido da história aqui, fica entre duas hipóteses. Na melhor delas, poderá ter cerca de dois meses de sobrevivência. Na pior, menos de um mês.

Cantarola:

Apenas a esperança pode me manter são.

À sua frente pássaros e peixes parecem lhe dizer que o mundo não acabou. Diante desta evidência alvissareira que se esparrama aos olhos do confabulador ainda esperançoso, você, Vida querida, o presenteará com um sábio conselho: *Para continuar pertencendo a este mundo, recorra ao método Sherazade, o que significa deixar sempre um capítulo da sua história inacabado, para continuá-lo no dia seguinte, e assim ir levando-o na conversa por dias e noites, noites e dias, dias e noites. Até se cansar de vez e dizer:*

— *Chega. Adeus.*

Logo, não tenha pressa. Você tem toda a morte pela frente. Cada instante vivido será uma graça alcançada.

De quem?

Ora, ora, da sua Vida querida aqui, curiosíssima para saber o que era mesmo que você queria contar sobre a luminosa manhã do dia 2 de dezembro de 1958. Seu tempo agora é o do retorno, está sabendo, não está? Porque você se tornou um escravo das suas recordações. Portanto, recorde-se:

Querida cidade 279

"*Recordar é fácil para quem tem memória.*
Esquecer é difícil para quem não tem coração."

Ele se lembra.

Brilhava o sol em plena época das trovoadas, quem sabe um acordo tácito da Vida querida com o estrondoso Tupã, o deus dos raios e dos trovões.

Ao espelho das águas do tempo, aquela viagem de vinte e poucas léguas passa ao sabor do vento, a levar na poeira o mocinho que já não se sentia tão sem rumo, pelo menos assim foi em boa parte do caminho.

Era logo ali, um pé cá, outro lá, num percurso pelo qual nenhum geógrafo do real teria interesse em se aventurar na busca de lendas e milagres para um novo livro das maravilhas. Mais heroica se de navio, mais ritmada se de trem (*Café com pão/ Café com pão/ Bolacha não/ Piiiiiii!*), mais *inventada no feliz* se de avião, mais espetacular se no rabo de um foguete, a soltar a voz pelo espaço sideral: *Minha mãe eu vou pra Lua/ Eu mais a minha muié...* A mulher que estava longe de vir a ter.

Que o dito moço se desse por vitorioso por haver achado quem o conduzisse ao seu passado, com a promessa de retorno para o futuro.

Nada mal para quem se fora em cima de um caminhão, sobre uma carga de sacos e engradados, e agora voltava bem serelepe num transporte mais ligeirinho, capaz de atrair a curiosidade pública (*Quem vem lá? Quem será? Olha só quem está de volta!*), assim que adentrasse a velha praça de onde havia partido ainda um menino, e voltava já rapazinho, ora a vislumbrar o seu renascimento, ora a remoer antigas dores.

280   *Antônio Torres*

Que ele não se iludisse: todas as atenções iriam se voltar para o primo reencontrado, o cavaleiro andante de passado indefinido que finalmente dera o ar da sua graça adequadamente trajado para uma tórrida jornada — camisa de mangas curtas, calça rancheira, alpercata, boné, óculos de sol —, e a pisar firme no acelerador, com carteira de motorista no bolso e metido em coisa do governo, como encarregado de uma obra para encurtar o caminho entre o povoado em que nasceu e a estrada principal, sabe-se lá que golpes da sorte o teriam levado a esta volta por cima, e como iria se desempenhar nisso, se andando na linha, a indivisa linha que separa obra pública de maracutaia, ou enfiando o pé na jaca. Tal perigo o acompanhava dentro da mala com suas roupas, em envelopes recheados de notas, pouco importando se ensebadas ou novinhas em folha: era tudo dinheiro vivo, mesmo que fosse sujo iria pagar pelo suor daqueles que se extenuavam de sol a sol a rasgar chão no braço, numa selvagem tarefa de ligar o nada a alguma coisa ou a coisa nenhuma.

Diga-se logo que o retorno para casa daquele que nas suas piores horas do dia anterior se teve na conta de um *Das Dores* não chegou a ser nenhum fim de... Você sabe o que, querida Vida.

Mas não seria desmesurado dizer-se isto, com todas as letras, do estado da estrada, mais deplorável do que nunca. E olha que ela era tida e havida como uma das principais daquele estado — vinha de longe e longe ia... Ruim como o diabo, como a peste, como a gota serena, como a moléstia, como um corno, como a porra. Uma desgraceira só. Indigna de um país com tanto chão a ser rodado pelos caminhões das

Querida cidade 281

afamadas marcas Chevrolet, Ford, Studebaker, Fargo, Scania Vabis. E de tanto feijão, e arroz, e farinha, e milho, e café, e gado, e madeira, e sisal, e fumo, e algodão, e coco, e cacau, e banana, e laranja, e abacaxi, e abóbora, e jabuticaba, quixaba, cajá, caju, murta, mangaba, umbu e murici, e o escambau. E gente, gente, gente como formiga. Tudo a ser transportado pelos audaciosos devotos de São Cristóvão, *aquele que carrega Cristo*, e da última Miss Brasil, a deslumbrante beldade da fotografia em trajes menores — de maiô! — que ilustrava a *folhinha* com os dias e meses do ano, presente de um posto de serviços, que por sua vez o recebeu, em sortido volume, de uma companhia de petróleo ou de uma fábrica de pneus.

Todo primeiro de janeiro uma musa inspiradora de solitárias fantasias era trocada por outra em suas cabines, para lhes servir de consolo dos solavancos, atoleiros, trombadas, capotamentos, tocaias — perigos de montão nessas brenhas tão fodidas que nenhuma Maria Gasolina se aventurava a dar a sua cara, para pedir carona, em troca do próprio corpo como recompensa. Quem lhes acenava eram as cruzes à beira do caminho, cada uma a sinalizar para cada qual:

Olha o que te espera!
Bem-vinda ao inferno, alma danada!

Léguas tiranas.

Até mesmo um intimorato Jeep — produto tão norte-americano quanto os filmes de cowboy, criado pela Willys Overland, de Toledo, Ohio, e testado em árduos percursos militares da Segunda Guerra Mundial, brasileiramente grafado como jipe, ainda que viesse a atender pela alcunha de *Candango* —, nem esse veículo que podia perfeitamente ser chamado de pau para toda obra, ou madeira de dar em doido, era capaz de amortecer os trambolhões escorchantes das derrapagens naquela medonha rodagem de cascalho castigada pelo peso do seu tráfego, pelas chuvas, pelo abandono.

Em compensação, era boa e ia longe a conversa dentro do sacolejante rompedor de terrenos difíceis e espalhador de poeira já *made in Brazil*. Mesmo tendo de se esvair, sob um calor infernal, para superar buracos, tocos, esconsos e pedregulho, o primo ao volante contava histórias. Até ali, nenhuma triste, ou seja, nenhuma a lembrar das suas escandalosas desventuras, como se as tivesse enterrado na cova mais funda da memória.

Tristeza mesmo foi a hora da despedida de umas moças que ficaram muito assanhadas ao receberem a visita de dois parentes de longe, um deles mais conhecido — sobretudo pela fama de incorrigível conquistador de moça donzela e mulher casada —, e o outro só de ouvir dizer, assim mesmo vagamente, e que bateram à sua porta para pedir água. Elas viviam numa casa a poucos passos da estrada, quem sabe a sonhar, mesmo acordadas, com a chegada de algum rapaz vindo de qualquer lugar para lhes trazer notícias das terras civilizadas.

Aquilo, sim, é que era um fim de mundo: um ermo batido pelo sol, varrido pelo vento, lavado pelas tempestades, desconsolado pela solidão. O cu de judas.

Querida cidade 283

Se as moças tinham pai, irmãos, namorados ou noivos, estes deviam estar em seus *quefazeres*, onde quer que fossem, perto ou longe delas, pois aquelas não eram horas de vadiagem. Nem para elas mesmas, que largaram as vassouras, as gamelas, as peneiras, as panelas, o pé do fogão, a mão do pilão, e correram às janelas, ao sentirem no ar o cheiro da gasolina. Pipi. Fom-fom. Oba! Que hora mais feliz! A casa se encheu de festa. *Aceitam um café? Batata-doce e aipim? Beiju de tapioca? Umbuzada? Canjica? Mungunzá? Cuscuz de milho?*

Moradia modesta, mesa farta. E muita animação: *Da donde vocês vêm? Adonde vão?*

Contar naquela tapera que vinham de uma cidade de luzes verdes e sonhos dourados — energia elétrica, água encanada, banheiro, com chuveiro, pia, privada —, ruas calçadas, jardins, carnaval, futebol, cinema, escola, curso ginasial, e de contabilidade, e de corte e costura, e de trabalhos manuais, convento de freira, tiro de guerra, convento de frade, igrejas, até dos crentes, candomblé, centro espírita, loja maçônica, Rotary e Lions Club, circo, parque de diversões, alto-falante, estação de rádio, trem de ferro pra riba e pra baixo, ônibus para a capital, clube social, banda de música, baile... *Ohhh!!! Me tira para dançar?* Mas não. Gabar-se ali de novidades assim seria uma crueldade abominável. Melhor dizer umas gracinhas, exceder-se em elogios àquelas almas solitárias, agradecer pela hospitalidade e...

Adeus, amores.

O anúncio da partida (*A prosa está boa, mas temos de ir em frente*) provocou dengosos protestos, de derretê-los por dentro: *Já? É cedo ainda. Fiquem mais um pouco.* E tome doces apelos, até não poderem mais segurá-los.

284 Antônio Torres

Ao deixá-las, eles também ficariam com os seus corações partidos. E levariam em suas retinas as sombras dos sorrisos tristes daquelas moças que choravam baixinho quando as visitas iam embora, cada uma a empurrar para o fundo do peito o que lhe vinha à ponta da língua:

Eu também quero ir. Me levem, me levem...

Sinais de vida numa estrada de morte, à beira da qual a dita-cuja mandava lembranças por intermédio de fatídicas cruzes que, à margem do seu simbolismo funesto, serviram de mote para o primo ao volante perguntar ao seu carona se sabia quem era o padroeiro dos viajantes e transportadores, e por que motivo.

Que bom que ele é um sujeito cheio de assunto, pensou o outro. *Quem sabe assim — falando, falando, falando — o caminho fique mais curto. Só não pode é se descuidar dos buracos, e dos carros e caminhões em sentido contrário, se não vai acabar encurtando é as nossas vidas.* Mas disse:

Não.

Então ele, o primo tão intrépido quanto o veículo que dominava com as mãos e os pés, contou-lhe a história de São Cristóvão, um filho de rei de uma terra de pagãos chamada Canaã, onde recebeu o nome de Reprobus. Quando cresceu, tornou-se um grandalhão com uma força descomunal, que só queria se aliar a homens fortes e bravos. Em suas buscas por tais senhores, veio a servir a um soberano poderoso e a um indivíduo que se fazia passar por Satanás. Mas acabou por achar que faltava coragem àqueles dois mandachuvas. O primeiro se borrava de medo ao ouvir o nome do diabo, enquanto o segundo, dito o próprio, se assustava com a visão

Querida cidade 285

de uma cruz numa estrada. Ao largá-los de mão, ele encontrou um eremita que o educou na fé cristã. E o batizou. Mesmo se recusando a jejuar e a rezar para Cristo, Reprobus aceitou a tarefa de ajudar as pessoas a atravessar um rio perigoso, no qual muitos haviam morrido.

Certo dia transportou uma criança que ficava cada vez mais pesada, deixando-o com a sensação de ter o mundo inteiro sobre os seus ombros. Ao final da travessia, a criança disse-lhe quem era: ninguém menos que o menino Jesus. E o filho de Deus lhe ordenou que fixasse o seu bastão na terra. Na manhã seguinte apareceu no local uma palmeira exuberante, vista como um milagre, o que iria converter muitos incréus à fé cristã. Isso despertou a fúria do rei da região. E aquele que carregou Cristo foi preso e decapitado, depois de ser submetido a um martírio cruel. *E virou o santo que haverá de proteger os que se martirizam em estradas como esta,* concluiu o primo cheio de assunto, enquanto o seu ouvinte passava a pensar que palavra puxa palavra que puxa pergunta: qual seria o padroeiro de um homem marcado para morrer, atocaiado por um marido traído, ou que assim se julgava?

Um longo suspiro falou mais alto.

Pânico a bordo.

De um lado, um passageiro a denunciar o seu medo do preço a pagar por aquele transporte surgido na noite passada como uma luz no fim de um túnel, e que podia estar levando-o ao céu — da boca da onça.

E assim, o que seria motivo de comemoração (*Ele voltou! Olha só quem chegou!*) iria causar era um torrencial derramamento de sangue: o último corno que o seu benfeitor havia deixado aonde estava voltando de manso não tinha nada. Se o delegado de polícia mimoseado por ele com uma coroa de chifres ainda estivesse na área, que preparasse o couro para a retribuição daquele já antigo mimo, extensiva ao seu ainda imberbe acompanhante, agora a estampar na cara uma preocupação cabeluda, por imaginar o faroeste em que essa viagem ia dar.

Suspirou fundo outra vez.

E aí o primo ao volante sentiu no ar o cheiro de um desastre — gástrico. O seu carona devia estar a ponto de botar para fora todo o manjar das deusas de beira de estrada que o levaram a empanturrar-se, numa saciedade de quem precisava matar um ano de fome. E por ter enchido a pança além da conta, no arranca-rabo da rodagem o mocinho enfastiado parecia a pique de tornar aquela viagem repugnante. Urgia dar uma freada nisso, antes que fosse tarde.

— Você está bem? Quer parar um pouco?

Não, não era o caso, tranquilizou-o o carona, agora se vendo numa inversão de papel — de preocupado a preocupante. Daí apressar-se em desfazer a impressão de que estava prestes a se tornar uma companhia problemática.

— Sim, estou bem — respondeu. — S'imbora.

E pensou:

Seja o que São Cristóvão, Deus ou o diabo quiserem.

Nenhuma voz consoladora a acudi-lo em suas repentinas aflições. Enquanto o seu bem-falante condutor fazia uma longa pausa dos assuntos em trânsito, ele passava a ouvir a implacável sentença do tribunal instaurado numa consciência a arder-se em dantesco caldeirão. Atormentava-o mortal-

Querida cidade 287

mente ter vivido até ali de favores. De um tio, de uma tia, de um fabricante de cachaça, de uma velha que mais parecia uma assombração. E ainda iria continuar assim, sabia lá até quando, sob o patrocínio de um primo que, aos olhos dos fiéis ao mandamento *não desejar a mulher do próximo*, parecia ter partes com o demo, cujos ombros lhe serviam de escada para os pulos às cercas e aos muros alheios. Ave Maria! T'esconjuro. Vôte. *E é com esse mau exemplo que você volta pra casa? Esse malandro, esse capadócio, esse vida-torta, esse cafajeste, esse capeta, que fez o pai dele morrer de desgosto? A única coisa boa que ele fez na vida, até hoje, foi tocar órgão na igreja em dia de missa cantada, ou seja, muito de vez em quando.*

Uma voz de menina se faria ouvir, cheia de atenuações, mas falando com doçura, para não levar uma palmada na boca:

Ah, mãe! A senhora está se esquecendo das músicas que ele trouxe, quando este lugar passou a ter um alto-falante. De como ele juntava os músicos daqui para alegrar um pouquinho mais os nossos corações. Dos bailes que ele organizava para os meninos e as meninas aprenderem a dançar.

Irredutível como sempre fora, a mãe não tugiu nem mugiu para a filha, não só por achar irrelevante o que ela havia dito, como porque não queria perder o fio da meada:

Diga-me com quem andas, me diga, me diga, mô fio! Para continuar a viver na cidade, você teve que vender a sua alma ao diabo, foi? Para voltar pra lá com esse cafumango aí, só passando por cima do meu cadáver.

— Cafumango? Que diabo é isso, **mamãe**?

— Um sujeito desclassificado. Um **vagabundo**. É ou não é isso o que ele é?

288 Antônio Torres

Ah, e se a sua beatíssima mãe viesse a bisbilhotar a sua maleta e, cheia de suspeição, tivesse curiosidade de dar uma espiada no livro do filósofo alemão que acabava de se tornar o santo de cabeceira do filho? Que deus nos acuda! Tanto esforço, tanta luta, tanta briga, para dar nisso? Oh, quanto azar — se ela viesse a descobrir o que rezava a nova bíblia seguida pelo seu tão prometedor rebento: que *Deus é apenas um nome que se conserva para maior proveito e comodidade, a fim de se assegurar mais facilmente o caminho no mundo. Que o mundo é o inferno e os homens dividem-se em almas atormentadas e em diabos atormentadores. Que a religião é um mal necessário, um amparo para a fraqueza mórbida do espírito da maior parte dos homens. Que o médico vê o homem em toda a sua fraqueza; o jurista o vê em toda a sua maldade; o teólogo, em toda a sua imbecilidade.*

— É esse o resultado dos seus estudos? Aprender o que não presta, em livro de comunista?

Que ele fosse correndo se confessar, tão logo o padre desse com a sua batina naquelas bandas. E que comungasse de joelhos dobrados num dos degraus de acesso ao altar de Deus, rezasse em contrição muitos pais-nossos e muitas ave-marias, a implorar ardentemente ao Todo-Poderoso o perdão para os pecados cometidos em suas heréticas leituras.

O pai:

Mas quem era mesmo que devia dar a mão à palmatória? Ora, ora, muié, a culpa é toda sua. Não foi você quem infernizou os meus ouvidos, me forçando a pedir ao seu irmão para levar... levar... levar — logo ele, o nosso primeiro filho homem — para a tal da civilização, bem longe de nós? Quanto mais eu retrucava

Querida cidade 289

o que é isso, deixar um filho ir embora, para ser cria dos outros, quando vou precisar dele aqui, para ajudar no nosso sustento, você vinha com a mesma ladainha, deixa, deixa, deixa, esse menino tem que estudar, tem que estudar, tem que estudar. Como se estudo enchesse barriga. Agora, o feito tá feito. O castigo nem veio a cavalo. Veio bufando gasolina. Quer saber? Se não tem remédio, remediado está.

— Pronto, eis aqui o seu futuro — diria o pai ao filho recém-chegado, passando-lhe uma enxada. — Espero que ainda se lembre do que é que se faz com isso nas mãos. Porque amanhã, assim que o sol raiar, vamos aos trabalhos.

— Que desplante! Qual é o futuro que o cabo de uma enxada pode dar? — interviria a mãe, com os olhos em brasa, a boca a espumar, o rosto crispado e as mãos prontas para um ataque fulminante à garganta do marido, que recuaria um passo para responder-lhe em voz branda, como se estivesse muito seguro do que iria dizer, porque para ele toda a sabedoria do mundo se resumia ao que o afã da sobrevivência lhe ensinara, entre sol e lua, dia e noite, chuva de inverno e trovoada de verão:

— Ora, muié. Futuro é feijão na panela. É comida na mesa. Nunca pensou nisso, mesmo tendo uma casa cheia de bocas para alimentar?

— Pra já, o que mais me interessa é que temos de arranjar um jeito de fazer esse menino voltar a estudar. Enquanto a gente procura uma maneira de isso acontecer, ele vai, sim, pegando no pesado por aqui, até mesmo porque precisa pagar os seus pecados pelas ideias malsãs que anda lendo. O bom Deus, que com certeza está me ouvindo, haverá de ser mais pai dele do que o pai que ele tem. Minha fé é tanta que Ele não vai deixar de me acudir. Agora, se você se fizer de desentendido do que estou dizendo, juro que arrumo minha trouxa e me mando para bem longe daqui, levando toda essa penca de filhos comigo, deixando você entregue a todas as suas enxadas.

Não, não seria aquela a recepção que o filho retornado havia pedido a Deus. Nem à alma do seu santo de cabeceira alemão nascido em 1778 e falecido em 1860, para quem a essência de todas as coisas é a Vontade, que é o fundamento do universo, a sua raiz metafísica, o princípio de toda a sua realidade, sendo ela, a Vontade, a multiplicadora dos desejos, que levam às dores. O que ele, um novo e tardio e longínquo leitor daquele sombrio Arthur Schopenhauer, voltaria a sentir na própria pele, enquanto se dava conta de que a vontade do seu pai e da sua mãe os colocava num dramático campo de guerra, no qual as palavras zuniam como balas traçantes recheadas de um amargor implacável. E tudo por causa dele, o filho que à sua casa retornava com uma mão vazia e a outra portando a mesma maleta com que partira havia quatro anos, e trazendo dentro dela pouquíssimo mais do que um livro que representava a descoberta de um mentor espiritual capaz de lhe acarretar mais sofrimento, mais dor, da alma aos joelhos, quando sua mãe fizesse uma trégua, ao se lembrar de que estava na primeira terça-feira do mês, e já na hora da ave-maria, conforme a barra vermelha do crepúsculo estaria a anunciar. Então ela ordenaria ao apoplético marido e aos atônitos filhos imobilizados por um insuportável espanto que se ajoelhassem e fizessem o sinal da cruz em um ato de con-

Querida cidade 291

trição preparatório para a Novena e Súplica a Nossa Senhora
Desatadora dos Nós:

*Santa Mãe querida, Maria Santíssima, que desata os nós
que sufocam os teus filhos, estende as tuas mãos de misericórdia para mim.* Entrego-te hoje este nó (o de deixar
ou não deixar o filho que acabava de regressar aos
seus pagos aos cuidados de um notório capadócio, no
caso de ser esse o único jeito de ele poder continuar a
estudar) *e todas as consequências negativas que isso possa
trazer à minha vida. Dou-te este nó que me atormenta e
me faz infeliz. Recorro a ti, Maria Desatadora de Nós, pois
confio e sei que nunca desprezas o(a) filho(a) pecador(a)
que vem pedir-te auxílio. Maria, guia-me, protege-me,
desata o emaranhado dos meus problemas. Somente Tu
e Teu Filho podem me libertar da opressão em que vivo,
da qual estou consciente que somente nós, os seres humanos, somos os que tropeçamos no caminhar do dia a
dia, nos enredando nos laços do orgulho, da soberba, da
incompreensão, da falta de caridade e solidariedade. Por
isso recorro a Ti, para que eu e todos os meus possamos
nos elevar a um mundo mais generoso. Maria, escuta as
minhas preces. Amém.*

Ou isso, ou uma louvação ao valor da fé, *que vale muito
mais do que o ouro*, e cuja autenticidade tem de ser comprovada, com sacrifícios, renúncias, penúria. *Pois até o ouro, que
pode ser destruído, é provado pelo fogo.* As provações levarão à
esperança viva nas ricas bênçãos de Deus, *guardadas para a*

292 — Antônio Torres

salvação das nossas almas no fim dos tempos, quando receberão aprovação, honra e glória. E por nove terças-feiras vozes reverberantes suplicariam misericórdia a quem tinha o poder de concedê-la.

Santa Marta, por exemplo, sempre a ser invocada pela felicidade que teve de hospedar em sua casa o Divino Salvador do Mundo. E que, portanto, poderia interceder junto a Ele *por mim e por toda a minha família, pela concessão da graça que hoje vos peço de todo o meu coração.* (Fazer o pedido e a promessa se obtiver a graça.) *Rogo-vos que me façais vencer todas as necessidades da vida como vós vencestes o Dragão que tendes debaixo dos vossos pés.*

Amém. Amém. Amém.

Louvado sejas tu, ó filho de um vale de súplicas e lágrimas, ao qual estás a regressar sem a esperança de ser recebido com beijos, abraços e apertos de mão. Não por falta de bons sentimentos dos teus, o que bem sabes, mas por encabulação de quem se criou nos rigores de uma vida ascética. A escassez de palmas, vivas e demais salamaleques à tua chegada não significará desamor, nem prova alguma de indiferença, como verás na alegria estampada nos rostos dos teus irmãos, cintilantes espelhos de corações em festa.

Temias não te veres mais naqueles rostos. Agora te falha a memória de como esse assunto embalou uma conversa aos solavancos da rodagem. Mas te recordas perfeitamente da advertência que te fez o primo ao volante, investindo-se no posto de teu protetor, encargo que duraria um ano, ou seja, até o dezembro seguinte.

Querida cidade 293

— Não é porque você já respirou uns ares mais civilizados que deva se achar melhor do que os seus, que não são o que são porque quiseram, e sim porque não tiveram escolha. Entende aonde quero chegar?

Sim, sim. Cafumango, azeiteiro, enfim, malandro ou não, aquele primo iria ter muito a ensinar ao jovem leitor de um filósofo alemão, que, no entanto, por falta de experiência própria, ainda não se sentia preparado para especulações em torno do tema *Os amantes são traidores que perpetuando a vida perpetuam a dor*. Além disso, o Don Juan estradeiro em momento algum tivera a curiosidade de saber que livro era aquele que o seu carona tinha na mão na noite passada. E assim ele, o carona, ficava sem uma deixa para puxar o assunto da sedução e seus riscos, num pretexto para saber a quantas andara a (má) fama do sedutor ali a um palmo de distância, se chegara às noites tíbias do lago azul de Ypacaraí, no longínquo Paraguai, e se ganhara uma melodia em guarani; se era a primeira vez que estava voltando ao lugar que os despeitados chamariam de *local do crime*; se tinha ideia ou não dos perigos dessa volta; se trazia uma arma de fogo, para se defender, se fosse atacado, ou por algum propósito de vingança, por motivos inconfessáveis; e que notícias dava dos envolvidos no enredo que o fizera sumir no mundo; se era verdade que o pai dele havia morrido de desgosto, em consequência dos desatinos do filho; e se, caso isso fosse verdadeiro, ele se culpava, achando-se o responsável pela sua morte.

Foi aí que uma distraída ave preta de papo vermelho e bico amarelo avançou na contramão em voo rasante, espatifando-se no vidro dianteiro do jipe, com um impacto que o fez bambear

294 Antônio Torres

como um bêbado, mas a salvo de um desastre de consequências imprevisíveis graças à habilidade do seu condutor. Numa freada brusca, ele parou para recobrar o fôlego, bem à beira de um precipício. Pasmados, o motorista e seu carona se entreolharam, sem dizer nada. Uma pergunta, porém, rondava o ar, quer dizer, a cabeça do mais atormentado dos dois viajantes: teria sido aquele choque, de fazer a terra tremer, uma presepada da alma penada do pai do seu primo, que se travestira de ave sepulcral para assombrá-lo em plena luz do dia, debaixo de um sol cegante, a alvoroçar uma buliçosa fauna em elevados decibéis de pios, trinados, cantos, assovios, gorjeios, na mais turbulenta orquestra universal? Se àquela altura já tivesse sabido o fim que haviam levado o marido que se achava traído e sua mulher dita traidora poderia até suspeitar de mais assombrações a caminho.

Sim, aquele casal que havia quatro anos estivera no centro das atenções do lugar para onde o motivador de uma parte delas volta, já lá não estava. Se, por um lado, saber disso tranquilizava o viajante que temia pegar as sobras de um ajuste de antigas contas do seu transportador, por outro, a história que ele passara a lhe contar fora a mais sinistra de toda a viagem: o delegado da polícia de um ermo levado a termo distrital e sua sedutora senhora haviam trocado esse mundo traiçoeiro pelas trevas infernais, onde suas almas atormentadas deveriam estar vagando sem o consolo ou a remissão *das melodias dolentes com letras falando de paixões tormentosas e prantos convulsivos*, como narraria o locutor de outros tempos, a exibir no olhar *a medonha dor de um demônio que sonha.*

Querida cidade   295

Ao que soube, o ar iria pesar por noites e dias os ecos do sino a anunciar o funesto evento, nunca inteiramente desvendado por falta de testemunha ocular capaz de pôr tudo a limpo, o que o tornou um prato cheio para bocas sedentas de desgraças.

De início, ouviu-se um tiro, seguido de outro, e depois um baque correspondente à queda de um corpo sobre um móvel que, com o impacto recebido, estremeceu, levando ao chão a pessoa que havia caído sobre ele. Não se demoraria a ouvir um terceiro disparo, e mais um rude tombo. Tudo aconteceu em frações de segundos numa pequena sala de visitas com a porta e as duas janelas fechadas a poucos passos de uma das calçadas laterais da igreja. Isto quer dizer que quem estava por ali a puxar conversa, ou na vizinhança mais colada ao casal, foi imediatamente levado à pergunta:

O que foi isso?

Daí para a ação seria um pulo. O que não iria faltar era alma caridosa a bater palmas e chamar pelos nomes daqueles que já não podiam responder coisa alguma.

Encontrado numa bodega em que cochilava com um copo de cachaça numa das mãos e um cigarro entre os dedos da outra, um soldado de polícia chegou cuspindo marimbondo — *Com licença, com licença. Por que esse fuzuê todo na frente da casa do meu chefe?* — e foi logo apelando para a força bruta ao chutar a porta com o seu pesado coturno, dando de cara com o seguinte quadro: sangue para todo lado, no chão, em cadeiras e até respingado na imagem do Sagrado Coração de Jesus pendurada à parede principal de uma pequena sala de visitas. Ao centro deste cenário nada cor-de-rosa, uma

296 Antônio Torres

mulher fulminada por um balaço na boca e outro no peito
— *para sacramentar tudo, quer dizer, não deixar dúvidas de que
a alma desta bela esposa foi mandada de uma vez por todas para
as profundas, ou o limbo do purgatório, ou a honra e glória do
paraíso, sabe-se lá* —, enquanto, em sentido contrário a ela,
estatelava-se o autor dos disparos, com o seu revólver na
mão. Pelas evidências, acabara de acontecer ali um duplo
assassinato. O primeiro, de uma mulher pelo seu marido. O
segundo, o do marido por ele mesmo.

Ninguém pode entrar aqui, disse ele, tentando dar-se ao
respeito, ao mesmo tempo que fazia um enorme esforço para
fechar a porta e isolar os curiosos da cena macabra, correndo
o risco de ter de sacar a arma que trazia na cintura se quisesse
dominar a situação. *Calma, pessoal. Não empurrem a porta
se não vou ser forçado a mandar bala.* Antes de batê-la de
vez e trancá-la a chave, já que a tramela fora arrebentada a
pontapé, perguntou se alguém ali podia fazer o favor de ir à
cadeia chamar o outro soldado, e correndo, pois eram dois,
como todos sabiam, e tinham de trabalhar juntos nas ocorrências mais difíceis.

Ele não podia ir buscar o seu parceiro porque precisava
ficar de vigilância naquele local, enquanto assuntava quais
medidas teriam de ser tomadas. Para começar, diante do
complicado caso que brutalmente o fizera interromper uma
talagada, o pior era isto: não sabia o que fazer. Com o delegado
morto, a quem passava o comando das diligências que se
fizessem necessárias?

Falava-se ali de um juiz de paz, que ele nunca tinha visto,
talvez vivesse na sede do município, dali a umas esburacadas

Querida cidade 297

léguas, como o juiz *de verdade*, o promotor, os advogados, o médico e o padre, embora só esses dois, o médico e o padre, aparecessem naquelas bandas de vez em quando, em datas programadas. Talvez o tal de juiz de paz fosse um faz de conta, uma patente daquelas dos tempos dos coronéis, só para satisfazer a uma vaidade emproada, enchendo-a de ares superiores. Ou coisa de antigamente, vai ver do tempo da monarquia. Quem, então, agora, tinha o poder de dar ordens naquele lugar? O chefe da política local, pelo lado dos que apoiavam o partido do governo? O da oposição? O nobre vereador, eleito por aquele distrito? O coletor de impostos? A escrivã do cartório do registro civil? A professora? O farmacêutico? Algum dono de venda? Ou o da loja de tecidos? Do armarinho? Da fabriqueta de requeijão? O marceneiro? O carpinteiro? O ferreiro? O funileiro? O alfaiate? A costureira? A beata que guarda a chave da igreja? O sacristão? O tocador dos sinos? O coveiro? Quem, quem, quem?

Ferrado. Assim ele se sentia. Noutra palavra: lascado. Fodido mesmo.

A sua alçada como servidor da lei se limitava a prender ladrão de galinha, tirar corda de pescoço de enforcado e averiguar os demais casos de *tresloucados gestos*, dar um chega pra lá em bêbado que se metia a valentão, apartar briga, botar ordem nas arruaças. Desde que fora transferido para a delegacia daquela longínqua praça, há coisa de uns dois anos, não tivera de encarar crime de morte algum. Muito menos tão pavoroso como aquele, seguido de suicídio. E ele que pensava que naquela pacata noite de lua cheia não iria aparecer nada para lhe atrapalhar os sonhos. Quando o procuraram, ele ouvia no rádio da bodega o final do programa *A voz do Brasil*; 20 horas na capital federal. O mesmo horário daquela região. Ainda era cedo. Dava para beber a sua cachacinha sossegado, depois pedir uma saideira — *só mais uma!* — antes de pegar o caminho de casa, que ficava logo ali, afinal o povoado era bem pequeno. Uma vez chegado ao *recesso do lar*, tomaria um banho, forraria o estômago com um pão com manteiga, cuscuz de milho e uma média de café com leite que a mulher lhe traria à mesa, quentinha, e se sentaria à sua frente a perguntar como as coisas tinham corrido naquele dia, como sempre queria saber, e depois, em sinal de agradecimento, ele pegaria o seu violão e tocaria para ela uma enternecedora canção de amor, a ser aplaudida com um delicioso beijo — *huuummmm*. Casa pequena, grandes corações. E uma lírica lua a clarear as suas cordas depois que o motor da luz fosse desligado, às 22 horas em ponto, conforme o costume.

Deu tudo errado, chefe.

Agora se perguntava: qual seria a hierarquia do sujeito encarregado de todo dia ligar o motor da luz às seis da tarde e desligar às dez da noite? Ou ali ninguém estava acima ou abaixo de ninguém, com exceção do delegado de polícia, pois todo o poder municipal se concentrava na sede do município, portanto, na cidade? *Hoje tem de aparecer quem mande nessa porra, quem conheça pelo menos dois parentes do casal, um do homem, o outro da mulher, quem vá buscar o médico legista para providenciar as autópsias. Ou alguém vai ter de levar esses dois cadáveres noite adentro até chegar a algum lugar que tenha condições de fazer tais procedimentos? E... E... E... Quem pagará o enterro? Os enterros?*

Querida cidade 299

Ele se sente numa trincheira indevassável, da qual não arredará pé até que apareça no recinto o famoso senhor *Quem de Direito* cuspindo ordem: *Deixa comigo. Agora vá controlar a curiosidade do povo lá fora. Mas sem mais tragédia, por favor.*

Seus olhos bisbilhotam o ambiente. Passeiam por todos os utensílios domésticos nas salas de visitas e de jantar, onde uma cristaleira guarda pratos, talheres, compotas, xícaras. Veem uma mesa arrumada para dois. De volta ao casal que nunca mais jantaria naquela casa nem em lugar algum, concentram-se numa fotografia emoldurada que caíra no chão com o baque de um dos corpos na mesinha de centro onde ela se encontrava. Mais do que amarelecida pelo tempo, a encantadora cena de um casamento guardada até que a morte o separasse agora estava pintada de sangue. Uma mão de mulher quase que tocava na foto, como se ela tivesse feito um último esforço para tentar pegá-la antes de fechar os olhos para sempre. Que não estavam tão fechados assim, o soldado viu. Primeiro de relance, ainda dominado pela vergonha do que temia ser tentado a fazer.

Coragem, seu praça!

De olhar e ver se o rosto dela ainda guardava mínimos traços de uma beleza suspirante. Qualquer desatino será culpa da lua cheia, que leva a noite a uivar. Mas não o levou para casa, onde há uma mulher à sua espera para um café com pão, um cuscuz de milho, umas dedilhadas num violão. E um chamego bom. Deus que lhe perdoe por enxergar em sua frente uma boca que pede um beijo, ainda que venha a ser o mais frio que já tenha experimentado na vida.

A algazarra lá fora o deixa de juízo confuso.

É tanta falação que não entende o que estão querendo.

Se é reclamação, protesto, ameaça.

O vozerio sobe de tom, aumenta de volume, cresce, cresce, cresce até zunir nos seus ouvidos assim:

Beija, beija, beija.

Com certeza o chefe não estará gostando nada disso.

Evita olhar para ele, um sargento tão bravo que só quando fosse enterrado iria entregar os pontos de uma vez para sempre.

Eta homem bonitão. Mas ciumento como um corno.

Até morto deve continuar de butuca para qualquer gracinha dirigida à sua branca.

À boca miúda, o casal não escapava das maledicências das mais empedernidas das beatas, tidas e havidas como as bem-aventuradas ovelhas de Deus que numa de suas cruzadas para tirar os pecados do mundo bateram em comitiva à porta da delegacia, em missão eucarística, por ainda não terem visto o delegado recém-chegado na missa, e pior, por já lhes haverem soprado aos ouvidos que ele não era casado na igreja, tendo ali aparecido na condenável condição de amancebado. E pagão, ainda por cima. Para remir-se segundo os ditames daquelas ardorosas zeladoras da fé cristã, o delegado foi instado a se submeter ao ritual dos sacramentos, batismo, crisma, confissão, comunhão, matrimônio. Tudo a ser louvado em uma festa divina, com o povo fiel a se rejubilar por tanta cerimônia num só domingo, coroado com a celebração, pela lei de Deus, da união de um homem e uma mulher, até que

Querida cidade 301

a morte os separasse. E sob os eflúvios de velas, incensos, orações, sermão, alvíssaras, cânticos: *Glória a Deus nas alturas.*

O delegado fez o seu papel de bom ouvinte, sem dizer nem sim nem não, poupando dissabores ao esconder a verdade: que já era casado, segundo duas leis. A do amor e a dita dos homens, lavrada em cartório do registro civil — ambas laicas, mas lhe bastavam. Ou podia ter alegado simplesmente que o assunto era de foro íntimo e ponto final: não se via obrigado a dar satisfação a ninguém sobre a sua vida particular. Estava ali para exercer uma função de utilidade pública, e aí sim, que dele cobrassem competência no cumprimento dos seus deveres perante todos os habitantes daquele lugar, indiscriminadamente. Mas não. Ele encerrou o encontro com a promessa de que iria conversar com a mulher sobre o que lhe disseram ser os desígnios de Deus. Como o tempo foi correndo sem que as beatíssimas senhoras viessem a ter uma resposta que pudessem anunciar como a maior vitória de suas cruzadas pela salvação das almas desencaminhadas, as dúvidas pipocaram em suas mentes com o zumbido de um enxame de grilos. Seria mais fácil um raio cair duas vezes num mesmo lugar do que um *africante* — que rimava com praticante de rituais do capeta como os da macumba, da umbanda e do candomblé: *Saravá, Atotô, Obaluaiyê, Iemanjá, Oxum, Oxumarê, Xangô, Oxóssi, Axé, mizifi* — se converter à doutrina romana? Ou vai ver ele era espírita, ou crente, ou comunista, ou ateu? *Meu Deus!* Tudo farinha do mesmo saco. Que isso fosse deixado lá pela cidade, onde se mistura alho com bugalho, degeneração e devassidão, esculhambação e perdição, ave!

302 Antônio Torres

E assim, enquanto o delegado e a mulher não cumpriam o que deles era esperado, dentro e fora da igreja não faltava quem passasse a servir veneno em taça de vinho canônico:

Não combina.

Do que a senhora está falando?

Preto com branca. Ou branco com preta. Onde já se viu?

Oxente, vam'cê não vive pregando que somos todos iguais perante Deus?

Mas cada qual no seu devido lugar, seu sacristão. Os nossos bons crioulos nem precisaram ser ensinados sobre isso. Venha cá, nunca andou por uma roça, não? Nunca prestou atenção como os trabalhadores rurais, os da enxada e do arado, os vaqueiros, os carreiros, os chamadores de bois, usam as suas próprias tigelas para comer e as próprias cuias para beber água? Nem como os seus filhos agregados dos fazendeiros abaixam a cabeça quando estão diante das filhas deles, tudo no maior respeito, como tem que ser? E elas que sejam bestas de fazer os neguinhos levantarem a crista, louquinhas para ver se é verdade que têm aquilo grande, bem maior do que o dos brancos! E o que vale pras roças, vale pra rua. Veja como o dono do armarinho, o barbeiro, o alfaiate, o ferreiro, o funileiro, o fogueteiro, o sanfoneiro, enfim, como toda a negrada dessa terra sabe onde pisa. Não meta Deus no meio dela não, seu sacristão.

Dali em diante perdia-se o pudor de vigiar os olhares masculinos na direção da mulher branca *amasiada* com um homem preto. Boa bisca ela não devia ser. Os sinais disso se escancaravam do corte dos cabelos, que deixavam à mostra uns dois centímetros do seu pescoço, ao tamanho das saias — só até os joelhos —, numa exibição despudorada de pernas

Querida cidade 303

raspadas. E pior: também faltava recato nos seus vestidos de mangas cavadas, como se ela quisesse que todos vissem que depilava as axilas. E que dizer da sua ousadia de expor uma insinuante covinha dos seios, por onde deslizavam lascivos olhares? E do inebriante rastro do seu perfume, uma afronta aos narizes da *melhor sociedade local?*

Essa o delegado deve ter achado numa casa de... de... Sei lá. Uma dessas coisas feias que dizem que existe nas tais terras civilizadas...

De tolerância.

Como é que você sabe o nome? Já esteve numa delas? Em que cidade?

(Aqui, um pensamento censurado — *Deus me livre, mas quem me dera* — ao qual se sobreporia uma resposta descomprometedora.)

Não. Nunca. Foi num pedacinho de uma novela escutado no rádio da bodega que ouvi falar nessa tal casa de tolerância. Mas juro por tudo que é sagrado que não sei o que é isso.

E é bom nunca procurar saber.

Àquela altura já se sentia que não foi nada bom o Adônis negro desconsiderar os apelos eclesiásticos para que levasse a sua bela *amásia* branca ao altar. Isso viria a expô-la a uma curiosidade perigosa.

Um sorriso malicioso, ainda que à distância, sem qualquer probabilidade da suposta destinatária perceber o sinal de assédio, significava uma espoleta mortal para a espingarda dos difamadores, que acabariam por encontrar um pérfido emissário para a mais peçonhenta das pulgas a ser deixada atrás da orelha de um marido que de picada em picada acabaria estupidamente envenenado.

304 Antônio Torres

Como no dia em que lhe aferroaram os ouvidos com uma arenga cabeluda, conforme o relato a seguir:

Soube disso, chefe, pelo soldado que o senhor trouxe muito antes de mim. Por falar nele, por que está demorando tanto? Será que não lhe deram o recado que mandei?

— Esta delegacia é uma moleza — *ele me disse, logo que cheguei aqui para trabalhar sob as suas ordens, sargento.* — Você vai passar a maior parte do tempo se revezando comigo na limpeza da casa, e tomando conta de um preso ou outro, de vez em quando. Tirante os dias de feira, de festa da igreja e de comício em época de eleição, quando a praça se enche de matuto e as vendas e bodegas se entopem de bêbado metido a brigão, e das desavenças entre vizinhos de pastos por causa dos limites das cercas, o resto do tempo é sossegado. Na maior parte dele vai ficar coçando o saco.

— *E o delegado? Como ele é?*

— Com uma palmatória na mão, parece um monstro. *Outro dia, ele bateu tanto num neguinho acusado de ter roubado uma galinha que as lágrimas escorriam dos olhos do coitado, que ia ficando branco a cada bolo que recebia. Dava para se ouvir de longe os gritos daquele pé de chinelo que até desmaiar jurava por tudo quanto era santo que não tinha roubado nada. Tirante esses castigos desalmados nos pobres-diabos deste fim de mundo, não tenho motivo para me queixar dele, que na relação com o seu subordinado, no caso eu mesmo, chega a parecer um santo homem. Quando me pede para fazer um mandado pra ele, é com todo jeito, cheio de dedos.*

Querida cidade

— Que mandados são esses?

— Comprar numa venda alguma coisa que falta na casa dele e levar lá. O que não é nenhum castigo, mas um prêmio.

— Por quê?

— Você vai ver com os seus próprios olhos, quando chegar a sua vez.

Então, seu delegado, aquele praça da sua inteira confiança passou a língua nos beiços de um jeito devasso. "Uuuuuum!", ele exclamou ao falar de uma mulher que só de lembrar a figura dela o deixava muito excitado, disse naquela vez e em outras e mais outras. Falava desta mesma mulher que o senhor acaba de mandar para os quintos dos infernos, se mandando junto. Quanta loucura para um dia só, num lugar que imagino nunca antes ter acontecido nada parecido. E eu tendo de ficar aqui de sentinela, a ponto de enlouquecer diante do que sou obrigado a tomar conta, como se fosse o meu último mandado para o senhor, chefe, e a sua senhora. E sem ter com quem dividir este fardo, como esperava fazer com o colega linguarudo, que já devia ter chegado para me render, para eu dar um pulo em casa, onde minha mulher está me esperando, com a mesa posta, sem saber que estou preso numa cena apavorante, a ver lobisomem dançar com mula sem cabeça sobre dois corpos ensanguentados, eta ferro!

Quem devia estar aqui para trocar em miúdos como começaram os motivos para essa tragédia era a mocinha que num dia de festa, com a praça cheia de gente, parou em frente desta casa para uma xeretada na vida da formosa esposa branca do delegado preto, que da sua janela parecia contemplar uns rapazes que conversavam na calçada da igreja, sendo que um deles não tirava os olhos da sua direção.

— Apreciando o movimento? — lhe perguntou a intrometida.

— Sim — respondeu a outra, sem saber do risco que ia correr por dar trela para a tal mocinha.

— O dia do padroeiro é o mais animado aqui, não é? Todo mundo de banho tomado, roupa nova, cheiro de festa.

A enxerida se sentiu nas nuvens por ter conseguido puxar uns dois dedos de prosa com uma mulher que muito raramente aparecia em público, daí despertar muita curiosidade sobre os seus gostos, crenças, modo de viver, e, até, de falar. Foi em frente:

— Passamos metade do ano à espera deste dia, e a outra metade das fogueiras, licores, foguetes e arrasta-pés do de Santo Antônio, São João e São Pedro.

Conversa vai, bobagem vem, meu chefe, a mocinha acabou apontando para o rapaz que vira e mexe mirava a sua janela, dizendo:

— Por que será que o locutor do alto-falante não para de olhar pra cá? — e depois disse, sem mais nem menos, que ele era famoso também, ou mais ainda, como desonrador de moça donzela e mulher casada, vindo a ficar surpresa com a resposta daquela que lhe dava ouvidos sem saber em que cilada estava se metendo:

— Então é aquele o locutor? Ele tem uma voz muito

Querida cidade

bonita. — E riu: — Depois das seis da tarde, não tem como se deixar de ouvir o alto-falante, não é?

Ah, aquela "voz bonita" ia dar o que falar! De acordo com o que o meu colega me contou logo que cheguei aqui, aquilo não demorou a ser levado ao senhor, seu delegado, com muitos pontos acrescentados. Num pasquim! Um delirante informe em versos que o senhor acabou de ler na exata hora em que o tal locutor do alto-falante anunciava: "Para alguém que neste momento faz da sua janela a moldura para um quadro de estonteante beleza, inebriando a nossa praça com a doçura do seu perfume, alguém oferece, com muito amor e carinho, na voz do cantor das multidões..."

Meu coração, não sei por quê,
Bate feliz, quando te vê...

Mas ora. Como em todo final de tarde, qualquer música na boca daquele alto-falante enchia os corações de melodia, atraindo às janelas as moças recém-saídas do banho, a espalhar no ar um cheirinho bom de eucalipto — me explicou o meganha meu colega na delegacia, que já se sentia um senhor do lugar, dono de seus costumes. Foi o que entendi de cara. O que não entendo agora é por que ele está demorando tanto a chegar aqui. Será que tem medo de morto? Logo o atrevido que, mal acabamos de nos conhecer, não se acanhou em lamber os beiços e revirar os olhos ao comentar comigo quão bela era a mulher do delegado? Naquela ocasião, ele não titubeou em me deixar *por dentro de uma encrenca que podia ter se originado num mal-entendido, afinal um locutor anunciar que alguém oferece uma música a alguém não significa que é ele que está de olho na mulher de ninguém, ou mandando um recado para o marido dela. Podia ser um pedido de um apaixonado com vergonha de expor o seu nome à chacota. Mas no "buquê de melodias" das tardes como aquela que ia se findando, devagar, devagar, devagar, um bolero de grande sucesso na voz de um cantor chamado Gilberto Milfont soou ao ouvido de alguém com a contundência de uma tijolada:*

Senhora,
Tu manchaste um nome,
O nome de um homem,
Que um dia em teus braços,
Feliz, tentou viver.

— *Que escolha infeliz, seu moço. Agora, ou você some daqui para bem longe ou será sumido. Ordens superiores. Ele preferiu sumir.*

Deviam ser tantas as suas culpas em outros cartórios, que nem quis saber do que estava sendo acusado dessa vez.

Não foi exatamente isso o que me disse o meu colega que botou o tal locutor para correr, a seu mando, seu delegado, mas é o que imagino.

Por falar nele, ouço uma batida lá fora.

Até que enfim.

Com licença, meu chefe. Vou lá ver se é quem estou esperando.

Querida cidade 309

O soldado abre uma nesga da porta, no tanto certo para enfiar os olhos e assuntar o movimento ao redor da casa do delegado. Atordoado com o tamanho do burburinho detona a esmo:

— Porra, que demora foi essa? Já estava achando que você não vinha mais, seu corno!

E treme nas bases quando se dá conta de que errou feio o alvo.

Quem chegava, e em comitiva, era a autoridade máxima do Poder Executivo municipal. Pronto. Agora os mortos passavam a ser assunto para patentes superiores, diante das quais o soldado raso, até ali em desolada sentinela, se enquadra, se maldiz, se desculpa, e pede licença para se retirar, pela necessidade urgente de ir a um banheiro fora daquela casa onde nada podia ser mexido, ele sabe. E a recebe no ato, na condição de ir ao da delegacia, e nela permanecer, para fazer companhia a outro soldado que acabava de chegar conduzindo uma raridade naquelas bandas: o automóvel que, junto com o senhor prefeito e a sua escolta, havia trazido um pouco de encanto àquela noite de espantos, como era visível à frente da delegacia, onde ficara estacionado.

E com o prefeito veio também a encantadora ordem para o motor da luz continuar ligado. O que contribuiu enormemente para o fuzuê de curiosos sem medo de lobisomem. *O que foi, o que foi?* Tudo a encher o ar com o cheiro de outra assombração, intui o policial que tinha pressa para aliviar a bexiga, e logo verá sua suspeita confirmada quando já livre, leve e solto toma pé do que atraiu tanta gente às duas janelas da delegacia, que continuavam abertas, escancarando

310   *Antônio Torres*

à bisbilhotice pública o corpo daquele que ele tanto havia esperado para ajudá-lo na vigilância da casa do delegado. Pois lá estava o seu parceiro conversador silenciado para sempre no chão da sala onde o senhor delegado costumava castigar os ladrões de galinhas até desmaiarem. E sob os cuidados do guarda que viera na delegação do senhor prefeito. Naquela noite, os sinos daquele povoado insone dobraram por três mortes.

Em vez de um, dois assassinatos.

E um suicídio, para completar a desgraceira, cujos motivos dariam mais o que falar do que a desvendar pelos investigadores que vieram de fora cheios de perguntas sem respostas de alguma valia: *eu acho, é o que se diz, o povo fala, me contaram.* E não se achou pasquim algum. Nem bilhete, carta, diário. Com ou sem comprovação do que a teria originado, aquela desgraça toda haveria de perturbar o sono daquele lugar, que passaria a ter os fantasmas dos seus protagonistas como visitantes noturnos, para jurar-lhe vingança, vingança, vingança aos vivos clamar, como na música que fazia parte do repertório que antes levava as moças às janelas todo fim de tarde, logo após a hora da ave-maria. E agora nem a Santa Mãe de Deus conseguia livrá-las, e às mães delas — principalmente estas —, de passarem a ter medo das próprias sombras, e de acordarem todos os dias com caras de loucas varridas, e com o mesmo relato do sonho com as vozes saídas das caveiras de uma branca e dois negros a lhes ensurdecer os ouvidos com uma única e maldita palavra, dita num coro cavernoso que a encompridava ensurdecedoramente:

Querida cidade 311

Viiiiinnnnn-gaaaannnnnnn-çaaaaaaaaaaaaaaaaaaa!

Preto também era o soldado que sobreviveu, sem um único arranhão, para contar a história, da qual, na verdade, não tinha muito a dizer, no que tangia aos bastidores dela. Por exemplo: não conseguia fazer a menor ideia do que levara o delegado a dar um fim a um ajudante que parecia o preferido para os seus mandados pessoais. E com um balaço na boca, o que dava margem a imaginações sobre o tipo de conversa que dela devia ter saído. Será que foi para não deixar testemunha? Mas de quê? De certeza mesmo é que tal assassinato não deixara a menor evidência da sua motivação. Tanto quanto o outro, seguido de um suicídio como ponto final de um *rimance* que poderia vir a ser cantado nas feiras da região sob um ponteio de viola de rasgar os corações: *O misterioso crime do Adônis negro contra a sua talvez inocente branca pecadora.*

De volta à pasmaceira de sua rotina, o soldado veio a receber uma visita que a princípio o pôs de prontidão, antevendo uma encrenca fora da ordem vigente. Primeiro, o desconhecido lhe estendeu a mão, num cumprimento silencioso. Tal gesto, assim como a figura de quem chegava, não lhe despertou qualquer suspeita de tratar-se de um dos envolvidos no enredo de uma tragédia que se queria enterrada com sete palmos de fundura. Mas uma pergunta logo atirada na sua cara o deixou de orelha em pé, a recordar-se de uma conversa do seu colega assassinado sobre o caso de uma intriga que havia deixado o delegado alucinado. E ali estava, de corpo e alma, o suposto primeiro causador das

312   Antônio Torres

desconfianças que teriam levado um marido à loucura. Sim, com a poeira dos enterros assentada, ele podia retornar à terra que tivera de deixar como um cão escorraçado.

O encontro aconteceu onde o soldado sempre marcava ponto assim que no final do expediente saía da delegacia, na qual continuava lotado por decisão do seu novo titular, também vindo de fora, portanto, necessitado de um auxiliar que estivesse por dentro das mumunhas do lugar: a bodega em que ele via o tempo escorrer de uma garrafa para um copo e deste para a sua garganta quando foi chamado às pressas para ir ver o que havia acontecido na casa do delegado. Agora, era líquido e certo que a pergunta que acabava de ouvir associava o perguntador às ocorrências de um passado que ainda parecia longe de ser sepultado de uma vez por todas.

— O senhor já ouviu falar de um locutor que foi forçado a cair fora daqui, jurado de morte?

O soldado o mirou de cima a baixo, surpreso com esse começo de conversa sem rodeios e a estatura daquele sujeito, acima da maioria dos dali, que era de mediana para baixo. De cara, não viu nele o mau elemento que lhe tinham pintado, mas um perfeito cidadão classe A: alto, alvo, alinhado, apessoado. Pela estampa, dava até para se passar por abonado. E ainda cantava e dançava bem, organizava bailes, tocava o órgão da igreja? Ora, ora, se ali não estava um tipo de indivíduo que não devia sair de casa sem três galhos de arruda atrás da orelha, para afastar o mau-olhado.

Tão intrigante quanto a amaldiçoada fama que ele havia deixado para trás era o motivo que o trazia de volta aos cafundós de onde havia sido expulso, só porque um dia uma

Querida cidade 313

mulher casada suspirou ao dizer que ele tinha a voz bonita, isto é, no dizer de uma fuxiqueira, e o fuxico se espalhou como num rastilho de pólvora.

E ali estava, de corpo presente, o dono da voz que não mais poderia dizer *Bença, meu pai*. Com a morte dele, a sua mãe pegou as duas filhas e com elas se mudou para a cidade mais próxima, a sede do município, onde ficaria a uma boa distância dos mexericos que lhe azucrinavam o juízo. Portanto, que diabo aquele proscrito teria vindo fazer ali? Vingança? Mas de quem, ou contra quem, se o seu amaldiçoador àquelas horas estaria a chafurdar no campo de concentração em que Deus confinava a escória do mundo dos mortos, por ter cometido o pior de todos os pecados — o do atentado contra a própria vida? Que não viesse à procura de novas sarnas para se coçar. Se esta vinda fosse só para aliviar os seus remorsos, tudo bem, que isso não será caso para nenhuma perturbação da ordem.

Em vez de uma resposta subserviente — *Inhô não*, ou *Inhô sim*, o soldado apenas balançou a cabeça, em sinal afirmativo, enquanto respirava fundo para ganhar fôlego, antes de dizer, de olhos rútilos:

— Então é o senhor!

O outro assentiu, também com um menear de cabeça, não fazendo caso da malícia embutida na exclamação que acabava de ouvir, assim como na pergunta que viria a seguir:

— Veio matar as saudades?

— Como diz a música, saudade mata a gente. Só que não vim para matar nada. Nem ninguém. Voltei do jeito que saí. Desarmado.

314   Antônio Torres

O cenário não poderia ser o mais apropriado para uma conversa reservada: uma bodega entregue às moscas. Atrás do balcão, sentado num tamborete, o bodegueiro estava tão concentrado em ouvir no rádio o noticiário federal levado a todo o país, pontualmente, das 19 às 20 horas, pelo programa *A voz do Brasil*, que não se mexeu com a chegada do seu segundo freguês daquela noite, só vindo a prestar atenção nele quando chamado, e pelo nome, para lhe servir um rabo de galo e renovar o copo do soldado.

— O meu com mais vermute do que cachaça. Por favor.

Ao escutar aquela voz tão popular, que ele achava que tão cedo não voltaria a ouvi-la, o bodegueiro entrou em pânico. Sentados frente a frente numa das poucas e minúsculas mesas da sua *venda* — e não *bodega*, ou *birosca*, ou *pé-sujo*, como fuleiravam o seu pequeno, mas bem sortido, armazém de secos e molhados, que vendia de cachaça a pão de milho, bolacha de canela a creolina, bola de gude e querosene, açúcar e enxada, sal e formicida, foice, estrovenga e caderno escolar —, aqueles dois poderiam sair no pau, assim que a bebida fervesse no sangue e o recém-chegado passasse a ver no soldado a cara do outro que o havia posto para correr dali. Afinal — como poderia esquecer aquela noite? — fora bem na sua frente que o locutor que antes lhe falava ouviu o recado do sargento: — *Cai fora, malandro. E já!* Daí a expressão de espanto do bodegueiro, perdão, *vendeiro*, ou, como o próprio prefere, comerciante:

— Você por aqui?! Quem diria, quem diria!

Apertou-lhe a mão, deu-lhe um abraço e um tapinha nas costas, a perguntar:

Querida cidade 315

— Que bons ventos — *ou maus*, pensou — o trazem de volta a estas bandas?

— Não os mesmos que me levaram. Espero... Bom, como sempre se diz por aqui, quem está vivo um dia aparece.

— Lá isso é. E por onde andou nesse mundão de Deus?

— Aonde Ele me permitiu e o Diabo não me impediu.

— Sorte sua e azar nosso, pois enquanto você ia, o Demo vinha. E aqui assentou praça para atentar as nossas almas. Só nos deu um pouco de sossego quando conseguiu carregar algumas delas para o inferno. Será que... que... que...

Provocado pela lembrança de um dito popular — *Passarinho que canta muito caga no ninho* —, aquele engasgo foi-lhe providencial. O que ia dizendo podia mesmo resultar numa cagada: — *Será que com a sua chegada o Diabo não vai voltar a pintar o sete por aqui?*

Estava, sim, antevendo uma queda de braço naquela mesa, que podia resultar em quebra-quebra dentro da sua casa. E até morte.

Mas a única coisa que lhe competia fazer era deixar que cada um cuidasse de seus copos, ainda que tivesse de ficar com os olhos e os ouvidos atentos. E as orelhas em pé. E que pagassem a conta, a única daquela noite, ao que parecia. A menos que um abelhado zumbisse na praça: *Adivinhem quem está aqui? E onde?* E se fosse ele mesmo a sair de fininho, dizendo vou ali e volto logo, para botar a boca no mundo, e ver uma multidão correr para a sua venda? Isso ia fazer a noite terminar em festa ou em quizomba? Todo cuidado era pouco naquela hora. Que não fosse ele a dar motivo para a cobra fumar. Nada de provocar confusão.

316 Antônio Torres

O que o intrigava, por beirar as raias do inacreditável, era isto: como aquela figura notória, tão bem e malfalada, podia ter chegado ali, fosse por qual caminho tivesse tomado, sem ser visto? Nenhuma moça à janela a suspirar um *ai, ui, viva, salve, salve, oba, hoje vai ter baile*? Nenhuma beata a fazer o sinal da cruz? Nenhum namorado, ou noivo, ou marido a se esgoelar *pega, ladrão*? (De mulher, quem não sabia?) Não, não seria ele, o bodegueiro, ou vendeiro etc., quem iria jogar lenha numa fogueira que poderia espalhar brasa para todo lado, até que a bomba viesse a explodir nas suas próprias mãos. Melhor sossegar o facho, deixando aqueles dois ali entregues aos seus assuntos, fossem eles quais fossem. Não sem antes fazer um comentário, a título de aviso para o recém-chegado:

— Bom, quem acabou tendo de aguentar o cheiro do enxofre espalhado pelo diabo foi este nosso amigo — disse, apontando para o soldado. — Homem de coragem taí. No seu tempo aqui, já provou que não tem medo de alma nem deste nem do outro mundo. Na frente dele até o tinhoso tem de botar as suas barbas de molho.

Os dois à mesa, porém, iriam surpreender até o *que diga*, que, pelo visto, se manteve à distância do assunto deles. Ou assuntos. Falando baixo, e calmamente, aquele que poderia ser visto como homem-bomba procurara o soldado para uma conversa que parecia confidencial. Estaria ele remexendo na lata de lixo de um passado cuja memória ainda era motivo de assombração? Com a cabeça sobre os braços apoiados no balcão, a fingir que cochilava, o dono do bem sortido *pequeno armazém de secos e molhados* se surpreenderia duplamente com o desenrolar do que temia vir a ser uma peleja de preto

Querida cidade 317

e branco. E que não houve. Aleluia! Além de não deixarem escapar nenhuma chispa capaz de incendiar a quietude de uma noite àquela altura mais propícia a sonhos do que pesadelos, o encontro demorou pouco e foi encerrado com o pedido da *saideira* para selar um acordo satisfatório para ambas as partes, deduziu o *vendeiro*, como o próprio não se importava de ser chamado, por achar melhor assim do que o indigno *bodegueiro*. E que não deixava de se indignar consigo mesmo por não ter captado uma mínima ideia do que teria sido tramado bem diante das suas fuças — que porra era essa? Será que o soldado acabava de ser contratado como matador de aluguel? *Muito obrigado por me escolher para essa missão, e pelo adjutório que ela vai me trazer*, disse ele, já na porta da venda, o que levava o dono dela à suspeita de que o locutor de outros tempos poderia ter voltado ali unicamente para oferecer a alguém a melodia de ritmo rápido e trepidante de uma rajada de balas. Mas por meio de quem tivesse os dedos bem treinados no manejo de um gatilho. *Missão, adjutório... Ali tinha coisa. E que devia ser muito feia.* Fosse o que fosse, algo de novo estava para acontecer, e o que quer que fosse iria se espalhar como faísca em rastilho de pólvora, para a maior indignação consigo mesmo daquele que perdera a oportunidade (*ímpar!*) de ter sido o primeiro a saber. Privilégio do soldado, que ninguém ia tascar. E ele não iria precisar de muito tempo para mantê-lo em segredo. Bastou que o delegado lhe dissesse, no dia seguinte, que sim, era verdade, havia sido solicitado a deslocá-lo para um serviço temporário fora da sua delegacia, calculado para durar alguns meses, e que ele, o delegado, não fez a menor objeção.

318   Antônio Torres

Para o soldado, *adjutório* significava o troco a ser acrescentado ao seu salário pelo serviço de guarda junto aos trabalhadores de uma obra de grande interesse local prestes a ser iniciada: a que ia transformar uma estrada do tempo dos carros de bois em rodagem da nova era dos bufa-gasolina, o que poderia botar aquele remoto lugar, se não no mapa do mundo, pelo menos no do município e do estado aos quais pertencia e, num futuro que se esperava radiante, no do país e do continente, para muito além do lago azul de Ypacaraí.

Agora sim. Finalmente tinha-se ali um motivo para se soltar foguetes, como quando nascia uma criança em casa de roça e o pai explodia a sua alegria nos ouvidos da vizinhança. E para zabumbas, forrobodós, cachaça, sorrisos. Viva o portador da novidade que ia abrir caminho para um povoado onde nem o Judas perderia as suas botas tornar-se uma cidade. Agora ele era um herói.

Ele mesmo, o proscrito.

Que naquela noite de breu chispara por um beco escuro sem deixar rastro, como se não tivesse o menor interesse de saber quem disse o quê para quem, quem comeu quem, quem estava dando, quem morreu, quem faliu, quem fez aquilo. (*Pasquim*, por exemplo, então um temido veículo de difusão de notícias falsas, caluniosas, duvidosas ou não.) Agora o acontecimento ia ser ele mesmo.

Na boa.

Não por acaso ele chegara às vésperas de um domingo de missa.

E na abençoada companhia do pároco do município, o santo homem que, além de lhe dar abrigo, iria ser o porta-

Querida cidade 319

-voz da notícia que ele trazia, para elevá-la, em pleno altar de Deus, a um pedestal acima de qualquer suspeita, ao final de um veemente sermão condenatório dos aleives e de todos os pecados do mesmo jaez infamante, de perigosos danos morais, sociais, políticos, culturais — enfatizou o padre, e o entendesse quem quisesse ou soubesse.

Em sua inflamada pregação, ele invocou as admoestações feitas por Jesus Cristo aos fariseus, que chamara de guias cegos de cegos. *E quando um cego guia outro cego, ambos cairão num buraco.* Poucas vezes aquele pregador havia se pronunciado naquele altar de maneira tão exacerbada: *Jesus chamou os fariseus de hipócritas. E dirigiu a cada um de seus discípulos a seguinte advertência: "Hipócrita! Tira primeiro a trave do teu olho, e então poderás enxergar bem para tirar o cisco do olho do teu irmão."*

Fazendo dele as palavras de São Beda, disse que *a pessoa que tem no coração um tesouro de maldade odeia os seus amigos, fala mal de quem ama e todas as outras coisas condenadas pelo Senhor.* E prosseguiu exortando os seus fiéis a fazerem um exame de consciência sincero, deixando-se julgar pelo Evangelho, *quando seremos obrigados a admitir, por mais que nos desagrade, que somos todos hipócritas.* Por fim, lembrou que nada torna as pessoas melhores do que a prática da virtude.

Não precisou dizer que era em nome dela que ele iria permitir que o alistamento dos trabalhadores para as obras de construção da rodagem a serem iniciadas naquela semana fosse feito na casa paroquial. Mas, por outras palavras da sua reverendíssima retórica, disse que considerava essa sua permissão um serviço de utilidade pública. E que a fazia em nome do coordenador dos trabalhos, o cristão ali presente que tanto já havia contribuído para a pompa da liturgia das missas solenes, em memoráveis acordes ao teclado do órgão daquela igreja, tendo a ela retornado naquela manhã, para ainda uma vez mais impregná-la com a sua arte e devoção que tanto elevavam os corações de todos ali ao alto, para ficarem perto de Deus.

— Seu pai e sua mãe estavam lá, porque nunca faltaram a uma missa, você sabe muito bem disso — disse o cavaleiro torna-viagem ao seu já menos atormentado carona, que finalmente ficaria seguro de que aquele ia ser um retorno sem problemas, pois o primeiro havia transcorrido na mais santa paz, com um longo *AAAAAMÉÉÉÉM* entoado a muitas vozes à volta por cima de um cabra marcado para morrer, que agora podia sacudir a poeira da estrada com um pé firme no acelerador, as duas mãos no volante, os olhos nos buracos, esconsos, pedregulhos, curvas, despenhadeiros, subidas e descidas, atento a tudo o que viesse em sentido contrário, sobre rodas, sobre duas ou quatro patas, ou a bater asas. No coração, uma saudade, talvez. Ou muitas. Quem sabe de situações imprecisas, mas que lhe ressurgiam como bem vividas, ainda que enoveladas em sentimentos ora de incompletude, ora de alegria e martírio: riso e lágrimas, felicidade e dor. Na cabeça, o porvir. Nos ouvidos, uma canção: *Não, eu não posso lembrar que te amei...* (Aí tinha uma história, que ele ainda não havia contado.) Na buzina, um hino da igreja para sacramentar a sua chegada num dia comum, sem missa, sem sermão, sem bênção sacerdotal:

Louvando a Maria...

Querida cidade 321

E logo ali, ao deixar a estrada para entrar na cidade que ficava na metade da viagem, ele iria testar a louvação à Santa Mãe de Deus para assustar as galinhas, os cachorros e os pombos que lhe atravessavam o caminho. Uma segunda buzinada despertaria um bando de preguiçosos que madorravam em bancos à sombra das árvores da praça principal. Na terceira, já estava estacionando a uma porta sombreada por uma frondosa mangueira. Atraída à janela, uma mocinha moveu a cabeça para dentro de casa e gritou:

— Mamãe, adivinha quem chegou?

— Parada para o almoço — disse ele. — Vamos ver se nessa casa botaram feijão na panela que dê para mais duas bocas.

E então se abriu uma pesada porta castigada por muitos sóis. Uma senhora de alvo sorriso, vestida com um avental preto a indicar que estava ao pé do fogão quando foi chamada, avançou um passo para a calçada. Também preto era o lenço a lhe cobrir os cabelos, decerto para protegê-los das frituras, ao mesmo tempo que podia ser outro sinal de um luto já a passar do terceiro ano e certamente fadado a prosseguir até o final dos dias daquela inconsolável viúva, a quem o filho agora à sua frente lhe dava motivo para uma trégua em sua tristeza, como nas outras vezes que a visitara.

— Sentiu o cheiro das panelas, foi?

Nenhum *ai* ou *ui* de surpresa diante do progresso daquele que chegava num serelepe jipe, o que indicava não ser a primeira vez que ele aparecia ali modernamente motorizado.

— Sim, senhora — respondeu. — Não dá para esquecer que todo dia, a partir das 11 horas, um cheirinho bom de

322   *Antônio Torres*

coentro ou de alecrim sai da sua cozinha e vai longe. Sempre vou acertar o caminho da sua porta pelo faro, esteja ela onde estiver. Ontem ali, hoje aqui, amanhã em outro lugar.

— E você chegou em boa hora mesmo.

Ele sabia que as suas irmãs ainda não estavam em férias, que começavam na segunda quinzena de dezembro. Daí a sua mãe ter de despachá-las a tempo de chegarem ao ginásio antes do portão dele se fechar, a uma da tarde. Portanto, o que ela considerava boa hora era comida na mesa pontualmente ao meio-dia. Depois de beijar-lhe a mão, como se evocasse um gesto de menino, quando lhe pedia a bênção, o filho apontou para o primo que o acompanhava. E perguntou à mãe:

— Onde cabe eu, cabe um convidado meu?

— Ora se cabe!

Ao se dar conta de quem se tratava, ela abriu os braços, num largo gesto de boas-vindas.

— Faz é tempo que não vejo esse rapazinho. Como você cresceu, hein? Vamos entrar, vamos entrando.

Uma porta alta e duas largas janelas encravadas numa parede cheia de borbulhas que há muito pedia uma raspagem e uma mão de cal. Pela fachada, sentia-se o cheiro de velhice da casa. Dentro dela uma mãe e duas filhas contavam o tempo que faltava para deixá-la, às vésperas do mês de março, quando passariam a ter a companhia do rapazinho que ali estava, de passagem. A curiosidade de saber o quanto a espera da mudança prevista para uns noventa dias à frente já as deixava ansiosas deu-lhe lugar a outra, mais premente, que o levava a um dos seus torturantes *Momentos Das Dores*: como aquela afável senhora iria reagir, assim que soubesse

Querida cidade 323

que ele seria adotado à sua família, e por todo o próximo ano letivo, sem que ela fosse consultada?

Ao ultrapassar o batente à porta da casa em que ia entrar pela primeira vez, o rapazinho sentiu as pernas bambearem. Bastava a dona daquela casa dizer ao filho que uma coisa era ter um visitante à mesa de vez em quando, o que lhe dava muito prazer, e outra seria a obrigação de alimentar mais uma boca todo dia, por dias e noites. *Esqueceu que na cidade onde vamos morar seremos quatro bocas? E você ainda quer trazer mais uma?* E ponto final numa história que ainda estava nos preâmbulos. Possibilidade que deixava o dito rapazinho se vendo a amargar a dor provocada por uma topada numa pedra enorme que se intrometera no seu caminho. Como se o destino o condenasse a viver tropeçando, ou dando murro em ponta de faca, até cair na vala comum de um beco sem saída chamado fracasso. Como não se sentir maldito por confiar num primo tão autoconfiante?

Outra preocupação: se devia ou não continuar chamando aquela sua parente de *dona*, como antigamente. Nunca soubera direito qual era o grau de parentesco entre eles. Assim como o filho dela, a filha mais velha também o tratava por primo, embora nunca tivessem sido muito próximos. Menos ainda a mais nova das duas irmãs, que, enquanto o irmão arrastava a mãe para uma conversa reservada lá para dentro, dizendo *cuidem bem dele até a nossa volta*, surpreendia o inesperado visitante com um entusiástico *olá, chegue à frente*, para em seguida lhe dizer *acho que me lembro de você, lá no seu tempo de gato do mato, e você, se lembra de mim?* Ele riu, achando que pior seria se ela o tivesse chamado de bicho do

324 Antônio Torres

mato. *Naquele tempo você ainda brincava de boneca, não?* — respondeu, já voltando a sua atenção para a outra mocinha que antes estava à janela, e ao vê-lo descer do jipe exclamou *olha só quem está aqui!* Agora, já sentada numa cadeira, ela tinha um acordeão entre os braços, como se ninasse uma criança. E passava a improvisar uma recepção capaz de fazê-lo esquecer de todos os tormentos que até ali queimavam a sua alma.

Nas pontas dos dedos, nas contorções do pescoço, nos movimentos de todo o corpo e na voz daquela menina a vida lhe acalentava com um mambo *caliente*, de balançar o esqueleto, pôr pilha nos pés, tocar fogo nos salões (*Quero/ quero ser chamada de querida/ Quero, quero esquecer o dissabor...*), levando-o a se recordar de uma vez em que ela subira a um palco armado pelo irmão para um programa de calouros, no qual chorara as mágoas de um primeiro amor que tão cedo acabou. E lá ia aquela menina a se desolar *na estrada longa da vida/ igual uma borboleta/ vagando triste por sobre a flor.* Aos 12 anos.

Ao atingir os 16, parecia ter melhorado de repertório. Ou apenas se deixava levar por uma nova onda que lhe chegava pela boca do alto-falante pendurado num poste bem perto das suas janelas? Mas antes um sacolejante ritmo caribenho recém-desembarcado do México do que as melancólicas guarânias vindas do Paraguai, aqui mudando de língua e se incorporando ao cancioneiro nacional, numa confirmação de que o nosso triste povo amava cantar alegre uma terrível alegria de tristeza: *Meu primeiro amor/ que tão cedo acabou/ foi como uma flor/ que desabrochou/ e logo morreu...*

Querida cidade 325

Bem mais animador era vê-la agora querendo ser chamada de querida. Será que já tinha namorado?

— Sente-se e vamos conversar. É na capital que você está morando?

— Não — ele respondeu à menina mais nova, falando baixinho. — Depois eu conto. Agora vamos ouvir a sua irmã cantar.

— Ih! Ela toca e canta essa música o tempo todo. Já estou farta de ouvir esse quero, quero, quero...

— Que eu estou gostando — ele a interrompeu, quase a pedir licença para voltar aos seus pensamentos.

Ela não se deu por vencida.

— Por quê? Você também quer ser chamado de querido?

Ele segurou entre os dentes a resposta que lhe vinha à ponta da língua: *Você não? E quem não quer ser querido ou querida?* Em vez disso, esboçou um sorriso complacente, desviando o olhar da menina tagarela para vasculhar o ambiente à sua volta: teto alto, paredes desnudas, que não viam uma mão de cal há muito tempo; aquela sala de visitas, minimamente mobiliada, com cadeiras de madeira e um desgastado sofá de palinha, desembocava na de jantar; as portas dos quartos (eram três), num azul desbotado, como a da entrada e as janelas, espelhavam o estado geral de uma casa ocupada transitoriamente por uma viúva aposentada dos Correios e suas duas filhas — a presença do filho devia ser esporádica, pois dava a impressão de viver num desassossegado vaivém.

A decrepitude do ambiente não empanava a sua satisfação de estar ali, recebido com música, ouvindo vozes de meninas, e sentindo o cheiro inebriante que vinha das panelas, num prenúncio de deleites regeneradores para quem havia passado o ano *com a alma cheia de amargor*, como dizia um verso da música que ia chegando a um desfecho triste, pois a beldade que queria ser chamada de querida, e de quem se dizia que sempre despertava loucas paixões, ainda estava a esperar de alguém um sincero amor.

Uh!

Palmas.

À mesa, à mesa!

Ah, que hora tão feliz.

A dona da casa:

— Meninas, temos novidade.

— O que é, mãe?

— Conta logo, conta!

Ela contou:

— Ano que vem vocês terão companhia para o ginásio onde vão estudar.

— De quem?

— De alguém que sabe como chegar nele por todos os seus caminhos — ela apontou para o comensal sentado ao lado do filho e à frente das duas filhas. — Alguém que aqui está.

Não era à toa que o seu protetor tinha fama de esperto, malandro e daí para mais e mais, pensou o indigitado *alguém*. Que astucioso estrategista ele acabava de se revelar, acertando em cheio na defesa feita à mãe da adoção de um borrego desgarrado à sua manada: ia ser muito bom para as duas meninas terem quem lhes servisse de anjo da guarda na cidade em que iam morar, muito maior do que aquela em que estavam, e na qual nunca haviam posto os pés. A oca-

Querida cidade 327

sião fazia o ladrão — de cama, mesa, banho e roupa lavada. Tudo estaria nos conformes não fosse um repentino temor: o de uma reviravolta daquelas para quem a sua companhia acabava de ser imposta, como um fato consumado, que elas poderiam considerar arbitrário, sujeito a protestos — frontais, ali no calor da hora, ou guardados para depois da sua partida. Ah, essas meninas! O que se passaria em suas afoitas ideias? Aceitação ou recusa? Sim ou não?

A resposta podia ser lida nos olhos delas: *Sossega, gato escaldado*. E uma mesa farta, cheirosa, apetitosa, sorridente, afetuosa — a primeira de muitas que iria degustar, dando vivas a uma acolhida jamais imaginada — completava: *Sinta-se em casa*.

Que parentada surpreendente. A começar por aquela bondosa senhora à cabeceira, que continuava a falar, contagiando as filhas com o mesmo ânimo de quando contava histórias para fazê-las adormecer, isto na imaginação do recém-chegado, ele também a embalar-se por uma prosa ancestral que o levava de volta às tertúlias ao pé do fogão no seu selvagem tempo de *gato do mato* — de fulano, de sicrano, de beltrano —, pois era de ancestralidades que a dona da palavra estava falando, nessa linhagem:

— O meu pai era primo carnal do seu avô materno, e a minha mãe era a mesma coisa da sua avó paterna. Logo, somos primos por todos os lados.

— Só que a minha consideração por você, primo, está muito acima do grau do nosso parentesco — interveio o outro varão à mesa, começando a pôr em pratos limpos o real motivo que o havia levado a patrocinar aquele encontro. Ao

328 Antônio Torres

mesmo tempo que apontava para o seu convidado, passava a se dirigir às duas irmãs, para dizer-lhes que o rapazinho ali já havia se comportado como o irmão que ele nunca teve, e que passou a ter num momento muito difícil, o mais duro da sua vida até aquela data. — Ele ainda vestia calças curtas quando ficou ao meu lado, numa hora em que eu tive de atravessar uma praça, arriscado a levar uma bala que podia a qualquer instante ser detonada na minha direção. Vocês sabem a que me refiro, não sabem?

Ô se não lembravam! E só de lembrar ainda sentiam arrepios.

Mas as duas meninas apenas balançaram as cabeças, em sinal de assentimento à pergunta do irmão, tão sideradas estavam com o relato que ele fazia sobre aquele coadjuvante até então ignorado da mais pavorosa história já vivida por elas.

— Como diz o povo, que sabe muito dos mistérios da vida, Deus escreve certo por linhas tortas — continuou o irmão delas. — O acaso fez este nosso primo estar na estação de trem na noite de ontem, na sua última esperança de encontrar alguém da nossa terra que estivesse de partida para lá e pudesse lhe dar uma carona. O que ele não sabia era que o seu destino viajava naquele trem. E ia chegar com um mensageiro de outra sabedoria popular, a de que a esperança é a última que morre. Eu mesmo. Que já sabia que ele havia tido de abandonar os estudos, porque o tio com quem morava largou a mulher e sumiu no mundo. Como eu soube? Ora, se notícia ruim não vai longe! Agora vejam que coincidência: esse nosso reencontro acidental teve de acontecer quase às vésperas da transferência de vocês do ginásio daqui para o da cidade bem

Querida cidade 329

mais adiantada onde ele estudava. Aí a senhora Fortuna, a deusa dos acasos, soprou nos meus ouvidos que bem que ele podia fazer parte dessa mudança. Em resumo: agora ele vai para a casa dos seus pais, lá na roça onde nasceu, voltando aqui em fevereiro, para irmos juntos fazer as matrículas, a dele e a de vocês. E em março, vida nova para todos nós, na nova cidade. Alguma pergunta? Alguma dúvida? Algum comentário? Ou façam isso agora ou se calem para sempre.

De olhos marejados, ora achando que estava sendo chamado de querido — um bravo e heroico querido primo —, ora se sentindo um órfão de pais vivos, sujeito à piedade alheia, que finalmente a encontrava, o *Das Dores*, ou quem sabe já um ex *Das Dores*, pouco se importava se isso estivesse acontecendo por obra do acaso ou por uma graça divina. Fosse qual fosse a composição dos fatores que o levaram até aquela mesa, o seu sentimento era de gratidão. E só lhe ocorria um modo de demonstrá-la, e esse modo lhe vinha do fundo do seu tempo de *gato do mato*. Não titubeou a fazer dele o que era próprio das pessoas da roça, ao receberem um adjutório imensurável, primeiro dirigindo-se ao primo, depois à mãe dele e a cada uma das sorridentes meninas, esperando que esse agradecimento, dito alto e bom som e repetido três vezes, produzisse o efeito buscado, ao soar aos ouvidos daquela plateia infinitamente mais forte do que mil vezes *obrigado*:

— Muito Deus lhe pague, muito Deus lhe pague, muito Deus lhe pague, muito Deus lhe pague.

Nenhum *amém* em resposta. Ou por outra: não houve tempo para isso, dada a premência que fez a dona da casa apressar-se em dar o caso por encerrado, ao dizer ao feliz conviva *pode começar a se sentir parte desta família*. E foi em frente:

330   *Antônio Torres*

— Olha a hora, olha a hora — lembrou às filhas, que reagiram com um sonoro "ah!", numa prova inequívoca de que estavam gostando de fazer parte daquela mesa, da qual tinham de sair voando, sem direito às delícias da sobremesa — *oba, hoje tem goiabada!* —, para não baterem com a cara no portão do ginásio.

O irmão delas também não podia delongar-se além da conta. Ainda tinha de rodar um bocado até chegar ao ponto final da viagem. Mas antes de ganhar a estrada precisava pedir a bênção a dois figurões daquela cidade, seus protetores (*incondicionais*, na sua própria definição): o padre e um deputado federal ali nascido, e que ele sabia que lá estava, como fazia de tempos em tempos, para conversar com os seus correligionários locais.

Quando a mãe protestou — *para que tanta pressa? A tarde está apenas começando* —, ele respondeu que voltaria naquele dia mesmo, ou na manhã seguinte, no mais tardar. *Espere ao menos eu fazer um café*, disse ela, para dele ouvir que isso não dispensaria de jeito algum.

Os dois se foram para a cozinha, de onde escaparam alguns conselhos de mãe para filho: que nunca mais ele procurasse sarna para se coçar, mantendo-se sempre na linha; que todo cuidado era pouco também com esse negócio de política — que ele fugisse disso como o diabo da cruz. *Já ouvi muita história de gente boa que se arruinou ao se meter nisso.* O ouvinte involuntário dessa advertência deduziu que ela podia ter relação com a visita que o seu primo queria fazer ao tal deputado. Será que isso fazia parte de algum plano dele para o futuro? Pelo sim, pelo não, achou por bem se distanciar daquela conversa que

Querida cidade 331

não lhe dizia respeito, indo escancarar-se a uma das janelas à frente da casa, para assuntar o movimento no coração da cidade que era a sede do município em que ele havia nascido, dita a comarca, a reinar de nariz empinado para a *tabareuzada*, ou mocorongada, ou capicongada, ou caipirada, enfim, a matutada dos distritos a ela subordinados, cheios de ressentimentos pelos termos depreciativos com que eram aquinhoados, fazendo-os se sentirem munícipes de baixíssima classe, indignos de adentrarem de cabeça erguida e firmeza nos pés aquela que era a sala de visitas de uma pequena urbe, mas muito orgulhosa, ou metidinha, no dizer dos roceiros de suas redondezas, compostas de pastos e arraiais, campinas e povoados, tabuleiros e aldeias, chapadas e vilas. O centro de tudo isso estava ali, a se impor pelo nome:

Praça da Matriz.

Imaginou cadeiras de balanço e espreguiçadeiras de brocado dentro de casas nas quais moças sonhadoras se refestelavam às lufadas de leques lânguidos.

Eta vida boa.

Mesmo vista de relance, a praça causava uma impressão agradável. Era espaçosa, bem calçada e sombreada pelas copas das árvores que balançavam ao sabor de um vento seco e luminoso, a assanhar os pássaros que cantavam o amor que sentiam pela vida e as cigarras condenadas a pipocarem, infladas pelo próprio pio. Ao centro, uma secular construção barroca. Ela mesma: Dona Igreja. O templo sagrado. A casa de Deus. Imponente, austera, indestrutível. Imortal.

332 *Antônio Torres*

Para onde costumavam convergir aos bandos os tão depreciados tabaréus — romeiros e pagadores de promessas vindos de longe, torando léguas e léguas em carros de bois, a cavalo, burros e jumentos. Ou a pé mesmo — por falta de transporte, ou como parte de suas penitências. Isso conforme as datas festivas religiosas, que incluíam as santas missões, quando a praça se infestava de corpos suados, vozes suplicantes, comércio da fé, pedintes aflitos. Aquele, porém, era um de seus dias mais discretos. Sem missa, procissão, batizados, casamentos, catecismos, quermesses, feira, multidão, arruaças. Praça às moscas. Assim sossegadinha, era bonita de ver, mesmo já sem as sombras das meninas de azul e branco e os meninos de uniforme cáqui que acabaram de deixar as mesas do almoço, às pressas. Na torre da igreja soou a badalada sinalizando que naquele exato momento o portão do ginásio ia ser fechado. Uma hora de uma tarde em que ninguém mais naquela cidade precisava se afobar para chegar aonde quer que fosse.

Era o que parecia dizer o homem de terno branco, e de gravata vermelha, metido num par de sapatos de duas cores — preto e branco — que, debaixo de um guarda-sol, movia-se a passos de tartaruga. Devia ser um doutor juiz, ou doutor promotor público, ou doutor *adevogado*, para estar tão *embecado* naquele calor de rachar. O mocinho à janela, porém, não conseguia fazer uma mínima ideia a respeito de uma mulher toda estampada num vestido de algodão sob uma florida sombrinha — sim, ali, quem tinha juízo não andava com a cabeça no tempo — e que, no mesmo ritmo moroso do passante entonado, reverberava um novo colorido àquela

Querida cidade 333

paisagem modorrenta. Será que ela, talvez uma simples dona de casa, e o engravatado de meritíssima estampa, estavam felizes naquela cidade bem arrumadinha que ele só conhecia de passagem? E não mais do que em duas vezes. A primeira, no dia em que foi embora em cima de um caminhão que deu uma parada no posto de gasolina instalado à frente de um hotel naquela mesma praça. A segunda, nessa volta aos seus pagos, quando um anjo torto lhe soprava aos ouvidos: *eta vida besta, meu Deus!* Além das suas duas primas, e da mãe delas, quantos ali imploravam ao padroeiro daquela igreja que lhes desse a oportunidade de se mudar para uma cidade que pudessem chamar de querida? Primeiro, para a que ficava mais adiante, de 50 mil habitantes. E dela para a capital, que passava de meio milhão, e depois para outra com o dobro ou o triplo disso. Mais gente, mais animação, mais novidade, mais civilização — eis aí a equação que acabava rimando com sedução. *Mas chega de confabulações*, dizia-lhe outra voz interna, levando-o a atender ao chamado que vinha da mesa onde mãe e filho haviam retornado, tão hospitaleiros quanto antes.

Pausa para um café, mais um dedo de prosa, *até amanhã, mãe*, e pé na estrada. Sem nenhuma troca de sotaque com qualquer pessoa nascida naquela cidade.

As visitas ao padre e ao deputado federal ficaram para o dia seguinte.

No caminho, mais uma história iria trazer de volta uma noite de horrores que parecia longe de estar perdida no tempo. Aquela noite em que o cavaleiro andante sobre quatro rodas fora intimado a sumir no mundo, se não quisesse ter de deixá-lo para sempre.

334 *Antônio Torres*

Sim, havia uma mulher nessa história. Não aquela das desconfianças de um marido cheio de poder de fogo e cercado de capangas, cuja sombra podia surgir no seu caminho para aflorar a sinfonia dos seus tormentos, fazendo dele, de novo, uma alma estrangulada de uma trama de final infeliz.

Era outro o sonho esvaecido, o desejo irrealizado, o bolero de um amor contrariado do locutor para o qual só restara um único — mas confiável — ouvinte. Afinal, o primo ao seu lado já lhe dera motivo para ser considerado um irmão, para quem agora contava, sem constrangimento, o que de fato o fizera estar caindo de bêbado no momento em que os dois se encontraram em meio a uma praça sujeita a um tiroteio: o fora recebido da namorada — a fulana, filha de beltrano de sicrana, *se lembra dela?* — na manhã daquele fatídico dia, e não a ordem do delegado levada por um soldado de arma à cintura, e a tamborilar nela com dedos nervosos, enquanto lhe dava o recado do chefe para se escafeder urgentemente, sem olhar para trás. Para não levar a bala que ele poderia vir a tomar sem aviso. Portanto, que se sentisse no lucro em sair com a vida entre os dentes de uma guerra de um homem armado contra um desarmado, com mais derramamento de lágrimas — pelo menos na família do desarmado — do que de sangue.

De pé, no balcão da bodega onde a ultrajosa ordem policial o alcançara, o seu destinatário teve vontade de rir, contendo-se diante do nervosismo do soldado, a pique de cometer um desatino, ele intuiu, para a sua sorte. Era o próprio que agora contava a sua versão desse encontro nada casual, em função de uma diligência que não chegou a dar o

Querida cidade 335

mesmo trabalho da procura de uma bola de gude num monte de areia. O procurado não sabia da encrenca em que estava metido. Logo, não tinha porque se esconder ou fugir.

— A minha impressão, no ato, foi a de que o delegado tinha ordenado ao seu subordinado que me caçasse como a um perigoso bandido, não importava onde eu estivesse nem o que estava fazendo. "Se ele estiver trancado a sete chaves, arrombe a porta." E por aí devia ir a sua ordem de invasão à minha intimidade, fosse ela na cama, dormindo, num namorinho de portão, ou debaixo de um chuveiro, ou sentado numa privada, ou onde quer que fosse. Eu tinha de ser achado e escorraçado imediatamente de casa, da família, do lugar em que nasci e vivia, como um cão sem dono. Se reagisse, ia ser despachado para a cidade dos pés juntos.

Esquecer é para quem não tem coração. O amigo-ouvinte daquela alma de confidências lembrou-se dessa frase jogada a esmo no meio de um discurso cheio de citações arrebatadoras, certamente proferidas pelo mais eloquente dos professores no Salão Nobre do ginásio onde ele estudou e ia voltar a estudar, em sessão dedicada a alguma efeméride, algo assim como o Dia do Poeta. Ou teria sido numa *crônica da ave-maria* ouvida num alto-falante às 18 horas da tarde anterior, que já se lhe esfumaçava na memória, tão imprecisa quanto a longínqua noite emigrada das trevas infernais? Mas se por um lado o locutor que ora lhe abria um baú de confidências não a es-quecera, por outro, não se lhe via no olhar a medonha dor de um demônio. O tom da sua locução não traía abafados urros de uma fera ferida de morte. Não se fazia de vítima de maledicências. Simplesmente contava. Então, Vida querida,

336   *Antônio Torres*

foi a vez do ouvinte rememorador aqui intrometer-se no que se (lhe) desenhava como uma cartucheira de intermináveis reminiscências policialescas, para puxar outra mais sentimental, a história da namorada que havia ficado para trás. Será que ele, o namorado mandado embora, estaria escondendo o sofrimento de não poder estar de volta a cantar *para ela trago eu e o meu coração?*

E tome solavanco na buraqueira do caminho.

Assim mesmo, a conversa seguia:

— Com a coragem que a cachaça me injetava, perguntei ao soldado qual o motivo daquela ordem. Ele me respondeu que pelo zum-zum-zum que se alastrava da calçada da igreja ao corredor da delegacia, tinha mulher no meio disso, mas que estava ali em obediência ao seu chefe e não para me dar explicações. "Em sendo assim", eu lhe disse, "vou perguntar a quem de direito, o próprio delegado. Se existe alguma acusação contra mim, quero saber de que estou sendo acusado e se existem provas que justifiquem essa decisão dele tão estapafúrdia." Foi aí que vi os dedos do soldado tamborilarem no revólver à sua cinta, mais nervosamente ainda. Ele falou grosso: se eu fosse interpelar o sargento, ia ser recebido a bala. Portanto, só me restava sair correndo daquela bodega para arrumar a minha trouxa, e dar o fora antes que o sol raiasse. E foi o que eu fiz. E se assim não tivesse agido, não estaria aqui para contar a história.

— E o que estava por trás dela tinha fundamento?

— Que nada. Tudo fuxico de uma beata maluca que ouviu de uma das filhas que a mulher do delegado tinha lhe dito que achava a minha voz bonita. Foi o que bastou para

Querida cidade 337

ela espalhar que ali tinha coisa. E logo o disse me disse correu solto. Não sei o que mais contribuiu para a boataria virar verdade: se por me acharem um vida-torta que levava a vida a cantar, sem nunca ter pegado num cabo de uma enxada, e por isso merecia ser castigado, ou por não aceitarem que uma branca se juntasse com um preto, e ainda por cima sem serem casados na igreja, que desrespeito imperdoável às leis de Deus, hein? Não sei se rio ou se choro ao me lembrar disso.

— Imagino que a fuxicaria acabou chegando aos ouvidos daquela que lhe deu um pé na bunda...

— Pois foi o que aconteceu mesmo. E não adiantou eu jurar que era tudo mentira. Ela não acreditou em mim. Disse que estava cansada das minhas safadezas e pronto. Fim de papo. Só me restava encostar os cotovelos num balcão e encher a cara. E se não caí de bêbado naquela bodega foi por causa da aparição do soldado, com mais uma assombração para me atormentar. Felizmente tive o ombro de um primo para me segurar — o seu! —, depois que tomei uma saideira, ainda sem saber que rumo seguir. Se você não tivesse aparecido no meio da minha caminhada para casa, tropeçando das pernas, eu podia ter ido ao chão daquela praça, e lá ficar escornado, sem contar com uma única mão para me ajudar a levantar, correndo o risco de ser apagado de vez com um tiro nos cornos. Agora, me diga: o falatório que rolava de boca em boca já tinha chegado aos seus ouvidos, naquele dia, ou antes?

— Por bem ou por mal, você sempre foi assunto naquele lugar. Considere isso o preço da sua fama. Mas rapaz, nem acredito que estou aqui ao lado da maior lenda viva do meu tempo lá. E que vou morar debaixo do seu teto. Não conheci

338   *Antônio Torres*

nenhum rapazinho, ou rapagão, ou homem feito que não suspirasse ao ouvir as histórias das suas aventuras, pouco importando se fossem reais ou inventadas. Se for verdade que inveja mata, sorte sua de estar vivo. E agora, minha também — concluiu com uma risadinha o carona do impávido locutor de um passado tão trepidante quanto as pedras do caminho que os levava a uma nuvem de poeira, provocada por máquinas, picaretas, pás, enxadas, estrovengas, serras, machados. Homens em ação.

— Lá vem quem a gente esperava! — gritou um deles, assim que viu o jipe chegando.

— Oba! — animou-se o batalhão empoeirado.

Ao frear ali, o motorista fez um sinal para o que havia gritado, chamando-o. Era o mestre da obra, de quem ele iria querer saber se tudo estava correndo bem, dentro do cronograma estabelecido, e sem incidentes, antes de passar ao assunto que todos aguardavam. O pagamento. E logo o soldado contratado para cuidar da vigilância nos trabalhos se aproximou, para corroborar o que o outro acabava de lhe dizer: que tudo vinha correndo na mais perfeita ordem. Então ele, o pagador, pôs os envelopes que trazia na mala sobre o capô do jipe, entregou os dos dois já à sua frente e chamou os demais, um a um, sempre pedindo ao soldado que conferisse se as quantias enveloladas estavam corretas, para o caso de necessidade de testemunha, se houvesse reclamações posteriores. Depois, chamou o seu acompanhante para uma expedição à obra, que lhe pareceu seguir à risca a engenharia planejada. Se arrastando como uma cobra gorda, o novo rasgo da estrada havia avançado apenas até o topo da ladeira, de

Querida cidade   339

onde dava para avistar um pacato amontoado de casas em torno de uma igreja, diante da qual, mesmo à distância, os que estavam chegando tiravam o chapéu e se benziam, como fez um daqueles dois.

O outro, o dito acompanhante, ou carona, suspirou fundo, puxando de dentro de si uma estranha sensação. Quando vivia naquele lugar, só pensava no dia de ir embora. Para uma cidade. Agora, ao revê-lo depois de quatro anos de ausência, batia-lhe uma ternura mais doce do que todas as já sentidas por qualquer ente querido: pessoa, cão, gato, passarinho, flor. Os seus olhos se espalharam pelos pastos, até divisarem a casa em que havia nascido, aonde chegaria dali a pouco — batendo perna por uma trilha que não guardara nenhuma das suas pegadas —, sem saber que aquela seria a última vez que veria o seu pai. Mas sabia que ele, a mãe e os irmãos correriam para o avarandado, ao ouvirem o baque da cancela de acesso aos seus domínios, e lá permaneceriam a postos — eretos, impassíveis, com certeza surpresos diante daquele inesperado aparecimento.

Todos os crepúsculos agora estavam nele.

O gado voltava para o curral, uma rolinha saudava a suavidade da luz (*fogo apagou!*), e a quietude reinante levava-o a ouvir ao longe uma voz de oração a cantar uma música para encher o seu atormentado coração de beatitude, placidez, harmonia. Como se a evocação à hora da ave-maria — certamente vinda de um rádio movido a bateria de caminhão, sinal de que algum progresso já havia chegado àquelas campinas — o fizesse se sentir sob as bênçãos da Santa Mãe de Deus.

Pronto.

Agora ele estava de volta a um lar que, quatro anos depois de o haver deixado, não sabia se poderia chamar de seu.

Mas lá estava.

De corpo e alma.

E espírito desarmado.

Sem uma faca na mão para cortar a melancolia.

4

Enigmas

Outra era a tarde. E a paisagem.

Através de uma nesga entre dois arranha-céus, ele contempla o inefável reflexo de um pôr do sol no mar, a pedir ao dia evanescente que o envolva num abraço confortador.

Via-se em frente a um quadro que parecia querer dizer alguma coisa diretamente ao seu coração, e que ele não compreendia, porque era intraduzível como um solo de um trompete com o poder de atingir as mais íntimas profundezas, em acordes capazes de espelhar os seus sentimentos diante do que estava a considerar a enorme tragédia da jornada de um dia para dentro da noite, oferecendo-lhe como consolo a visão de uma beleza esmaecida a impulsionar a sua alma pelo infinito, levada pela fluidez de um sopro sublime, a lhe lembrar disto:

342 Antônio Torres

Uma pintura é música que se pode ver e uma música é pintura que se pode ouvir.

Esta tarde o levava às duas coisas.

Sai a música da ave-maria.

Não é ainda o som imaginário de um trompete a recobrir nos seus ouvidos a merencória melodia em feitio de oração, mas uma bela voz de mulher, a cantar:

Da minha janela sozinha
Olhar a cidade me acalma.

Era tudo que ele precisava agora.

Naquele agora.

Acalmar-se.

Quantas cidades haviam mastigado e engolido a sua juventude, aos nacos?

Aquela ali lhe cozinhava a idade avançada em banho-maria.

Até quando vou aguentar esse tranco?

Não estava falando para as paredes, mas para as nuvens que os seus olhos alcançavam muito além dos edifícios à sua frente, no vácuo entre o entardecer e o anoitecer.

Chegara mais cedo em casa, louco para contar à mulher o que lhe havia acontecido. Temeu perder os sentidos sem ela por perto, para lhe dar atenção, apoio, quem sabe algum *auriverde pendão da esperança.*

Ainda há pouco havia se olhado no espelho. O que viu foi o tamanho da tensão estampada em seu rosto. Tentou

Querida cidade 343

aliviá-la com uma chuveirada que lhe deixou com um aspecto melhor, mas não lhe lavou a alma, que continuava mais ardida do que nunca.

Que péssimo momento para receber aquela notícia. Logo no dia em que havia tomado uma decisão dificílima, já a lhe parecer a mais dura de toda a sua existência. Faltava-lhe chão debaixo dos pés. Faltava-lhe ar. Faltava-lhe firmeza nas mãos para agarrar o que restava do seu dia. Sobrava-lhe a sensação de que iria enlouquecer. Estava a ponto de querer matar o mundo.

Portanto, não tinha os olhos tranquilos de quem sabia o seu preço, como dizia saber a personagem da música que lhe vinha aos ouvidos, cantada pela mulher de voz bonita que talvez se chamasse Maria das Graças. Ou Gracinha. Ou Gal. Uma voz antiga. A evocar momentos mais felizes da sua vida naquela cidade, e que foram para o espaço, levados pela fumaça do seu último cigarro.

Mais antigas ainda eram as imagens que a paisagem crepuscular lhe trazia às retinas:

1ª. O rosto sulcado de mágoas de seu pai, iluminado pela chama do fósforo que acabava de riscar para acender o charuto que ele mesmo havia feito com uma folha do fumo que plantara, cultivara e colhera. Via-o a acendê-lo sem tirar os olhos da vermelhidão provocada no horizonte pelo arrebol da tarde, no qual buscava sinais de chuva, ou um aviso do fim do mundo, ou apenas um motivo para baforar o medo da noite, conforme o seu ritual de todo entardecer. Até que — rezava a lenda — de baforada em baforada ele próprio esfumaçou-se no espaço, sumindo no infinito, quem sabe inspirado por um poema ouvido de um de seus filhos, à luz de um fogão de lenha, ao pé do qual a noite esvaía-se ao som do crepitar de panelas fumegantes:

E do meio do mundo prostituto
Só amores guardei ao meu charuto!
E que viva o fumar que preludia
As visões da cabeça perfumada!
E que viva o charuto regalia!
Viva a trêmula nuvem azulada
Onde s'embala a viagem vaporosa!
Viva a fumaça lânguida e cheirosa!
Cante o bardo febril e macilento
Hinos de sangue ao poviléu corrupto,
Embriague-se na dor do pensamento,
Cubra a fronte de pó e traje de luto:
Que em minha harpa votei ao esquecimento
Só peço inspirações ao meu charuto.

E assim ele se ia, quer dizer, se foi, ou se teria ido. Não de cidade em cidade atrás do filho que à luz de um candeeiro lhe havia lido aquele poema, mas a caminho de Deus, com quem queria fumar o charuto da paz, e a quem confessaria haver se cansado de se extenuar no cabo de uma enxada de sol a sol, ainda tendo de sofrer o implacável castigo — *medonho, medonho!* — do Todo-Poderoso, quando mandava as secas ou as enchentes arrasar a terra que dava o sustento de um povo sujeito às cruéis punições dos céus pelos pecados do

Querida cidade   345

mundo. Então vinha o desespero, o chororô, mãos ao alto, bocas famintas a pedir clemência. Horror e dor. *Senhor Deus, olhai por nós.*

Eis aí um encontro que daria um *rimance* ainda mais fabuloso do que o da chegada ao inferno do bandoleiro Lampião, o famigerado rei do cangaço, que o reduziu a cacos, pois mesmo depois de morto continuava com a perversa valentia que em vida o levou a atacar fazendas e cidades, roubar gado, fazer saques, sequestros, torturas, mutilações, estupros, assassinatos, eta cabra malvado! Nem Satanás foi-lhe tope. Essa sua malvadeza póstuma mereceu a consagração das palmas e bis, bis, bis, nas cantorias e declamações em praças públicas. Aquela é que foi mesmo uma peleja dos diabos.

O próprio não se daria por vencido, ora, quem era louco de desdenhar dos poderes do maioral, achando que, ao perder uma briga, cle estaria destruído para sempre? Mas um matuto cheio de pressa para entornar umas e outras iria se esquecer disso. Justiça se lhe faça: a ocasião era de deixar qualquer um doidinho da silva para encher a cara.

Logo cedo a mulher dele começou um lero-lero de que queria ir ao povoado em torno do qual gravitavam em dia de feira ou de missa e outros chamados pelos sinos da igreja. Daquela vez a atração era sem precedentes em suas vidas, anunciada aos quatro ventos como uma festança de arromba, para comemorar a passagem de um ignoto ajuntamento de moradias à condição de cidade. Os filhos fizeram coro com a mãe, e lá se foram todos, metidos nos panos mais apresentáveis que possuíam.

346   *Antônio Torres*

Antes de sair da casa em que se arranchara com a família, e já aturdido por um foguetório estrondeante, ele, o matuto arrastado da sua roça a contragosto, cometeu o desatino de usar o nome do arrenegado — ou demo, satã, belzebu, trevoso, cabrunco, mofento, maligno, coisa-ruim, diá, cão, exu, pé de bode, sarnento, capiroto, maldito, canhoto, capeta, tinhoso, excomungado, enganador, malino, cramunhão, rabudo, malvadão, não-sei-que-diga —, num impulso desastrado, que iria lhe trazer uma assombração infernal.

Foi na hora em que a sua mulher lhe pediu dinheiro para um dos filhos ir à venda comprar pão. Respondeu que bastava mandar botar na sua conta que depois ele acertava, como sempre fazia. Ora, ora, naquele lugar toda pessoa com algumas braças de terra e nome limpo na praça tinha crédito em qualquer casa comercial, deixando suas compras anotadas para pagar quando Deus mandasse bom tempo. Não era assim, ali, desde que eles se entendiam por gente? Ela também não tinha se tornado freguesa de caderno, principalmente da loja de tecidos e do armarinho? A mulher insistiu. E remoeu. E reclamou do pão-durismo do marido, enchendo-o de insultos — casquinha, mão de vaca, mesquinho, avarento —, para desespero dos filhos, que, apavorados, passaram a temer uma tragédia familiar de consequências imprevisíveis. *Quer fazer o favor de parar de me infernizar o juízo com essa lenga-lenga de dinheiro, dinheiro, dinheiro?*, esbravejou ele. *Quero que o diabo me carregue se eu tiver um tostão furado no bolso*, completou, dando-lhe as costas e se retirando porta afora, arrastado pela vontade de ir correndo se queixar a uma garrafa, deixando para trás a sua atônita prole, e com ela as perguntas vindas

Querida cidade 347

de uma voz apoplética, as últimas de uma vida inteira de arrelias: *Cadê o lucro da safra de fumo deste ano, e que não vi a cor de um centavo? Eu não me sujei toda ajudando a colher aquelas folhas fedorentas como uma escrava? E pra quê? Vamos, me diga, torrou tudo na cachaça, sem ao menos comprar umas roupinhas novas para os filhos?*

E eles, os ditos filhos, não puderam fazer nada para que ela, a mãe deles, segurasse dentro do peito o seu pote cheio de ressentimentos.

Desgraçado. Infeliz. Miserável.

Um coro de ais e uis não lhe deteve a fúria praguejadora.

Que o diabo te carregue mesmo! Para as profundas do inferno!

— Agora chega, mamãe. Sente-se. E se acalme — disse-lhe a filha mais velha, dando-lhe um copo de água com açúcar. — Nós viemos aqui para uma festa, esqueceu?

— Então vamos para a festa — ela esboçou um sorriso encabulado, ao mesmo tempo que passava as costas das mãos nos seus aguados olhos.

— Mas lave o rosto antes, para não ficar com essa cara de enterro.

— Vocês também. Depois vamos. E seja o que...

— Nada de chamar o sarnento pelo nome outra vez, viu, mãe? Vai que ele aparece. Aí é que a gente se ferra de vez.

— Eu ia dizer que seja o que Deus quiser.

— Ah, bom!

Não demoraram nos retoques. Eram cinco os filhos. Três meninas e dois meninos que logo se imiscuiriam na multidão.

Mais saias do que calças, na desgostosa contagem do senhor que fora o dono deles até minutos atrás, e de quem,

348   Antônio Torres

embora ainda não soubessem disso, nunca mais iriam ouvir lamúrias pela ausência de um varão que, se ali tivesse ficado, empatava o número de braços para os cabos das enxadas, das foices, das serras, dos machados.

Um pouco de alegria naquela hora só podia lhes fazer bem.

Com o cabelo repartido ao meio, formando cachos laterais presos por dois laços, num penteado da moda por tudo quanto era canto do país, a mais núbil das meninas dava o exemplo. As outras não ficaram atrás dela, nessa ingênua coquetice. Uma prendeu uma vistosa flor amarela à cabeça e a outra a enlaçou com uma fita azul. E foram em frente. Para serem notadas.

Ao se desgrudarem da mãe, as meninas e os meninos se enfiaram onde puderam. Sem avistar nem a sombra do praguejado pai.

Que, mesmo que quisesse, a mãe também não chegaria a ver.

Nunca mais.

Quando escreveu ao filho, que lá já não estava desde muito tempo, para lhe dar a notícia do sumiço do marido, ela nem de leve se referiu à briga que os dois tiveram e de seus desdobramentos: a jura de um, a praga da outra. E o diabo no meio.

Agora — naquele agora — tal filho via o pai a adejar na imensidão dos ares, seguindo a trajetória da fumaça do seu charuto, conforme a lenda que daria para animar muita tertúlia de pé de fogão de lenha (se ainda existisse uma coisa e a outra), cada um acrescentando um ponto ao conto que já se sabia de cor e salteado.

Querida cidade 349

A plataforma de lançamento do seu pai aos céus havia sido a calçada de uma bodega onde, com um charuto entre os dedos da mão esquerda e um copo na direita, ele esticava o pescoço para ficar acima da multidão entusiasmada com a presença dos figurões no palanque feito a toque de caixa para as suas falações. A tarde caía sob apoteóticos brados de *salve, lindo pendão da esperança* e de que ali nunca mais se veria dia nenhum como aquele. Entre vivas e palmas, uma palavra lançada aos ares para dizer qual era o motivo daquela empolgação toda lhe bateu aos ouvidos com a força de um tijolo:

E-MAN-CI-PA-ÇÃO.

Pronunciada devagar, sílaba a sílaba, retumbava — *ãããooo, ãããooo, ãããooo, ãããooo* — para além daquele conjunto de casas que podiam ser contadas nos dedos, ecoando até aos pés de serra das redondezas e subindo pelos ares no rastro dos foguetes. Significando isto: ali terminava a submissão de um distrito a um município, ainda que a maioria dos que compareceram àquele estrondoso evento estivesse a atinar mais no que lhe parecia o melhor da festa: ter uma cidade para chamar de sua. E esta é que era a palavra do dia. Para com ela se encher a boca:

Minha cidade. Nossa cidade. Querida cidade.

Depois de uma talagada que o fez estremecer todo por dentro, levando-o a ver o mundo virar e revirar, o praguejado pai lambeu os beiços para resmungar o seu repúdio diante do que considerava uma insana euforia coletiva. Distrito ou cidade, tanto se lhe dava. Afinal, tudo não ia continuar na mesma? As mesmas casas, as mesmas pessoas, o mesmo inverno, o mesmo verão, a mesma feira de oito em oito dias, a mesma missa uma vez por mês, os mesmos sonhos com as almas do outro mundo — na esperança de que elas viessem mostrar onde em vida deixaram dinheiro enterrado —, os mesmos desejos de partir dali, bufando gasolina, pela estrada afora. E depois, quando os figurões no palanque fossem embora, o que ia ficar? A mesma solidão. De novo, só a prefeitura e a câmara dos nobres vereadores. E quanto isso ia custar? Tanta gente se deixando enganar por aquelas falas fáceis (melhor dizendo, babas de quiabo), meu povo pra cá, meu povo pra lá, *povo-ovo-ovo-ovo*... Que fossem todos para a casa... *Do caralho*. Com todas as suas tentações, promessas de delícias, glórias, deleites, luxos, modas, ambições, sucessos, devassidões — pecados, pecados, pecados —, cidade só podia ser uma invenção do diabo, na santa opinião de quem viera ao mundo tão somente para plantar, colher e encher os pastos de filhos, e se Deus lhe permitisse isso já se daria por feliz.

Ver o rumo que aquele lugar estava tomando, naquela hora e nas suas barbas, era o mais escancarado motivo de infelicidade de toda a sua existência depois que teve um rebento seu roubado.

Por uma cidade.

T'esconjuro!

Mal acabava de molhar o desdém preso em seu gogó, e o dito-cujo lhe sorriu. Era o próprio, sim, senhor, cuspido e escarrado pela boca de um pomposo orador, que de repente se transfigurou num ser apavorante, de aparência inconfundível,

Querida cidade 351

a começar pelas orelhas pontudas, visíveis de qualquer ângulo que se olhasse para ele. Além disso, ao se virar para um dos lados do palanque o tal tribuno mostrou o rabo — e bifurcado —, completando assim a sua diabólica metamorfose, conforme a imagem indelével do ente mais perturbador criado pela imaginação humana. Escolado nas artes de iludir, o demo pintou e bordou. Envolto em sua fantasia de fauno chifrudo, botou para quebrar, roubando a cena como o dono do corpo-voz-palavra de cada autoridade civil, militar e eclesiástica ali presente, para a alucinação da massa que, entre urros e uivos, urras e bravos, delirava:

— Já ganhou, já ganhou, já ganhou!
— Gênio!
— Mito!

Então ele, o praguejado pai, lembrou-se de que mentira para a mulher quando disse a ela que queria que o diabo o carregasse se tivesse um tostão furado no bolso. Tinha mais do que tostões. Tanto que não só pôde pagar com dinheiro vivo pela cachaça que lhe acendia as ideias como havia ficado com troco para mais um bom bocado de goró, pela tarde afora, disposto a não economizar um único centavo.

Agora de nada adiantava morder a língua. A desgraça estava feita. Lá do palanque, o encapetado orador já lhe havia lançado uma piscadela matreira, gentil, airosa.

A significar:

Você invocou o meu maligno nome e cá estou, prezado mentiroso, pois jamais nego fogo a um correligionário desgarrado, e já no ponto para cair em tentações ainda maiores do que uma reles peta doméstica. Aguente firme aí nas suas pernas que assim que terminar esse oba-oba aqui em riba vou correr para o seu lado, para lhe dar todo o apoio na libertação das amarras que até agora fizeram de você um escravo de leis que violam os seus desejos mais profundos. Estou gostando de ver a sua gula, líquida e certa. Bom começo de atitude. Tim-tim. Da minha parte não vai faltar incentivo para esse seu vício. Vá enchendo o caneco aí, que daqui a pouco eu chego para encher você, meu considerado, das forças motrizes da natureza humana: avareza, inveja, ira, luxúria, orgulho, preguiça. Avante, camarada. Peça mais uma e, antes da próxima talagada, jogue um pouquinho pro santo — opa! —, digo, para o maioral aqui. E deixe o resto fica por minha conta.

Uma nova voz entrou em seu ouvido, afugentando a outra. Imaginou-a do seu anjo da guarda, a lhe pedir para se livrar daquele assunto:

Se demônios terríveis te perseguem, cospe neles, vomita neles.

Isso o fez levar o charuto à boca e baforá-lo na direção do palanque, a esconjurar o ato que ali acontecia.

A baforada saiu com uma força descomunal, capaz de dar um passe de mágica àquele pobre-diabo, que logo se viu a ascender ao céu, tragado pelas colunas do fumo que mandou ao espaço, no qual seguiu a invisível corrente rítmica dos cânticos de serafins que reboavam nas entranhas de uma região de sonho — um indescritível caudal luminoso, com as margens ponteadas de flores, onde cintilavam fulgurantes chamas dos espíritos mais próximos do reino de Deus, no qual ele chegaria como um pássaro sem ter um plano de voo e sem voar em linha reta.

Querida cidade 353

— Só posso é ter ficado muito bêbado para achar que estou onde acho que estou, e vendo o que penso que estou vendo — ele se disse, ao passar por um rio de luz que se transformava em lago, desenhando os contornos de uma rosa mística que compreendia os santos na eterna glória da proximidade da morada da divindade e dos bem-aventurados, no *céu que mais de sua luz se aquece.*

Era como se agora ele estivesse ouvindo o filho estudante, que na primeira noite da sua volta a casa depois de quatro anos longe dela lhe recitara um outro poema, ao pé de um fogão que transformava tênues chispas em grande esplendor, sob a aura luminosa das labaredas:

A glória do Criador, que a tudo anima,
penetra no universo e resplandece
menos abaixo e muito mais acima.

E lá se ia ele, o seu filho ressurgido como uma aparição sublime para espantar o medo da noite, a rimar reino santo com novo canto, cimeira (do Parnaso) com plaga sobranceira, e a falar de deidade délfica, fronde peneia, horizonte translúcido e irisado, raio a emanar de outro que incide, e sobe, em reflexão, *como um romeiro regressando ao lar.* Eta, quanta palavra difícil. Mas bem bonitas. A ausência daquele filho que as conhecia de cor o fizera sofrer o diabo. Agora, deixando para trás o seu medo do inferno, tinha a compensação da esperança de estar no caminho para o lugar aonde chegaria cantando: *No céu, no céu, com minha mãe estarei...*

354 Antônio Torres

Ei-lo (o matuto bêbado) finalmente a se sentir na morada dos justos, cuja esplêndida visão não lhe deixava dúvidas de que havia desembarcado na cidade de Deus. Esta sim. Merecia todos os seus louvores. Nela tudo era paz e rigor, beleza e langor. Com certeza não teve festa de inauguração, com palanque, oradores, foguetório, fuzarca, bêbados, barulho, ais, uis, mulher pedindo dinheiro a marido, marido dizendo que queria que o diabo o carregasse se tivesse algum, mocinhas com flores, laços de fita e tranças nos cabelos, lábios pintados, pernas e axilas raspadas, vestidos curtos, blusas decotadas mostrando as covinhas dos seios, doidas para serem roubadas, não mais por um príncipe encantado a cavalo, e sim por um motorista de caminhão cheirando a gasolina que metesse o pé na estrada, levantando uma nuvem de poeira, e deixando no meio do redemunho toda a tristeza que elas carregavam no peito.

Doido agora quem estava era o pai delas para divisar o rosto do Supremo Mandatário da mais aprazível cidade *do outro mundo*, situada acima de mais duas, nas quais não convinha nem passar perto.

Uma, monstruosa, abaixo da superfície da Terra. Nesta, submergiam os condenados pelo excesso de peso dos seus pecados, sem anjo nem santo nem deus que os protegesse da fúria dos guardiões que os transportavam para a danação eterna. A outra era uma espécie de entreposto entre elas. O reino da remissão. Ou a estação das penitências. O que fora a sua vida até ali, no seu próprio julgamento. Teria Deus um dia, ao olhar para a Terra, visto — e compreendido — o seu viver desesperado?

Querida cidade 355

Assunto para uma longa conversa com o próprio, se o encontrasse, e Ele lhe concedesse a bem-aventurança de ser ouvido. Caso isso não acontecesse, daria a viagem por perdida. O problema era que continuava dando voltas pendurado em uma cortina de fumaça sem conseguir avistar quem procurava. Como seria o rosto de Deus?

Imaginava-o assim: comprido e rechonchudo, coberto por uma longa barba branca, e envolto em beatitude, visível na expressão dos olhos e na testa, sem qualquer sinal de franzimento.

E se Ele, depois de criar o mundo, houvesse desaparecido no infinito, indo embora por todo o sempre, amém, daí a esculhambação em que tudo se encontrava?

Volteando feito um morcego entre anjos e arcanjos, querubins e serafins, santos e santas (*olha lá, aquela só pode ser a Virgem Maria, cheia de graça e bondade, a acariciar as chagas do seu filho concebido sem pecado, será que ela ainda o chamava de Menino Jesus?*), ele se perguntava qual seria a idade do Padre Eterno. E se Ele comia, bebia, tomava banho, lavava — ou mandava lavar — o seu manto e demais vestes. Se usava cueca. Se sentia dor de cabeça, dor nas pernas, dor nos joelhos, dor na coluna, dor de barriga, dor de dente, dor de ouvido, dor da gota (*da gota serena e de cotovelo, com certeza não*). Se Deus costumava dar umas boas risadas. E se perdoava quem risse Dele, quem brincasse com Ele. Se — *Deus que me perdoe* — soltava uns puns, se mijava, cagava — num trono com um vaso dourado por baixo, ou atrás de uma moita do seu jardim, limpando-se com folhas do mato? Se cortava as unhas, aparava os cabelos, inclusive os do nariz e das orelhas,

356   Antônio Torres

a barba, o bigode, e com quê. Se dormia. Se tinha insônia. Se sonhava. Se havia mulher em seus sonhos. E quem era ela. A mãe de Eva? Se tinha desejos... — mais uma vez pedia perdão ao misericordioso Deus por aqueles pensamentos tão doidos, parecendo conversa ao pé de um balcão de bodega, sujeita a muita discussão e pancadaria. (*Brinca com Deus não, seu arrenegado do diabo!*)

Demorou a encontrá-lo, identificando-o pela aura que o envolvia. *E não é mesmo que Deus é luz?*, pensou, extasiado diante da imagem esplendorosa à sua frente, e confiante de que a luz de Deus o guiaria até Ele, sem ter de passar pelas barreiras previsíveis, para não correr o risco de perder a viagem, caso fosse obrigado a subir na balança de São Miguel para pesar os seus pecados, e depois ver o resultado da pesagem avaliado por São Pedro, o eterno porteiro com todo o poder de determinar quem entrava no céu e quem era despachado para o purgatório ou para o inferno. Como a barra estava limpa, achou que havia tido a sorte de chegar antes do começo do expediente dos vigilantes celestiais, que deviam ainda estar dormindo. Isso o levou a um rasgo de megalomania: *Deus protege os bêbados.*

E Ele era bem parecido com a figura idealizada: alto, esguio, e de idade indefinida. O seu semblante irradiava a sabedoria e o poder tão propagados desde o primeiro livro de Moisés chamado Gênesis.

Ao avistá-lo, o intruso no paraíso bateu palmas, exclamando:

— Ô de casa!

Querida cidade 357

Pelo tom da voz, a resposta lhe pareceu hospitaleira. E o melhor é que era no mesmo modo que o povo da roça recebia os estranhos.

— Ô de fora! Quem vem lá?

— Um vosso servo, ainda que sem eira nem beira. Mas na fé em seu Deus. Louvado seja, ó Mestre dos mestres, que sabe até falar a língua que se fala nos cafundós do Brasil.

— Chegue à frente — disse Deus, sem esconder um risinho no canto da boca.

Seja porque estivesse de bem com a vida (celestial) ou consigo mesmo, o certo foi que o Unigênito Pai não fez a menor objeção à entrada daquele invasor ao seu reino. Sim, depois de uma viagem tão longa e arriscada, com um bom trecho dela montado num cometa, levando surras dos ventos, ora passando por friagens congelantes, ora escaldando-se nos raios de um sol infernal, aquele pobre coitado merecia a Sua comiseração. Além de permitir que ele se aproximasse, aceitou a lembrancinha trazida da Terra, produto de um rudimentar agronegócio, bem incipiente ainda. Tendo o rústico presentinho em sua mão, levou-o ao nariz, aspirando-lhe o cheiro com uma expressão de embevecimento:

Ahahahahahahahahahah!

— Muito obrigado pela boa ideia de me trazer este *souvenir* terrestre — disse-lhe Deus, deixando escapar uma palavra que o recém-chegado nunca tinha ouvido antes. Mas tudo bem. Não era pouca coisa ser recebido pelo mais divino dos anfitriões já havido e a haver, e ainda com palavras de agradecimento.

358 Antônio Torres

Curvou-se:

— De nada, Altíssimo.

Em seguida a essa mesura, Deus estalou os dedos. O estalo produziu uma chama de fósforo, numa mágica de deixar a sua plateia (ainda que de um único espectador) em estado de graça. Então Ele, o Supremo Prestidigitador, acendeu o charuto e convidou o seu extasiado visitante a se sentar, para lhe contar como andavam as coisas lá embaixo e os motivos que o levaram àquela expedição tão audaciosa, passando a ouvir o seu relato em absoluto silêncio.

Uma vezinha, porém, deu a entender que queria dizer-lhe alguma coisa, quem sabe uma reprimenda, anteviu o seu (àquela altura) confessor: *Esqueceu que Sou onipresente e onisciente?*

Mas não.

O Todo-Poderoso tirou o charuto da boca apenas para passar o dedo no lábio inferior, do qual limpou uma capinha de fumo que nele se grudara, sem deixar de prestar atenção no que já devia estar careca de ouvir nas súplicas que lhe chegavam da Terra. Ainda que os motivos variassem, a base das queixas era sempre a mesma: a infelicidade com o tempo e o lugar que lhes foram dados para viver. Com o mundo.

Não eram poucas as do roceiro bêbado que acabava de cair de uma nuvem no terreiro do Senhor Deus Misericórdia. Além das coisas pensadas pelo caminho, não podia se esquecer de mais estas:

Uma mulher que passou a se encher de novidades — *Esses meninos têm que ir para a escola, escola, escola, escola, estudar, estudar, estudar* —, depois, a reclamar da falta de

Querida cidade 359

dinheiro para os uniformes dos filhos, cadernos, livros, lápis, canetas, tinteiros. Como se isso fosse pouca perturbação para os ouvidos dele, ainda tinha que ver as meninas passarem a encurtar as mangas e as saias, já embriagadas pelo cheiro da gasolina de tudo que aparecia no lugar sobre rodas, deixando todas doidinhas — *Leva eu, leva eu!* —, faltando pouco, muito pouco, para começarem uma nova cantiga: — *Mãe, eu quero ser puta.* Os filhos homens, nascidos para o eito, já não querendo mais saber de pegar num cabo de uma enxada, de uma foice, de um machado. Estavam todos de ovo virado para a cidade, e quanto maior melhor, mais animação, mais diversão, mais barulho, mais dinheiro, dinheiro, dinheiro, coisa que ele não acreditava ser uma criação divina. Muito pelo contrário.

E assim o tempo ia passando e o homem foi ficando, até o dia em que o Pai Eterno chegou ao fim do charuto que vinha fumando de pouco em pouco, e achou que estava na hora de jogar aquele capiau de volta à sua roça ou ao diabo que o carregasse. Encontrou-o também a dar uma última tragada e se viu outra vez inebriado pelo cheiro do tabaco, do qual até Ele, o próprio Deus, já se sentia viciado, a ponto de mudar o seu plano inicial. Em vez da expulsão do intruso, concedeu-lhe um visto de permanência perpétuo, em troca do cumprimento de um dever de casa. Já que tudo que um lavrador sabia fazer era cuidar de lavoura, que cultivasse uma plantaçãozinha de fumo nos jardins do Éden, para dar início ao primeiro agronegócio celestial. E aí, no bem-bom da eternidade, ave rara entre as mais bem-aventuradas almas do outro mundo, o matuto foi ficando.

O tempo, porém, iria deixá-lo com a sensação (para não dizer certeza) de que se havia escapado de ser escravo do demo, não o fora do cabo da enxada a serviço de Deus, e sem carteira de trabalho assinada, ou seja, sem direito a aposentadoria, férias — para ir visitar a família, ainda que do jeito que a abandonara: com uma mão na frente e outra atrás, porque no céu não se via nem a cor de dinheiro, invenção de quem, hein, hein, hein? Mas ora, ao menos podendo contar que — *meninos, eu vi* — o céu é verde, lá chove sempre. E que Deus existe. E que na sua suprema caridade, ouvira-lhe as queixas, delas apiedando-se, a ponto de lhe dar guarida, e até ocupação, nos jardins do paraíso. Só que como empregador Ele não era lá tão diferente dos outros.

Nem dele mesmo, ao tempo em que tinha a sua pequena propriedade. Mas queriam saber a verdade, toda a verdade? Não se podia chamar de paraíso um lugar onde se vivia de brisa entre espíritos celestiais e almas do outro mundo, sem mulher com quem brigar, filho para ver crescer, feira, missa, comício, festa, povo farreando até o sol raiar. E o pior: sem a magia de um trago consolador, a impulsioná-lo pelo caminho de volta.

E se nessa volta ninguém lhe desse ouvido, se lhe amarrassem a cara, se fingissem que nunca o tinham visto, ou se a mulher, os filhos, vizinhos e vizinhas de pasto, parentes, aderentes, compadres, comadres, o mundo inteiro do qual havia sumido, ou um só vivente que fosse, uma única voz a falar por todas as outras, com o poder constrangedor de um espírito de porco a jogar por terra a sua glória de haver subido às alturas do reino de Deus, lhe atirasse na cara uma pergunta bem simples, mas desconcertante:

Querida cidade 361

— Por que voltou?

Porque... porque... porque...

— Uma noite sonhei com Deus a me gritar: *Alerta!* E que logo era Deus quem dormia e eu lhe gritava: *Desperta!* Deus virou uma fera. E me chutou céu abaixo.

Melhor uma resposta mais terrena:

— Sodade, mô bem. Sodade. De vam'cês.

Como se dissesse:

— Fugir do mundo não me fez perder a condição humana. O que poderia explicar, mas não justificar.

— Conta logo a verdade, porra! Lá no seu bem-bom, Deus não está cagando para o mundo?

— E eu sou besta de dizer que sim ou que não?

***

Fim da peleja do pai bêbado que a golpes de baforadas conseguiu se desprender das garras do diabo, transformando-se misteriosamente num ser alado, que seguiu numa nuvem rumo ao infinito, em busca de asilo eterno, com apenas a roupa do corpo, um charuto na boca e outro num bolso. Sem documento nem carta de recomendação, foi o primeiro imigrante clandestino da Terra para o céu de que o mundo teve notícias — assim um cego negro ponteava na sua viola o *rimance* que lhe dava uns trocados sempre que ele o cantava na mesma praça de onde o seu personagem havia sumido, ou *se encantado*, o que ele jurava ter testemunhado com aqueles seus olhos que uma única vez na vida operaram o milagre de ver.

362   Antônio Torres

Mais fortes do que os poderes de Deus são os da imagina-ção, bradava o cego, arrancando aplausos dos cachaceiros e repúdios das beatas e dos contumazes papa-hóstias que em hipótese alguma poderiam admitir o uso em vão do santo nome do único ser supremo, transcendente, criador de todas as coisas que existem na Terra e no céu, e jamais se deu a conhecer, muito menos quis que o conhecêssemos. Abaixo de Deus não havia nada, muito menos poder. Portanto, aquela infiel cantoria saída da boca de um filho Dele renegado à escuridão — *a começar pela cor da pele* — tinha de ser con-denada veementemente por todos os cristãos com olhos de ver e ouvidos de ouvir, e não só no berro, mas com as mais duras providências que o caso requeria, e ali mesmo na praça pública onde o pobre cego tocava a sua viola sem fazer mal a ninguém, nem botar a culpa no mundo por ter vindo a ele privado da vista, o que, como compensação, lhe propiciava um bordão encantador:

Faz escuro, mas eu canto.

Maneira de dizer:

Vão-se os dedos, ficam os anéis.

O seu anel era a *catilogência* de contar histórias que, além de lhe darem uns trocados, o ajudavam a expiar as mágoas. Outra graça desejada em suas cantorias era a de levar aqueles que as ouvissem a esquecer por um momento a tristeza que carregavam no fundo de suas próprias almas, podendo até dar umas boas risadas com as peripécias que ele inventava. Daí não compreender a exaltação e ultraje ao seu redor. Afi-nal, que graça teria esse mundo sem os mentirosos? Haveria nele pessoas mais chatas do que as donas da verdade? *Dobre essa língua, pecador, se não quiser receber um castigo ainda pior do que o que você teve de nascença. Que conversa mais sem pé nem cabeça é essa de que há um poder maior do que o de Deus? Negar que Ele está acima de tudo e de todos só pode ser coisa do cão, de ateu, herege, pagão, africante, comunista. Tudo farinha do mesmo saco, num sabe nãoãoãoãoãoãoãoãoãoão?*

E tome cacete.

Até ele não poder dizer mais:

Negro é como couro de tambor./ Quanto mais quente, mais toca/ Quanto mais velho, / Mais zoada faz.

Apanhou feio.

Como nos tempos do pelourinho.

De bordoada, chicote, pau e pedra.

Em nome de Jesus, Maria e José.

E do Pai, do Filho e do Espírito Santo.

Amém.

Valei-me, minha Nossa Senhora!

Condenados a comer o pão que o diabo havia amassado com o rabo, a mulher e os filhos do desaparecido reagiam às circunstâncias acendendo velas para Deus, a Virgem Maria, todos os santos de que soubessem os nomes. Rezavam o tempo todo. Sentados, de pé, de joelhos. Até esfolá-los. Ora baixinho, ora bem alto, para que as suas preces chegassem aos céus.

No dia de São Nunca.

Definitivamente, desde que o marido — e pai — desaparecera, a vida deles virou um inferno. Assim pensava o filho que estava longe no auge daqueles acontecimentos — reais ou imaginados —, e que tentava compensar a ausência com o envio de um dinheirinho todo mês para ajudar no sustento da sua desamparada família.

Conclusão: bem ou mal, todos sobreviveram.

Ao ausente, porém, coube o fardo da culpa pelo desgosto que dera ao pai, ao se desgarrar ainda mocinho dos seus domínios, o que certamente em muito veio a contribuir para o desatino que acabou por cometer, não por acaso reimergido do fundo do tempo no dia em que ele, o filho também pródigo na arte de fazer fumaça, decidiu parar de fumar. E de beber. Tudo junto. Numa tacada só.

Mas não era apenas isso que o deixava com os nervos à flor da pele.

Antes do final daquele dia fora contemplado com um pé na bunda.

Crise braba.

Mais uma, mais uma.

Bolsa de Valores caindo, dólar subindo, a economia do país despencando.

Ordem do dia: *reengenharia*.

A Rádio Corredor espalha a notícia de que o passaralho está à solta.

Cabeças vão rolar.

— Olha a sua entre as primeiras da fila, ô velho!

Não é nada pessoal, garantiu-lhe o encarregado das de-

Querida cidade 365

missões, em nome da diretoria, *que sentia muito pela decisão que estava sendo obrigada a tomar.*

Se tivesse bebido na hora do almoço, como fazia de vez em quando, ou quase sempre, ele não teria segurado o que lhe vinha à ponta da língua:

Conta outra!

Em vez disso, respondeu:

Haja coração para tanta emoção.

O problema maior não era a perda do emprego, longe de ser a primeira de uma vida feita de altos e baixos. Era que esta lhe pegava à beira dos 60 anos, a idade-limite do descarte definitivo de qualquer vínculo empregatício formal. Viu na porta da rua em que fora despachado uma saída sem volta.

O pior era que a isso se acrescentavam duas outras porradas.

Parar de fumar.

E de beber.

Como não se sentir no crepúsculo do mundo?

E essa mulher que não chegava.

Chegue logo, resplandecente, para me ver em casa antes da hora, toda sorriso ao me perguntar:

— *Que milagre foi esse?*

E depois emendar:

— *Mas que cara é essa?*

2ª imagem. Uma avó a contemplar o poente com um pensativo cachimbo de barro pendurado num canto da boca. O que ela via no crepúsculo? O que estaria pensando? O que ainda esperava da vida?

3ª. Um avô a enfiar o dedo num potinho de rapé, para levá-lo às narinas e aspirá-lo sofregamente, em êxtase. Recompensava-se de quê? Ou: de que consolo isto lhe servia?

4ª. Uma mãe sentada num banco de um avarandado, a mascar fumo desconsoladamente, enquanto espera avistar, na contraluz do entardecer, o vulto do senhor seu marido de volta para casa.

5ª. Um verso:

Que Hoffmann celestial te pôde inventar, maldita?

Não, não era para a mãe que o recitaria. Nem para a mulher, cuja ausência deixava-o a temer o perigo de ficar sozinho ali. *Chega logo, nem que seja só para escutar isso: o que posso fazer agora da minha maldita vida?*

Restava-lhe buscar um mínimo de alívio na contemplação do fulgor da tarde em esvanecimento, vendo nas nuvens fugidias fragmentos de um poema tão arrebatador quanto uma carta de suicida — *tenho um inferno no peito* —, escrito como se o autor estivesse a tocar a flauta da própria coluna vertebral, prestes a se dar o ponto final de um balaço.

Este é talvez o derradeiro amor do mundo, ardente como o rubor de um tísico, escreveu mais o poeta à sua musa inspiradora. Uma mulher casada. Com o editor dele.

Quantas obras-primas as dores de corno já haviam inspirado?

Querida cidade 367

A que agora — naquele agora — as nuvens lhe traziam à memória, tinha no meio uns versos assim:

Não importa/ se, por ora,/ em vez do luxo de um vestido parisiense/ visto-te apenas com a fumaça de meu cigarro.

6ª. Sim, agora — no seu presente momento, quando se via enjaulado atrás de uma vidraça e cercado de água — ele estava a se recordar dos delírios que lhe assomaram o juízo no fim do dia em que parara de fumar, prometendo-se que dessa vez a decisão seria para valer, e não apenas uma embromação ante as recriminações de uma mulher que não suportava mais o cheiro — *nojento!* — que ele exalava por todos os poros e se impregnava em suas vestes, pele, cabelos, unhas, e no ar da casa toda, um apartamento de décimo andar cujas janelas tinham de permanecer fechadas como medida de proteção da fúria urbana que as rodeava.

7ª. A verdade era que tão inveterado fumante não estava aguentando mais o gosto de fundo de cinzeiro na boca, refratária à ação de chicletes, dropes de hortelã, dentifrícios, bochechos, enxaguantes bucais. Na manhã daquele dia ele acordara sob o efeito da mais miserável de todas as suas ressacas, sentindo-se reduzido a um trapo de gente. Daí a sua brava atitude de um *basta* ao tabagismo, doesse o que (lhe) doesse. E ainda se impôs o desafio de deixar um maço de cigarros pela metade sobre a mesa em que, sozinho ou acompanhado, costumava passar longas horas a alternar uma inebriadora tragada com uma sôfrega talagada.

8ª. Outra história de família, esta chegada pelo correio: *Cumpro o doloroso dever de lhe contar que o seu primo, aquele que com certeza foi o melhor amigo que você deixou por aqui, acaba de ter um fim horrível.* Acabou de ser brutalmente assassinado. *Ainda não se sabe quem deu cabo da vida dele, que tinha se candidatado a prefeito do nosso município, contrariando os pedidos da mãe para cair fora desse negócio eleitoral. Fala-se em crime político e também em vingança de namorado, noivo ou marido traído. Seja lá qual tenha sido o motivo, fizeram o serviço tão bem-feito que até agora nada se descobriu. Ou não querem descobrir. Há quem suspeite que o criminoso seja um graudão, daí a polícia ir empurrando o caso com a barriga. O certo mesmo é que você passou a ter menos um amigo no mundo. Um sujeito que tinha um coração de festa e alegrava todo lugar aonde chegava. Imagine a tristeza que baixou por aqui. Só nos resta rezar pela sua boa alma.* (Que pena, mamãe, não existir mais serviço de alto-falante para que as moças todas pudessem oferecer ao morto, com muito amor e carinho, *as mais belas páginas do nosso cancioneiro popular*, incluindo-se nelas os boleros, rumbas, guarânias e tangos *que usted jamás olvidará…* Sabe se tocaram e cantaram, e o que, no enterro dele? Era assim que ele merecia ser enterrado: com toda a música do mundo.)

9ª. Mais uma carta lembrada: *O seu tio me procurou. Queria saber o seu endereço e o telefone. Eu dei, claro. Não podia negar isso a ele, que tanto ajudou um filho meu, enquanto pôde. Você! O passado dele foi o que foi, o que não me compete julgar, até porque a esta altura não importa mais. Coitado. Já está no quarto ou quinto casamento, cheio de filhos, todos sem eira nem beira,*

Querida cidade 369

e a atual mulher anda fraca do juízo. Pobre irmão: que penúria.
Tomara que você esteja em condições de lhe dar uma ajuda.

10ª. O telefone toca. *Sabe quem está falando? Sua tia, seu*
cachorro! Surpreso, o sobrinho-ouvinte se enche de ternura.
E passa a imaginar como seria o rosto dela agora. A conversa
vai longe, entre risos e recordações emocionantes. Ele fala
de saudades, dizendo-se muito feliz por estar a ouvi-la (*Nem*
acredito, nem acredito!), no que é retribuído com palavras
igualmente calorosas. Até ela lhe dizer quais eram os reais
motivos daquela ligação: *Finalmente eu e o seu tio nos reen-*
contramos. Foi há poucas horas. E sabe onde? No quarto de um
hospital. Ele estava internado lá. Recebi um recado dele, que queria
me ver. E fui. Porque me disseram que ele estava nas últimas e
não queria morrer sem me dizer uma coisa. Era um pedido de
perdão pelo que me fez. Foi ele quem me deu o seu telefone, que
estava escrito num papelzinho guardado debaixo de um travesseiro,
pedindo para eu ligar para você, lhe pedindo perdão, em nome dele.
E é o que estou fazendo. (Ela chora convulsivamente.) *Jamais*
imaginei que eu ia viver para ver isso, continua, entre soluços.
Aquele que eu amei tanto, e que me abandonou sem sequer me
dizer adeus, acabou me chamando para assistir ao seu último
suspiro. Você pode vir ao enterro? Não? Entendo. Está muito em
cima. Mas pode dar uma ajuda para as despesas? Então anote o
número da conta bancária de um dos filhos dele que vai cuidar
de tudo. (Ela lhe passa também o número da sua própria
conta.) *Olhe, meu filho, se não fiz mais por você foi porque não*
pude. Agora espero que você possa me dar um adjutório. ("Meu
filho!" — sim, como esquecer que ela havia sido uma mãe

para ele? Doía-lhe ouvi-la a pedir dinheiro. Uma dura prova de que estava do jeito que o ex-marido morreu: na pior. Nada fizera por ele, em vida. Como negar uma ajuda para o seu enterro? E a ela, de quem acabava de ter a sorte de poder ouvir-lhe a voz?)

11ª. *Você caiu como um pato*, disse-lhe, também ao telefone, uma irmã (aquela que o considerava cheio de sorte, e que agora parecia lhe dizer que dessa vez ele havia tido o azar de ser encontrado pela tia). *Necessitada coisa nenhuma. Ela tem uma boa aposentadoria. Além disso, o atual marido dela não é nenhum pé-rapado. Acontece que ela está viciada em jogo. É nisso que enterra tudo o que ganha. Fique mais esperto. No próximo telefonema dessa sua amada tia, desconverse.*

12ª. Ela voltou a ligar.
Só deu para mandar esse pouquinho, foi?
Ele deixou a advertência da irmã pra lá.
Fez um segundo envio, mais rechonchudo.
E decidiu que o faria de novo, tantas vezes a tia lhe pedisse. Não era pouco o que lhe devia.
Mas foi a última.
Nunca mais teve notícias dela.
E assim todo um ciclo da sua vida ia para o espaço.

13ª. Agora ele se movimenta, saindo da janela na direção de um móvel colado à parede oposta onde ficam, de um lado, um aparelho de som tendo abaixo uma gaveta recheada de preciosidades melódicas e, do outro, o seu estoque de desti-

Querida cidade 371

lados — era mesmo um bebedor selvagem. Talvez ainda lhe restassem uma garrafa de Bala 8 *made in Scotland* ainda pela metade, uma inteira de cachaça e outra de vodca, das muitas e muitas que, junto com os pacotes de cigarros, lhe consumiram uma boa parte de tudo o que ganhara em sua vida adulta. Abriu a gaveta e pegou um CD, aleatoriamente.

Cedo ou tarde teria de enfrentar aquele desafio: ouvir um disco sem um cigarro numa das mãos e um copo na outra.

Agora sim. Iria recorrer a um trompete para mergulhar no abismo dos mais delicados mistérios de suas emoções inconscientes.

Ligou o aparelho de som, para nele encaixar um *buquê de melodias* e se deixar levar pelo espírito do fogo com o qual o pai iluminava o rosto na contraluz do crepúsculo ao riscar um fósforo para acender um cigarro ou um charuto.

Ao primo locutor que machucava os corações com as suas dedicatórias sonoras — brutalmente assassinado sem que nunca ficasse claro por quem e por que —, agora alguém, com muita saudade e gratidão, lhe dedicará "Autumn Leaves", a versão jazzística de "Les feuilles mortes", a bela canção com letra do poeta surrealista francês Jacques Prévert (*Eu quero que você lembre como/ os dias eram felizes quando fomos amigos*). Ou nem sempre, nem tanto?

O disco em suas mãos era um desses *The Best Of...*
Catorze faixas.
Tudo biscoito fino.
Como "Dear Old Stockholm".
Ou:

372 Antônio Torres

"Ack Värmeland du sköna".
(*Oh Värmeland, you lovely*).

Uma canção tida como um tesouro anônimo da tradição sueca, que também ficou mais conhecida no mundo pelas versões de artistas do jazz.

E que agora (naquele agora) o levaria a recordar-se de uma bela loura que havia conhecido num restaurante improvisado numa calçada à beira-mar de uma aldeia de pescadores ibérica. Foi numa noite do verão europeu, num tempo em que ele, com uma mochila às costas, um pulôver e uma japona para os dias frios, mudava de cidade, estado e até de país como se fosse um bicho solto no mundo.

Ao reencontrá-la na manhã seguinte num sumário biquíni branco que exposto ao sol realçava a sua pele dourada, lembrou-se de um anúncio da companhia aérea escandinava, publicado numa revista americana, e que de cara fisgava o leitor pela foto de uma louraça sensualíssima que o ilustrava, sob o seguinte apelo publicitário: *Talvez o que você precise é mudar de povo*. Ora, ora, as três letras que formavam a sigla da empresa patrocinadora do anúncio — SAS — não provocavam risadinhas maliciosas *around the world*, pela maliciosa tradução para *Sex and Satisfaction*? Logo, falou sueca, disse mulher liberada.

Que ideia mais sacana o machismo internacional faz de nós, hein? — poderia dizer essa outra bela loura, tal uma Ingrid Bergman ao vivo ali à sua frente, sentada numa coloridíssima toalha de praia, se o seu interesse naquele segundo encontro não fosse a música popular brasileira, que havia

Querida cidade 373

lhe chamado a atenção desde que ouvira um disco de um trompetista genial (nas exatas palavras dela) intitulado *Quiets Nights*, versão jazzística de "Corcovado", de Tom Jobim: *Um cantinho, um violão, este amor, uma canção*... A descoberta dessa sonoridade tropical filtrada por um monstro da música instrumental (reforçava ela) levou-a a querer mais e mais, numa busca que se tornaria o assunto de sua tese de doutorado — ainda em andamento — na Universidade de Estocolmo, o que a levara a não só aprender português como a fazer uma longa viagem pelo Brasil.

Para começo de conversa, ela deixou bem clara a sua aversão ao clichê sueca-*mulher fácil*. Afinal, quantos séculos já fazia a descoberta de um país de selvagens nus, ferozes e canibais, onde as mulheres viviam em despudorada libidinagem, entregando-se perdidamente aos excessos amorosos, conforme narrado por aquele que veio a dar o nome ao continente que chamara de Novo Mundo? E SSAS era o slogan desse mundo: *Sun, Sea and Sex*. Sim, não era do lado de lá do equador que não existia pecado?

Antes, porém, de manifestar-se sobre o assunto que devia achar que rolava na cabeça de todo macho latino, a loura bronzeada perguntou-lhe se ela era a primeira sueca que ele conhecia. Respondeu-lhe que sim, quer dizer, fora das telas dos cinemas. Ela riu. Bom sinal, ele achou. O de que à primeira vista não estava se comportando como um chato. Mas para cortar logo qualquer ilusão que ele viesse a ter de que o passo seguinte àquele risinho seria ela arriar o biquíni — ali na areia não, aos olhos da multidão, mas quem sabe debaixo d'água —, a já tisnada louraça se apressou em acender um sinal amarelo entre os dois: *Basta dizer de onde venho para o marmanjo que mal acabou de me conhecer ficar todo assanhado, como se de cara eu fosse lhe dar a senha da entrada no meu quarto.*

Melhor dizendo: a senha da fechadura da porta do paraíso.

Sim. Na fantasia dele aquela ali podia se passar pela modelo do anúncio que incitava americanos *deprês* a pegar um avião para o reino do amor livre. A Suécia.

Ou seria toda a Escandinávia?

Era um domingo.

Eles se iriam ao pôr do sol.

A se fazerem companhia no mesmo ônibus, em uma amena horinha de viagem.

E tome pergunta.

Indo e vindo à mesma pauta: a música popular brasileira.

Fora isso, pouco ou nada acontecia.

A não ser a sua vontade de cantar:

Moça, o seu olhar está me dizendo,
Que você está me querendo…

Ele a deixou num hotel, na capital do país onde se encontravam, de onde saiu chupando o dedo. Um beijinho no rosto, sequinho, e… *Bye-bye*. Nada de um convite para acompanhá-la até o quarto. Mas com o consolo de outro — para um passeio no fim da tarde do dia seguinte, e depois acompanhá-la ao aeroporto, no qual ela iria pegar o avião de volta às dez da noite para a sua *dear old Stockholm* pela mesma *Sex and Satisfaction*.

Querida cidade 375

Antes, porém, houve a travessia de um rio largo e profundo, guiados pela confiança de que na margem oposta teriam uma esplêndida visão daquela velha e ensolarada cidade a se contemplar no espelho das suas águas, cujo reflexo revelava um encantador cenário de luz e sombra.

A tarde estava mesmo uma pintura, a convidá-los a se darem as mãos já no começo de um áspero caminho de pedras, na subida de uma colina, e quanto mais alto nela chegassem, mais espetacular o quadro à sua frente se revelaria, com certeza.

Um escorregão da moça levou o seu acompanhante a segurar-lhe a mão com firmeza, puxando-a, instintivamente, para o seu lado. Nisso, os seus corpos se tocaram, a ponto de a batida do coração de um reverberar no outro. Difícil dizer quem enlaçou quem primeiro. O beijo ardente que se seguiu tornou previsível a sequência da cena, inaceitável para o guarda que surgiu na semiescuridão do crepúsculo, de apito na boca e cassetete em punho, forçando-os a catar suas roupas jogadas ao chão e desabalar ladeira abaixo até onde pudessem se recompor a salvo de umas bordoadas. Por ser corpulento, pesadão, o agente da lei que os perseguia não conseguiu alcançá-los, para lhes dar voz de prisão. Por atentado ao pudor.

De quem? Das pedras? Da água lá embaixo? Dos últimos raios do sol?

Dele. O guarda.

Se um dia, numa mesa de bar, viesse a contar da vez em que conheceu uma sueca que havia se amarrado em música brasileira desde que ouvira um disco em que um gigante do jazz chamado Miles Davis tocava "Corcovado" e "Aos pés da Santa Cruz" (*você se ajoelhou/ e em nome de Jesus/ um grande amor você jurou*"), não faltaria quem lhe fizesse a cafajestíssima pergunta:

E aí, comeu?

Agora (naquele agora), a foto do artista (quando jovem) na capa desse outro disco dele em suas mãos o faz lembrar-se de um trompetista também jovem, esguio, elegante, de porte altivo, em excursão com uma trupe de bailarinos e músicos brasileiros pelo Velho Mundo — dos brancos. Ao chegar de madrugada ao hotel onde estava hospedado (numa das mais antigas de suas cidades, talvez se chamasse Roma), esse outro trompetista recebeu um monte de cartas. Ali mesmo, no saguão do hotel, ele recorreu a um viajante seu compatriota para ajudá-lo a decifrar as línguas em que foram escritas. *Irmão, irmão* — assim o destinatário daquelas cartas se dirigiu àquele a quem acabava de conhecer, como se fossem amigos de infância, e com uma sofreguidão de adolescente. *Será que você pode traduzir o que elas mandaram me dizer?* Elas: as louras que ele havia conhecido em países nórdicos, e que pareciam nunca terem visto um negro. Daí acharem que a sua pele havia sido pintada. *Chegavam a me parar nas ruas e praças e passavam as mãos nos meus braços, achando que a pintura ia se soltar.*

O que aquelas cartas diziam ele não iria ficar sabendo, pelo menos naquele momento. Porque também para o improvisado Cupido de fortuitas relações amorosas à distância

Querida cidade 377

era como se tivessem sido escritas em grego ou aramaico. Ao saber disso, o personagem central daquela história ficou desolado. Então, com as cartas numa das mãos e o estojo do trompete na outra, arrastou o seu *amigo-irmão* de última hora para um canto distante da recepção do hotel. Para que ele ouvisse a música que lhe vinha ao coração. Um bolero. "La barca". (*Dicen que la distancia es el olvido/ Pero yo no concibo la razón...*).

Agora (naquele agora), restava ao ouvinte das aventuras de um rapaz negro em terras de brancas uma pergunta que, se a havia se feito então, não se lembrava: alguma delas estava-lhe dando a notícia de que iria ser pai de um sueco ou sueca, dinamarquês ou dinamarquesa, norueguês ou norueguesa, finlandês ou finlandesa etc. etc.? E se viesse a saber, o que faria? Apenas tocaria "Dear Old Stockholm"? Ou não a conhecia?

Mudando de faixa.

Para o timbre grave e a precisão rítmica de um trombonista que os seus pares consideravam um mestre definitivo do século XX.

Seu nome:

James Louis Johnson.

Que se assinava J. J. Johnson.

Jay o quê?

O que nasceu em Indianápolis, Indiana, EUA, em 1924, inscreveu o seu nome na história como líder ou integrante de bandas memoráveis — inclusive com Miles Davis —, e legou a diferentes eras do jazz uma extensa discografia. Foi

378 *Antônio Torres*

também um compositor refinado, que incorporou elementos da música clássica em algumas das suas composições.

Passou uma temporada em Viena d'Áustria para tocar e gravar a (dele) "Eurosuite" com uma orquestra liderada por Friedrich Gulda (1930-2000), um pianista austríaco erudito que se bandeou para o jazz.

Vitimado por um câncer na próstata, saiu de cena em 1996.

Matou-se com um tiro no dia 4 de fevereiro de 2001, aos 76 anos, recorda-se agora o homem enclausurado no último andar de um edifício cercado de água por todos os lados. E que ainda tinha memória do tempo em que todo jornal que se prezava empregava colunistas especializados em literatura, cinema, teatro, ópera, música clássica, música popular brasileira, jazz. Mas o que de fato agora (naquele outro agora) importava é que aquele *Best Of* trazia uma música de Jay Jay Johnson chamada...

"Enigma".

A valer como epitáfio para muitos entes queridos, a começar pelo pai daquele ali com um disco na mão e o olhar indo das garrafas ao maço de cigarros pela metade que largara na mesa de centro na noite anterior. E que, finalmente, se decidia a enfiar o disco no aparelho de som. Agora, sim, iria testar a sua capacidade de resistir aos embalos do jazz para umas orgiásticas baforadas e talagadas. O que devia ter rolado em profusão (com certeza no quesito fumaceira) no dia da gravação dessa música. Era ouvi-la e ver a sua alma

Querida cidade 379

ascender aos céus, seguindo o sopro do charuto que teria levado o seu pai a um encontro com Deus, deixando para trás um enigma que ele, o filho, nem ninguém mais, nunca fora capaz de desvendar.

E a trilha sonora desse seu delírio tinha uma ficha técnica que ele conhecia de cor.

Local e data da gravação:
Estúdio Van Gelder, Nova Jersey, 1953.
Músicos:
Miles Davis, trompete.
Percy Heath, baixo.
Art Blakey, bateria.
Gil Coggins, piano.
Jimmy Heath, sax tenor.
J. J. Johnson, trombone.

Agora ele ouve ao longe um solo de sax alto.

O solista é um brasileiro que nasceu dez anos depois daquela gravação. Mas é capaz de descrever a atmosfera que a envolveu como se dela tivesse participado. Ele se chama Rodolfo Novaes — um nome a se encaixar nos episódios que lhe vinham à memória como cubos de gelo num copo de uísque. E tudo a lhe desafiar a capacidade de viver sem birita e cigarro. A cada instante que ia passando, era assomado por uma recordação perigosa para as suas atuais circunstâncias. E lá estava ele a se ver na noite em que ouviu um sax alto a expandir a música-tema de uma de suas memórias mais doloridas numa mistura fascinante de garra e fantasia. Passou-se isto numa badalada casa de espetáculos, num tempo em que ainda se fumava em ambientes fechados. Como já havia passado do terceiro uísque e entrado em mais um maço de cigarros, assim que viu o saxofonista descer do palco marchou na direção dele e, célere como um Joãozinho Caminhador montado no cavalo do cowboy da propaganda do Marlboro, puxou-o para a sua mesa, para lhe dizer o quanto aquela música o tocava, e que a ouvia sempre na histórica gravação de um sexteto formado por Sir Miles Davis. *Você não fica nada a dever* — disse-lhe, com a eloquência pastosa dos embriagados. Cobrindo-o de tim-tins, trouxe para o papo Charlie Parker, o filme *Bird*, sobre ele, Parker, e que deu a Clint Eastwood um Globo de Ouro, e *Por volta da meia-noite*, de Bertrand Tavernier, com outro gigante do jazz, Dexter Gordon, no papel que lhe valeu uma indicação ao Oscar, o de um saxofonista brilhante que enchia de calor as noites frias de Paris, fazendo lembrar o do conto "O perseguidor", de Júlio Cortázar — *que navegou nas águas pouco navegadas da esquizofrenia de um artista de gênio, a apostar corrida com a loucura e a morte, muito parecido com o próprio Charlie Parker, quem sabe acompanhado de perto por Cortázar numa temporada parisiense* —, e, patati, patatá, ia dando um jeito de fazer com que àquela hora o convidado para mais um copo se sentisse em casa: Júlio Cortázar era um santo de cabeceira do saxofonista chamado Rodolfo, e o sax alto do lendário Charlie Parker, *que soprava o seu instrumento como se quisesse arrebentar o mundo, a música — toda a música havida antes dele —, e a si mesmo*, uma fonte de inspiração. E aí assunto foi o que não faltou. Contou-lhe que ao ouvir um solo de trompete, sax ou trombone se imaginava indo

Querida cidade 381

pelos ares, neles desaparecendo, como diziam ter sido o fim do seu pai, aspirado junto com a fumaça de um charuto, no mais fabuloso adeus que alguém já foi capaz de dizer a este mundo prostituto.

O atencioso instrumentista à sua frente não devia calcular o preço a pagar por aquela mistura de tietagem e confidências: um pedido, feito à chegada da *saideira*, para que ele, um músico que tão bem sabia se expressar por palavras — ainda que a jogar conversa fora com um bêbado, poderia estar pensando —, lhe dissesse o que via quando ouvia aquela memorável gravação de "Enigma". Ao pedir a conta, passou um cartão com os seus contatos para o saxofonista, que já devia estar escaldado dos bafos e tagarelices ao final dos seus shows. *Por favor, não se esqueça do meu pedido. Decifre-me esse enigma.*

E nada de se despedir, levantar-se da cadeira... E partir.

Faltou lembrar que na mesa havia uma mulher.

Constrangidíssima com mais um *espetáculo lamentável* do marido, como sempre dizia, toda vez que o dito-cujo bebia demais, quase nunca tendo a paciência de esperar a hora de vê-lo sóbrio para desancá-lo, e logo que assim o via, nas manhãs dos dias seguintes, cobria-lhe de mais impropérios, *que vexame, que figura patética você fica quando enche a cara.*

E lá estava ela, saindo do banheiro, com a bolsa pendurada no ombro, a acenar para ele, para que a visse pronta para ir embora, e ele a falar, falar — *com um estranho!* —, sem lhe dar atenção, e ela cada vez mais com cara de quem dizia *se soubesse não tinha vindo*, mas sabia e veio, seguindo a sua sina de mulher de *tornei-me um ébrio e na bebida busco esquecer,* e tome bronca, e ele prometendo *maneirar* dali por diante, passou até a fazer psicanálise e cadê, parecia até ter piorado, lá estava o *mala sem alça* outra vez numa porranca de matá-la de vergonha, e a encher o saco de um desconhecido que devia estar achando aquele o pior dos seus encontros casuais, e logo com um sujeito autobiográfico, num vomitório sem fim do personagem que fez de si mesmo, a que dava o nome de *Das Dores*. Como se isso fosse pouco, ainda puxava a eterna história de um enigma: o sumiço do pai, por sua vez puxada por uma música, logo a última que aquele saxofonista ali na mesa escolhera para encerrar o seu show, que azar o dele.

Por que não deixava aquele estrupício pra lá e se ia pela porta à sua frente, e de uma vez por todas? Ora, ora, o que a prendia a um casamento há muito envolto em brumas etílicas e tabagísticas? Ela tinha um bom emprego numa empresa estatal, em cargo bem remunerado, todo mês economizava um pouco de dinheiro, que aplicava, então, qual era o motivo? O amor? Acomodação? Masoquismo? Medo de ficar sozinha, tipo *mulher de meia-idade procura*? Ou a esperança de que um dia o marido iria tomar jeito? (Mas como, se a cada dia ele parecia mais apaixonado por uma garrafa?)

Voltou à mesa, altiva, de dedo em riste, disposta a dar um basta naquela lenga-lenga interminável. *Pra mim já deu.*

O que fez por outras palavras:

— Estou indo. Mas você pode ficar aí. E para sempre.

Tal decisão resultou num choque de ordem, daqueles que, no ato, curam qualquer bebedeira. Tanto que sentiu num relance a expectativa à sua volta. A de um barraco digno de ser noticiado com destaque na coluna social mais

Querida cidade 383

lida da cidade. Dava até para imaginar o título: *Baixaria em casa chique*. Levantou-se, acenando para o seu interlocutor ocasional, e a seguiu para casa, como um galo de crista baixa, engolindo calado os mais ordinários desaforos saídos da boca mais raivosa daquela cidade, pelo menos naquela noite — ou um cão sarnento que, se ela jogasse um osso, lhe lamberia as mãos. Nem assim seria levado de volta à mesma cama. Ele que não sonhasse com qualquer possibilidade desse episódio ter um final feliz. O seu regresso ao lar acabaria no amargo exílio de um sofá, no qual se jogou, de roupa e tudo. E apagou, num sono agitado, que o levou a mexer-se, virando e revirando de lado, até desabar no chão. Os estragos da queda o fizeram uivar pela madrugada afora, dentro de uma ambulância trepidante, a caminho de um pronto-socorro, onde lhe diriam que estava com um braço fraturado. Notícia previsível, pelas dores que o levaram até lá. Mas o que era pior: o castigo pelo seu exagero nas doses, ou a cara da mulher, que o acompanhava morrendo de raiva por ter sido acordada antes da hora pelos urros do marido?

Agora ambos tinham mais com que se preocupar. Não podiam esquecer, o quanto antes, de dar satisfações aos seus superiores hierárquicos, nos seus respectivos empregos. A desculpa para o não comparecimento ao trabalho? *Um acidente doméstico. Coisa boba, sim, porém de séria consequência.* Para não dizer: uma quebra de braço entre mulher e marido, e este levou a pior, tendo de ficar uns dias com o dele — e logo o direito — numa tipoia, sob forte medicação para a dor, forçado à abstinência alcoólica e sexual, não necessariamente nessa ordem, tratamento fisioterápico, e um paciente aprendizado, por vezes irritante, em outras, desesperador, de como se aviar com uma mão só, dando-se conta de que dependia das duas até para abrir um maço de cigarros.

Voltou ao batente com atestado médico para justificar os dias de ausência e ainda de braço na tipoia, o que deu motivo a brincadeirinhas manjadas:

Andou lutando boxe, jogando futebol ou apanhou da mulher?

No mais, era tocar o expediente adiante, tirando o atraso das incumbências sobre a mesa, que ainda não tinha outro ocupante, como chegou a temer, sobretudo depois de um telefonema de um colega dizendo-se preocupado com a demora do seu retorno, recomendando-lhe que o abreviasse o mais rápido possível, e que estava lhe dizendo isso como prova de consideração etc. Não, não. Não sabia de nada concreto em relação a cortes iminentes na empresa, mas era aquela (velha) história: quando nada se espera, tudo pode acontecer. *Quem avisa amigo é...*

Amigo.

Sim, é o contrário de inimigo.
É a solidão derrotada.
Uma grande tarefa.
Um trabalho sem fim.
Um espaço útil, um tempo fértil.
Amigo é uma grande festa.
Como se lembrava de ter ouvido de algum bêbado letrado, antes de pedir a saideira.

Querida cidade

Mas, e aquele ali que acabava de lhe telefonar, seria mesmo *um coração pronto a pulsar/ na sua mão?* Ou seria apenas alguém que estava armando para tomar o seu lugar?

Amigo é o erro corrigido, era o que parecia lhe dizer outro sujeito que só o vira uma única vez, e inesperadamente o procurara no final da tarde daquele mesmo dia, com um olhar bem limpo e um sorriso de orelha a orelha. Quem diria que aquela conversa de bêbado, numa noite para ser esquecida, viesse a fazer qualquer sentido?

Retribuiu o sorriso do recém-chegado, estendeu-lhe a mão esquerda, e demonstrou a sua surpresa com absoluta sinceridade. Não contava que ele tivesse guardado o seu cartão. Quanto mais, que o procurasse.

— Não me esqueci do seu pedido. Tanto que aqui estou para falar dele. Mas o que foi que lhe aconteceu? — perguntou-lhe, apontando para o seu braço direito.

— Sequela de uma noite de bebedeira, da qual você foi testemunha — respondeu o de braço na tipoia, rindo.

Contou da queda, abreviando-lhe os antecedentes, para não expor a sua vida íntima assim sem mais nem menos. O que significava que, quando sóbrio, sabia se conter.

— E agora? Está sem poder beber?

— Como já terminei de tomar todos os analgésicos e antibióticos que me receitaram, e chegou a hora de encerrar o expediente, estou pronto para voltar aos trabalhos. Vamos nessa?

O outro também parecia ansioso para chegar à mesa de um bar, sob o pretexto de dar um tempo, até o trânsito escoar — a surrada desculpa de fim de dia para quem se encontrava no centro da cidade e não queria voltar logo para casa. Na verdade, esse aí portava uma novidade dentro de um envelope pardo, a ser aberto ao primeiro tim-tim. Ou mesmo antes que os preâmbulos à mesa mais ao fundo de uma centenária uisqueria fossem interrompidos pela chegada do *Joãozinho Caminhador*, vermelho de sofreguidão — que os dois tinham de vê-lo nos copos.

A motivação para aquele encontro não marcado era um texto de 34 linhas, distribuídas em três parágrafos.

Título: Enigma.

Tudo a ver com a música de mesmo nome, na interpretação do trompetista Miles Davis.

Autor: Rodolfo Novaes.

— Prefere ler ou ouvir? — perguntou o próprio.

— Como queira.

— Então ouça:

Quanta genialidade e técnica para soar o primeiro intervalo (distância sonora entre duas notas) de "Enigma". Miles carrega a essência do gênio, o poder transformador. Como um haicai sonoro, com apenas duas notas, cria atmosfera e nos empurra para esta viagem, sem ida e sem volta, que é "Enigma". A harmonia perambula "despretensiosa" indagando à melodia por um porvir que jamais se mostra. Ciladas são criadas. Os caminhos abertos pelos acordes levam a outros caminhos e encruzilhadas que conduzem ao nada, ao inescrutável, ao Enigma. Somos abduzidos pelo som enigmático do gênio, que flui como

Querida cidade 387

*um mantra junto à harmonia. A faixa termina na ponta
da agulha, mas não para de soar em nossos ouvidos. E
quanto mais tentamos entender, decifrar o caleidoscópio
sonoro, mais nos afastamos. É o mistério, o Enigma que,
uma vez descoberto, se desfaz em vários outros.*

Pausa.

Garçom chega, põe garrafa, copos e balde de gelo sobre
a mesa.

Serve a primeira dose daqueles dois.

O leitor ali aproveita para molhar a garganta.

O seu ouvinte também.

Segue a leitura:

*Quantos takes foram gravados? Quantas introduções?
Take 1, take 2, take 3, até vir a boa! Agora imagine Miles
no estúdio, com cara de poucos amigos, após o primeiro
take de "Enigma". Apreensivos, os músicos o observam
em busca de um feedback. Até mesmo o criador do tema,
J. J. Johnson, após deixar a cabine de gravação abraçado
ao trombone, fica à espera de uma expressão positiva no
rosto de Miles, que, calmamente, acende um cigarro. Van
Gelder, o engenheiro de som, também o observa através do
vidro da sala de gravação. No centro do estúdio, olhando
para o teto de lambri, Miles aspira o filtro do cigarro até
suas bochechas murcharem. E depois da nicotina escruti-
nar suas vísceras, dois riscos brancos de fumaça saem de
suas narinas. Em seguida leva o polegar à boca e acaricia
os lábios marcados pelo bocal do seu trompete. Miles fica*

388 Antônio Torres

*por ali um bom tempo, os olhos parados, apreciando a
fumaça que se espraia pelo teto em forma de pirâmide
Certamente as notas ainda vagam pelo estúdio, e, como
um médium que tudo vê, Miles as observa em silêncio.
Talvez sejam semibreves, colcheias, fusas, semifusas,
fermatas, pausas, notas aladas que, como hipocampos,
flutuam dentro do aquário de fumaça.*

O ouvinte não teve dificuldade de se servir mais uma dose usando a mão esquerda. Depois, puxa um cigarro do maço que ele já havia trazido do bolso para a mesa. Põe o cigarro na boca. Aciona o isqueiro. Bafora, seguindo a trajetória da fumaça rumo ao teto de uma sala em penumbra. O leitor à sua frente faz outra pausa, para dar uma regada nas cordas vocais, e tomar fôlego para o arremate da sua leitura, à qual até ali não havia faltado ritmo, cadência, melodia e harmonia, o outro se dizia, enquanto aguardava o último parágrafo, quer dizer, o fecho de ouro — quer dizer, para quem já estava com três uísques acima do normal:

*Para onde vão as notas musicais depois de tocadas? Desa-
parecem? Se perdem no éter? Ou será que, após essa sessão
de gravação de "Enigma", quando abriram os janelões
do estúdio estas mesmas notas, em forma de hipocampos
alados, subiram aos céus como almas penadas, para se
juntar novamente à lira que animou todos os sons?*

Isso pediu mais um brinde, mais uma reabastecida nos copos, mais uma tragada.

Querida cidade 389

E uma filosofada:

— Não seríamos nós mesmos, aqui e agora, essas almas penadas subindo aos céus para se juntar à lira que animou todos os sons do universo, em busca da *blue note*?

Lembrar tal cena naquela hora em que a sua decisão de parar de fumar e de beber estava sendo posta à prova era um perigo. Tanto que automaticamente desviou o olhar do aparelho de som, recolhendo a mão que estava pronta para pôr o disco com a música chamada "Enigma" para tocar. Devagar, mas com o coração aos saltos — e temendo que o seu primeiro dia de abstinência já estivesse acusando uma preocupante taquicardia —, caminhou na direção da mesa de centro, para pegar o meio maço de cigarros que havia deixado sobre ela numa espécie de desafio que, afinal, ia ser quebrado. Adeus, força de vontade. Primeiro, uma tragada — uuuuhhh! Depois, um *cowboy* — aaaaahhh!

Ruído de chave abrindo a porta.
Suspense.
Ele desiste do cigarro.
Larga o disco na mesa de centro.
Lá vem ela, lá vem ela, lá vem ela.
Agora jaz tudo.
Miragens.
Delírios.
Crenças.
Imaginações.
Memórias.

Devaneios.

Sonhos.

Reflexões.

Esqueça o ouvinte, o leitor, o espectador, o interlocutor, o cara que você foi.

Considere-se uma página virada, uma fita arquivada, um argumento, uma ideia, um pensamento com prazo de validade vencido, o outro lado de um disco que já não existe.

Há algo de estranho sob o Sol.

O pau comeu na sua história e você não percebeu.

Mas desperte e cante:

Glória, glória, aleluia!

A porta se abriu.

Pronto.

Dona Realidade chegou.

Boa noite, rainha.

Entre.

A casa é sua.

Fique à vontade, fique à vontade

5

Ela

Disse *Oi* antes de jogar uma sacola de compras sobre o sofá, esbaforindo-se:

— Ufa!

E completou:

— Você não imagina por onde andei. Daqui a pouco eu conto. Primeiro preciso tomar um banho.

Ela tinha um álibi, não estava vendo?

A sua demora em voltar para casa já estava explicada.

Que ele se contentasse com o beijinho recebido de passagem na ponta do nariz, relaxasse e esperasse, para saber o que aquela sacola continha de tão extraordinário, para não dizer, necessário.

Será que podia se tranquilizar mesmo? Completamente?

Enquanto esteve a remoer *e essa mulher que não chega*, se perguntava onde ela estaria. E com quem. Também pensava em

392 Antônio Torres

atropelamento, assalto, sequestro, todas essas coisas que faziam parte do dia a dia, minuto a minuto, hora a hora da cidade.

Embora não coubesse mais a pergunta *por que você demorou tanto*, intimamente continuava cobrando dela o telefonema que poderia lhe ter feito, de algum lugar — o telefone móvel ainda não havia entrado nas suas vidas — para livrá-lo do medo de que o seu atraso se devesse a uma tragédia, miúda ou graúda, ou, ou, ou... Aquela pressa toda em banhar-se faria parte das suas artes de (o) enganar?

Com uma pulga deste tamanho atrás da orelha, não faltava mais nada para deixá-lo à beira de um ataque de nervos.

Mas, porém, contudo, todavia:

Se estivesse em estripulias extraconjugais, ela teria chegado já banhada, conformou-se o suspeitoso marido, que se sentou para aguardar um beijo, um abraço, e ouvidos para as desditas do dia, assim que ela saísse do banho, de ânimo refrescado, sensualidade à flor da pele, fome de amor, ou com uma indisposição — ou indiferença — comprometedora. Uma palavra zunia-lhe aos ouvidos perigosamente. Aquela que costumava levar cônjuges a requerer os serviços de detetives particulares, sem falar nos que nem se davam o trabalho de dirimir ou confirmar as suas suspeitas, e partiam logo para a ignorância da lavagem da honra. A palavra-chave (de cadeia) batia-lhe na testa com a contundência de uma chifrada:

Adultério.

Na contraluz da sua desonrosa carga semântica esconde-se a sedução do contrabando.

Querida cidade 393

Quantas vezes não havia sido ele o contrabandista, com suas esticadas a um motel, entre o fim do expediente e a volta para casa, na qual chegava com as desculpas mais esfarrapadas, como a do pneu do carro que furou e outras bem deslavadas mentiras? Verdade se recorde: era uma vez uma colega de trabalho, que depois de um chope, ou uma caipirinha, ou um espumante... E houve aquela que, numa noite de chuva, lhe pediu uma carona, e outras, em circunstâncias as mais variadas — uma beijoca no rosto, correspondida com um beijão na boca, por exemplo — e finais felizes, tirante os desfechos imprevisíveis, como na vez em que uma delas disse *fica comigo esta noite*, e encostou a ponta de uma tesourinha de unha em sua garganta. Brincadeira ou não, ele tratou de tirar o corpo fora. Aquela ali nunca mais.

Quem lhe garantia que a sua mulher também não estivesse trilhando por caminhos clandestinos? Vai ver, para vingar-se dele, empatando o jogo. Com certeza sentia de longe o cheiro das traições, por mais fortuitas que fossem.

Ou por simples enfado da mesmice na cama em que toda noite o marido caía de bêbado, fedendo a cigarro. E roncando!

Teria ela corrido para o chuveiro para lavar os vestígios de outro corpo no seu corpo?

Roa essa dúvida aí, maridão, enquanto cozinha os seus cotovelos em banho-maria.

De certo é que a sua cara-metade não havia chegado tão cheirosa, lépida e fagueira como saíra para o trabalho, pela manhã. Que bom que ela estava bem empregada, e por concurso, em empresa estatal, o que lhe dava uma estabilidade que os da livre iniciativa não tinham. Mas, como ele ia se dizendo, ainda estava para ser inventado um perfume capaz de resistir às impurezas ardidas de um dia suado.

Mesmo assim ela trazia os resquícios da bela mulher que ainda era nas quebradas dos 40. Vinha se cuidando. Na dieta, exercícios, pílulas, maquiagem. Nenhum descuido na vigilância das estrias do tempo.

Um tempo vivido entre beijos e rusgas, sustentado pelos incontornáveis lugares-comuns nos quais cedo ou tarde o casamento acaba descambando.

E lá estava ele a se roer do mais doentio deles, quando a sua cara-metade irrompe, luminosa, a perguntar:

— Bebe-se ou não se bebe nesta casa?

Ô! Que pergunta. Logo naquela hora.

Ela estava noutra. Nem aí para o que ele tinha ou deixava de ter a contar sobre os seus sucessos (parar de fumar e de beber) ou insucessos do dia (a começar pelo pé na bunda que estava lhe doendo como um corno).

Queria sair, ver gente, dar risada, dançar, se divertir.

Estava cansada do de sempre: casa-trabalho, trabalho-casa, comida, roupa lavada, televisão, marido a beber sozinho, só dando ouvidos para os seus soturnos firififins, fonron-fonfons, coisas de quem parecia curtir uma fossa, reagia aquela que ainda devia se achar uma garota que amava os Beatles — iê, iê, iê — e os Rolling Stones.

Não parecia a mesma que chegara bufando, sinal de que também o seu dia não tinha sido moleza.

Se tivesse esperado por ela fumando e bebendo, ele já estava no pique para entrar de sola no assunto que o afligia.

Querida cidade 395

De cara limpa, restava-lhe engolir em seco todo o desabafo urdido em mortificante silêncio.

A chegada dela não significava o fim da sua solidão.

Ainda não.

Ela é que era a dona da palavra e pronto.

Passou a exibir as peças de vestuário que havia comprado, como se estivesse diante de uma plateia indistinta, para a qual anunciava as promoções (*imperdíveis!*) do *primeiro outlet shopping center* da cidade, novidade alardeada na TV, rádio, jornais, revistas, *outdoors*, e que ficava nas dependências de uma antiga e grande fábrica de tecidos, num subúrbio bem distante de onde eles moravam. *Chegou! Novo! Sensacional! Aqui e agora! Mais de duzentas lojas das melhores marcas nacionais e internacionais! Tudo produto de primeira linha com descontos de até 80%! O ano inteiro! Dez salas de cinema! Fantástica praça de alimentação! Restaurantes e bares a preços que você nunca viu! Não perca! Beba, coma, compre, compre, compre! E goze!*

(Ela tira roupa, bota roupa, vai ao espelho, faz pose de *maneca* — barriguinha pra dentro, bundinha pra fora —, olha pra trás, pergunta: *Que tal, está gostando?* É aí que se dá conta de que há naquela sala um rosto além do seu. E bem carrancudo. Perde a elegância — por não se sentir correspondida em seu entusiasmo comprista. Mostrou, provou, falou, falou, falou e ele *parecendo uma múmia.* Que cara de bunda era aquela? — ela espuma, arreganha os dentes, vira uma fera. E ele: *Calma, pera aí, eu...* Todo cuidado ia ser pouco para não perder tudo o que lhe restava. Uma mulher. A mulher. Enfiou pela goela adentro todo o ensimesmamento estampado na sua cara. Sorriu. E fez-se amoroso, quer dizer, elogiou todas as compras, que lhe caíram muito bem, disse, já disposto a se render ao desejo dela de jantar fora, num desses lugares badalados, em que uns iam para ver os que estavam lá — para serem vistos. Já sabia por onde ela iria começar: *Um prosecco.* Depois, pediria ao garçom que deixasse a garrafa no balde de gelo. E escolheria o seu prato sem olhar o preço. Mas ele que não jogasse sobre a mesa a notícia-bomba:

FUI DEMITIDO.

Para não entornar o caldo, passando à categoria dos desmancha-prazeres. Deixasse isso para depois de pedir café e um licor — mas só para ela, que nesse instante se faria acompanhar de um prazeroso cigarro, ah! — e a conta. Ou quando já estivessem em casa, ambos caindo de sono. Fosse como fosse, resistir, resistir, resistir... À tentação de uma tragada. Aquela tinha tudo para ser a primeira das noites a terminar com ele no ponto para ser metido numa camisa de força.)

Agora — neste outro agora — ele se recorda do susto que levou naquela noite no banheiro do restaurante, ao lavar as mãos e dar de cara com um espelho, que o retratou como nunca havia se visto antes. *Eu não tinha este rosto de hoje,* se disse, comparando o seu com o descrito num poema de Cecília Meireles, *assim tão calmo, assim triste,* de *olhos tão vazios* e *lábio amargo.* Com tal visagem de si mesmo não iria ter coragem de bater em porta alguma em busca de uma reinserção no mercado de trabalho. E isto dois anos antes de atingir a idade-limite do descarte (os sessenta), quando passaria a entrar na fila dos idosos, esses saudosos da era em que o fim de um emprego significava o começo de outro. Cantarolou, baixinho:

Querida cidade 397

As coisas estão no mundo e você precisa aprender.
Sabia que fora apanhado na contramão de um inescapável
futuro, apontado à sua frente por um colega de trabalho, que
uma vez, entre um copo de cerveja e outro — era a hora do
almoço, o uísque ficava para o fim da tarde —, lhe fizera a
seguinte advertência: *Enquanto estamos aqui bebendo, os jovens
frequentam cursos de informática e se conectam ao admirável novo
mundo da web. Eles vão tomar o nosso lugar mais cedo do que a
gente espera.* Falara-lhe no plural por delicadeza, ou fidalguia,
como se dizia antigamente, por considerar o tema à mesa espinhoso, não querendo deixar o seu interlocutor se sentindo
acuado, ou discriminado, por ser mais velho. E, afinal, tratava-
se do seu chefe imediato na empresa onde ambos trabalhavam.
Além da idade, a diferença entre os dois era também de interesses. O mais novo deles naquela rodada entre o primeiro e
o segundo turno do expediente andava mesmo se informando
sobre o que naquela conversa iria definir como *o tsunami tec-
nológico que já está causando uma profunda transformação nas
relações de produção e do emprego.* No embalo, teorizou sobre
a nova fase da Revolução Industrial (*aquela mesma iniciada
na Inglaterra em 1760, que mais de duzentos anos depois está
sendo reciclada*). O mundo todo vem se antenando nessas
inovações que começam a provocar um grande impacto na
vida de todos, pondo em xeque a sobrevivência de quem não
estiver preparado para as mudanças em progresso, ele disse
e o outro ouviu. Calado. Talvez preocupado com a ameaça
que podia estar embutida naquele papo, que de furado não
tinha nada.
Entre um gole e uma tragada, abstraiu-se daquela torrente
de informações para olhar em volta, recordando-se da vez que

chegara ali acompanhado por uma estagiária, recebida com simpatia e malícia. Ao se ver como a única garota naquele provecto ambiente, ela o chamou de *cemitério dos elefantes*. Com certeza ele estava sendo considerado um desses paquidermes, condenado ao esmagamento por máquinas que não era capaz de dominar, conforme o assunto em andamento.

Tudo fazia parte de um processo — continuava o seu parceiro de cerveja. E esse processo *alavancava* uma palavra de machucar os ouvidos, como o próprio verbo *alavancar*: empreendedorismo. Páreo duro para em-po-de-ra-men-to, outro *top de linha* do vocabulário contemporâneo. Tanta *expertise* para um fecho tão chulo: *É sair por aí com esses palavrões na ponta da língua, e acabar cagando uma goma bem up to date. Rir* não é o melhor remédio? — perguntava o *cibernético cagador de goma*, na quase bêbada visão do seu ouvinte, já suspeitando de que se tratava de um forte candidato ao seu cargo. Que não demorou muito a ficar vago. Se a ser ocupado por quem ele desconfiava, ou por outro, ou por ninguém, pouco lhe importava. De certo era que, ao ser mandado para casa, se foi acompanhado pelo deboche daquele parceiro de mesa: *Eu não disse? Cantei essa pedra, não cantei?*

Cantou. Em mais de uma vez. A primeira deu-se quando ele se recuperava em casa de uma fratura no braço, e recebeu uma ligação do tal colega com aquele papo de *quem avisa amigo é*. Fazer o quê? O que fazer? A saída, onde estava a saída? Ir para onde? Que rumo tomar? Por favor, pode me dizer há quanto tempo o trem passou?

Para com isso! Chega!

A mulher o sacode.

Reclama:

Que horror!

Ele abre os olhos, assustado.

O que foi?

Ela não conseguia dormir com a falação dele. Que agitação era aquela? Foi nisso que deu parar de fumar e de beber? E aquilo era só o começo. Já imaginava o inferno que iam ser as suas noites dali para a frente.

Era agora. Chegara a hora. Não ia ser justo, porque ela precisava acordar cedo.

Ainda tinha emprego. Ele não. Se ela perdesse o sono de vez, paciência. Mas não dava mais para segurar. Bastavam três palavras.

Primeira:

Eu.

Segunda:

Fui.

Terceira:

Demitido.

Voltou a se perguntar, desta vez, acordado:

O que fazer?

Tornar-se taxista? Traficante de drogas, ou de armas? Apontador do jogo do bicho numa banca ali na esquina? Camelô? Rufião? Funcionário fantasma de político? (*Quanto mais corrupto, melhor.*) Virar pastor evangélico — para nada lhe faltar? Ou abrir logo uma igreja? (*Mercado saturado.*) Conselheiro sentimental, comportamental, existencial? (*Concorrência igualmente braba.*) Palestrante motivacional? (Idem.) Aspone, quer dizer, Assessor de Porra Nenhuma? (Idem, idem.)

Àquela hora tudo de que precisava era de uma resposta consoladora:

Sobreviveremos.

Dona Realidade não lhe negou fogo.

Fez-se delicada, compreensiva, amorosa, solidária.

Ela estava bem empregada e tinha um dinheirinho aplicado.

Ele: os direitos trabalhistas a receber, mais a reserva que havia feito, não lhe deixariam tão assim com a corda no pescoço.

Você não sobreviveu às dores do mundo, sofridas desde a sua primeira demissão, aquela de vendedor-pracista, da qual nunca se esqueceu? Logo, vai sobreviver a mais esta. Você pode muito bem se virar como autônomo. Tem experiência para dar e vender. E trate de cuidar da sua aposentadoria e de começar a fazer planos.

Ela estava certa.

Não podia ver naquela demissão o fim do mundo.

Ele se aconchegou à mulher, aquietando-se, para o alívio dela, que sussurrou: *O dia já está amanhecendo. Preciso dormir mais um pouco. Acalme-se. Durma também.*

Não a viu despertar, se levantar, se banhar, tomar o café da manhã e partir para o trabalho.

Teve um resto de sono de pedra.

Acordou tarde, com uma ideia na cabeça.

A de se candidatar a síndico, para economizar na despesa do condomínio, da qual estaria isento.

Nada mal, para começar — ela disse, naquele dia mesmo, ao saber que ele já havia se candidatado, achando que ia ganhar, pelas primeiras manifestações dos que foram consultados informalmente, na portaria do prédio. O que a sua mulher gostou mesmo foi de não o encontrar jogado às moscas, deprimidão. *Você não perdeu o seu tempo. Parabéns. Bola pra frente.*

A candidatura a síndico foi apenas um dos movimentos positivos no seu primeiro dia de desempregado para se es-

Querida cidade 401

quecer do cigarro e do álcool. No resto do tempo, leu o jornal, andou à beira-mar por mais de uma hora, fez uma sessão de shiatsu, almoçou num restaurante vegetariano. Em sua caminhada, passou por uma praça em dia de feira e aproveitou para comprar frutas e legumes. Em casa, começou a arrumar a sua bagunçada e empoeirada estante de livros, dando-lhe uma ordem, por autores — os brasileiros, os portugueses, os hispanos, os norte-americanos etc. — para facilitar a sua busca quando fosse pegar algum, já que dali em diante ia ter tempo para muitas e boas leituras. Finalmente chegava a vez de ler todos os sete volumes de *Em busca do tempo perdido*, por anos e anos ali entregues às traças. Mas, ao pôr a mão em um romance intitulado *A consciência de Zeno*, do italiano Italo Svevo, lembrou-se de que se tratava da história de um idoso a quem um psicanalista recomenda que escreva a sua autobiografia a partir da análise da sua propensão ao tabagismo. Abriu-o e leu: "Não sei como começar e invoco a assistência de todos os cigarros, todos iguais àquele que tenho na mão." Pronto. Este iria direto para a sua cabeceira. Monsieur Marcel Proust que continuasse na fila de espera. Mas com o consolo de estar bem escovado.

Embora preocupante, o seu desemprego acabou sendo mais suportável do que a abstinência tabagista e alcoólica, levando-o a uma rotina de consultas e exames médicos. Ao se queixar para um pneumologista dos malefícios que sentia por ter parado de fumar — desânimo, impaciência, nervos à flor da pele, uma vontade louca de sair por aí dando porrada em todo mundo —, ouviu dele a seguinte confissão: *Quer saber a verdade? Fumar é muito bom. Eu parei há dois anos. E toda noite sonho que estou fumando.*

402   *Antônio Torres*

Ausculta de cá, radiografa de lá, sequelas havia. *Mas você não vai morrer disso*, tranquilizou-o o médico ex-fumante, ainda nostálgico de umas prazerosas baforadas. E o pôs a fazer acupuntura, fisioterapia, bater muita perna à beira-mar. Nesse seu andar, andar e andar havia sempre o risco de cruzar com um amigo ou conhecido com uma pergunta na ponta da língua: *Está de férias?* A cara apavorada do primeiro a quem respondeu *estou no desvio* levou-o a dar uma boa gargalhada.

As aporrinhações do dia a dia do síndico, com suas desavenças e inimizades, somadas à decadência do prédio, aos sons da rua e fúrias do bairro, o levaram a planejar, junto com a mulher, uma batida em retirada, anos à frente, quando ela viesse a se aposentar. Então partiriam em busca de uma vida mais tranquila, e menos dispendiosa, num bosque em um vale encantador, longe da linha de tiro em que viviam naquela guerra urbana.

E assim foi.

Sobreviveram às rugas e rusgas, ambos se suportando bem, até o dia em que o marido disse *vou ali e volto logo* — ele já não sabia ao certo quanto tempo fazia que a havia deixado para uma volta à cidade, da qual sentia muita falta. Ela, ao contrário: ao passar a morar numa casa, rodeada de flores, árvores frutíferas, pássaros, sentia-se no melhor dos mundos, a brincar de decoradora, jardineira, arquiteta, pomareira. Feliz, feliz.

Agora ela ressurge ao espelho das águas, tal qual na última vez que a vira, sem qualquer retoque a lhe disfarçar os castigos da idade.

Se antes tivera a ilusão de que uma semana longe dela iria fazer bem aos dois, agora se culpava pela fuga que acabara por levá-lo a dar com os burros n'água, e por ter pensado, ali

Querida cidade 403

naquele seu confinamento, mais em coisas ruins do que nas boas, toda vez que se lembrava da relação dos dois.

Tinha de lhe pedir desculpas por isso. E dizer que a amava acima de tudo neste mundo e que chegar a ela havia sido o melhor presente que a cidade lhe dera, blá-blá-blá, blá-blá-blá.

Começou assim:

Como você soube que eu estava neste lugar?

O que saiu da sua boca foi apenas um sussurrante fiapo de voz, como se já tivesse perdido a fala.

Mesmo assim manteve a esperança de ser ouvido fora dos vidros que o enjaulavam. E fez outra pergunta, num esforço gigantesco para que ela saísse a plenos pulmões:

Como foi que você conseguiu chegar aqui?

E outra vez ouviu-se a sussurrar.

Então se deu conta de que a fraqueza começava a dominá-lo.

Devagar, mas progressivamente, a falta do que comer levava-o a depauperar-se. Quanto tempo lhe restava para perder todos os sentidos?

Sabia-se ainda capaz de pensar. De lembrar. De ver. De se mover — embora a dormência nos pés, as dores nas pernas e o cansaço geral lhe pedissem para estirar a carcaça numa cama muito bem acolchoada.

Nunca dantes desejara ter onde se esparramar todo, caindo no sono mais reparador possível para um vivente tão estropiado por tantas idas e vindas em léguas e eras ao redor de si mesmo.

Voltou a encarar as águas.

Nada de novo entre elas e o céu.

Nenhum rosto de mulher a emergir daquelas profundezas oceânicas para lhe dizer:

404   Antônio Torres

Bem feito.

O quê?

O castigo veio de cima, de baixo, de todos os lados.

E o que foi que eu fiz para merecer isso?

Não se faça de anjo. Pensava que eu não desconfiava que aquela sua conversa fiada de ter de ficar longe de casa uns dias para resolver umas coisas só suas — exames médicos e não sei mais o quê — era um projeto bem arquitetado de me abandonar?

Você está enganada. Eu estava precisando mesmo fazer um check-up. Nem vou falar dos resultados que fiquei sabendo. Já não importam.

Ela o interrompeu, erguendo um braço, com um chamado — Coragem! Pula daí! — e, não ouvindo qualquer resposta, Dona Realidade deu um mergulho e desapareceu nas águas do tempo, deixando-lhe um rastro de fantasia. Se o seguisse, acabaria por descobrir um mapa-múndi digno de consulta, que lhe indicaria uma terra onde aportar, e nela ser recebido assim:

Bravo! Você sobreviveu!

O seu desejo se fez mágico. Então ele viu o cocuruto daquele edifício — que ao mesmo tempo lhe servia de abrigo, tábua de salvação e presídio — se desprender da sua estrutura submersa e levantar voo como o pavão misterioso do *rimance* que lhe contaram e cantaram ao pé de um fogão de lenha, em noites já imemoriais.

Impressionado com o poder da sua mente, sentiu-se no comando de uma nave que, a olhos incrédulos ou visões estupefatas de um mundo que pensava já ter visto de tudo e não acreditava no que estava vendo, no mínimo seria chamada de louca.

Querida cidade 405

Compreensível.

Onde já se tinha visto isso: o último andar de um prédio gigantesco, com um heliporto na cabeça, sem asas, nem motor, nem piloto, tripulação, nada, transformar-se num veículo de capacidade orbital, com autonomia para circular a grande altitude, unicamente para transportar um sujeito que nele se encontrava, cercado de água por todos os lados na cidade que acabava de morrer afogada. Sim, aquele senhor perdido no tempo e no espaço, completamente à deriva, sem qualquer possibilidade de resgate, e se sentindo condenado à morte por inanição, agora decolava, como se tivesse se tornado o dono do seu próprio rumo. O *Abre-te, Sésamo* que o levara a apropriar-se do último resquício da existência daquela cidade só podia ter sido a palavra *Coragem*, saída de uma boca feminina a boiar nas águas à sua frente, como a incitá-lo à ação, se é que não fora tudo um sonho, do qual ainda não havia acordado.

Que aventura, hein, mestre?

Mestre!

Maneira respeitosa de se tratar um velho, ele sabe.

Menos má do que as horrendas palavras *idoso/terceira idade*, associadas a outras pronunciadas com uma humaníssima piedade (*Coitado, está caduco*), ou desumano menosprezo (*Broco*), ou impiedosa ofensa (*Decrépito — um fardo para carregar*). Como se não bastassem as restrições alimentares (*Café só descafeinado, leite só desnatado, carne vermelha nem pensar, doce nunca mais, quer dizer, tudo que é bom engorda ou mata*), a libido abaixo de zero, a escravidão aos medicamentos de uso contínuo. (*Doutora, felizes são vocês, as mulheres, que não têm problema de próstata. Ela riu: Mas temos outros, até piores, se é que isto o consola.*)

406 — Antônio Torres

Como de repente passara a estar de moral em alta, se onde chegasse a aterrissar o chamassem de *veio lunático* não iria se sentir injuriado. Receberia o dito com toda a intenção de afronta como se fosse um elogio. *Bom saber agora, já perto de pôr o pé na cova, que há quem me considere um iluminado.* A ele, se viesse a achar uma terra firme para nela dar com os seus costados, nada mais importava.

Guiado por quem?

Nem quem nunca foi visto na missa faria esse tipo de pergunta, diria a sua mãe, que o menos que queria era ter legado ao mundo um infiel.

Vislumbrou-a no avarandado da sua infância a olhar para a estrada, à espera da volta do filho pródigo. Igualzinho naquela tarde em que um rádio ao longe tocava a música da ave-maria. Ele haveria de chegar trazendo a mesma maleta que havia levado no dia em que foi embora, com todos os seus sonhos dentro dela. E agora deveria conter as suas memórias das cidades em que viveu, cheias de luxo, sedução, riquezas e pecados, no imaginário de uma mãe que não perdoava aquele filho por nunca ter vindo buscá-la para passear nelas. Os irmãos, ou principalmente as irmãs, deviam ter a mesma queixa. E ele nem os acompanhava nas redes sociais, nas quais sempre postavam fotos dos encontros familiares, aniversários, batizados, casamentos, Natal, Ano-Novo, lugares aonde iam, todos sorridentes, como se cada clique representasse uma superação de suas desavenças, arrelias e ciumeiras. Oh, que gente tão feliz. Infeliz era o irmão ausente, que jamais havia se dignado a levar a mulher para conhecer a sua família. *Sim, por que ela não veio? E por que não trouxe os filhos? Não tem?* Que pobre-diabo. Um fracasso. *Como nunca achamos você no*

Querida cidade 407

Facebook, nem no Instagram, WhatsApp, Twitter, pensávamos que você já tinha morrido.

Ele captou esses sentimentos ainda a distância, ao ver que todos o aguardavam com um celular à mão, sinal de que já devia ter chegado ali a notícia sobre a cidade submersa, *a boca inundada pelas águas, onde se movem as algas/ e as formas mais bizarras que o mar foi capaz/ de engendrar na solidão de suas caves ancestrais*, e aquele seu povo ali devia estar doido para saber se era de lá que ele estava chegando.

Com certeza, não faltaria quem falasse em milagre, quando soubesse de toda a história. Mas, por mais espetacular que ela fosse, o seu protagonista corria o risco de causar decepções, ao não contemplar os que o viam chegar com uma exibição digna de cliques espetaculares, pois o pasto à frente da casa em que havia nascido, e onde estava sendo esperado, não oferecia condições para um pouso seguro, por ser íngreme demais. Tudo em volta oferecia-lhe o mesmo perigo de se espatifar, ao tentar uma aterrissagem: esconsos, regueirões, árvores, cercas, tanques, pedras, montanhas. Só lhe restava uma única possibilidade para uma descida sem perigo. A praça principal, bem plana, há muitos anos promovida de centro de um povoado ao de uma cidade, completamente vazia àquela hora. Onde todo mundo havia se enfiado? Um pouquinho de gente estava rezando na imponente igreja católica, apostólica, romana — ainda era o maior, para não dizer o único, monumento do lugar —, que vinha perdendo fiéis para outras seitas. Num relance, contou seis delas em casas modestas, uma das quais chamava a atenção pelo berreiro de um pastor, que devia achar que Jesus era surdo, tão alto gritava o seu nome.

Nas horas de Deus, da Virgem Maria, amém, ele se disse, fazendo o sinal da cruz, lembrando-se de que era assim que criava coragem para pular de um barranco para as águas de um riacho, quando era menino.

Também desta vez a proteção divina não lhe falharia.

Aportou bem no meio da praça sem lhe causar tremor.

E como não havia ninguém a recepcioná-lo, a geringonça voadora que o trouxe não provocou o mesmo escândalo da chegada naquelas paragens do primeiro caminhão, numa noite perdida nos confins do tempo.

Quem sabe mais tarde o pau ia comer.

Não tendo outra coisa a fazer, ele pegou o rumo do beco que levava à estrada em que trilhou por toda a sua infância, até o dia de ir embora, carregando uma maleta, na qual cabiam todos os seus pertences.

Agora iria voltar por ela, sem nada nas mãos.

A ansiedade da chegada foi tanta que ele não viu a maleta que as águas haviam grudado numa das paredes do cocuruto do edifício que lhe serviu de transporte.

Deixou a praça sentindo falta da voz do locutor, o seu inesquecível primo, o de coração de festa, rei do bolero, da valsa, do baião, do fox, do samba-canção — do baile.

Era uma vez o cheiro dos *buquês de melodias* para as moças de azul e branco que iam passando pela calçada da igreja. A praça já não era a de sempre, de onde ele havia partido em cima de um caminhão e para onde voltara na primeira terça-feira de dezembro de 1958, trazido pelo primo de alegre e triste memória, que numa manhã do mês de fevereiro de 1959 viera buscá-lo, para só agora a ela retornar, com uma mão adiante e a outra atrás.

Querida cidade 409

Não mais o perfume de uma bela mulher à janela, embevecida com a dedicatória da música que alguém, cheio de amor e carinho, oferecia a alguém. Para o azar do locutor que falava a enternecidos corações, o marido dela também o ouvia. E ele carregava na cintura a licença que o seu cargo de delegado lhe dava para revidar. Aquela praça se recordaria do sargento que pôs alguém para correr dali para bem longe? E da música que foi o pivô da expulsão desse alguém, sob ameaça de morte? E do fim trágico do sargento, ao dar cabo da mulher, de um soldado que os servia, e de si mesmo?

O coração daquele que acabava de chegar não estava batendo feliz e ele sabia por quê. Ainda restaria por ali um ouvinte da estrofe derradeira, merencória, que revelava toda a história de um amor que se perdeu? As *mais belas páginas do cancioneiro popular* do tempo do serviço de alto-falante haviam sido substituídas por um tum-dum, dum-tum da porra na era do som automotivo. Sumindo numa esquina, a camionete apetrechada com uma parafernália sonora enlouquecedora botava pra quebrar: *Toca o pancadão/ Desce com a raba/ No balancê, balancê do bundão.* Até ali, até ali. Novo! Chegou! Agora também nos fundões do Brasil! Ao pé da letra: *Deixa tua raba descer/ Deixa tua raba subir/ Que eu vou sarrando de leve...* O pior mesmo era o volume daquele som cheio de fúria significando apenas barulho que ensurdecia um lugar outrora — essa era a palavra — ritmado por maviosos bandolins, cavaquinhos, violões, e no qual agora não se via nenhuma mocinha à janela com um acordeão entre os braços, a cantar *quero, quero que me chame de querida.* Vontade de gritar para o sonoplasta daquela zoeira a sacudir o pó do seu tempo ali: "Mais alto, mais alto, caralho!" (Cuidado, velho! Ironias podem não ser bem-vindas. Melhor não desafiar o poder de fogo que pode haver por trás desse som. E sair de fininho. Incógnito.)

Foi o que fez, na direção do beco que dava para o caminho da casa onde havia nascido.

Já ia deixando a praça para trás, quando ouviu um entusiástico *olá!*.

Não reconheceu no rapaz que o saudava um sotaque local.

Ele, o inesperado recepcionista, se apressara a ficar a seu lado, passo a passo, perguntando-lhe se ele estava precisando de alguma coisa.

— Que coisa?

— Da preta ou da branca. E garantida.

— Tô fora — cortou, apressando o passo, sem olhar para o lado, nem para trás, até pressentir que estava longe do sujeito que o importunara. *Até aqui, até aqui,* pensou de novo, levando as mãos aos bolsos. Tudo o que restava de seu — o celular, dinheiro, documentos, cartões — acabava de lhe ser surripiado. Que droga.

Perdeu, perdeu, otário, debochou-se, achando que não valeria a pena voltar correndo a gritar *pega, ladrão!*.

Sem mais nada além da suada roupa do corpo, e nenhuma lembrancinha para os entes queridos — bota decepção nisso —, foi em frente amargando o tropeço logo nos primeiros passos, mas já se vendo com a compensação de três motivos para dar uma levantada no seu astral, e assim ficar bem nas fotos que certamente seriam postadas nas redes sociais.

Primeiro:

Acabava de encontrar um lugar aonde o fim do mundo não havia chegado — embora de cara fosse visível que ele não era

Querida cidade 411

mais o mesmo, e, para piorar o seu novo status, a seca que o assolava deixava no ar uma sensação de perigo à vista. Aquele da profecia de Deus a Noé, depois do dilúvio: *Não mais a água* (da qual ele acabava de escapar). *Da próxima vez, o fogo.*

Dali em diante, porém, quando lhe perguntassem onde havia nascido, não mais responderia *num fim de mundo*, não querendo dizer com isto que podia se vangloriar de ter desembarcado no começo dele. Mas num mundo do qual esperava encontrar algum pertencimento.

Sobre o segundo motivo, faria o seguinte resumo:

Eu, vocês, todos nós sobrevivemos.

Sem um pai.

Mas vamos pular esse capítulo.

Terceiro:

Antes de tudo, quando todos no avarandado estavam com os olhos na estrada, como faziam antigamente a cada pôr de sol, a sua irmã mais velha olhou para o alto e gritou:

Olha ali por onde ele está vindo! Eu sei que é ele.

Ela levantou os braços, acenando entusiasticamente, no que foi seguida pelos demais, que também ficaram deslumbrados, ou assombrados, ao imaginarem quem estava descendo dos céus no pedaço de prédio que trazia — e nele era trazido — como o último vestígio de uma grande, vibrante, luxuriosa cidade, desaparecida sob as águas no mais implacável castigo imposto por forças divinas a um povo pecador, na visão apocalíptica dos servos de Deus, ao saber dos acontecimentos, dos quais ele, o irmão que chegava sem aviso — *mas que grata surpresa* —, escapara ileso.

Eta menino de sorte. Não foi o que eu sempre disse?

Sim, ele haveria de se recordar de ter ouvido isso no dia em que foi embora. A recordação o levaria às lágrimas. Era muita sorte mesmo ter sido empurrado pelos ventos, ou pelo destino, ou por uma força celestial, ou cósmica, ao seu ponto de partida, onde, ao pé de um fogão de lenha, sob o crepitar de panelas fumegantes, e ao som de um ponteio de viola, se inebriaria com vozes, cheiros e sabores — milho verde, batata-doce, aipim, cuscuz de tapioca, mugunzá, canjica, umbuzada, e um cheirinho de coentro e de alecrim no ar —, que julgava perdidos para sempre.

E tome histórias.

De lobisomens, mulas sem cabeça (ou mulas de padre), boitatás, zumbis, gralhas mal-assombradas, almas do outro mundo que apareciam em sonhos para mostrar onde haviam deixado o seu dinheiro enterrado, a corrida contra o tempo para achá-lo antes que os galos cantassem, e a perseguição da cachorrada solta do inferno para atrapalhar os trabalhos. E os casos reais também: quem morreu, quem enricou, quem faliu, quem traiu quem, quem foi embora, voltou e se matou. Assunto era que não ia faltar. Que tertúlia memorável. Isso até o sono dizer:

Por hoje chega.

Enquanto permanecesse de olho aberto, mataria a sede e a fome, tomaria um bom banho numa bacia, pediria uma cueca, uma camisa e uma calça emprestadas, e tentaria jogar por terra o fardo das suas culpas, ao enfrentar um tribunal tão austero quanto o da sua própria consciência: *Por que você demorou tanto a nos procurar? Por que não tem filhos? Por que não trouxe a mulher?* Para a última pergunta, ele tinha duas desculpas.

Querida cidade 413

A primeira: queria fazer uma viagem só sua, para refazer caminhos, andando de pés descalços na areia quente, subir em umbuzeiros, buscar flores — begônias, jasmins, rosas vermelhas, as do bem-querer, rosas brancas —, para as meninas levarem às novenas na igreja; reviver sonhos. A segunda era que de verdade mesmo não sabia para onde estava indo. Fora levado pelos ventos, que não lhe deram uma oportunidade de passar em casa — aí teria de contar toda a história das águas que inundaram a cidade onde ele se encontrava, e que na confusão se perdera da mulher, não sabendo onde estava, e se viva estivesse podia não fazer questão de acompanhá-lo naquela aventura tão primitiva, sem o menor conforto a bordo, nada para comer e beber, nem comando e tripulação. E vai que acontece uma calmaria, como na viagem de Pedro Álvares Cabral, quando descobriu o Brasil? Mal comparando, ele também estava chegando ali acidentalmente, movido unicamente pela força das suas nostalgias — outra vez iria precisar de uma faca para cortá-las —, sem a pretensão, o que rima com ambição, dos navegadores d'antanho.

De onde ninguém esperava viria a grande virada daquela noite. Numa lucidez impressionante para a sua avançadíssima idade, coube à matriarca da família dar um basta naquela mistura de hora da saudade e ressentimentos familiares. Para a surpresa de todos, ela não mostraria a menor fé, nem qualquer orgulho das promessas e rezas de toda uma vida, como se (quem diria!) já não precisasse mais delas. Ou se todas tivessem sido atendidas.

Chega dessas histórias do arco-da-velha. O mundo é outro. E aqui está quem já andou por tudo quanto é buraco dele, e pode contar como ele é hoje. Aí vocês vão dizer, com todas as letras:

414 Antônio Torres

"Irmão, você é foda." Depois, vão dormir e sonhar que todos podemos ser fodas.

Presuma-se os queixos caídos da plateia de filhos criados a levar tapas na boca a cada vez que diziam um *nome feio* perto da mãe, a mesma que agora estava assim: foda pra lá, foda pra cá.

Se isso chegasse aos ouvidos daquele lugar, iriam dizer que a beatíssima senhora havia ficado louca.

Para o filho dela recém-chegado, restaria pensar:

Parem as máquinas!

Inspirada do jeito que parecia, a sua mãe ia acabar escrevendo um best-seller. Ela é que era foda. Será que andara lendo, às escondidas, um livro intitulado *A Obscena Senhora D?* Também sua mãe se tornara obscena, de tão lúcida?

E assim ele adormeceria: no mesmo colchão de palha da sua infância, no mesmo quarto com duas janelas azuis dando para a varanda de frente para o poente, com as mesmas pulgas a lhe caírem na pele com os melhores votos de boas-vindas à casa paterna, quer dizer, materna. (Sim, do pai, ninguém falou, nem iria falar, numa decisão tácita que não seria garantia alguma de que a qualquer momento a alma dele não viesse a aparecer, para, finalmente, contar tudo sobre o seu desaparecimento, e lhe fazer perguntas perturbadoras, sim, a ele, o que estava muito longe quando tudo aconteceu.)

Toques intermitentes à janela. No instante seguinte, pareceu-lhe o pipoco de tiros. Em outro, de foguetes.

Uma voz chegava-lhe aos ouvidos:

Vai ver o fuzuê que está acontecendo na praça.

Querida cidade 415

Imaginou um campeonato de sons automotivos. Mas era isto: todo mundo querendo saber como um andar de um prédio de cidade grande caíra ali (do céu?) sem ninguém ter ouvido qualquer barulho. Pelo peso dele era para ter causado um abalo sísmico.

A notícia já havia se espalhado que nem busca-pé em noite de São João.

Daqui a pouco a praça estará invadida por um exército de repórteres, fotógrafos e cinegrafistas vindos da capital.

Não faltará quem se assanhe, de celular em punho, já ensaiando uma pose para uma *selfie*: Oba!

Até que enfim chegava a hora de aquele lugar botar a cara muito além das suas solitárias fronteiras.

O agito começou bem cedo, assim que o locutor da rádio local saudou o esplêndido alvorecer daquele dia:

Já vem raiando a madrugada, acorda, que lindo, cantarolou, para cativar as queridas e os queridos ouvintes da cidade, dos distritos, de todos os cafundós das redondezas, nas quais se entocavam uns 20 mil viventes. Certamente alguns deles já estariam ligados no seu programa, e iriam multiplicar a audiência tão logo ouvissem a pauta-bomba a seguir:

Incrível, fantástico, extraordinário! O impossível aconteceu e ninguém viu. O que foi? O que é? O que será? Está no ar o maior desafio à nossa imaginação. Venham ver com os seus próprios olhos, antes que o assunto vire manchete em todo o nosso estado, no país, no mundo.

Vangloriando-se de que o furo de reportagem era dele e ninguém tascava, aquele que se definia como *este amigo de vocês de primeira hora* via-se entre o terror e a glória:

416 *Antônio Torres*

Assombrações na praça à luz do dia. Um aviador misterioso que nela aterrissara na noite de ontem, bem em frente da igreja, pilotando um pedaço de um prédio, provavelmente roubado de um arranha-céu, com uma maleta colada numa de suas paredes. Teria o enigmático aviador caído ali por acaso, tal qual dizem ter sido assim que o nosso país foi descoberto pelos portugueses, em 1500, e que desde então sempre esteve condenado aos acasos, para o bem ou para o mal? E o que o piloto de agora viera descobrir nestas remotas paragens?

A essa altura o ora chamado de aviador, ora de piloto, passaria a se perguntar se teria a sua mãe dado com a língua nos dentes. Pois fora ele, o filho dela recém-chegado, quem lhe dissera ter ali desembarcado acidentalmente, o que o trepidante locutor acabava de repicar como *acaso*, ao encompridar o assunto, que continuava: de certo mesmo era que o misterioso visitante não havia sido encontrado para dizer a que tinha vindo. Escafedera-se. Naquele exato momento, porém, o centro das atenções não era ele, o protagonista das confusões, nem o seu estrambótico meio de transporte, e sim, ela:

A maleta.

Uma multidão tentava arrancá-la a tapa.
Sem êxito.
A agitação cresce e enfurece.
Na boca do povo aquela relíquia só podia ter sido trazida por uma alma do outro mundo. Era encantada. Daí ninguém conseguir abri-la, para que todos vissem a cor do dinheiro que estava dentro dela.

Querida cidade 417

Se o delegado não tivesse aparecido rapidamente, com os seus soldados armados, para tentar acalmar os ânimos, a coisa tinha ficado mais feia do que estava.

Mas só o dono da maleta será capaz de pôr ordem naquela praça, quando pegá-la, abri-la e mostrar para todo mundo o que ela tem.

Ou não tem.

Isso vai dar merda — disse o dono da rádio, e mandatário da cidade.

O que fazer para se livrar do enorme entulho largado na praça, e controlar a arruaça por causa da tal maleta indecifrável? Teria ele capacidade de administrar a zorra toda em que aquela ignota urbe habitada por pouco mais de 3 mil almas deste mundo iria se transformar? Essa população poderia se extrapolar assustadoramente, com a chegada aos bandos dos munícipes, e de curiosos de toda a região, e para além dela — antevia o já aflito senhor prefeito. Não! Aquilo que estava a vislumbrar não era assombração, ou paranoia, ele se dizia, achando-se diante de uma possibilidade concreta daquela cidade ser invadida a qualquer momento por uma legião de fanáticos, seguidores de um estrambótico novo rei da confusão — barba de profeta em corpo marombado de lutador de jiu-jítsu travestido de soldado de Cristo com poder satânico, bandeirosamente paramentado com um manto verde e amarelo, tendo uma cruz pintada de preto numa das mãos, e fazendo o símbolo de uma arma com os dedos da outra. A figura, para lá de escalafobética, o seu lema super-hiper-hurra flamejante — *Amar Odiar* —, e a sua desconcertante retórica — *Vamos parar com essa besteira de*

418   *Antônio Torres*

salvação na vida eterna; quem salva é a grana — iriam abalar as estruturas estabelecidas. Ao clamar contra os votos de pobreza, castidade, devoção e obediência, mais ele faria a terra tremer: *Lembrem-se que roubar para matar a fome não é crime.* Pronto. Popularidade garantida. Povo no bolso.

Nos rastros do rebanho, viriam os presumíveis vendedores de bugigangas e de qualquer coisa, aventureiros, desempregados, pedintes — também de qualquer coisa, *pelo amor de Deus ou de Satanás* —, golpistas, traficantes, criminosos em geral, o diabo a quatro. E quando os sem-nada fossem às vias de fato, passando a invadir armazéns, vendas, bodegas, lojas, residências, igrejas, escolas, pastos, enfim, os domínios dos com-tudo, dos com-qualquer-coisa, ou seja, qualquer remediado, só lhe restaria — a ele, o atarantado senhor prefeito — apelar para o pior: a solução armada. Não com os precários recursos municipais de que dispunha, mas pela ocupação das tropas estaduais. Se essas não bastassem, teria de recorrer às forças federais, numa ação conjunta com os três poderes que efetivamente ditavam as regras do jogo político nacional: o da Bíblia, ameaçado pelo esvaziamento dos templos; o do boi, pela invasão aos seus latifúndios; e o da bala, pela excepcional oportunidade — tão esperada, com cálculo, método, investimento — de uma reedição daquela guerra acontecida num belo monte nos anos de 1896 e 1897, e que terminara com apenas quatro sobreviventes, "um velho, dois homens feridos e uma criança, à frente dos quais rugiam raivosamente 5 mil soldados".

— Eis o que te espera, alma danada — imaginar-se-ia que teria sido a última coisa que o prefeito se diria, antes de

Querida cidade 419

ir ao chão, fulminado por um enfarto, só de pensar no que estava pensando.

Acorda, menino, para rezar a ladainha, como o teu pai mandava, e depois ouvi-lo cantar "que beijinho doce/ que ela tem", ao levantar-se e ir à cozinha fazer um café, enquanto tu imaginavas as doçuras degustadas no quarto ao lado na calada da noite. "Ah, essa música que retorna, como um perfume de uma rosa", tu te dirás, já te aviando para acompanhar o pai ao curral. Na volta, depois de te fartares de aipim com leite, batata-doce com leite, cus- cuz de milho ou de tapioca — com leite! —, ouvirás a imperativa voz materna a te botar no caminho da escola. "Vá se arrumar, vá!"

Arrumar-se significava lavar o rosto, escovar os dentes, pentear os cabelos, vestir uma calça azul, uma camisa branca e... Pegar a maleta!

Jamais imaginaria o quanto essa maleta iria dar o que falar. O povo querendo ver a cor do dinheiro que esperava achar dentro dela. A praça em pé de guerra. O prefeito defenestrado do cargo — e da vida — por um enfarto fulminante. Dobrar de sinos. Dolente. Tristonho. O locutor-amigo — *de primeira hora* — agora a cumprir o doloroso dever... E a pedir calma, calma, calma, gente boa!

— Que confusão foi essa que o senhor veio arrumar aqui, hein? Como é mesmo o seu nome?

A intenção do causador (involuntário, ele se dizia) de todo aquele desassossego era outra: encontrar uma cama, só isso. E viera a calhar aquela mesma com um surrado colchão de palha, tão cansado se sentia das voltas e reviravoltas ao redor de suas memórias. De tanto pedir aos céus, às águas, ao tempo, ao vento, a tudo que tem força e poder sobre o destino humano que lhe deixasse cair no sono eterno, ei-lo em berço não tão esplêndido quanto o que sonhara, tantas eram as pulgas a se intrometerem no seu sonho da volta a essa casa onde havia nascido, achando que foi lá que deixara a maleta com as caixas de fósforos que o levavam a montar uma cidade, para em seguida desmontá-la e remontá-la, dia a após dia, como se estivesse sob a inspiração de dois versos de uma música que só iria ser composta alguns anos à frente:

Todo mundo sabe que nossas cidades/ Foram construídas para serem destruídas.

Esperava encontrar mais, na maleta tida como mágica: um livro intitulado *Dores do mundo*. Bastaria que uma de suas frases lapidares (*Quão longa é a noite do tempo sem limites comparada com o curto sonho da vida*) tivesse resistido à voracidade das traças, para dar o seu achado por pago.

Pelo seu especial obséquio, minha mãe, não deixe que me acordem. Seja parente, aderente, amigo do peito, vozes de telemarketing, da polícia, de repórter, de locutor, qualquer bisbilhoteiro de mentes e almas: dramaturgos, telenovelistas, romancistas — todos esses que vivem para desfolhar a vida social em busca da história secreta sob os lençóis alheios.

Não estou para ninguém.

Pelo amor que a senhora sempre devotou à Santa Mãe de Deus: nem sob tortura diga o meu nome, quem sou ou deixei de ser, de onde vim e por que vim, que dia, mês,

Querida cidade 421

ano acho que é hoje. E nada, mas nada mesmo, sobre o segredo da maleta que levei no dia em que fui embora, com o meu passaporte para o futuro dentro dela: a prova final da escola primária, que na verdade era o atestado de adeus à minha infância querida, da qual espero que a senhora tenha guardado algum vestígio para me mostrar agora.

Não fale, não corra, tranque todas as portas e janelas, porque neste exato momento estou me lembrando de um poema, "O falso mendigo", que talvez seja este seu filho mesmo, aqui a mendigar a pertença que ficou a boiar nas águas da grande cidade.

Só me passe o telefone se for ela. Sim, ELA! Quem? E quem haveria de ser, mãe? A querida cidade de onde eu venho. Se for ela, me chame depressa. Preciso urgentemente lhe agradecer, não só por ter, ao se afogar, me deixado com a cabeça de fora, mas, principalmente isso, pela mulher que ela me deu e que perdi numa noite de tempestade. E se for essa mulher de quem falo, por favor, me passe o telefone ainda mais depressa. Na verdade, é ela quem merece o meu maior agradecimento, por ontem — ou foi anteontem, ou muito antes? —, cujo motivo é a chave de toda essa história.

Assim que acordar eu lhe conto tudo, mamãe.

Mas cadê todo mundo? Ela mesma, a mãe, o pai de antigamente, irmãs, irmãos, primas e primos, meninas e meninos acordando aos bandos, em esteiras, porque as redes e camas não davam para todos. Beliscões, risos, falas. Tias. Tios. Muitos. Quando não era assim ali, era na casa de um dos avós. Às vezes às vésperas de um passeio para visitar parentes de longe, de pé no chão numa estrada de areia quente, em meio a um cheirinho bom de alecrim, murta, murici.

Estranha o sepulcral silêncio àquela hora. Ao raiar do dia, passarinhos cantavam, galos cocoricavam, portas e janelas se abriam. Já estava na hora de ouvir a palavra-chave, com os seus encargos subentendidos: acordar. Para ir buscar o leite no curral, se arrumar para a escola...

— Como se escola enchesse barriga!

Pela voz, que vinha do fundo do tempo, não teve dificuldade em identificar de quem era o vulto a se mover na penumbra, interrompendo-o numa lembrança que iria terminar assim: *Depois, na volta da escola, pegar no cabo de uma enxada, até o pôr do sol.*

— O que adiantou, o que adiantou, me diga?

— De que o senhor está falando?

— Não se faça de desentendido! Então o meu filho pródigo volta para uma casa que não existe, velho, só, sem nada nos bolsos e sem ter nas mãos nem a maleta cheia de ilusões que levou no dia em que foi embora, e ainda achando que vai encontrar tudo e todos no mesmo lugar? Entendeu agora o que perguntei ou quer que eu repita?

Boca invisível, voz audível. Eis, enfim, o sentencioso encontro que ele previa, e temia, cheio de terror. Mas o seu medo ancestral de fantasmas — ali mesmo, naquele quarto — não o emudeceria. Pensou em responder que não era de hoje que expedições humanas terminavam em vão e em desagradável palavreado. Mas acabou saindo-se por outra tangente:

— Agora sou eu que lhe pergunto: consegue-se viver sem ilusões? Como a de de poder fumar o charuto da paz com Deus, na vida eterna?

Querida cidade 423

Se uma estocada vinha, outra ia. Como se medisse as palavras que tinha a dizer, o seu etéreo interlocutor soltou um suspiro agônico de fumante. E alegou que aquela pergunta pedia uma resposta comprida, que já não podia dar, porque o dia estava ficando claro demais para uma alma do outro mundo tagarelar com um vivo. Tinha de ir-se.

— Cuide-se — disse. — E não se esqueça de procurar o seu tio-avô, aquele que lhe encheu a cabeça com as histórias das cidades por onde andou. Coitado. Em nenhuma delas teve onde cair morto. Acabou voltando pra cá, pior do que quando saiu.

— Mas com muita história para contar.

— Lá isso foi. Agora, lhe conte as suas.

— Mas onde posso falar com ele?

— Imagine, ora! Não foi você que imaginou um cego violeiro a me imaginar subindo ao céu impulsionado pela minha própria baforada num charuto? E a quem devemos essa prosa aqui nesse lugar, que só existe na sua imaginação? Pois siga imaginando.

Então ele se viu a bater palmas diante de uma campa com o nome do primeiro homem daquela terra a trocar a enxada pelo andaime do arranha-céu, o arado pela britadeira, o carro de bois pelo caminhão, o cavalo pelo automóvel, o jegue pela motocicleta, a casa de sopapo pelo barraco na favela, o candeeiro pela lâmpada, o pote d'água pela torneira, a rede pelo colchão de molas, e daí ao mais e mais que um sobrinho--neto dele iria ver — aquele mesmo que ainda se lembrava do fascínio que os relatos das andanças do tio lhe provocavam. E que agora, com desassombrada fantasia, quereria fasciná-lo com a história da primeira cidade do mundo, criada pelos deuses na Mesopotâmia, 3.300 anos antes de Cristo. Isso só para começo de conversa.

— Ô de casa! — A saudação teria de ser feita alto e bom som, para ser ouvida a sete palmos de fundura, de onde poderia vir uma resposta assim:

— Ô de fora! Quem vem lá? Ah, é você? Veio a passeio ou para ficar?

Boa pergunta. Para a qual não teria resposta.

Ficar onde? Naquela cidade dos pés juntos? Alguém ali a chamaria de querida?

Aqui é o nada, lhe diria um coro do além-túmulo. *Desperte e cante, que o dia já raiou, meu bem. A vida é tudo. O tudo. E é tão bonita.*

* * *

Ao abrir os olhos, ele estranha o ambiente à sua volta: a cama, os móveis, a cortina da janela, duas portas — uma dá para um banheiro, começa a se lembrar. O quarto em que julgava haver adormecido não tinha uma mesinha com um abajur e alguns livros sobre ela, como acabava de ver. Também se lembra dos títulos deles: *Memórias, sonhos, reflexões*, de Carl Gustav Jung, *Sonhos de sonhos*, de Antonio Tabucchi, *O livro dos sonhos*, de Jorge Luis Borges. Todos santos de sua cabeceira. Já tendo um mínimo de entendimento da realidade que o circunda, recorda-se do quadro que está ao fundo de toda essa história: uma pintura rupestre — uma estrada entre cercas, capinzal dos dois lados, árvore, água —, em cores que pareciam buscadas, para não dizer copiadas, de Van Gogh,

Querida cidade 425

porém longe de sua expressividade furiosa em pinceladas febris, que mais parecem chamas de desespero.

Ontem, depois do almoço, a sua mulher apontou para aquele quadro, perguntando-lhe se se lembrava de quem o pintara. A assinatura atrás dele era ilegível, ela disse. Ele respondeu que ia ver se a decifrava. Tirou-o da parede, impressionando-se com o que estava escrito em seu verso, à mão:

O caminho infinito!

Quanto mais andava, o caminho ficava mais doloroso; meu corpo cansado de lutar nesse mundo insano; a estrada se desdobra como uma imensa cobra; a agonia do sol vai ter começo! Caio de joelhos, trêmulo, ofereço preces a Deus de amor e de respeito. E as águas retratam nitidamente a saudade interior que há em meu peito.

Ao terminar a leitura, uma coisa muito estranha lhe aconteceu. Queria dizer o quanto havia se visto naquela estrada, mas não conseguia. Nenhuma palavra saída da sua boca fazia o menor sentido. Ele se sentou em frente a um rosto em pânico. Apavorou-se.

Agora se lembrava de ter sido levado para a cama. De ter engolido o comprimido que ela lhe deu. E de que quando ela disse o nome do médico — *seu amigo* — que iria consultar, para saber se seria melhor levá-lo a um hospital — *correndo* —, ele mexeu a cabeça de um lado para o outro em sinal de não se lembrar de quem se tratava. Isso a deixou ainda mais preocupada.

426   *Antônio Torres*

Não faz a mínima ideia do que aconteceu depois. Apagou. Vai ver o comprimido que ela lhe deu era um calmante.

Agora ela estava ali, ao seu lado, no quarto de sempre, no prédio de sempre — do qual nunca fora síndico —, na cidade de sempre.

— Bom dia, querida — disse ele, com uma expressão de felicidade. Dessa vez as palavras não lhe falharam.

— Como eu me chamo?

Entendeu que a pergunta era a sério. Um teste. Pelo qual ia passar. Com louvor.

Eu sonhei que tu estavas tão linda...

Levantou-se.

Primeiro, o banheiro. Depois, a cozinha.

Nunca antes sentira tanta euforia ao fazer um café.

A pensar:

Entre sonhos e sustos, sobreviveremos.

Cuide-se.

Agradecimentos

A estes amigos:

* Sérgio França, jornalista e editor, que nem deve se lembrar de uma conversa que tivemos durante um almoço no Rio de Janeiro, mais precisamente na Livraria da Travessa de Ipanema, e que me levaria a refazer uma cena deste romance.

* Valdemar Arlego Paraguassu, pelas suas preciosas informações sobre como era uma cidade do interior baiano na segunda metade da década de 1950, que viriam a se somar às descrições que outro amigo, Zuenir Ventura, fez de Nova Friburgo, na região serrana fluminense, em seu romance *Sagrada família*.

* Giovanni Ricciardi, lá em Roma, pelas suas memórias do dia a dia num convento de frades — no Brasil.

428   *Antônio Torres*

* À mana Maria José Freire, Ítalo Meneghetti Filho, Fred Coutinho e Luís Pimentel, pelas suas valiosas colaborações.

* Dom Gregório Paixão, bispo de Petrópolis, de quem captei uma citação de Gabriel García Márquez ("Lembrar é fácil para quem tem memória, esquecer é difícil para quem não tem coração"), no seu discurso de posse à Academia Petropolitana de Letras.

* Rodolfo Novaes, saxofonista e escritor, pela sonora contribuição ao capítulo intitulado "Enigmas".

* Maria Lúcia Amado e Alexandre Kahtalian, pela amizade, já bem longa.

* Ao compadre Rogério Rubez Primo, por existir.

* Por fim, mas não por último: a Sonia, por tudo. E dona Durvalice, minha mãe, que, à beira dos 100 anos, ainda é capaz de me municiar com histórias *do arco-da-velha*.

Créditos

Para Carlos H. Knapp, um bom e velho amigo de São Paulo, autor do livro *O sumiço do mundo* — citado logo no início deste romance —, e que me foi trazido por outro amigo, José Roberto Filippelli.

Aos poetas Sosígenes Costa (pelo verso "O mais azul de todos os delírios") e Eurico Alves Boaventura ("Todos os crepúsculos agora estão em mim"), ambos baianos; ao pernambucano Solano Trindade ("Canto de negro dói/ canto de negro mata/ canto de negro/ faz bem e faz mal. / Negro é como couro de tambor. / Quanto mais quente toca/ quanto mais velho, / mais zoada faz"); ao amazonense Thiago de Mello ("Faz escuro, mas eu canto").

No correr das teclas, nelas baixaram os espíritos de João do Rio (o de *A alma encantadora das ruas*), Nelson Rodrigues, William Saroyan, Cláudia Lisboa (astróloga, com longeva coluna no jornal O Globo), Dante Alighieri ("Olha o que te espera!/ Bem-vindo ao inferno, alma danada"), Maiakovski (o de A flauta-vértebra), Fernando Pessoa, Álvares de Azevedo ("E do meio do mundo prostituto/ Só amores guardei ao meu charuto!", que deu título a um romance de Rubem Fonseca), Oscar Wilde, Olavo Bilac, Vinicius de Moraes (O falso mendigo etc.), Tom Jobim, Alexandre O'Neill (Amigo), Antônio Maria (O pior dos encontros casuais), Ana Salek (a poeta de Dezembro), Miles Davis ("Uma pintura é música que se pode ver e uma música é pintura que se pode ouvir"), Ivan Junqueira (nos poemas "Cidade" e "Essa música"), Hilda Hilst (A obscena senhora D, Caetano Veloso ("Todo mundo sabe que nossas cidades/ Foram construídas para serem destruídas").

Que os esquecimentos sejam relevados.

No mais:

Iniciado no dia 28 de agosto de 2009, terminado no dia 11 de fevereiro de 2020, e revisado em fevereiro de 2021, este é o meu 12º romance.

E o que é o romance?, me perguntaram uma vez, num festival de arte na cidade de Areia, na Paraíba. Respondi: Uma história cheia de histórias.

É o que espero que este aqui seja.

Apenas isto.